사랑, 그 설렘에 취하고 향기에 물들다.

다향

사랑, 그 설렘에 취하고 향기에 물들다.

센티멘털리즘

리밀 장편 소설

센티멘털리즘

vol.2

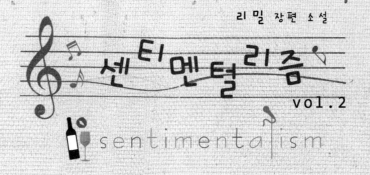

sentimentalism

목차

[sentimentalism]

: 1. 감정주의, 감상주의 2. 다정다감, 감격성, 감상벽(癖)

있잖아.

누가 누구를 엄청 좋아해서 그 사람밖에 안 보인다고 쳐.

근데 상대방은 좋아하는 마음 알고도 안 받아 준다고 치자.

그럼 결국 길들여지는 건 누구일까.

바라보는 사람일까?

아니면, 바라봐지는 사람일까?

서로가 서로에게 길들여지고 있다는 것을,

우리는 언제쯤 확실히 깨달을 수 있을까.

사랑이 사랑인 줄 언제 알게 될까.

궁금하지 않아……?

9
두근두근!

"……."

잠결에 뭘 잘못 봤을 거라 생각하고 도로 눈을 감았다. 잠이 아직 덜 깼는지 머리 한쪽이 지끈지끈 울리는 통증도 느껴졌다. 새근새근. 고른 숨소리를 내며 있던 하은이 다시금 눈을 뜬다. 몇 번더 깜빡거려 봐도 역시나 시야에 보이는 것은 동일했다.

살색. 온통 살색이다. 눈앞에 자리한 것이 누군가의 벗은 몸이라는 걸 깨닫자마자 그 안에 폭 안겨 있는 제 자신도 자각이 된다.

맙소사. 이게 무슨……?

빈틈없이 착 달라붙어 있는 본인 역시 벗은 몸이라는 사실에 하은의 얼굴이 새하얗게 질린다. 어떻게 해. 어떡하면 좋아. 서둘러 몸을 뒤로 떼려 하는데 둘러져 있던 팔이 강하게 도로 잡아당겨진다. 하은이 고개를 든다.

"그냥 있어."

"우현아."

"조금만 더 자자. 응?"

"……"

아주 조금만, 하고 덧붙인 우현이 하은을 더 꼭 안는다. 밀착된 가슴이 한껏 더 우현의 가슴팍에 닿아 버리자 하은은 왠지 마구 곤란해지고 있었다. 살과 살이 부딪히는 느낌은, 더군다나 맨정신으로 감당하기에는 실로 위험했다. 하은이 입을 연다.

"우현아, 근데."

"응?"

"뭐가 자꾸, 저기."

다리까지 포개어지고서야 하은이 괴상한 이물감을 발견한다. 아까부터 뭔가 굵직한 것이 자신의 아랫배를 사정없이 찔러 대고 있었다. 어떻게든 허리를 뒤로 빼내며 하체를 분리하려는 하은의 태도에 우현이 그제야 심상치 않은 제 몸 상태를 알아챈다. 어쩌겠는가. 아침인데. 더구나 이렇게 하은이 벗고 자신의 품에 안겨 있는 상황인데.

그래도 순순히 놓아주기는 싫은 마음이라 우현이 조심스레 하은을 뒤로 돌려 눕힌다. 그리고는 다시금 제 품안으로 당겨 안는 우현이었다. 등으로 와 닿는 탄탄한 가슴팍에 하은이 침을 꿀꺽 삼킨다. 앞으로 둘러진 강인한 우현의 팔. 참 따스하고 좋은.

"됐지?"

"아, 어."

"잘 잤어?"

"응. 너는?"

"나도."

간만에 푹 잔 것 같다며 우현이 고개를 내린다. 쪽, 하고 와 닿는 목덜미의 따스한 온기가 우현의 입술로부터 전해진 것임에 하은의 얼굴이 붉어진다. 이렇게 안아 주네. 뽀뽀도 해 주네. 이렇게. 꿈같은 포근함에 하은이 살그머니 입가를 말아 올린다.

그렇게 잠시 안겨 있었다. 조금만 더 자자는 말이 빈말이 아니었는지 우현은 이내 규칙적인 호흡을 내뱉었다. 천천히 느리게 들이쉬고 내쉬는 우현의 낮은 숨소리를 들으며 하은은 그저 얌전히 안긴 채로 얼마 동안 시간을 보냈다.

이렇게 계속 있었으면 좋겠다. 아무에게도 방해받지 않고 이대로 쭉 단둘이서 있을 수만 있다면 완전 좋을 텐데. 답지 않은 생각을 하며 하은이 작게 웃는다.

근데 참, 몇 시나 됐을까. 오늘 전공수업이라 늦으면 안 되는데. 우현아?

"웃은 왜."

"추워서. 전화부터 받아 봐."

몇 시냐는 하은의 말에 시간을 살펴 주던 우현이 갑작스런 진동에 인상을 찌푸린다. 아직 8시밖에 안 되긴 했지만 이렇게 계속 벗고 있기도 굉장히 민망했다. 기회를 틈타 손을 뻗은 하은이 빠르게 웃옷을 챙겨 입는다. 우현이 미간을 구기고서 입을 연다.

"왜, 형."

[일어난 거야?]

"안 일어났으면 뭐."

[설마 또 밤 새웠나 하고. 목소리가 잠겼네.]

"몰라. 귀찮아, 끊어."

[얀마, 끊기는! 우현아!]

아침 일찍부터 전화한 게 거슬린다기보다는 그 틈에 옷을 입어 버린 하은이 문제였다. 벗은 채로 더 안고 있고 싶었건만 어찌나 동작이 재빠른지 얼른 세수 좀 하고 오겠다며 방을 나가 버리기까지 했다. 이 형, 타이밍 진짜 못 맞춘다니까. 우현이 툴툴대며 몸을 일으킨다.

침대 머리맡에 등을 기대고 앉은 우현이 손을 뻗어 담배를 집어 든다. 여전히 웃옷을 벗은 상태로 담배를 하나 빼내 입에 물고 불을 붙였다. 자느라 눌린 머리가 부스스했지만 유려한 턱 선에 각이 살아 있는 목덜미와 쇄골은 감탄을 자아낼 정도였다. 후우, 하고 빨아들인 연기를 내뱉은 우현이 손등으로 눈을 비빈다.

어디 갔어, 서하은. 이리로 와. 벌써 보고 싶잖아.

[일단 좀 쉬고 있어. 더 자든가.]

"안 그래도 그럴 거거든."

[점심때쯤 데리러 간다고, 인마.]

"왜."

[대표님 호출이야. 좀 보자셔.]

더 기다릴까 하다가 자리에서 일어나 바닥에 널브러진 옷을 집어 들었다. 침대 끝에 걸터앉아 니트의 앞면을 찾던 우현이 갑작스런 진호의 말에 동작을 멈춘다. 호출? 갑자기 웬? 또 만사가 귀찮아진다. 우현이 있는 대로 미간을 일그러뜨린다.

"무슨 일로."

[나와 보면 알아.]

"뭐냐고. 또 재킷 얘기야?"

[밥 먹으면서 얘기하실 거야. 그렇게 알고 준비해.]

"형."

[쉬어라. 이따 보자.]

뭐라 더 캐묻기 전에 딸까닥 전화를 끊어 버린 진호를 향해 우현이 한숨을 내쉰다. 웬만한 지시사항은 진호를 통해 알려오는 대표의 호출은 진짜 그야말로 가뭄에 콩 나듯 드문 일이었다. 며칠 전에 있었던 호출이야 앨범 재킷을 직접 보면서 의논해야 했기에 마지못해 나간 거였는데. 전화로 하면 되지, 뭘 밥까지 먹으면서 얘기하자는 건지. 우현이 구시렁대며 옷을 챙겨 입는다.

다른 연예인들에겐 당연할 대표와의 회동이 우현에게는 지극히 성가시고 귀찮은 일이 된다. 작업실에 틀어박혀 음악 만드는 일 아니면 여타 비즈니스라고 불릴 일들까지 죄다 우현에게는 거추장스러운 괜한 짓이 되고 만다. 애초에 그런 건 어느 정도 빼 주는 조건으로 한 계약이 어째 갈수록 복잡해지는 느낌인지, 원.

고개를 절레절레 젓던 우현이 담배를 끄고 몸을 일으킨다. 이럴 바에야 진짜, 그냥 곡만 만들겠다고 해야 할까 보다. 프로모션 계획까지 다 잡힌 마당에 순순히 그러라고 할 리는 없겠다만.

"씻었어?"

"응."

"어디 봐."

욕실을 나서는 하은의 어깨를 우현이 살며시 부여잡는다. 눈높이를 맞추고 뚫어져라 쳐다보자 하은의 볼이 살짝 붉어진다. 그 모습이 어찌나 귀여운지 우현의 눈가에 미소가 맺힌다. 하은의 볼을 약하게 꼬집은 우현이 저도 씻겠다며 욕실로 들어간다.

하은은 목이 말라 냉장고 문을 열고 물을 한 잔 마셨다. 찬물로 떨림을 가라앉히려고 해 봐도 도무지 심장이 쿵쿵대는 게 멈추지 않고 있었다. 우현의 손길 하나하나에 어쩜 이리도 반응이 엄청난지, 이러다가 제명에 못 살 거라는 생각을 하며 침실로 들어갔다.

어디 있지? 아!

이불을 들춰 보자 그 안에 제 브래지어가 돌돌 말려 있다. 아까는 너무 서두르느라 입을 생각조차 못 했던 속옷을 얼른 문을 잠그고 챙겨 입었다. 두근두근. 말도 못 하게 뛰는 가슴을 진정시키고 거실로 나갔다. 조금 기다리니 문소리가 난다.

열 시부터 수업이라는 하은의 말에 우현은 조금 서운한 얼굴이 되긴 했지만 별다른 말없이 부엌으로 향했다. 간단히라도 밥 먹고 갈 시간은 되지 않느냐는 우현의 모습이 낯설어 멍하니 쳐다보자 냉장고를 부산스럽게 뒤적여 먹을거리들을 차려 준다. 우현에게 이끌려 식탁 앞에 앉은 하은이 마냥 눈만 깜빡거린다. 그러다 늦겠다는 우현의 말을 듣고서야 수저를 들었다.

즉석 밥과 맛깔스런 반찬들. 빤히 쳐다보는 우현의 시선을 피하며 하은이 밥을 입에 넣는다. 이러다 얹히지나 않을까 몰라. 하은의 속을 모르는지 우현은 좀처럼 시선을 떼지 못한다. 그저 보고 보고 또 보고. 아예 눈이 붙은 듯이 계속 하은만 쳐다볼 뿐. 그러다가,

"서하은."

"응?"

"우리 같이 살까."

······?

민망함을 이기려 꾸역꾸역 밥만 밀어 넣던 하은이 갑작스런 우현의 말에 고개를 든다. 채 씹지도 못하고 입안에만 물고 있던 밥 알들이 너무 놀란 나머지 목구멍으로 미끄러졌고 덕분에 사레에 걸려 버렸다. 하은이 콜록대며 서둘러 손으로 입을 막는다.

심하게 기침하는 하은의 모습에 당황한 우현이 얼른 물을 따라 내민다. 받아 들고서도 마시지 못할 만큼 격하게 콜록거리는 하은 을 보다 못해 우현이 옆자리로 다가가 등을 도닥여 준다. 뭘 이렇 게까지 놀라냐. 무안하게. 하은이 곧 진정을 되찾는다.

간신히 속을 가라앉히긴 했지만 얼굴이 빨갛게 변해 버렸다. 정 말 어지간히도 놀랐는지 커다랗게 떠진 동그란 눈이 마구 일렁이 고 있었다. 마땅한 말을 찾지 못해 어버버하는 하은의 입술을 보 던 우현이 저도 모르게 다가가 쪽, 입을 맞춘다.

주머니에라도 넣고 싶어 미치겠다. 잠시도 놔주지 않고 하루 종 일 만지고 싶다. 이 녀석이 진짜 어쩜 이렇게까지 좋을까. 두어 번 더 쪽쪽거리고 놓아주자 하은이 부끄러운 듯 어깨를 움츠린다. 희 미하게 웃은 우현이 하은의 머리를 살살 매만진다.

"놀랐어?"

"어."

"좋아서 그래. 네가 너무 좋아서."

"어?"

"잠시도 떨어지기 싫다고. 너랑. 어쩌냐."

맘 같아서는 수업이고 뭐고 집에만 붙들어 놓고 싶다며 우현이 작게 툴툴댄다. 그깟 학교 때려치우라고 하고 싶은 걸 꾹 참고 있다는 우현의 말에 하은이 가만히 입을 다문다. 내내 함께 있고 싶다는 말에 가슴이 벌렁거렸다. 조금씩 숨도 막 가빠지고.

혹시 싫은 거 아니면 생각해 보라는 우현의 말에도 하은은 섣불리 대답할 수 없었다. 수시로 들락날락거리는 지금과는 비교도 안 될 만큼 큰 변화가 있을 테니까. 단순한 충동으로 보이진 않지만 그래도 고려해야 할 점들이 너무 많았다. 게다가 우현이는 연예인이고, 점점 더 바빠질 거고, 밖에는 늘 팬들이 있고……. 머릿속이 복잡해진다.

어영부영 식사를 마친 하은이 집에 들러야 한다며 조금 서두른다. 몇 번이고 우현이 데려다 주겠다고 했지만 그런 우현을 하은은 저는 괜찮으니 잠을 좀 더 자라며 만류했다. 이대로 보내기는 아쉬우면서도 달리 잡을 방도가 없는 우현이 느릿느릿 움직인다.

흡사 엄마랑 떨어지기 싫어하는 다섯 살 아이처럼 우현이 현관 앞에서 미적거린다. 하은의 손을 여전히 꼭 움켜잡은 채로. 이따 연습실에서 볼 거면서. 역시나 헤어지기 싫은 하은이 살짝 눈꼬리를 내린다. 말갛고 귀여운 눈웃음에 우현이 입을 연다.

"또 불러 봐."

"응?"

"어제처럼. 나 불러 보라고."

신발을 신던 하은이 우현을 향해 고개를 갸웃거린다. 어제? 내가 뭐라고 불렀는데? 설마 했던 대로 잘 기억을 못 하는 하은이다.

"현아, 라고 불렀잖아. 기억 안 나?"

"현……아?"

"그래. 얼른 현아, 하고 불러 봐. 듣고 싶어."

"아, 그건, 저."

"왜, 부끄러워? 창피해? 어?"

순식간에 벌겋게 달아오른 하은의 얼굴을 보고 우현이 눈을 빛낸다. 당황해 어쩔 줄 몰라 하는 하은의 모습은 정말이지 봐도 봐도 귀여워서 적응이 힘들다. 그렇게 불러 주니까 기분 무지 좋던데. 우현의 설득에도 하은은 입을 열지 못하고 버벅댔다.

늦겠다며 돌아서는 하은을 우현이 마지막으로 품에 당겨 안는다. 전화할게, 라고 속삭이는 낮은 목소리에 하은의 심장이 또 한번 두근, 하고 떨려 온다. 좋다. 정말 좋다. 네가. 힘들었던 시간들이 모조리 보상되는 벅찬 기분에 하은이 웃으려는데,

"아야."

"어?"

"아프다, 좀."

"아파? 어디 가?"

너무 힘껏 안은 게 문제였는지 별안간 하은에게서 신음 소리가 터져 나왔다. 팔에 살짝 힘을 신긴 했어도 이 정도로 아플까 싶던 우현이 급히 하은을 품에서 떼어 살핀다. 차마 대놓고 만질 수 없는 하은이 어깨를 움츠린다. 우현이 걱정스레 하은을 본다.

"왜? 어디가 아픈데? 어디?"

"그게, 가슴이, 좀."

"응?"

"예민해졌나 봐. 누가 만진 게 처음이라. 아프네."

살짝 발그레해진 얼굴로 하은이 겨우 내뱉는다. 자그맣게 새어 나오는 나긋한 목소리에 멍해진 우현이 이내 말뜻을 알아듣고 침을 꿀꺽 삼킨다. 가, 갈게! 왠지 묘해지는 분위기를 감당 못 한 하은이 서둘러 문을 여닫고 사라진다. 우현이 쿡 웃는다.

미친 듯이 엘리베이터 버튼을 누르고 올라타면서도 하은은 어쩔 줄을 몰랐다. 건물을 벗어나 택시를 잡아타는 내내 심장이 터질 것처럼 아주 요동을 치고 있었다. 물론 취중이라 전부 다는 생각이 나지 않지만 중간중간 꿈인 듯한 기억만은 그대로였다.

키스하고 싶다며 그윽하게 바라보던 우현의 눈빛. 말랑말랑 촉촉하던 우현의 입술과 혀. 그리고, 조심스레 손으로 움켜쥐고 만지던, 뜨겁다 못해 화끈거리던 우현의 손길. 젖은 입안으로 머금어지던 가슴 끝. 또, 또……

"빨리 말해. 밥 먹고 연습 가고 그게 다야? 아니지?"

나름 수업에 집중한다고 생각했던 하은이 수진의 말에 화들짝 놀란다. 언제 끝났는지 하나둘 가방을 챙겨 일어나는 학생들로 강의실은 절반가량 비워져 있었다. 애써 태연한 척 책을 덮는데 수진이 한껏 더 얼굴을 들이민다. 하은이 바짝 긴장한다.

"뭐했어? 연습 끝나고 따로 만났어?"

"저기, 수진아."

"만났구나? 또 걔네 집에 갔니? 그랬어? 가서 뭐했는데?"

"내가 승효 오라고 했는데. 전화해 볼까?"

"승효? 진짜? 진짜로?"

너무도 집요하게 물어오던 수진의 관심사가 단번에 승효에게로 옮겨진다. 그냥 살짝 좋아진 정도일 줄 알았는데 생각했던 것보다 훨씬 더 심하게 빠져 버린 모양이었다. 해 봐, 전화해 봐! 일단 가방부터 챙기자는 하은을 수진이 얼른 돕는다.

계단을 내려가며 승효에게 전화를 걸었다. 벌써 도착해서 학교 구경을 하고 있다는 말에 교문에서 보자고 하고 통화를 마친 하은에게 수진이 수줍게 고마워, 한다. 그나저나 우현이는 뭐할까. 점심은 먹었을까. 그새 또 보고 싶다. 못 견딜 만큼. 많이.

우현아. 너는? 너도 나 보고 싶어? 얼마만큼? 난 죽을 만큼인데. 헤헤.

"여기 맛있지? 이 주변에서는 꽤 괜찮은 맛집에 속해."

"그러네. 맛있다."

"피클도 여기 사장이 직접 담근다더라고. 유기농으로."

"와, 정성이 대단하네."

"그치?"

먹어 봐, 라며 수진이 피클접시를 승효의 앞쪽으로 살짝 밀어 준다. 고마움의 표시로 작게 웃은 승효가 포크로 피클을 찍어 입으로 가져간다. 달거나 시지 않고 적당히 슴슴한 게 맛이 꽤 좋다. 만족스럽게 웃는 승효를 보는 수진의 볼이 붉어진다.

오후 수업이 하나 더 남았기에 멀리까지 갈 여유가 없어 세 사람은 학교 근처의 파스타집으로 향했다. 둘이 있도록 자리만 마련해 놓고 사라져 주려 했던 하은은 오라고 할 땐 언제고 혼자 도망이냐는 승효의 꾸짖음에 붙들려 할 수 없이 자리를 지켰다.

별다른 대화 없이 식사는 이어졌고 간간이 승효와 눈이 마주칠 때마다 수진은 자신이 할 수 있는 최고로 조신한 미소를 지었다. 볼수록 탐난다. 정말 사내 녀석이 어쩜 저렇게 곱상하니 잘생겼는지 가히 월드피스 감인 미모였다. 눈빛이며 턱 선이며 아주.

몰래 훔쳐보는 식으로 승효의 얼굴을 감상하던 수진이 잠시 화장실을 다녀오겠다며 몸을 일으킨다. 같이 가 주겠다는 걸 만류하고서 멀어지는 수진의 뒷모습을 쳐다보던 하은이 고개를 돌리다가 멈칫한다. 언제부턴가 자신을 빤히 쳐다보고 있는 승효다.

그냥 본다고 하기에는 어딘가 날이 서 있는, 사뭇 차갑고 단호한 눈빛. 그러고 보니 눈웃음이 어느새 걷혀 있다. 승효가 입을 연다.

"웬일로 부르나 했다."

"어?"

"설마 지금 이거, 그러냐?"

앞뒤 설명 다 빼먹고 묻는 말을 하은은 어렵지 않게 알아들었다. 수진과 저를 이어 주려는 노력의 자리냐는 승효의 말에 하은이 작게 웃으며 물을 마신다. 묵묵부답이 긍정으로 받아들여지는 불편한 상황. 승효가 허탈하게 웃으며 뒤로 기댄다.

깜빡깜빡. 느릿하게 눈을 감았다 뜨며 승효가 하은을 응시한다. 애써 쳐다보지 않는 듯 하은은 묵묵히 스파게티를 입으로 가져갈 뿐이었다. 맛있어? 넌 그게 넘어가? 수진 앞에서 괜찮은 척 연기했던 승효지만 자꾸 기분은 바닥으로 내쳐졌다.

하은과 둘일 줄 알았던 식사 자리에 수진이 낀다고 할 때부터 뭔가 이상하다는 직감이 들었다. 연신 쳐다보고 방긋방긋 웃는 수진을 보고서야 승효는 확신할 수 있었다. 상대가 제게 주는 호감을 꽤 재빨리 알아채는 촉이 있음이 오늘따라 씁쓸한 건 왜인지.

그렇단 말이지. 그런 거란 말이지, 지금. 네가 정수진하고 나를, 그런 것도 모르고 나는, 하⋯⋯.

같이 밥 먹자는 하은의 말에 혼자 설레서 잠까지 설쳤음이 못 견디게 창피해진다. 새벽부터 일어나 뭘 입고 나갈까 무던히도 고민했던 스스로가 한심하기 짝이 없다.

어쩌겠어. 내가 아니라는데. 넌 민우현 그 자식뿐이라는데. 내가 뭘 어쩌겠냐고. 빌어먹을. 천하의 지승효가 시작도 못 해 보고 퇴짜 맞는 건 또 처음이네. 하하.

"야, 내가 사 준다고 했잖아."

"됐네요. 이런 건 남자가 내는 거야."

"그런 게 어딨냐?"

카운터에서 계산을 하려던 하은이 남자분께서 먼저 계산하셨다는 직원의 말에 승효를 째린다. 아무렇지 않은 척 먼저 문을 열고 나간 승효가 어서 나오라며 문을 잡고 기다린다. 커피 한 잔 어때? 좋아. 파스타집을 나와 바로 옆의 카페로 들어갔다.

"승효야, 그럼 커피는 내가 살게."

"아냐, 그것도 내가."

"하은아, 승효랑 먼저 가 있어. 창가 자리로. 어서."

하은의 등을 떠밀어 보낸 수진이 카운터 앞에 서서 주문을 한다. 자리 잡고 앉아 있으라는 말에 하은과 승효는 창가 쪽 테이블로 가서 앉았다. 아예 기다렸다 받아 올 요량인지 수진이 자리로 돌아오질 않고 카운터 앞을 서성인다. 하은이 수진을 쳐다본다.

눈이 마주치자 수진이 활짝 웃으며 손을 흔든다. 기분이 매우 좋아 보이는 수진을 보며 마주 웃던 하은이 다시금 제게로 고정되어 있는 승효의 시선을 느끼고 멈칫한다.

"왜?"

"……아냐."

뭐 할 말이라도 있냐는 하은의 질문에 승효가 미간을 일그러뜨린다. 기분이 정말 왜 이렇게 엉망일까. 가볍게 한숨을 내쉰 승효가 아주 살짝 하은 쪽으로 몸을 내밀며 넌지시 입을 연다.

"아무렇지 않지?"

"뭐가."

"내가 쟤랑 사귀어도. 너는."

뜬금없는 질문에 하은의 입술이 굳게 닫힌다. 그걸 왜 나한테 물어, 라는 식의 퉁한 표정으로 승효를 쳐다보는 하은이었다. 아니다. 됐다. 그냥 말을 말자. 승효가 썩어 문드러지는 제 속을 어떻게든 감추려 애쓰는데 수진이 자리로 돌아온다.

곧 세 사람 앞에 커피 잔이 하나씩 놓여졌다. 향긋하게 피어오르는 커피 향을 느끼며 수진은 승효를, 승효는 하은을, 하은은 창밖을 바라보고 있었다. 서로가 서로에게 와 닿는 시선을 알아채지는 못한 채로, 그 상대방이 바라보는 상대마저 모른 채로.

조용하게 흘러나오는 카페의 음악에 귀를 기울이던 승효가 커피를 한 모금 들이마신다. 입안 가득 번지는 쌉쌀한 향에 가슴이 한껏 내려앉는 것만 같다. 불편해지는 심기.

이대로 포기하라고? 너를?

심각하게 치솟는 화를 억누르며 승효가 무겁게 한숨을 내뱉는다. 모르긴 해도 아마, 쉽지는 않을 것 같다. 기억하기로 이제껏 이렇게까지 진심이었던 적은 없었으니까.

……큰일이네.

얼씨구?

물 잔을 들어 올리던 진호가 다시금 놀라 멈칫한다. 이게 대체 몇 번째인지도 모르겠다. 미세하긴 해도 입꼬리가 말려 올라가는 우현을 보고 진호의 눈매가 가늘어진다.

저거 분명, 웃는 거지? 웃는 거 맞지? 진짜 이 녀석이 오늘 왜 이래. 어디 아픈가?

"괜찮냐?"

"뭐가."

"좀 이상해, 너 오늘. 뭔 일 있어?"

"일은 무슨. 없어, 그런 거."

"진짜? 진짜 없냐?"

"없다니까."

유심히 쳐다보는 진호의 시선을 우현이 자연스럽게 피한다. 그러면서 지었던 딱딱한 무표정은 그러나 다음 순간 또 살며시 풀어지고 만다. 안 그런 척 낮은 허공을 응시하는 우현이 웃음을 참으려 입술을 깨문다. 어딘가 모르게 꽤 밝아진 기색이다.

어제 집에 데려다 줄 때의 우현은 그야말로 폭발 일보 직전이었다. 잔뜩 찌푸려진 미간하며 사나운 눈매와 중얼거리는 쓴소리. 게다가 아침에 통화했을 때만 해도 평소와 다름없이 짜증에 신경질 가득이더니 언제부턴가 혼자 실실 웃고 있는 우현이었다.

남들은 거의 알아채지 못할 정도로 극히 아주 조금 입가를 올릴 뿐이었지만 진호의 눈에는 평소하고 확연히 다르게 보였다. 절대 제 감정을 밖으로 표출하지 않기로 유명한 녀석의, 자꾸만 넋을 놓고 혼자 웃고 수시로 핸드폰을 확인하는 이상행동들. 필시 무슨 일이 있는 게 틀림없는데 말이지.

맨날 차갑고 서늘한 무표정만 보다가 저렇게 실실 웃는 모습을 보니, 이거야 원 불안해서 살 수가 없다. 병원이라도 데려가야 하나 심각하게 고민을 하고 있는데 문소리가 난다. 진호의 눈에 천천히 안으로 들어서는 만석이 보인다.

"대표님, 오셨습니까."

"어, 됐어. 앉아 있어. 근데 너는."

황급히 일어서려는 진호에게 됐다는 표시를 하는 만석이 심기 불편한 얼굴로 우현을 째린다. 훨씬 나이 많은 매니저도 예를 갖추려 일어나는 마당에 우현은 그저 멀뚱멀뚱 쳐다만 보고 있을 뿐이었다. 하여간 이놈의 애물단지 같으니라고. 만석이 겨우 화를 삭인다.

오냐오냐 한다고 진심으로 모든 면을 예쁘게만 볼 수는 없는 노릇이다. 그것도 이렇게 대놓고 덧정 떨어지게 구는 녀석이라면. 실력이 워낙 출중해 이제껏 감싸 돌았더니 날이 갈수록 우현의 콧대는 하늘을 찔러 대고 있었다. 만석이 느리게 자리에 앉는다.

"무슨 일인데요."

"일단 좀 먹고."

"얘기부터 해요. 집에서 사모님이 밥 안 주세요?"

"우현아, 인마."

"끄응."

미리 주문해 둔 덕에 바로 나온 음식들을 향해 젓가락을 막 뻗던 만석이 우현의 태클에 인상을 찌푸린다. 원래가 저렇게 칼같이 냉정하고 제 볼일 아니면 시간 낭비 질색인 무자비한 녀석임을 모르지 않지만 이럴 때마다 참 어찌나 싫고 얄미운지 모르겠다.

음악이든 뭐든 활동에 관련된 요구 사항들은 무조건 들어줘 왔다. 그게 더 열심히 하라는 채찍질이란 걸 아는지 모르는지 날이 갈수록 싸가지만 없어지고 있는 우현이다. 아니지, 처음부터 싸가지는 바가지였지. 어떻게 저렇게 태어났을까 싶을 정도로.

애써 화를 가라앉힌 만석이 먹자, 하며 회를 한 점 집어 든다. 그걸 신호로 덩달아 수저를 든 진호가 불퉁스러운 얼굴로 만석을 노려보는 우현에게 그러지 말라고 눈짓을 준다. 이에 제가 뭘 어쨌느냐 기세등등한 우현은 입맛이 없는지 물만 마셔 댈 뿐이었다.

조용조용 이어지는 식사 자리가 가시방석이 따로 없다. 그걸 신경 쓰는 사람이라고는 진호가 유일했다. 전혀 관심 없는 얼굴로 앉아 물만 마셔 대는 우현과 열심히 이것저것 집어 입에 쑤셔 넣고 있는 만석이나 막상막하랄까. 대화는 과연 언제 이루어질지.

국내 최대 유명기획사의 대표 자리를 차지하고 있는 이 남자, 한만석. 몇 천억에 이르는 재산과 엄청난 인맥을 동원해 키우는 지망생들마다 톱스타로 만들어 내는 연예계의 마이다스의 손. 일명 한 대표라 불리는 그에게 불가능이란 건 모르는 단어에 불과하다.

관계자들과 방송국 피디까지 아우를 수 있는 능력을 지녔다. 그의 말 한 마디면 있던 프로도 그날로 쫑 나는 건 문제도 아니다.

그에게 밉보여 활동을 접어야 했던 연예인도 셀 수 없이 많다. 그 정도로 연예계 전반을 좌지우지하는 사람이 바로 만석이다. 오죽 하면 과거 조폭 우두머리였다는 소문까지 돌까. 그게 진실인지 거짓인지는 만석 본인 외에는 그 누구도 모르고 말이다.

그리고 그런 만석을 유일하게 만만히 대하는 사람이 다름 아닌 우현이다. 두 바퀴를 돈 띠동갑임에도 우현은 만석을 어려워하지 않는다. 처음 계약할 때 만석이 사정사정해서 했다지만 이건 뭐 우현의 성격이 갈수록 나아질 기미는커녕 더 악화되고만 있다.

아무리 실력 위주의 연예계라고 해도 인성이 뒷받침되어야 롱런할 수 있다는 것은 진리와도 같은 지극히 당연한 사실. 우현의 음악이 비교불가의 굉장한 퀄리티이긴 하나, 개차반인 성격으로 얼마나 버틸까 싶다. 이미 안티도 수두룩한 이런 상황에서.

처음부터 좋은 모습을 보여 주는 최선책을 놓쳤다면, 이제부터라도 달라지는 차선책이라도 궁리해 봐야 하지 않겠나. 여태 인터뷰 뭐고 저 성깔로 말아먹은 게 얼마나 많은가 이 말이다. 만석이 곧 수저를 내려놓고 우현을 향해 입을 연다.

"어제 소란한 일 있었다며."

"네?"

"댄서팀하고 술집에서. 맞아?"

좀 먹으라는 진호의 잔소리에 억지로 깨작이던 우현이 만석의 말에 미간을 찌푸린다. 별일 아니었던 것이 대표의 귀에까지 들어갔다는 건 누군가의 찌름이 있었다는 얘기. 본능적으로 고개 돌려 째리자 진호가 움찔한다. 무슨 남자가 입이 이렇게 싸냐, 형은. 별거 아니라니까. 불편해진 심기에 우현이 수저를 던지듯 놓고 뒤로 등을 기댄다.

"뭐가 어떻게 된 거야. 말해 봐."

"아니에요, 아무것도."

"이 녀석아. 거기 직원이며 손님이 얼마나 많았을 거 같으냐? 그 사람들이 한 글자씩만 써도 인터넷 요란해지는 거 몰라?"

"요란해질 일 없었다고요, 글쎄."

"원하는 게 뭐야. 팀 바꿔 줘?"

여태 사사건건 충돌해 온 성태와 우현의 일을 만석이라고 모를 리 없었다. 안무연습 때마다 똥 씹은 얼굴인 우현을 어르고 달래던 진호가 노파심에 보고해 왔던 것이다. 국내 최고의 실력꾼들이면 뭐하겠는가. 본인이 원하지 않는다는데. 평양감사도 저 싫다면 그만이라며 만석이 묻는다. 성태네 말고 다른 팀으로 바꿔 주느냐고. 그걸 진정 원하는 거냐고.

솔직히 진호는 우현이 단번에 네, 라고 할 줄 알았다. 그러나 웬걸 우현은 입을 꾹 다문 채로 아무 대답도 하질 않는다. 어라? 죽어라 싫어도 바꾸는 것까지는 오버란 걸 아는 걸까 싶은 만석이 물을 마시며 화를 삭인다. 우현이 아랫입술을 질끈 깨문다.

"잘 좀 지내면 좋잖아. 프로답게."

"알았어요."

"영악하게 좀 굴란 말이다. 다른 녀석들은 제 무대 잘해 달라고 사적으로도 친해지고 난린데. 왜 그렇게 못 밉보여 안달이야?"

"알았다고요. 그만해요."

"민우현."

"왜요."

"쇼 케이스 무기한 연기야. 그렇게 알아."

에?

만석의 폭탄 발언에 진호의 입에서 풉, 하고 물이 뿜겨져 나온다. 앞자리에 앉은 만석이 고스란히 물벼락을 맞고 얼음처럼 빳빳이 굳어 버렸다. 진호가 얼른 물수건으로 만석의 얼굴을 닦아 주지만 역시나 놀란 우현도 만석처럼 굳어 있을 뿐이었다.

무기한 연기라. 앨범 발매일까지 다 잡힌 마당에 갑자기 이런 초강수를 들고 나오는 의중을 파악하려 우현이 머리를 굴린다. 명색이 장사꾼이 스스로 손해 보는 짓을 하려고 들까. 무슨 꿍꿍이냐는 우현의 눈빛에 만석이 남은 물기를 털어 내며 말한다.

"무기한이라는 말에 너무 놀랄 것 없다. 너 하는 거 봐서 당장 내일모레, 아님 다음 주가 될 수도 있어."

"……."

"내가 이제껏 널 놔둔 이유는 알아서 변하라는 거였거든. 근데 그런 식으로는 평생 가도 안 되겠더라고. 그러니까……."

간만에 한껏 분위기를 잡으며 진지하게 말을 잇고 있는데 똑똑 노크 소리가 들려온다. 얌전히 문을 열고 들어온 여종업원 둘이 부족한 음식들을 리필해 준다. 그러면서 자꾸만 우현을 훔쳐보는지라 속도가 더뎠다. 만석이 직원들을 물리고서 말을 잇는다.

"너 게임 좋아하지. 일종의 미션이라고 생각해."

"미션이요?"

"지금 이렇게 못 잡아먹어 안달인 상태로는 될 것도 안 돼. 댄서들하고 일단 친해져 봐. 그래야 뭐가 돼도 될 테니까."

"대표님, 그건 좀."

"그래서요?"

사람 사귀는 것에 쥐약인 우현을 사지로 모는 만석을 말리려던 진호가 우현의 반응에 입을 다문다. 친해지라는 말에 질색팔색할 줄 알았더니 오히려 흥미롭게 듣고 있는 우현이었다. 친해지기 위해 뭘 하라는 거냐고 묻자 만석이 팔짱을 끼며 다시 입을 연다.

"기분 전환 겸 3박 4일 일정으로 단합대회 갈 거다. 난 내일 들러 볼 테니 진호랑 댄서들하고 먼저 가. 쇼 케이스 끝나고 찍으려던 뮤비도 이참에 찍고."

"단합대회요?"

"마지막 기회라고 생각해. 이렇게까지 해서도 분란 생기면 바로 다른 팀으로 바꿀 거야. 널 받아 줄 팀이 과연 있겠느냐마는."

"여행을 가라는 말씀이시죠? 좋아요. 어디로요?"

이 녀석이 점점. 단번에 싫어, 안 해, 하고 나와야 할 우현이 굉장히 많이 누그러진 표정으로 만석의 말에 더욱 빠져들고 있다. 진짜 병원 예약을 해야 하나 고민하던 진호가 서둘러 핸드폰을 꺼낸다. 인터넷으로 가까운 병원을 검색하고 있는데,

"뭐, 아무래도 바닷가가 좋겠지? 곧 여름이고 하니."

"그렇죠."

"뮤비 콘셉트도 그렇고. 넓은 해안가나 이런 게 필요해. 콱 어때라. 내 생각엔 스케일 크게 국내보단 해외로……."

"제주도로 가죠."

귀찮은 건 딱 질색. 성가시고 불편한 것도 못 견디는 지랄 맞은 성격. 떼거지로 몰려다니는 것에 치를 떠는 초예민한 우현이 단번에 만석의 제안을 수락했다. 그것도 모자라 제주도를 대며 싱긋

웃는다. 무척이나 만족스럽다는 듯이. 씨익.

홉사 악마의 미소라도 본 것처럼 만석과 진호는 몸을 부르르 떨었다. 이 녀석이 실성을 했나, 라고 생각한 만석은 그럼에도 우현이 성질을 부리지 않아 준 것에 일말의 희망을 느끼고 있었다. 이제 철 좀 들려나. 온석, 고분고분하니까 이렇게 예쁘구먼.

당장 오늘 가요, 라는 말을 끝으로 우현이 먼저 몸을 일으켰다. 그때까지 병원 검색을 하던 진호가 주춤주춤 우현을 따라 자리에서 일어난다. 뭐 이렇게 서두르는 거냐며 말리려던 만석은 안 일어나느냐는 우현의 째림을 받고서야 마지막으로 일어섰다.

누가 대표고 누가 소속 가수인지 정말. 자존심에 상당한 스크래치를 입은 만석이 애써 근엄한 척을 하며 룸을 나선다. 근데 가란다고 저렇게 덥석 가겠다고 하니 또 왜 이렇게 불안한 거지? 거, 빨리 좀 가죠. 우현의 면박에 만석이 걸음을 재촉한다.

[어디야.]

"집에 왔어. 근데 제주도라니?"

강의가 끝남과 동시에 성태로부터 단체문자가 도착했다. 댄서팀 전원 5시 공항 집결, 이라는 짤막한 글귀를 확인함과 동시에 승효의 전화도 걸려 왔다. 연습이 취소됐다는 소리도 모자라 갑자기 단합대회인지 뭔지를 가게 됐다는 말에 하은은 서둘러 집으로 향했다.

뭐부터 챙겨야 하나 고심하는데 우현으로부터 전화가 온다. 너무 반가운 나머지 실실 웃음이 터져 나온다.

[대표님 명령. 단합대회 겸 여행.]

"댄서팀하고?"

[어. 솔직히 나는 너하고만 가고 싶은데.]

그것들 다 데려가라네, 라며 우현이 작게 툴툴거린다. 적잖이 심통 난 듯 중얼거리는 말투가 귀여워 소리 없이 웃었다. 목소리만 들어도 좋다. 당장 눈앞에 있는 것처럼 심장까지 두근두근 난리다. 조금 있으면 보겠네. 너를. 맘이 마구 설렌다.

[데리러 갈까?]

"무슨, 안 돼. 보는 눈들이 얼만데."

[공항 찾아올 수 있겠어?]

"내가 애냐. 택시 타면 되지."

[서하은.]

"응?"

[보고 싶어 죽겠어. 미쳐 버리겠어, 진짜.]

아침에 분명 봤는데도 어쩜 이러냐며 우현이 한숨을 내쉰다. 잠깐 떨어져 있던 그 몇 시간이 어떻게 흘렀는지도 모르겠단 말에 하은의 볼이 살짝 쿵 붉어진다. 나도. 나도 너 보고 싶은 거 참느라 혼났어. 얌전히 대꾸하자 우현이 기분 좋게 실실댄다.

필요한 것만 간단히 챙기라며 우현이 이따 봐, 한다. 통화를 마치고도 조금 더 핸드폰을 든 채 넋을 놓고 있던 하은이 곧 짐 가방을 꺼내어 옷과 물건들을 챙겨 넣는다. 3박 4일. 그것도 우현이랑. 단둘이 가는 게 아님에도 너무 좋아 손끝마저 부들부들 떨렸다.

아마 이거, 너랑 가는 첫 여행일 거야. 그렇지? 기대돼. 엄청. 게다가 제주도. 아! 엄마한테 전화해야겠다. 와.

"하은이 왔다."

"오, 우리 귀염둥이 오셨군."

"승효 녀석 봐라, 마중 가고 저 지랄이네."

"와하하하!"

택시에서 내린 하은이 공항으로 들어서자마자 주변이 소란해진다. 벌써 다들 모여 있던 모양으로, 두런두런 대화를 나누던 댄서들이 하은에게 달려가는 승효를 보고 웃어 댄다. 꾸벅 인사하는 하은에게서 승효가 짐 가방을 받아 들며 씩 웃는다. 이 녀석이 왜 이래. 별로 안 무거워 괜찮다는데도 제 어깨에 메고 돌려주지 않는 승효라서 하은이 별수 없이 그저 웃는다.

조금 더 시간을 때우고 있자니 문득 입구 쪽이 말도 못 하게 시끌시끌하기 시작했다. 항공사 직원이고 누구고 할 것 없이 곳곳에서 터져 나오는 여자들의 환호에 하은은 댄서들과 함께 고개를 돌렸다. 그러고 보니 아까부터 교복 입은 여학생들이 유난히 많이 보이긴 했었다. 어떻게들 알고 왔는지 우르르 떼로 몰려들어 꺅꺅대는 팬들 너머로 진호와 함께 들어서는 우현이 보인다.

아, 우현이다. 우현이 왔다. 와아!

"쯧, 오셨네, 민느님."

"이 새끼 아직도 꼬여 있어, 이거."

"내가 뭘. 민느님 맞잖아. 여자들 숭배하는 거 봐."

"얀마, 박정환. 너."

정환의 이죽거리는 말에 성태가 조용히 하란 눈짓을 준다. 조용히 지켜만 보던 한 대표가 갑자기 강제로 단합대회까지 보낸다는 건 어제의 일이 필시 계기가 됐을 터였다. 싫다고 마다하지 않고 가겠다는 우현도 나름 성의를 보이는 중일 거라는 생각이 성태에게는 있었다. 주변 댄서들의 말에도 아랑곳 않던 정환이 성태의 눈짓에 마지못해 꼬리를 내린다.

워낙 많이 몰린 탓에 우현과 진호의 걸음이 좀처럼 속도를 내지 못한다. 손을 뻗어 만지려고 안달인 팬들의 행태에 선글라스를 쓰고 있는 우현의 미간이 제법 일그러져 있었다. 그래도 빛이 난다. 눈부신 금발머리하며 가볍게 차려입은 듯한 검은 색상의 캐주얼한 니트 재킷과 블랙진이 더할 나위 없이 심플하고 세련돼 보인다. 하은이 저도 모르게 살짝 미소 짓는다.

우현이 연예인이라는 사실을 망각했던 적은 단 한 순간도 없었다. 팬들에 둘러싸여 있지 않은 평소에도 역시 연예인이구나, 라고 인식해 왔던 하은이다. 그 정도로 녀석의 잘생김이란 일반 사람 같지 않은 특별한 구석이 있었으니까.

그래서 더 어려웠을 것이다. 괜히 더 멀어 보이고 어려워서 우현의 마음을 쉽게 짐작하지 못했다. 그래도 이제는 다르다. 좋아한다니까. 좋아한다고 했으니까. 우현이가 나를.

순간 고개를 돌리던 우현이 하은을 발견하고 한쪽 입꼬리를 살며시 말아 올린다. 비록 선글라스 때문에 눈이 마주치지는 않았어도 우현이 저를 보고 있단 걸 알아챈 하은이 같이 따라 웃는다.

공항 직원들의 도움을 받아 간신히 팬들을 뚫고 들어온 진호가 탑승 수속부터 하자며 댄서들을 이끈다. 비즈니스 전용 라인에서 수속을 마치고 게이트로 나가 비행기에 오르는 동안에도 하은은 슬쩍슬쩍 우현을 살폈다.

괜히 다른 볼일이 있는 듯이 댄서들을 먼저 태운 우현이 마지막으로 하은의 뒤에 바짝 붙어 선다. 흠, 하는 작은 헛기침으로 우현이 하은에게 속삭인다.

"문자 보낼게."

"어? 어."

"전화도 할 거야. 너도 해."

"그래, 알았……."

"우현이 너 뭐해? 빨리 타."

바로 뒤에 따라올 줄 알았더니 없어진 우현을 찾아 진호가 위에서 소리친다. 시어머니가 따로 없다며 인상을 구긴 우현이 곧 하은 다음으로 비행기에 오른다.

비즈니스 석 전체를 빌린 모양으로, 여유롭게 자리를 잡고 앉은 댄서들이 내부를 쭉 둘러본다. 둘둘씩 짝을 지어 앉는 탓에 하은은 승효의 옆자리에 당첨되었다. 아마도 눈치 빠르게 선배 댄서들이 엮어 준 것임에도 찔린 하은은 우현 쪽을 살폈다.

벌써 안대를 하고 잘 준비 중인 제 옆의 진호를 째린 우현이 한껏 더 성난 얼굴로 하은을 돌아본다. 그 녀석 상대하지 마. 말도 하지 마. 싫어. 눈빛만으로 강한 제 의사를 전달하는 우현을 향해 하은이 작게 쿡 웃고 만다.

"턱받이 없으니까 침 안 떨어지게 해라."

"뭐?"

"입이 아주 귀에 걸렸다고, 너."

자꾸 혼자 실실대는 하은을 향해 승효가 볼멘소리를 내뱉는다. 아무리 생애 첫 연애라고는 하지만 어쩜 이렇게까지 티들을 팍팍

내 주시는지 눈꼴이 시어서 봐 줄 수가 없다는 승효의 말에 하은이 진짜 그렇게 티 나? 하고 묻는다. 눈을 동그랗게 뜨고서.

똑바로 마주하기 부담스러울 정도로 귀엽다. 왠지 날이 갈수록 하은의 얼굴이 더 예뻐 보이는 착각에 승효의 가슴이 두근댄다. 연애하면 예뻐진다더니 딱 그 짝이네. 쳇. 괜히 성이 나서 급히 시선을 피한 승효가 몰라 인마, 하며 안내책자를 뒤적인다. 어쩌지. 티 나면 안 되는데. 누가 알아채면 큰일인데. 염려스러운 맘에 손끝을 만지작거리며 하은이 혼자서 연거푸 한숨이다.

특별히 볼일이 없음에도 불구하고 비즈니스석에는 연신 승무원들이 출동해 정신을 산만하게 했다. 음료를 여러 번 권유하고 심지어 국내선인데도 식사가 필요하시냐고 묻는 등 서비스가 너무 과하게 이루어지고 있었다.

이게 다 민우현 녀석 때문이란 걸 모르는 이는 없었고, 당사자인 우현은 굉장히 심기가 불편해져 버럭하고 싶음에도 화를 꾹꾹 눌러 참아야 했다. 말썽 부리면 안 됐으니까. 댄서들하고든 누구든 분란 일으키면 팀을 바꿔 버린댔지, 아마. 귀찮아 돌아가시겠네, 정말.

승무원들의 요청에 미간을 찌푸린 우현이 할 수 없이 사인을 해 준다. 사진 촬영은 진호의 중재로 다행히 좋게 거절할 수 있었다.

"자, 많이들 드십시오."
"잘 먹겠습니다!"
"잘 먹을게요! 와우!"

"최고 최고! 히야!"

호텔에 짐을 풀고 라운지로 올라간 댄서들의 눈이 순식간에 휘둥그레진다. 넓은 홀 안에 해산물 위주의 고급 뷔페 음식들이 풍성하게 차려져 있었다. 씩씩한 인사에 진호가 한 대표 대신 생색을 내며 만족스레 웃는다.

말이 단합대회지, 댄서들이 보기에는 일명 우리 싸가지 우현이 좀 잘 부탁해요, 라는 식의 한 대표의 접대 같았다. 내일과 모레 잠깐 뮤직비디오에 들어갈 영상 컷도 딴다고는 했지만 나머지 시간은 무한히 자유스럽게 놀고먹고 마시라는 당부도 미리 건네받았다.

아무리 건방이 하늘을 찌르는 밉상이래도 소속사 대표가 이리 극진한 대접을 해 주니 뭐라 더 딴죽을 걸기도 볼썽사나운 것 같다는 생각에 그간의 서운함을 애써 떨친 댄서들이 이윽고 기분 좋게 식사를 시작한다. 열심히 접시를 채워 갖다 먹고 비우고를 반복하는 댄서들을 따라 하은도 접시를 들고 홀 안을 서성였다. 조심조심 회와 초밥들을 담고 있는데 옆쪽에서 인기척이 느껴진다.

"많이 먹어."

"어? 어. 너도."

"필요한 거 있음 말하고. 알았지?"

언제 왔는지 우현이 하은의 옆에 가까이 붙어 선 채로 음식을 담고 있었다. 남들에게는 들리지 않게끔 속삭이듯 낮게 말하는 우현과 눈이 마주치자 하은의 얼굴이 살짝 붉어진다. 알겠다고 고개를 끄덕이는 하은에게 이거 맛있어, 라며 우현이 연어 샐러드를 집어 접시에 놓아준다. 혹 누가 봤을까 봐 서둘러 주변을 살핀 하은이 하지 말라는 눈짓을 주며 다른 데로 이동한다.

음식을 집는 척하며 우현은 계속 하은을 따라다녔다. 남들이 보기에는 그저 이것저것 열심히 고르는가 보다고 생각될 수 있을 모양새였지만 내막을 알고 있는 하은은 죽을 맛이었다. 이러다 아예 같은 테이블로 와서 밥 먹겠다 나오는 거 아니냐는 생각이 들어 그만하라고 복화술로 말하고 자리로 돌아왔다. 아쉬운 듯 우현이 진호의 테이블로 가며 몇 번이나 하은을 본다.

"모쪼록 잘 좀 부탁해요, 김 단장님."

"저야말로요, 유 실장님."

"자, 다들 잔 채우셨으면 건배할까요? 건배!"

식사를 마친 댄서들을 데리고 진호는 호텔 지하에 위치한 가라오케로 향했다. 명색이 단합을 도모하는 자리에 술이 빠지면 안 된다는 진호의 의견은 댄서들과도 일맥상통했다. 특히 동갑내기인 성태와 진호의 리드에 금세 술자리가 후끈 달아올랐다.

최고급 과일을 안주 삼아 비싼 양주가 세팅되어지자 댄서들의 눈이 다시 또 휘둥그레진다. 오늘 대체 얼마를 쓰려는 거야. 한 대표가 가진 재산에는 비할 바 아니겠지만 이렇게까지 대접이 후하다니, 괜스레 어깨에 힘이 들어감을 느끼는 댄서들이다.

"뭐 봐?"

"어? 아니, 아무것도."

건배를 하기 전 도착한 우현의 문자에 난감해진 하은이 아무도 안 보는 틈을 타 입에만 대고 있던 잔을 내려놓는다. 이따가 제 방에서 와인 어떠냐는 질문에 아직 답을 못 한 하은이 고개를 들자 반대편에 있던 우현이 눈을 빛낸다. 어서 대답해 달라는 듯.

시작한 지 얼마 되지 않았음에도 이미 분위기는 급속도로 잘 무르익고 있었다. 이런 상태에서 어떻게 빠져나가려는 건지는 모르겠지만 둘만 있을 수 있다면 상관없는 마음이라 하은은 입가를 말아 올렸다. 대답을 알아들은 우현의 얼굴이 확연히 밝아진다.

하여간 진짜 염장질 제대로 한다. 이럴 거면 그냥 둘이 나가 버리든가 하지, 원. 절대 질척이는 성격 아니건만 왜 이렇게 배알이 꼴리는지. 심기 불편해진 승효가 혼자 소리 죽여 툴툴댄다. 그러는 동안 다시 건배가 이루어졌고 입에만 대고 잔을 내려놓는 하은의 행동을 알아챈 주영이 막둥이 뭐하는 거냐며 태클을 걸어왔다.

단체로 우우 야유를 보내는 선배 댄서들 때문에 마셔야 하나 잠시 고민하던 하은이 안 마시면 단체기합이라는 성태의 엄포에 할 수 없이 잔을 들어 올린다. 눈 딱 감고 마시려는데, 대신 낚아챈 승효가 단숨에 벌컥벌컥 잔을 비운다. 갑작스런 승효의 흑기사 행동에 여기저기 박수와 탄성이 쏟아져 나온다.

"와, 승효 남자다잉."

"그러게. 제 여자 취하는 건 못 보겠다 이거냐?"

"여기까지 와서 챙기고 있어, 저게. 작작해라, 인마."

"저 친구 둘이 사귀나 봐요?"

"네네, 우리 팀 막둥이 커플이에요. 완전 귀엽죠?"

왁자지껄 떠들어 대는 댄서들의 말에 진호가 끼어든다. 솔직히 댄서팀 멤버들을 자세히 보는 건 오늘이 처음이었고 당연히 남자들만 있을 줄 알았던 진호였다. 호오, 하는 표정으로 하은과 승효를 살피던 진호가 어디서 본 것 같다는 생각을 하면서 고개를 갸웃거린다. 글쎄, 기분 탓인가. 어쨌든 좋을 때다, 좋을 때야. 진호의 선두로 한 번 더 흥겹게 건배가 이루어졌다.

그런 반면 우현은 끓어오르는 화를 참느라 어금니가 다 나갈 지경이었다. 어찌나 세게 악물었는지 턱이 얼얼하기까지 했지만, 그럼에도 계속 승효를 죽어라 노려보고 있었다. 볼수록 귀여워. 잘 어울려, 둘이. 그러니까 내 말이. 뭐라 뭐라 떠들어 대는 댄서들의 말에 한숨을 푹푹 내쉬던 우현의 시선 안으로 문득 정환이 들어온다. 우리 팀 막둥이 커플 어쩌고 씨부린 자식이 너냐? 우현이 잔을 든다.

"건배해요."

"어?"

"마시자고요, 나랑. 싫어요?"

"어? 아니, 싫긴! 거, 건배!"

얼떨떨한 표정으로 우현과 부딪힌 잔을 정환이 깔끔하게 비운다. 갑자기 건배 권유를 받은 게 신기해서 멍해지려는데 금세 또 한 잔을 가득 채워 주는 우현이다. 또 건배. 천하의 민우현이 따라 주는 술에 혼이 쏙 빠져 버린 정환은 이상하다는 낌새도 느끼지 못하고서 잔을 비웠다.

건배. 다시 건배. 계속해서 정환만 먹이는 우현의 행동에 다른 댄서들이 정환의 어깨를 다독인다. 아마도 어제 일에 대해 먼저 사과하는 것 같다고 누군가 말하자 정환의 얼굴이 붉어진다. 명색이 제가 형인데, 안 그래도 우현에게 미안하다는 말 한마디 정도는 해야 하지 않나 속으로 생각하던 참이었다. 아무리 화가 났어도 그런 욕까지 내뱉을 건 아니었으니까.

겨우 흘러나온 미안, 하는 정환의 작은 목소리에 우현은 대꾸 않고 잔을 채웠다. 눈엣가시 정환을 훅 보내 버리려는 우현의 숨은 의도는 아무도 눈치채지 못하는 듯했다.

"나 올라간다, 형."

"그럴래? 데려다 줄게."

"됐어. 술이나 마셔."

만취가 된 정환이 동료 댄서들을 붙잡고 해롱거리는 모습을 보이자마자 우현은 몸을 일으켰다. 별 상대도 안 되는 게 까불고 있어. 꼭 이런 식으로 정환을 째리는 우현이 따라 일어서려는 진호를 말리고 문을 향해 걸어간다.

어느새 한껏 느슨해진 분위기의 술자리. 마지막으로 하은을 돌아본 우현이 슬쩍 눈짓을 한다. 난감한 하은이 아랫입술을 깨문다.

"들키고 싶으면 따라가든가."

"뭐?"

"나오라는 거 같은데. 가 보라고."

가라는 건지 말라는 건지 애매모호하게 내뱉는 승효의 말에 하은이 한숨을 내쉰다. 지금 바로 따라 나가면 의심을 살 게 뻔했다. 거나하게 취한 사람투성이일지라도 조심할 필요는 있으니까. 서둘러 우현에게 조금 이따 올라간다고 문자를 했다.

성태와 진호는 일에 관한 얘기를 곁들여 가며 술을 마셨다. 취해서 흐느적거리는 정환을 비롯해 정신 못 차리는 선배들도 몇몇 눈에 띄었다. 다 같이 일제히 잔을 채우고 잔을 비우고 하던 게, 이제는 각자 알아서들 마시는 형태로 돌변한 지 오래였다.

더는 억지로 마시지 않아도 되는 시점에 승효가 별안간 폭주를 한다. 채우고 비우고 따르고 마시고. 혼자만 벌컥벌컥. 졌다는 듯 담배를 꺼내 무는 선배들을 보던 하은이 가만히 승효를 주시한다. 크게 꿀렁거리는 목울대를 보다 입을 열었다.

"야. 그만 마셔."

"남이사."

"그러다 취해, 너."

"남이사."

"지승효."

얼굴색 하나 변하지 않았지만 마시는 속도가 장난이 아니었다. 단 한 번도 쉬지 않고 연거푸 잔을 비우는 승효를 보다 못한 하은이 말린다. 몹시도 조심스레 제 팔을 부여잡는 하은의 손에 승효가 멈칫한다. 그러더니 이내 밀치듯 뿌리친다.

그렇게 승효는 빠른 속도로 몇 잔을 더 비워 냈다. 안주 한 번 입에 대지 않고 물 마시듯 술을 들이켜는 모습에서 하은이 좀처럼 눈을 떼지 못한다. 어쩌겠는가. 본인이 마시겠다는데. 더 말리기도 뭐해 그만 일어서려 하자 승효가 한발 먼저 몸을 일으킨다.

어디 가느냐는 누군가의 질문에 화장실요, 하는 승효를 따라 하은이 저도요, 한다. 하다하다 이젠 화장실까지 같이 가느냔 핀잔과 함께 웃음소리가 터져 나왔다. 다행히 못 가게 붙잡지는 않아 가라오케 룸을 빠져나온 하은은 승효 뒤를 따라 걸었다. 그러다가,

"괜찮아?"

"미안. 좀 어지러워서."

화장실 앞에 거의 다 가서 갑자기 휘청거리는 승효를 하은이 얼른 붙잡는다. 하마터면 바닥으로 고꾸라질 뻔한 승효다. 조심조심 일으켜 세워 벽에 기댈 수 있게 해 주자 어깨를 들썩여 한숨을 푹 내쉰다. 진동하는 술 냄새에 하은이 살짝 인상을 쓴다.

"혼자 갈 수 있겠어?"

"못 가면. 같이 가 줄 거냐."

"뭐? 야!"

"농담이야. 그만 가 봐."

네 님이 기다리시잖아, 라며 승효가 장난스럽게 눈꼬리를 내린다. 말갛고 해사한 눈웃음이 어딘가 모르게 아련해 보이는 듯한 착각에 하은이 잠시 주춤한다. 그래, 갈게. 내키지는 않는 얼굴로 조금 더 앞쪽으로 걸어간 하은이 엘리베이터 버튼을 누른다.

괜찮으려나, 저 녀석. 어지간히도 신경이 쓰여 뒤를 돌아본 하은의 미간이 구겨진다. 기다렸단 듯 승효가 주르륵 쓰러지는 게 보였다. 조명이 약해 어두침침한 가라오케의 복도 구석에 저렇게 혼자 놔둘 수는 없는 노릇이었다. 하은이 얼른 승효에게로 다가간다.

"거봐, 취한다니까."

"어지럽다……."

"기다려. 누구 좀 불러올게."

"방에……. 갔으면 좋겠는데……."

머리가 아픈지 인상을 잔뜩 쓴 채로 승효가 중얼거린다. 룸으로 갔으면 싶다는 말에 얼른 누구라도 불러오겠다는 하은의 팔을 승효가 늦지 않게 잡는다.

"네가 좀 데려다 주라."

"뭐?"

"다들 술 먹는데 괜히 소란스럽게 굴기는 싫어. 부탁해, 응⋯⋯?"

당장이라도 정신을 잃을 것처럼 승효의 얼굴이 핏기 하나 없이 창백했다. 마지못해 하은이 조심조심 승효를 부축해 일으켜 세운다. 도착한 엘리베이터에 느릿하게 올라탄 하은이 층수를 누르고 뒤쪽으로 기댄다. 승효가 속을 가라앉히려는 듯 숨을 푹푹 내쉰다.

"키 어딨어. 줘."

"주머니에, 여기."

흐느적거리는 손으로 승효가 열심히 주머니를 뒤져 카드키를 꺼내어 든다. 서둘러 문을 열어 줬지만 승효는 좀처럼 제 몸을 가누질 못했다. 그래도 룸 안으로까지 같이 들어가는 건 왠지 아닌 것 같아 얼른 들어가라고 재촉했다. 무척이나 느린 속도로 걸음을 시작한 승효가 신발을 벗자마자 그대로 풀썩 고꾸라진다.

인상을 쓴 하은이 마지못해 안으로 들어간다. 자꾸만 힘없이 늘어지는 승효를 질질 끌듯이 데려다가 침대에 겨우 눕혔다. 짧은 거리였지만 훤칠하니 큰 사내 녀석을 부축하느라 손목이며 어깨가 다 뻐근할 지경이었다.

이만 가야겠다 생각하고 걸터앉았던 엉덩이를 떼는 순간, 하은이 확 끌려간다. 굉장한 힘으로 잡아당겨진 하은이 침대에 누운 자세로 질끈 눈을 감았다 뜬다.

뭐지. 눈 깜짝할 사이에 주객이 전도된 상황. 어느새 멀쩡한 얼굴로 돌아온 승효가 자신을 내려다보고 있었다. 두 팔로 하은을 가둔 승효가 살며시 얼굴을 들이민다.

"내가 진짜 남자로 보이지도 않나 보구나."

"뭐?"

"그렇잖아. 그러니까 이렇게 겁도 없이 따라 들어오지."

안 그래? 하고 나지막이 묻는 승효의 목소리는 지나치게 서늘했다. 웃음기가 싹 걷힌 표정마저 한없이 차갑고 냉랭한 그런. 차라리 간지럽게 눈웃음 흘리는 승효가 훨씬 낫다 싶을 만큼 부담스러운 딱딱함에 하은이 입을 다문다. 승효가 말을 잇는다.

"어떻게 해야 남자로 봐 줄래. 확 덮칠까?"

"미쳤어? 저리 안 비키냐?"

"어. 미친 것 같아. 내가 너 때문에 돌아 버리게 생겼거든."

"비키라고 했잖아. 저리 좀."

"내가 화난 것도 너는 안 보이지? 그렇지?"

"뭐?"

속이 상해 죽겠다는 표정으로 승효가 미간을 찌푸린다. 대놓고 말하지 않은 것뿐인데 어쩜 이리도 모른 척 외면이냐며 서운함을 가득 드러낸다. 화가 나? 왜? 정말 모르겠는 얼굴로 쳐다보는 하은의 모습에 별안간 짜증이 난다. 이런 순간마저 예쁘고 난리냐 너는. 제기랄.

가슴팍을 떠미는 하은에게서 승효가 순순히 물러난다. 황급히 몸을 일으켜 나가려는 하은의 손목을 승효는 다시 또 잡아 버리고 말았다. 5분만. 딱 5분만 줘, 나한테. 손목을 뿌리치고 멀찍이 떨어져 서는 하은을 승효가 바라본다.

철저하게 세워진 경계 벽. 도저히 넘을 수 없게 보이는 커다랗고 단단한 울타리. 민우현이라는 녀석이 이 정도구나, 싶다. 미처 몰랐던 것도 아닌데 왜 이렇게까지 가슴이 시리고 아릴까. 자꾸 앞만 보고 가려는 이 감정을, 나는 어떻게 해야 하지?

서하은. 있잖아. 모르겠어. 나는. 도무지 네가, 네가…… 너무…….

"중학교 졸업식 날, 교통사고가 났어."

느릿하게 몸을 일으킨 승효가 담배를 꺼내어 입에 물며 창가로 향한다. 드리워져 있던 커튼을 밀치자 컴컴한 바깥이 바로 보이는 그 앞에서 조용히 불을 붙인다. 후욱, 하고 연기를 내뱉는 승효의 뒷모습을 하은이 본다. 유리에 비치는 하은을, 승효가 본다.

"부모님 두 분 그 자리에서 돌아가시고 나랑 여동생만 살아남았어. 나보다 10살이 어려. 그때가 나 열여섯, 동생은 여섯, 그랬었지."

"……."

"달리 신세질 곳이 없어 미국에 계신 큰아버지 댁에 얹혀살기 시작했어. 유일한 친척이었거든. 친하지는 않았지만 그나마 우릴 보살펴 줄 만한."

낮게 깔린 굵은 목소리로 승효가 조금씩 자신의 이야기를 풀어놓는다. 마치 타인의 얘길 전하듯 너무도 덤덤하게, 그러나 그 안에 내포된 외롭고 쓸쓸한 감정만은 고스란히 간직한 채로 승효는 말을 이었다. 천천히 뒤쪽 벽에 등을 기대며 하은이 경청한다.

"괜찮을 거라 생각했는데 의외로 어렵더라. 눈칫밥이라는 거. 큰어머니랑 두 형들이, 좀 지나칠 정도로 괴롭혔어. 우릴."

"왜?"

"갑자기 딸린 군식구가 싫었겠지. 그래도 큰아버지 때문에 내쫓진 못하고. 원래는 나 스무 살 돼서 독립하려고 했는데 큰아버지가 승희 생각하래서."

아, 승희는 내 여동생 이름, 이라며 승효가 잠시 하은을 돌아봤다. 몰랐는데 승효의 눈동자가 이리저리 심하게 흔들리고 있었다. 불안. 좌절. 고통. 힘겨움. 수많은 감정들이 엿보이는 위태로운 눈빛에 가슴이 욱신거렸다. 승효가 창문에 등을 기댄다.

그리고 승효는 잠시 이야기를 끊었다. 입으로 담배를 가져가는 승효의 손끝이 미약하게 떨리고 있었지만 하은은 애써 모른 척 건드리지 않았다. 이렇게까지 아픈 부분이 존재할 줄은 몰랐었는데. 늘 밝게 웃기만 하던 승효의 상처가 의외로 너무나 크고 깊다.

어떻게 견뎠을까. 어떻게 참고 지내 왔을까. 너는. 그런데도 어째서 항상 웃는 얼굴이었는지. 일부러 더, 웃는 거였어……?

마지막으로 길게 빨아들인 담배를 비벼 끈 승효가 다시금 눈꼬리를 내린다. 제 딴엔 자연스럽게 짓는 눈웃음이 한없이 아프고 처연하게만 보였다. 먹먹한 가슴을 가라앉히려 하은이 소리 죽여 한숨을 내쉰다. 승효가 민망한지 뒷머리를 벅벅 긁어 댄다.

"미안. 원래는 우울한 얘기하려던 게 아니고 그냥 나 그렇게 살았었다, 말하려고 했는데."

"사과를 왜 하냐. 괜찮아."

"분위기 참 뭐하다, 그치? 이런 거 나랑 안 어울리는데. 혹시 기분 언짢아진 건 아니지? 내가 술이 좀 과했나 봐. 미안하다."

"지승효."

"미국에 안 갔으면 어땠을까. 그런 생각이 들었어."

가만히 창틀에 두 손을 얹으며 승효가 하은을 주시한다. 넓게 각이 진 어깨가 더할 나위 없이 아련하고 안쓰러웠다. 상처를 몰랐을 때는 느끼지 못했던 감정들의 난입에 하은이 침묵을 지킨다. 승효가 희미하게 웃으며 하은을 바라본다.

"사고가 안 나서 계속 한국에 있었다면 우리, 만날 수도 있지 않았을까? 수백만 분의 일 확률이라고 해도 어쩌면 너와 나 만날 수도 있었겠지?"

"글쎄."

"중학교 때 나도 캐스팅 같은 거 엄청 당했거든. 모델 해라 배우 해라, 제의 많이 받았어. 물론 네가 민우현 연예인이라서 좋아하는 건 아니지만 그래도. 어쩌면, 어쩌면 우리."

"승효야."

"나는 이제 시작인 것 같아. 그래서 미치겠어. 너 때문에."

기회조차 얻지 못하고 이대로 접으려니 너무 힘들다며 승효가 웃는다. 어쩌면 울상인 얼굴이 더 어울릴 법한 말투와 목소리를 하고서도 승효는 그저 웃었다. 출발선이 다른 것뿐이야. 그렇게 생각하면 안 될까? 떼라도 쓰려는 마음이 전해져 온다. 사뭇 조르는 것도 같은.

그래. 어쩌면. 그랬을 수도 있겠다. 조금만 더 일찍 만났더라면, 해서 우현에게 이렇게까지 빠지기 전이라면 아마 지금보단 더 승효에게 희망적인 상황일 수도 있었을 거란 생각이 스친다. 그렇지만 그건 가정일 뿐이다. 현실적으로는 곤란한. 결코 있을 수 없는. 알잖아.

그러니까, 그러니……까……. 미안해, 승효야. 미안해. 정말 미안.

잘 자, 하고 작게 내뱉은 하은이 느릿하게 돌아서서 문으로 향한다. 승효는 섣불리 부르지도, 다가가지도 못하고 멀어지는 하은을 본다. 달칵, 하고 열리는 문 너머로 하은이 사라진다. 승효의 고개가 떨구어진다.

누군가에게 사귀자는 말을 해 본 게 단연코 처음이었다는 걸 하은은 알까. 이제껏 누군가를, 진심으로 좋아해 본 적도 없었는데. 그랬는데.

씁쓸하게 말려 올라가는 입가가 파르르 떨려 온다. 다시 담배를 꺼내어 문 승효가 태연한 척 돌아서서 창밖을 바라본다. 이미 완벽히 졌다는 걸 알고 있다. 인정하지 않는 건 아니었다, 다만, 다만……. 승효가 고개 젖혀 천장을 보며 한숨을 내쉰다.

"여보세요?"

[언제 와. 보고 싶어.]

하은이 엘리베이터를 지나 자신의 룸 앞에서 서성인다. 갑자기 다운된 기분에 우현에게 가도 되나, 란 생각이 들어 머뭇거리고 있는데 때마침 전화가 걸려 왔다. 보고 싶다고. 빨리 오라고. 칭얼거리는 우현의 말에 하은이 작게 웃는다.

"안 그래도 지금 가려고."

[진짜? 마중 나갈까?]

"누가 봐. 그냥 있어. 몇 호랬지?"

[2510호. 스위트 룸 층 오른쪽 끝.]

"알았어, 갈게."

[빨리 와.]

"응."

당부를 거듭하는 우현의 말에 하은이 얼른 엘리베이터 버튼을 누른다. 1층에서 이제 막 올라오는 엘리베이터를 기다리고 있자니 심장이 조금씩 빨리 뛰기 시작했다. 벌써부터 이런다. 막 설레고 긴장되고 막. 소리 없이 웃는데 문이 열린다.

우와.

안에 누군가 타고 있음에 멈칫했던 하은의 눈이 커다랗게 떠진다. 남자와 여자. 안경을 쓴 평범한 외모의 남자보다도 옆의 여자에게 저절로 시선이 갔다. 인형이 살아 있다면 저런 느낌이 아닐까. 하얗고 작은 얼굴. 지나치게 예쁘고 귀여운 여자다.

얼른 안 본 척 시선을 거두고 올라탄 하은이 다시금 여자를 훔쳐본다. 소매가 없는 하늘하늘한 원피스 차림은 여자의 마른 몸매를 그대로 드러내 주고 있었다. 길쭉한 팔과 다리. 잘록한 허리. 붉은 입술. 새침하면서도 앙증맞은 고양이 과의 이미지.

남자라면 다들 눈을 못 뗄 것 같다. 여자인 자신도 이렇게나 넋이 빠지는데 말해 뭐해. 부러움을 넘어선 동경심마저 생긴다. 이참에 치마를 입어 볼까 무던히 고민하는데 엘리베이터가 스위트 룸 층에 도착했다. 여자와 남자의 뒤를 이어 하은이 내린다.

"왜 이렇게 늦게 오냐."

지나가던 직원이라도 볼까 봐 복도가 조용해지길 한참 기다리고 나서야 우현의 룸에 노크했다. 내내 기다린 모양으로 곧장 문을 연 우현이 하은의 손목을 덥석 안으로 잡아끈다. 문을 닫자마자 품에 안아 버리는 우현 때문에 하은이 호흡을 멈춘다.

아이참, 갑자기 이러면 떨려서 죽을지도 모르는데. 내막을 모르는 우현은 하은을 더욱 힘주어 꼭 안고 놔주질 않는다.

"뭔 일 난 줄 알았잖아."

"그랬어?"

"그래. 도로 내려가 보려고 했어."

참다 참다 전화를 걸었다는 우현이 살며시 품에서 하은을 떼어 내려다본다. 미간을 약간 구긴 채로 응시하는 우현의 눈빛에 염려와 걱정이 빼곡히 들어차 있었다. 미안한 얼굴로 쳐다보는 하은에게 우현이 짧게 입을 맞춘다. 이제는 참, 자연스럽다.

잠시 더 그렇게 바라보던 우현이 하은을 데리고서 소파가 있는 곳으로 향한다. 앉아 있으라고 말하고 부엌 쪽으로 사라지는 걸 보다가 주변을 두리번거리며 열심히 스위트 룸을 구경했다. 과연 자신들의 룸과는 비교도 되지 않을 만큼 넓고 예쁘고 훌륭하다. 부엌에 테라스에 침실까지 따로 있는 구조가 웬만한 아파트 저리 가라일 정도로. 우현이 곧 와인을 들고 다가온다.

"내일하고 모레 뮤비 영상 딴다는 건 들었지?"

"응."

"댄서들 샷도 있다니까 좀 바쁠 거야. 계속 대기해야 하고."

"아……."

"그거 끝나고 들르겠다고 말씀드려 놔."

"응?"

"부모님한테 말이야. 오늘은 나랑만 있고."

방해받고 싶지 않아, 라고 말하며 우현이 와인을 따른다. 졸졸졸 채워지는 빛깔 예쁜 레드와인을 바라보던 하은이 우현의 말에 시선을 올린다. 전화는 드렸냐고 묻는 말에 고개를 끄덕이 자 잘했어, 한다. 당장 보내 드리지 못해서 죄송하네, 라고 하면서.

왜 마침 제주도려나 했었다. 다른 많은 곳을 놔두고 어떻게 제주도를 택했을까. 우현이 정도면 분명 해외에서 뮤직비디오를 찍을 텐데라는 생각에 내내 가져왔던 하은의 궁금증이 이제야 풀렸다. 아마도 자신을 위해 제주도로 가자고 해 줬을 우현의 마음. 그 속내까지.

고맙다는 말 대신 작게 웃은 하은이 잔을 건네받는다. 가볍게 잔을 부딪쳐 머금자 쌉싸름하면서도 달콤한 향이 입안 가득 퍼졌다. 포장지를 벗긴 조그마한 치즈 조각을 우현이 하은에게 내민다. 앙, 입을 벌려 받아먹는 하은을 향해 우현이 살며시 웃어 준다.

"우와, 수영장도 있네."

"수영할래?"

"에?"

천천히 와인을 마시며 음악을 들었다. 소파에 편하게 앉아 느릿한 음악에 귀를 기울이자니 마음까지 느슨해지는 것 같았다. 도수가 제법 있어 서두르지 않고 마시면서 룸 안을 둘러보며 구경했다. 널찍한 테라스 너머로 뭐가 반짝인다 했더니 물이다.

"해도 돼?"

"되지 그럼."

"춥지 않을까."

"어디 보자, 바람 부나."

직접 테라스 문을 연 우현이 손을 뻗어 온도를 확인한다. 밤 10시가 조금 넘은 시간이긴 해도 많이 쌀쌀할 정도는 아니었다. 괜찮은데, 라는 우현의 말에 하은이 먼저 밖으로 나가 본다. 우현이 와인과 치즈가 든 접시를 챙겨 들고 뒤를 따른다.

호텔 꼭대기 층에 위치한 스위트 룸은 굉장한 크기의 수영장까지 딸린 독립적인 구조였다. 높은 담이 설치되어 있어 각각의 룸이 엿보일 리 없었고 물도 매일 갈아 놓는지 매우 깨끗했다.

그래도 수영복이 없기에 둘러만 보던 하은이 도로 들어가자며 룸 쪽으로 몸을 돌린다. 가려는 하은의 손을 부여잡은 우현이 조심스레 제게로 끌어당긴다. 두근. 무척이나 가깝게 자리해 버렸다.

"수영하자며."

"수영복이 없어."

"속옷 있잖아."

"그건 좀."

"아무도 안 봐. 뭐 어때."

살며시 하은의 허리에 손을 두르며 우현이 눈을 깜빡인다. 느릿하게 감겼다 떠지는 눈꺼풀 너머로 까만 눈동자가 그윽하게 빛났다. 꿀꺽. 저도 모르게 마른침을 삼킨 하은이 어색하게 웃는다. 우현이 아주 살며시 얼굴을 들이밀고 낮게 속삭인다.

"아니면 다 벗고 하든가."

"뭐?"

"알몸으로 수영해 보고 싶었는데. 너는?"

"무슨, 야."

"나 지금 너 유혹하는 거야. 모르겠어?"

뭐……?

잠긴 듯이 나른한 목소리로 우현이 읊조린다. 우현의 은근한 체취에 안 그래도 녹아내릴 듯 정신이 몽롱해지던 하은은 유혹이라는 말에 작게 어깨를 떨었다. 단단하게 허리를 잡고 있던 우현이 하은에게서 와인 잔을 빼앗아 내려놓는다.

잊고 있었다. 데뷔하자마자 각종 설문조사 차트를 휩쓴 민우현의 위엄을. 섹시한 남자연예인 1위, 알고 보면 선수일 것 같은 남자 1위, 애인 삼고 싶은 남자 1위, 밤에 돌변할 것 같은 남자 1위, 그리고, 그 어떤 여자도 단숨에 유혹 가능할 남자 1위.

나이와 장르를 불문하고 1위를 석권한 것은 우현의 눈빛 때문이었다. 소년 같은 얼굴에 예쁘고 곱상한 이미지와는 다른, 어딘가 탁함과 야릇함을 머금고 있는 바로 저 눈빛. 시크하고 차가워 도도하기까지 한 눈빛이 곧 섹시함으로 연결된 거였다.

투둑, 툭. 입고 있는 셔츠의 단추를 천천히 풀어헤치는 우현의 모습에 하은이 바짝 긴장한다. 곧 드러나는 탄탄한 가슴팍. 괜히 수영 얘기를 꺼냈다고 후회하는 하은에게로 곧 우현이 손을 뻗는다. 여전히 뚫어져라 하은과 눈을 맞춘 채로.

두근두근. 세차게 뛰어 대는 심장. 난감함에 아랫입술을 얕게 깨무는 하은의 니트가 서서히 위로 끌어 올려지고 있었다.

우현의 검은색 브리프는 얼핏 수영복 같게도 보이는 반면 하은의 아이보리색 세트 속옷은 누가 봐도 수영복은 아니었다. 때문에 속옷을 수영복 대용으로 쓴다는 것에 거부감이 들었지만, 그래도 알몸으로 수영하는 것보다는 훨씬 마음이 편했다.

하여 우기고 우겨 속옷은 입기로 한 하은이 수영장 끄트머리에 쪼그리고 앉아 조심스레 발을 내린다. 으, 차가운데? 엄청 차! 어쩔까 망설이고 있자니 먼저 들어간 우현이 손을 뻗는다.

우현의 가슴팍에서 넘실거리는 물을 보다가 손을 내밀었다. 천천히 조심조심 우현이 하은을 물속으로 들여 준다. 전신이 다 들어가는 순간 너무 차가워서 그만 우현에게 와락 안겨 버렸다.

"그렇게 차가워?"

"응! 엄청!"

"그냥 들어갈까?"

"안 돼, 벌써 다 젖었는걸."

억울해서라도 놀아야겠다며 하은이 고개를 든다. 품에 안긴 상태로 올려다보는 하은을 향해 우현이 살며시 시선을 내린다. 바짝 밀착된 몸. 똑바로 마주치는 눈빛에 심장이 두근, 하고 내려앉는다. 어색하게 웃으며 하은이 우현에게서 떨어진다.

떨림을 감추려 하은이 살살 뒷걸음질을 친다. 우현의 가슴팍까지 와 닿는 물이 하은에게는 목덜미에서 찰랑일 만큼 깊었다. 쉴 새 없이 종종걸음으로 뛰며 목 끝에 간당간당 차는 물을 느끼고 있는 하은의 모습을 우현이 말없이 가만 지켜본다.

귀여워 죽겠다. 뭐 저런 생명체가 다 있나 싶고. 충분히 오랜 시간 봐 왔다고 여겼던 하은이 왜 이렇게 매번 새롭기만 한지. 터지려는 웃음을 참으며 우현이 조심조심 하은에게로 다가간다. 점차 도로 가까워지는 우현을 알아챈 하은이 대뜸 말한다.

"우리 저기까지 시합하자."

"시합?"

"누가 먼저 가나. 어때? 앗!"

난데없이 레이스를 제안한 하은이 제자리에서 종종 뛰던 끝에 발을 헛디딘다. 자신감 있게 제안한 것치곤 영 허술하기 짝이 없는 그 모습에 우현이 웃으며 서둘러 하은을 잡아 준다. 머리까지 꼴깍 들어갔다 나온 하은이 눈을 질끈 감고 어푸푸, 한다.

우현은 하은의 얼굴을 살살 어루만져 쓸어 줬다. 잠깐만 손이 닿아도 가슴에 불이 난다. 당장 입이라도 맞추고 싶어 근질근질하다. 그런 우현의 속도 모른 채 하은이 헤헤, 하고 웃는다. 인내심의 한계를 느낀 우현이 갑자기 승부욕을 장전하며 똑바로 선다.

"좋아. 이긴 사람 소원 들어주기다."

"응?"

"무조건 들어주기. 무조건이야. 준비. 시⋯⋯."

"어, 잠깐잠깐."

웃자고 던진 말을 죽자고 받는 우현 때문에 하은이 잠시 주춤한다. 갑자기 소원이라니? 뭐가 어떻게 되는 상황인 건지 파악하려는데 이미 준비 자세를 취한 우현이었다. 이기면 되지, 뭐. 옆쪽에 나란히 선 하은을 향해 이윽고 우현이 시작을 외친다.

컴컴한 밤 제주의 한 호텔 스위트 룸 수영장에서 별안간 죽음의 레이스가 펼쳐졌다. 무척이나 빠른 속도로 물살을 가르면서 나아가는 우현과 하은은 엎치락뒤치락 그야말로 박빙의 초접전이었다. 물론, 그건 어디까지나 초반에 국한된 이야기였지만.

중간 즈음도 채 못 가 슬슬 거리가 벌어지기 시작했다. 가히 무서운 속도로 치고 나가는 우현을 하은이 당해낼 리 만무했다. 남자와 여자의 차이라고 보기에는 뭔가 석연치 않은 힘의 탄력으로 미친 듯이 우현이 나아간다. 승! 하은이 수영을 멈춘다.

"다시. 다시 하면 안 돼?"

"안 되지."

"치사해. 이러기야?"

"내가 뭘."

"와."

젖은 머리를 쓸어 올리며 조금씩 다가오는 우현을 향해 하은이 눈을 흘긴다. 두 손으로 얼굴의 물기를 훔쳐 낸 하은이 어떻게 봐주지도 않느냐고 작게 성을 낸다. 솔직히 몰랐으니까. 우현이 수영까지 잘할 줄은. 졌다는 것에 하은이 마구 서운해한다.

남자가 여자 상대로 전력을 다한 것이 찜찜하긴 해도 무를 생각은 절대 없다. 게다가 먼저 말을 꺼낸 건 엄연히 하은이다. 고로 제가 찔려할 상황이 결코 아니라고 스스로를 다잡는 우현이었지만 뾰로통한 하은의 표정에 괜스레 미안해지고 만다.

뭐라 뭐라 혼잣말로 중얼거리는 하은의 입술에서 눈이 떨어지지 않는다. 미안이고 나발이고 입 맞춰 버리면 그만이지 않을까. 봐주자 생각하니 이거야말로 참 끝도 없다. 어쩜 이렇게까지 하은에게 약해지고 있는지. 우현이 졌다는 듯 픽 웃어 버린다.

"알았어. 다시 해."

"정말?"

"대신 이번에도 내가 이기면 소원 두 개다."

"응. 근데 나 쫌 앞에서 시작하면 안 될까?"

아예 대놓고 봐 달라고 나오는 하은이 살포시 눈꼬리를 내린다. 저야 그냥 머쓱하고 민망해서 웃는 것이겠다만 부드럽게 휘어지는 눈매에 우현의 심장은 벌렁벌렁 난리도 아니었다. 그러든지. 알았어. 하은의 말을 차마 거절 못 하는 우현이다.

헤실헤실 웃는 하은이 정확히 절반 정도 되는 지점까지 앞으로 나아간다. 이건 누가 봐도 하은에게 유리한 상황인 터라 우현이 작게 툴툴댄다. 그건 너무하지 않느냐고 말하자 하은이 딱 한 걸음만 뒤로 물러난다. 할 수 없이 우현이 준비 자세를 취한다. 그리고,

"소원 두 개."

"와, 말도 안 돼. 와."

최선을 다했음에도 불구하고 결과는 역시나 우현의 승리였다. 진짜 무슨 물개가 따로 없었다. 하은이 못내 원통해 어쩔 줄을 모른다. 끄트머리에 팔을 얹으며 작게 인상 쓰는 하은을 보며 우현이 승리의 미소를 입가에 띠었다.

젖은 금발머리를 대충 손으로 헝크는 모습마저 빛이 난다. 한 손으로 얼굴의 물기를 쓸어내리며 웃는 우현의 모습에 하은이 잠시 입을 다문다. 왜? ……아냐. 아무것도 아니라며 얼른 시선을 거두는 하은에게 우현이 바짝 다가가 하은의 허리를 잡는다.

놔주지 않을 것처럼 단단히 부여잡는 우현 때문에 하은이 옴짝달싹 못하고 갇힌다. 살짝 맞닿은 둘의 가슴이 자그맣게 들썩였다. 문득 귓가가 아득해지는 착각에 하은이 두 눈을 꼭 감았다 뜬다. 현실이 현실 같지 않은 생경함. 우현이 조금 더 가까워진다.

"왜. 빨리 말해."

"아니라니까."

"뭐가 아니야. 말해 봐. 뭔데."

"그냥."

"그냥 뭐."

"너 웃으니까. 보기 좋아서."

한껏 얼굴을 들이밀고 쳐다본 이유를 말하라는 우현의 회유에 할 수 없이 하은이 입을 연다. 그렇게 예쁘게 웃는 걸 본 적이 거의 없다는 하은의 말이 날카로운 가시가 되어 우현의 귓가로 파고든다. 그랬나. 그렇게까지, 내가. 괜히 미안함에 우현의 표정이 딱딱해지자 하은이 당황한다. 뭐라 더 말을 이으려는 하은을 우현이 살며시 팔을 둘러 품에 꼭 안아 준다.

감정이 섞이는 것 자체가 두려웠었다. 속에 품은 마음이 무엇인지 알기도 싫었고, 그 마음이 나아가 다른 감정으로 더 크게 자라날까 미리 겁을 내고 막아서는 것에만 급급했다. 집착하기는 싫었으니까. 한 번 무너지면 끝도 없이 무너지는 것이 바로 사람의 마음이란 걸 우현은 알고 있었고, 그런 것들이 너무 무섭고 두려워 어떻게든 피하려 애를 쓴 거였다. 참, 미련하게도.

말하지 않고서는 절대 몰라주는 착한 녀석을 그동안 너무 많이 애태웠다. 좋으면서. 좋아하면서 좋아하지 않겠다고. 계속. 솔직히 아직도 겁은 나지만 좋으니까. 이렇게까지 미쳐 버리게 이 녀석이 좋은 것뿐이니까. 우현이 나지막이 목소리를 낸다.

"나 때문에 많이 아팠어……?"

컴컴한 어둠이 내려앉은 조용한 수면 위로 우현의 목소리가 울려 퍼진다. 나른하고 달달한, 감미롭고 부드러운 낮은 허스키. 무심하고 차가운 목소리가 아니라선지 순간 코끝이 시큰거렸다. 대답을 아끼는 하은을 더욱 꼭 안으며 우현이 말을 잇는다.

"나 때문에, 많이 힘들었어? 그랬어……?"

툭 하면 시간 뺏고 부려 먹고. 그것도 모자라 사소한 일에도 화내고 성질부리고. 당시에는 별것 아니라고 생각했던 일들이 하나둘 머릿속에 되새겨지자 더 많이 미안해진다. 왜 그랬을까. 좋으면서. 좋다고 표현하지 못했을까. 단 한 번도. 왜 나는.

고맙다는 생각을 하면서도 표현하지 않았다. 당연하다고 생각한 적도 물론 있었다. 그래야 한다고. 그게 맞다고, 예전에는. 그럼에도 긴 시간 동안 혼자서만 바라본 하은이었다. 돌아오지 않을 메아리를 알고도 수백, 수천 번이나 자신을 불러 댔던.

다신 그렇게 상처 주지 않겠다고 말하며 우현이 한 손을 들어 올려 하은의 뒷머리를 어루만진다. 조곤조곤 속삭여지는 목소리와 따스한 손길에 끝내 울컥 목이 멘다. 이런 식의 다정함이 우현에게 존재할 줄 꿈에도 몰랐다. 바라지도 않았다. 근데, 근데…….

있지. 사람이 너무 좋으면 막 슬퍼지는 건가 봐. 행복하다는 말로는 다 안 될 것 같아, 지금 내 이런 기분들. 우현아.

뿌옇게 흐려지는 시야를 참으려 하은이 입술을 질끈 깨문다. 조심스레 품에서 떼어 낸 우현이 하은의 얼굴을 감싸 쥔다. 그리고는 엄지로 살살 하은의 눈가를 매만져 눈물을 훔쳐 낸다. 조용히 우현과 눈을 맞추며 하은이 입가를 말아 올린다.

"소원."

"응?"

"써야겠다. 예뻐서."

잠시 더 하은의 눈가를 어루만지던 우현이 하은을 들어 올려 두 다리를 슬쩍 제 허리에 두르게 한다. 하마터면 뒤로 넘어갈 뻔한 하은이 얼른 우현의 어깨를 부여잡았고, 그러기가 무섭게 우현이 하은의 허리를 감싸 당겨 더욱 몸을 바짝 밀착시켰다.

훨씬 더 가까워진 둘 사이의 거리. 두근, 하고 심장이 내려앉는 기척이 느껴졌다. 여전히 조용한 어둠 속에서. 그렇게.

"써도 되지?"

"뭔데?"

"된다고 말해, 얼른."

"들어 보고 결정하면 안 돼?"

"키스."

"어?"

네가 해 주는 키스, 라며 우현이 느릿하게 눈을 감았다 뜬다. 제가 먼저 하는 것 말고 하은이 직접 제게 해 주는 키스를 꼭 당해 보고 싶다며 혀로 입술을 훑는 우현이었다. 타액으로 적셔진 우현의 입술이 순간 반짝인다. 무척 탐스럽게. 촉촉하게.

키스를 하겠다는 것도 아니고 해 달라는 얘기에 하은이 눈에 띄게 당황한다. 못 하겠다는 말이 당장이라도 목을 뚫고 밖으로 새어 나오려 했지만 그러기엔 우현의 눈빛이 너무도 과한 기대감에 가득 차 있었다. 해 줘. 나한테. 고개를 살짝 뒤로 젖힌 우현이 얌전히 입술을 내밀며 눈을 감는다. 두근두근. 이러다 심장이 터져 버리는 건 아닐까. 하은이 아주 천천히 얼굴을 가져간다.

들어 올려진 탓에 하은의 얼굴이 우현보다 약간 위쪽에 있었다. 내려다보는 우현의 얼굴이 지나치게 곱고 근사해 하은은 잠시 더 뜸을 들였다. 괜히 우현의 어깨만 힘주어 만지작거리며 가까이에서 머물렀다. 그러다 이내 결심한 듯 살며시 입술을 댔다.

잘 맞물려진 우현의 따스한 입술에 닿는 순간 하은은 눈을 감았다. 이렇게 살짝 대고만 있어도 심장이 미친 듯이 쿵쿵거린다. 좋아서. 부드럽고 달고 그저 은은해서. 하은이 약하게 입술 끝에 힘을 싣는다. 그리고는 살그머니 우현의 입술을 머금는다.

쪼옥…….

살짝 벌린 입술로 우현의 입술을 빨았다. 차츰 혀까지 내밀어 조심스럽게 머금고 빨았다. 윗입술 아랫입술 차례로 탐하자 우현이 조금씩 입을 벌린다. 그걸 신호로 하은은 부드럽게 혀를 넣었다. 아주 깊게는 아니고 살짝만. 들어갔다 나오듯이.

몇 번 그렇게 들락날락거리자 우현이 흐, 하는 소리를 낸다. 다소 감질나게 핥는 동작이 썩 싫지는 않아 보이는 우현이라 하은은 얼마간 더 약하게 움직였다. 살며시 천장을 훑자 우현이 허리를 더 꼬옥 안는다. 곧 뜨거운 우현의 혀와 부딪혔다.

순순히 입만 벌려 준 채로 있는 우현에게 하은은 정성껏 키스를 했다. 다가오지는 않았지만 그렇다고 아주 가만히 있지도 않는 우현의 혀가 이윽고 점차 움직임을 보이기 시작했다. 조금씩 뒤엉켜 오는 우현의 혀로부터 달짝지근한 맛이 느껴진다. 따뜻하면서도 달다. 부드럽고 향긋하고 매끈매끈한 우현의 혀가 소름 끼치도록 감미로움에 몸이 슬슬 약하게 떨렸다.

살며시 하은이 우현의 목에 손을 두른다. 그 바람에 우현과 조금 더 가까워졌다. 말랑하고 달달한 우현의 혀와 입술을 연신 쪽 쪽 빨고 핥던 하은이 문득 위화감에 살짝 눈을 뜬다. 응? 언제부 터 보고 있었던 걸까. 우현의 눈이 반쯤 열려져 있다.

너……?

"하아, 왜……."

"눈……."

"계속해……. 해 줘, 더……."

"하읍."

입술을 떼려고 하자 우현이 한껏 강하게 혀를 내민다. 순간적으 로 질끈 감았던 눈을 하은이 도로 떴다. 여전히 우현은 눈을 반쯤 뜬 채로 자신을 바라보고 있었다. 깜빡깜빡. 계속해서 움직여지는 우현의 격한 혀 놀림에 끌려가는 입장이 되던 하은이 황급히 우현 의 어깨를 짚고 혀를 빼낸다. 미친 듯이 뛰는 심장을 억누르는 하 은에게 우현이 아쉬운 얼굴로 묻는다.

"왜 그만해?"

"왜 보는데."

"보고 싶어서. 안 돼?"

"어. 싫어."

"왜?"

혼자 뭐라 말을 정리하던 하은이 이내 왠지 변태 같잖아, 라며 시선을 피한다. 어딘가 굉장히 많이 부끄러운 기색이 읽히는 하은 이라 우현이 잠시 멍해진다. 발갛게 달아오른 두 볼, 조금 입술을 내밀어 삐죽이는 하은의 모습에 우현이 픽 웃는다.

달달한 키스의 여운에 귀여운 모습까지 더해져 우현은 당장이라도 폭발할 것 같은 위험한 자신을 느꼈다. 서둘러 하은의 볼에 쪽쪽 입을 맞춘 우현이 알았어, 안 볼게, 한다. 하지만 이미 심통이 나 버린 하은이 우현에게서 냉큼 떨어져 나온다.

느릿하게 물속을 가르며 저만치 멀어지는 하은을 우현이 얼른 쫓아간다. 말로는 저리 가, 하면서 하은은 좀처럼 우현에게서 시선을 떼지 못했다. 눈이라도 마주치면 몰래 웃으며 다시 도망가 버리는 하은이 귀여워 우현은 자꾸만 하은을 쫓아다녔다.

도망가고 쫓아가고, 멀어지고 다시 가까워지고. 남들이 보면 놀고 있네, 라고 생각할 장면을 연출하던 하은과 우현이 이내 아까처럼 가까이 서로 마주한다. 조심스레 뻗은 손으로 하은의 허리를 감싸 당겨 안는 우현이 가만히 하은과 이마를 맞댄다.

먹고 싶어. 욕심나. 머리부터 발끝까지 전부 다. 입에 넣고 혀를 굴려 모조리 맛봤으면 좋겠어. 네가 너무 좋아. 좋아서 주체가 안 된다, 내가. 어쩌지?

말없이 눈을 맞춘 채로 우현이 하은을 응시한다. 초롱초롱 맑게 빛나는 하은의 눈을 끝도 없이 들여다보고 또 들여다봤다. 자그마한 일렁임조차 놓치지 않으려는 듯 매우 열심히도 보는 우현이다. 깜빡이는 긴 속눈썹에 우현의 마음이 흔들린다.

그윽하게 와 닿는 우현의 뜨거운 시선을 하은 역시 피하지 않고 받아 내었다. 어둠조차 이길 정도로 강렬하고도 그윽한 그 눈빛에 마음이 한없이 벅차올랐다. 볼수록 좋다. 좋다고 느낄수록 더 많이 향해지고, 자라 버린다. 마음이. 여타 감정들이.

매분 매초가 새롭다. 우현을 보고 있을 때의 하은은, 이제껏 알아온 우현에 대한 감정과 기억들이 새로이 읽히고 또 써지는 걸 느낀다. 좋아해. 네가 너무 좋아, 우현아. 앞으로도 계속 좋아할 거야. 살며시 다가오는 우현의 입술에 하은이 지그시 눈을 감는다.

"아직도 추워?"

키스를 하고 나서도 조금을 더 있다가 룸으로 들어왔다. 하은의 어깨가 조금씩 크게 떨리는 걸 알아챈 우현이 얼른 안에서 수건을 가지고 나와 하은을 감쌌다. 커다란 가운을 입히고 수건으로 머리를 닦아 준 우현이 살며시 하은의 앞에 몸을 낮춘다.

"따뜻한 거 갖다 줘?"

"괜찮아."

"샤워 안 해도 되겠어?"

"응. 하려면 해."

"같이할래?"

응……?

순간 제 귀를 의심한 하은이 눈을 동그랗게 뜨고서 우현을 본다. 방금 뭐라고? 잘 못 알아들어 고개를 갸웃하자 우현이 같이하자고, 라며 또박또박 내뱉는다. 뭐, 뭐, 뭐라는 건지. 서둘러 시선을 피하자 우현이 그쪽으로 옮겨 앉아 쳐다본다.

예전에는 미처 몰랐다. 이런 장난스러운 면들이 있을 줄은. 농담 하나 괜히 던지는 법이 없던 우현이라서 이렇게 익살맞은 표정을 짓는 얼굴은 상상조차 쉽지 않았었다.

조용히 눈을 빛내며 쳐다보는 우현의 얼굴에 어린 희미한 장난기가 하은의 마음을 두드린다. 새로운 모습. 또 하나의 발견. 몰랐

던 우현을 알고 배우는 일이란 조금도 지루하지 않다. 흥미로울
뿐.

됐어, 하고 작게 내뱉은 하은이 장난치지 말라고 우현을 향해
눈을 흘긴다. 아주 백 퍼센트 장난만은 아니었던 듯 살짝 서운한
기색의 우현이 하은의 머리를 살살 헝큰다. 그리고는 괜찮다고 했
음에도 느릿하게 걸어 부엌으로 가는 우현을 하은이 본다.

이것저것 뒤적이는 우현을, 컵을 꺼내어 뭔가를 담는 우현을,
분주하게 움직여 만든 차 두 잔을 가지고 곧 돌아오는 우현을.

샤워가운을 대충 걸친 모습인데도 좋다. 특별히 뭘 하고 있지
않아도 빛이 난다. 멋있고 근사하고 예쁘고 귀엽고 잘생겼고. 얼
른 안 보는 척 텔레비전으로 눈을 돌린 하은이 리모컨을 만지작거
린다. 채널을 돌리며 있으려니 우현이 옆자리에 앉는다.

"서하은."

"응?"

"나 질문 있어."

마땅한 게 없던 와중에 찾아낸 개그 프로그램을 보고 있는데
우현이 넌지시 말을 꺼낸다. 깔깔거리는 방청객들의 웃음소리에
입가를 말아 올리던 하은이 살며시 우현을 돌아본다. 손에 든 잔
만 만지작만지작. 잘은 몰라도 쉽지 않은 질문이라는 예상이 된
다.

남에게 상처 주는 게 인생의 모토 같았던 우현이다. 누구 눈치
도 보지 않는, 언제고 거리낄 것 없이 생각나는 대로 내뱉고 행동
해 온 우현의 잠시나마 말을 고르는 모습은 무척 생소했다. 심각
한 얘기려나 싶어 볼륨을 한껏 줄이고 돌아앉았다.

뭔데, 하고 묻자 우현이 희미하게 웃는다. 저렇게 입가만 아주 살짝 올라가는 미소는, 정말이지 가슴 떨릴 만큼 너무 좋다. 곱상하니 잘생긴 눈코입을 차례대로 한 번 쭉 훑었다. 만지작거리던 잔을 내려놓은 우현이 쑥스러운 듯 입술을 혀로 축인다.

"별건 아니고."

"응."

"내 어떤 점이 제일 좋은가 하고."

"응?"

"내가, 왜 좋았어? 어떤 면이?"

수줍음을 뒤로하고 우현이 일단 말을 꺼낸다. 조금 전까지 망설이던 사람답지 않게 똑바로 마주하는 눈빛은 제법 단호했다. 듣고 싶어. 말해 줘. 모난 성격으로 상처만 줬던 자신을 오래도록 바라봐 왔던 가장 큰 이유가 무어냐고 우현이 넌지시 묻는다.

하은은 두근, 하고 떨리는 가슴을 가라앉히며 잠시 우현을 봤다. 얼마 전 승효가 물었을 때와는 비교도 되지 않을 정도로 맘이 끝없이 떨려 오고 있었다. 너무 많은데. 좋은 거 대라고 하면 나는. 쉽사리 대답을 않자 우현이 얼른 질문을 바꾼다.

"그럼 싫은 거에 대해서 말해 봐."

"응?"

"나 어떨 때는 네 맘에 안 드는지. 알려 줘."

구체적으로 다, 라고 덧붙인 우현이 살그머니 하은의 손을 찾아 잡는다. 제 무릎에 올려놓고 느릿하게 깍지를 끼는 우현을 보며 하은이 입을 다문다. 하나하나 잘 맞물려 교차된 손가락들이 조금씩 간질거리는 듯한 착각. 따뜻한 손길에 코끝이 시큰거린다.

싫다기보다, 우현에게 서운했던 점이라면 몇 가지 있다. 사소한 일에 화내고 성질부리고, 괜한 말로 툭툭 시비 걸듯 비꼬고. 그게 다 제 본마음을 감추기 위해서였음을 이제는 안다. 당시에는 서운하고 야속했지만 굳이 따지고 캐물을 마음은 없었다.

그래도 네가 보다 많이 사랑받길 원하니까. 남들이 네 욕하는 거, 그거 나는 진짜 너무 싫거든. 안 그래도 외로운 네가 더 외로워지는 건 안 될 말이잖아. 그러니까 우현아. 그러니까, 나는 말이야. 네가.

알아서 달라질 결심을 하는 우현이 기특하고 예뻐 한참을 쳐다보던 하은이 가만히 눈꼬리를 내린다. 눈을 맞춘 채로 살며시 휘어지는 곱디고운 눈매에 우현의 가슴이 묘하게 설렌다. 안고 싶어 미치겠네. 애타는 마음으로 기다리자 하은이 입을 연다.

"알려 주면 고칠 거야?"

"어."

"진짜? 고칠 수 있겠어? 진짜로?"

"그래. 말해 봐. 뭘 고칠까."

"음, 다른 사람들한테 좀 친절했으면 좋겠어."

"내가?"

"응."

이제까지 했듯이 막 대하지 말고, 지금처럼 차갑고 무심하게 굴지 말고, 윗사람 아랫사람 아무한테나 막말하지도 말고. 제발.

쉽지 않은 일일 거라 생각은 들었지만 말해 보기로 했다. 그것만 고쳐도 당장 우현이 조금은 덜 외로워질 거란 확신이 하은에게는 있었으니까. 어때? 가능해? 조심스레 묻는 하은을 보며 우현이 말문을 닫는다. 허나 표정이 썩, 나쁘지는 않다.

본인 스스로도 모르는 바 아닌 점을 하은이 집어 준다. 알면서도 고치지 않았던 가장 큰 이유라면 당연 방어기제의 탓이었다. 고칠 필요 없다고 생각했다. 일부러 더 고치지 않았는지도 모른다. 믿어 봤자 등 돌리는 인간들. 그 속에 함께하기 싫었으니.

결국 네 주변에 아무도 없을 거다, 라는 말을 진짜 수도 없이 들었지만 그럼에도 마음은 아주 조금도 흔들리지 않았었다. 있든 없든 상관 안 해. 누구 좋으라고.

그런데 그러던 우현이 지금, 하은의 말 한마디에 생각을 고쳐볼까 갈등에 빠진다. 좋은 모습만 보여 주고 싶어서. 더 많이 자신을 좋아해 줬으면 싶어서. 갈수록 더 환장하게 좋으니까. 이 녀석이. 나는.

그러니까 서하은. 네가 원한다면, 네가 하는 말이면 나, 되든 안 되든 한번 들어 보려고 하는데. 어때?

"뽀뽀."

충분한 긍정의 표정을 하고서 우현이 입술을 내민다. 작게 흘러나온 목소리에 멍해 있던 하은이 조심스레 입술을 가져간다. 쪽, 하고 소리 내어 뽀뽀를 해 주자 우현이 웃는다. 두 눈에 자신을 가득 담고서 웃어 주는 우현의 모습에 하은도 따라 웃는다.

한 번으로 끝날 줄 알았던 뽀뽀를 우현이 거듭 청한다. 슬슬 제쪽으로 잡아당겨 거의 안다시피 하며 뽀뽀를 요구하고 있었다. 이러다 또 야릇한 분위기로 돌변하는 건 시간문제라는 판단에 하은이 얼른 자리에서 일어난다. 우현이 왜 그러냐며 쳐다본다.

"나도 질문."

"뭔데."

"어, 저기, 그러니까."

서둘러 화제를 다른 방향으로 돌리려는 듯 하은이 머리를 굴린다. 거의 자정이 가까워진 늦은 시간인지라 이 이상 야릇하게 변해 가면 돌이킬 수 없을 것만 같았다. 싫은 건 아니었지만 아직은 그저 부끄럽고 쑥스러워서. 이내 하은이 눈을 빛낸다.

"있잖아, 나 춤. 춤출 때."

"춤?"

"어. 나 어때? 엉성하고 그래? 너 보기에?"

때마침 생각난 것치곤 내내 가져왔던 의문인지라 하은이 거침없이 묻는다. 연습을 열심히 하고는 있지만 우현의 눈에는 어떤 모습으로 비치는지가 꽤 걱정이었다. 난데없이 진지해진 분위기에 우현이 텔레비전을 끄고 일어선다. 하은이 조금 긴장한다.

"춤이 엉성하냐고?"

"응. 어디 모자란 부분이라든가, 잘 안 되는 것 같은 동작 있는지."

"글쎄."

지그시 팔짱을 끼며 우현이 하은에게로 다가간다. 소파에서 조금 떨어진 곳에 서 있던 하은이 저도 모르게 몇 발자국 뒤로 물러난다. 흐음, 하며 하은을 유심히 보던 우현이 겁먹는 하은의 모습에 보일 듯 말 듯 웃는다. 저렇게 쪼는 건 언제 고치려나.

말로 해서는 잘 모르겠다는 우현이 한번 춰 봐, 한다. 다짜고짜 춤추라 시키는 우현 때문에 하은이 눈에 띄게 당황한다. 이런 상황을 바란 건 아니었는데 어째 일이 이상하게 흘러가고 있었다.

하은이 머뭇거리자 우현이 핸드폰으로 음악을 튼다.

"네 맘에 걸리는 부분 있을 거 아냐. 벌스? 아님 싸비?"

"음······."

"춰 봐. 어디든. 괜찮으니까 어서."

봐 줄 테니 한번 춰 보라며 우현이 소파 끝에 살짝 걸터앉는다. 흘러나오는 우현의 음악에 가만히 박자를 곱씹던 하은이 슬슬 춤을 출 준비를 한다. 차림새도 이렇고 상황도 좀 그렇지만. 왠지 우스꽝스럽지 않을까 걱정은 됐으나 너무 좋은 기회라서.

살짝 뒷머리를 긁적이며 난감해하던 하은이 이내 용기 내어 동작을 시작한다. 곧 시작된 후렴에 맞춰 팔을 뻗고 다리를 서로 교차해 돌았다가 몸의 웨이브를 타고 다시 주저앉는 복잡한 구간이었다. 하은의 춤을 가만히 지켜보던 우현이 음악을 끈다.

"너 이거 할 때 무슨 생각해?"

"어?"

"속으로 무슨 생각하면서 추냐고."

핸드폰을 내려놓은 우현이 천천히 하은에게로 다가선다. 거리가 좁혀지는 것도 모르고 하은은 다음에 나올 동작을 생각한다고 답했다. 어느덧 바로 앞까지 다가온 우현이 살그머니 하은의 볼을 꼬집는다. 아프지 않게 살살. 하은이 우현을 올려다본다.

"왜?"

"생각을 하면 어떡하냐, 바보야."

"응?"

"내가 뭐랬어. 외우기만 한다고 다 춤 아니랬지."

안 되는 동작은 딱히 없어 보인다며 우현이 나지막이 목소리를 낸다. 엉성해 보이지도, 못 춰 보이지도 않는다는 말에 안도했던 하은은 생각 자체를 비우라는 우현의 말에 눈을 동그랗게 떴다. 준비는 해야 하지 않아? 라고 물으니 우현이 부드럽게 웃는다. 준비를 하지 말라는 말이 아니라 음악을 전부 통째로 몸에 익히라는 거라며. 잘 모르겠는 하은이 고개를 갸웃거린다.

"어느 부분을 딱 틀었을 때 거기에 맞춰 춤이 나오지 않으면 안 돼. 노래를 거꾸로 튼다고 해도 바로 출 수 있을 정도로 몸에 익혀 봐."

"몸에?"

"동작은 되는데 느낌이 없잖아. 외운 것만 따라가느라 급급하니까. 이거 다음에 뭐지, 하는 게 다 보여. 그럼 감흥이 생길 수가 없어."

"아……."

"노래에 좀 더 집중해. 저절로 동작이 따라오게끔."

지겨워질 정도로 듣고 연습해, 라며 우현이 손을 뻗어 하은의 허리에 감싼다. 뒤로 살짝 두르며 가깝게 당겨 안는 우현을 하은이 물끄러미 올려다본다. 지겨워질 정도로? 네 목소리가 어떻게 지겹냐. 말을 아낀 하은이 우현과 눈을 맞춰 웃는다.

얼마간 말없이 하은을 바라보던 우현이 한 손을 들어 올려 하은의 머리를 어루만진다. 쓰다듬듯 살살 매만지는 손길에 하은이 조용히 눈을 감았다 뜬다. 같이 오니까 좋다. 혼잣말처럼 읊조려진 우현의 낮은 목소리에 수줍어하며 작게 웃었다. 늘 곁에 있고 싶다는 바람. 언제고 우현과 함께하고 싶다는 본심. 막연하던 희망에 이제야 힘이 실리는 것이 느껴진다.

천천히 손을 내려 하은의 볼을 감싸쥔 우현이 고개를 낮춰 하은의 이마에 입술을 묻는다. 보드랍게 닿아 오는 따뜻한 입술에 하은은 눈을 감았다. 쪽, 쪼옥, 무척이나 느릿하게 이마에서 눈꺼풀, 볼로 내려오던 우현의 입술이 곧 하은의 입술에 닿는다.

몹시도 자연스럽게 머금고 포개어지는 우현의 입술에 하은이 입을 벌린다. 말랑말랑 따끈한 우현의 혀가 느릿한 속도로 쑥 들어온다. 핥듯이 살살, 잠시 닿았다만 갈 것처럼 몹시도 부드럽게 우현이 하은의 혀를 건드린다. 어르듯이 달래듯이 그렇게 살살.

한없이 감미로운 우현의 키스에 하은이 서서히 고개를 젖힌다. 덕분에 우현은 훨씬 더 수월하게 하은의 입안으로 혀를 넣을 수 있었다. 우현이 입술과 혀를 이용해 하은의 입술을 쭉 빨아 당긴다. 순순히 끌려오는 여린 살을 이빨로 아프지 않게 물었다.

빨면 빨수록 달다. 물고 핥고 쉼 없이 탐해도 너무 달아 갈증이 인다. 하은의 뜨거운 입안을 전체적으로 고르게 훑은 우현이 차오른 숨을 뱉어 내며 살짝 눈을 뜬다. 가지런히 감긴 하은의 두 눈을 보자 아랫배가 미친 듯이 뻐근해지고 만다.

눕히고 싶어. 더 가 보고 싶어. 너라면. 여기서 조금 더, 조금만 더……. 안 될까. 안 돼……?

"서하은……."

"어……."

"하은아……."

"어……?"

"하아……."

70

이름을 불렀을 때 약간 끝을 올리는 목소리가 좋다. 숨결을 가득 섞어 내뱉는, 나른하고 묘하게 야릇한 하은의 목소리에 우현이 다시금 깊숙이 혀를 넣는다. 가늘게 일렁이는 호흡도, 여리게 떨리는 어깨도, 하나도 놓치지 않으려 우현이 연신 거칠게 키스를 퍼붓는다. 뜨겁게, 강하게, 소름 끼치는 감각들로 이성이 마비된다.

미간을 찌푸리며 하은을 세게 안았다. 품에 쏙 들어오는 하은의 몸이 고스란히 제게 닿자 우현의 손끝이 파르르 떨린다. 거추장스러운 옷가지는 벗어 던지고 그저 부드러운 맨살을 만져 보고 싶은 욕망에 사로잡혀 버린다.

어쩌지. 어쩔까. 죽을 만큼 너무 갖고만 싶은데. ……너를.

우현이 하은의 허리를 바싹 당기자 하은이 순간 움찔한다. 어느덧 딱딱하게 변해 버린 우현의 하체에 화들짝 놀란 하은이 눈을 뜸과 동시에 우현의 가슴팍을 지그시 밀어 멀리 떼어 낸다. 가쁘게 차오른 둘의 숨결이 허공으로 연신 뱉어진다. 하은과 우현, 누구랄 것 없이 몹시도 발갛게 볼이 상기되어 있었다.

"갈게."

"왜."

"너무 늦었잖아."

그만 자야 될 시간 같다면서 하은이 어색하게 웃는다. 슬금슬금 시선을 피하며 하은은 어떻게든 난감함을 감추려 애를 쓰고 있었다. 잘 자. 기어들어 가는 목소리로 내뱉은 하은이 느릿하게 뒤로 돌아섰고, 두어 발자국 채 가지 못해 다시 우현에게 붙들렸다.

뒤에서 덥석 제 품에 가둬 버린 우현이 가지 마, 한다. 귓가에 뿜어지는 뜨거운 숨결에 하은의 어깨가 한껏 움츠러든다. 허리께로 딱딱하게 와 닿는 굵직한 무엇에 하은이 마땅한 말을 찾지 못하고 버벅인다. 우현이 조심스레 하은을 돌아 세운다.

"소원."

쪽, 가볍게 입을 맞춘 우현이 속삭인다. 낮게 깔린 허스키한 목소리에 하은이 서서히 시선을 든다. 우현의 눈빛이 탁하다. 나른한 그 눈빛 속에 왠지 모를 야릇함이 가득 일렁이는 게 보였다. 그냥 쳐다보는 것뿐인데도 호흡이 조금씩 불규칙해지고 만다.

"남았잖아. 하나 더."

하은이 마른침을 삼킨다. 너무도 간절히 원하고 바라는 듯한 우현의 표정에 심장이 터질 것처럼 마구 뛰어 댔다. 간신히 붙잡고 있는 이성이 당장이라도 사라질 것만 같다. 어떻게. 어떻……게.

우현아……?

강요가 강요 같지 않은 묘한 분위기가 형성된다. 싫다고 뿌리쳐도 안 될 건 없다. 내키지 않으면 돌아서서 가 버리면 그만이다. 근데 그러기는 싫은 하은이라서 얌전히 우현과 눈을 맞췄다. 앞으로 흘러나올 우현의 말이 곧 제 말인 것 같은 기분이 되어.

어쩔까. 어떻게 할까, 내가. 우현아. 저기 나는…….

긴장을 늦추려 마른 입술을 혀로 핥았다. 하은의 조그맣고 빨간 혀에 우현의 이성이 결국 무너진다. 나지막이 목소리를 냈다. 내내 가져왔던 바람이 공기 중으로 흘러나왔다.

"자고 싶어. 너랑."

어……?

이리저리 심하게 흔들리는 눈동자. 흐트러진 표정. 가빠진 숨결. 방금 제가 무슨 말을 들은 걸까. 알면서도 모르겠는 복잡한 기분으로 하은이 넋을 놓았다.

　두근두근. 귀로 들어온 글자가 머지않아 뇌를 건드려 깨우는 순간이 찾아왔다. 기어코 하은의 얼굴이, 더는 달아오를 수 없을 정도로 무척이나 빨갛게 변해 버렸다.

10

너로 가득해

— 진심이야?

— 어. 죽을 만큼 진심.

— 만약에, 만약에 내가 싫다면?

— 싫다면, 네가 정말 나랑 싫은 거면 할 수 없는데, 안고 싶어. 돌아 버릴 정도로 원해. 너를. 안 돼?

"후우……."

소원이라는 말이 장난식의 허울인 걸 안다. 들어줘도 그만 안 들어줘도 그만인, 강제력이라고는 전혀 조금도 없음을 아주 잘 알고 있다. 말했듯이 싫으면 할 수 없는 거다. 싫다고 거절한대도 결코 책임을 물을 수 없다. 누구도. 어느 누구에게도.

그런 걸 다 알면서도 남아 버렸다. 당연하다. 싫지 않으니까.

무섭고 겁은 나도 어떻게 싫을 수가 있겠는가. 우현과의 그것이. 행위 자체에 대한 두려움은 엄청났지만 제 처음을 주고 싶은 사람은, 아무리 생각해도 하은에게는 오직 우현뿐이라서.

한숨을 내쉰 하은이 수건으로 머리를 잘 감싸 덮는다. 아까는 괜찮다고 사양했던 샤워를 방금 막 마쳤다. 잘은 모르겠지만 왠지 그래야 할 것 같아서. 굉장히 성심성의껏 온몸을 닦고 또 닦았다. 그러면서도 너무 늑장을 부리지 않도록 꽤 서둘렀다.

지저분한 게 남지 않았나 꼼꼼히 살피고 나서 문고리를 잡았다. 돌려 여는 아주 쉬운 동작 하나만을 남겨 둔 채 마지막으로 또 머뭇거림이 이어졌다. 떨려. 너무 떨려서 죽을 것 같아. 혹 꿈을 꾸는 건 아닌가 싶은 마음으로 이내 용기 내어 문을 열었다.

"다 씻었어?"

"어? 어."

"그럼, 저, 나도 씻고 올게. 잠시만."

밖에서 서성이며 기다리던 우현이 서둘러 욕실 안으로 들어간다. 우현과 교차해 밖으로 나온 하은이 이리저리 시선을 돌리며 소파로 간다. 털썩 앉았다가 도로 일어났다가. 몇 번을 반복한 끝에 머리부터 말려야 한다는 걸 알아챘다.

……정신 좀 차리자.

드라이기로 급히 머리를 말렸다. 헝클어진 머리를 가다듬으며 침실로 향했다. 원래는 소파에 앉아서 기다리려고 했지만 그게 왠지 더 이상할 것 같다는 생각이 들었다. 어차피 잘 시간이고. 자려는 거고. 자려는, 우현이와, 자려……는. 새빨개진 얼굴로 하은이 부랴부랴 침대에 눕는다.

문을 닫지 않아선지 희미하게 물소리가 들려왔다. 환하게 불이 켜진 드넓고 화려한 스위트 룸의 침실 안, 침대 위에서 하은은 말똥말똥 눈을 뜨고 천장을 봤다. 아무 문양도 없는 크림색 벽지 위로 아른아른 꽃무늬가 겹쳐 보였다. 이제는 이딴 환영까지.

아무래도 맨정신인 게 더 부담스럽다. 이럴 줄 알았으면 아까 와인을 좀 많이 마셔 두는 건데. 수영장으로 갖고 나갔던 와인을 떠올린 하은이 슬그머니 자리에서 일어난다. 마실까, 마시지 말까. 한참이나 고민하다가 걸음을 옮기는 순간 욕실 문이 열렸다.

"왜?"

"어? 어, 저기, 불을 좀, 끄려고."

"내가 꺼 줄게. 누워 있어."

얼른 머리만 말리고, 라는 우현의 말에 하은이 도로 침대로 돌아가 눕는다. 멀찍이서 위이잉, 하는 소리가 들려왔지만 지금 하은의 귀에는 콩닥콩닥 뛰는 제 심장박동만이 가득했다. 후우. 심호흡을 하며 몇 번 눈을 감았다 뜨자 하나둘 불이 꺼진다.

수영장 쪽 야외등과 부엌, 거실까지 불을 끈 우현이 마지막으로 침실의 불도 꺼 버린다. 갑작스런 어둠에 어쩔까 하던 우현은 하은에게 스탠드 좀 켜 달라고 말했다. 하은이 뻗은 손끝으로부터 은은한 불빛이 새어 나온다. 우현이 침실 문을 닫고 다가온다.

"……."

"……."

부스럭거리는 시트 소리가 들리자마자 곧바로 침묵이 시작됐다. 어색하고 무거운, 왠지 낯설고 생소하다 못해 버겁기까지 한 그런 침묵. 나란히 누운 채 천장만 보는 우현과 하은이 말없이 눈을 깜빡인다.

이제 뭘 어떻게 해야 할지 모르겠다. 난감하고. 꿀꺽, 마른침이 넘어가는 소리가 연거푸 들렸다. 물론 본인 스스로만 자각할 만큼 미미한 소리였지만 혹 밖으로도 들릴까 우현은 한껏 숨을 죽였다. 침묵. 또 침묵. 뭐라도 말을 해야겠다는 생각에 하은이 고개를 돌리는 순간 우현이 옆쪽을 짚는다.

단번에 우현은 하은의 위로 올라갔다. 양팔로 침대를 짚고 내려다보는 자세를 취한 우현이 잠시 그대로 멈춰 하은을 본다. 두근두근. 아까부터 쉴 새 없이 뛰어 대는 심장을 억지로 가라앉히며 침착하려 해 보지만 역부족이다. 좋아서. 너무 좋으니까.

눈을 맞추고 바라보자 하은의 눈동자가 일렁인다. 영롱하리만치 까맣고 고운 하은의 눈빛에 우현의 뇌가 일순간 정지된다. 예쁘다. 그저 곱다. 눈앞에 있는 하은이 현실인지 믿기지 않을 정도로 마음이 벅차다. 우현이 느릿하게 왼손을 들어 올린다.

"할 말이, 있는데."

살며시 하은의 머리를 쓸어 넘겼다. 뽀얀 이마에 빼앗겼던 시선이 사라락 흩어지는 고운 머릿결로 옮겨진다. 이윽고 아래로 내려온 우현의 손이 조심스레 하은의 볼을 감싸 쥔다. 보들보들. 말랑하고 부드러운 피부. 하은이 가만히 우현을 올려다본다.

"하기 전에 해야 할 것 같아서. 하고 나면, 못 되돌릴 테니까."

"뭔데."

"서하은. 있잖아."

아주 천천히 우현의 얼굴이 하은에게로 다가간다. 당장 키스를 하려는 건 아닌 듯 그저 조금 더 앞에서 눈을 맞출 뿐이었다. 거리가 가까워지자 가슴이 더욱 크게 벌렁거렸다. 점차 불규칙적으로 변해 가는 호흡.

눈앞의 근사한 우현을 하은이 응시한다. 물기가 조금 남아 촉촉해진 금발을 보다가 시선을 내렸다. 잡티 하나 없이 뽀얗고 매끄러운 이마와 살짝 갈색을 띤 짙은 눈썹, 오뚝하니 잘생긴 콧날과 도톰한 붉은 입술을 보던 하은이 곧 우현의 눈에 집중한다. 선이 고운, 날렵한, 지금은 몹시도 그윽한.

그 두 눈 안에 제가 가득하다. 흐릿하고 은은한 스탠드 불빛임에도 눈동자 속의 스스로가 고스란히 살펴진다. 참 고맙게도. 이루 말할 수 없을 정도로 마음이 벅차오른다. 살그머니 빼낸 혀로 입술을 축인 우현이 곧 나지막한 목소리로 말을 잇는다.

"나 정말, 너밖에 몰라질 거야. 지금보다 더."

"어?"

"너 아니면 안 되게 될 것 같아. 하고 나면 진짜, 네가 너무 좋아서 어쩌지 못할 거 같아. 나는."

"우현아."

"괜찮겠어? 그래도 할래? 해도 돼……?"

지금도 미쳐 있는데 이 이상 얼마나 더 빠질지 가늠할 수 없다는 우현의 말에 하은이 숨을 멈췄다. 단순히 괜찮냐고 물어 주는 말이라기엔 느껴지는 감흥이 너무나 대단했다. 좋으면서도 불안한, 아니, 너무 좋아 되려 겁이 나는 감정. 두려움. 무서움.

진심으로 가득 찬 낮은 목소리가 심하게 마음을 울린다. 더할 나위 없이 진중해진 표정과 눈빛에서 우현의 마음이 찾아진다. 이제껏 끊임없이 망설이고 가져왔던 감정이라는 걸 알겠다. 그 정도로 지금, 아주 많이 조심하고 또 긴장하고 있는 우현이라는 것을.

그냥 가만있을까 망설이던 끝에 하은은 천천히 두 손을 들어 올렸다. 그리고는 조심조심 우현의 목 뒤로 둘렀다. 손이 닿는 순간 우현이 작게 움찔, 하는 것이 느껴졌다. 따스한 온기. 은은한 체취. 가까운 거리. 하은이 간절하게 우현을 바라본다.

뭐라고 답해야 할까. 너에게 사랑받는다고 느끼는 것이 내게는 매 순간 얼마나 큰 감격인지 모를 거야. 우현아.

할 수 있겠어? 나랑? 약간 잠겨 나른한 목소리로 묻는 우현을 향해 하은이 고개를 끄덕인다. 우현이 살며시 미소 짓는다.

"음……."

고개를 살짝 비튼 우현이 그대로 하은에게 다가가 입술을 포갠다. 덮듯이 머금자 힘없이 벌어지는 작은 입술 안으로 우현이 조심스레 혀를 넣는다. 이제는 꽤 능숙해진 움직임으로 우현이 하은의 혀를 찾아 잡는다. 간질이듯 살살, 아프지 않게 살살.

조금 더 과감하게 혀를 감쌌다. 구석구석 어루만지듯 쓸어 올리고 빨자 하은도 점차 더 제 혀를 한껏 밖으로 밀어내 준다. 더 빨아 달라는 듯이. 더 핥고 더 건드려 달라는 것처럼. 우현이 하은의 머리를 쓸어 넘긴다. 하은이 우현의 목을 살짝 끌어당긴다.

느릿하게나마 키스에 속도가 붙고 있었다. 처음의 부드러움은 여전히 간직한 채 슬슬 우현은 한 번씩 격하게 하은의 혀를 잡고 힘주어 쭉 빨아 당겼다. 혀와 입술로 하은의 윗입술을 탐했다. 입천장을 길게 쓸어 올리자 간지러운지 하은이 어깨를 움츠린다.

몸 전체가 말랑해지는 것 같다. 하도 미끈하고 더없이 여리여리한 하은의 혀를 느껴서 그런지도 모른다고 우현은 생각했다. 달콤하고 촉촉한, 그 어느 것과도 비교 불가한 부드럽고 감미로운 키스가 오래도록 이어졌다. 우현이 조금씩 아래로 향한다.

"하아……."

쪽쪽 소리 내어 하은의 볼에 입 맞춘 우현이 진득하게 하은의 목덜미를 훑는다. 입술과 함께 밀려 나온 뜨끈한 혀가 닿을 때마다 하은이 어쩔 줄을 몰라 한다. 간지러우면서도 아찔한, 나른하면서도 묘하게 자극적인 우현의 혀 놀림에 하은이 눈가를 찡긋한다.

혀를 내어 길게 쓸어 올린 우현이 살며시 하은의 귓불을 머금는다. 우현의 입안에 들어가는 순간 귓불이 불에 덴 듯 화끈거린다. 얕은 신음 소리를 내는 하은의 귓가로 우현의 뜨거운 숨결이 쏟아진다. 하은이 한쪽으로 머리를 기울이며 연신 움찔움찔한다.

"읏……."

"어……?"

"벗길게……. 괜찮지……?"

하은의 목덜미를 한참 지분거리던 우현이 느릿하게 몸을 일으킨다. 다정하게 물어 주는 말에 살짝 눈을 뜨자 제게로 두 손을 뻗는 우현이 보인다. 어깨를 잡았다가 팔을 쓸었다가, 잠시 시간을 끌던 우현이 조심조심 하은의 샤워가운 매듭을 풀어낸다.

살살 가운을 헤쳐 벗기자 우유처럼 뽀얀 하은의 속살이 모습을 드러낸다. 가녀린 목선, 고운 쇄골, 탐스러운 가슴과, 아래도. 뭐가 이렇게나 예쁠까 싶어 우현은 소리 없이 탄성을 내질렀다. 빛이 나는 것만 같다. 반짝반짝. 이러다 눈이 머는 건 아닐지.

샤워 후 속옷을 입지 않아 완전한 맨몸이던 하은이 부끄러운지 슬쩍 팔로 몸을 가린다. 수줍게 맞닿아 부비는 하은의 다리를 보던 우현이 조금 더 몸을 일으키고 가운을 벗는다.

풀어지는 가운의 매듭 너머로 서서히 모습을 드러내는 넓은 어깨와 각진 쇄골, 얄쌍하면서도 적당히 근육이 붙은 팔과 탄탄한 가슴팍 및 복근을 차례로 지켜보던 하은이 황급히 시선을 거두고 고개를 돌린다.

어떡해. 어떡하지? 아, 이걸 어쩌면 좋아. 하아.

"왜?"

"그냥."

"괜찮아. 나 봐."

"그게 좀."

"하은아."

이리저리 딴 곳을 보며 당황해하는 하은을 우현이 부른다. 어느듯 부드럽게. 하지만 하은은 아랫입술을 질끈 베어 물고 좀처럼 용기를 내지 못한다.

찰나의 순간 보긴 봤지만 제 눈을 의심할 만한 정도였다. 진짜 이 정도일 줄은 꿈에도 몰랐는데. 마냥 순진하대도 남자와 여자가 뭘 어떻게 하는지 대강은 아는 하은에게 실사는 맹세코 처음이었다.

게다가, 저런, 저렇게까지는, 말도 안 돼. 어떻……게…….

조금 더 기다려 주던 우현이 안 되겠는지 서하은, 하고 낮게 부른다. 어느덧 바짝 다가온 우현을 향해 하은이 고개를 돌린다. 우현. 우현이다. 내가 좋아하는 우현이. 하아.

얼굴을 보니 그제야 안심이 된다. 아직도 충격에서 채 벗어나지는 못했지만 그래도 일단은 마음이 놓여 하은이 어색하게 웃는다. 쪽쪽. 놀란 하은을 달래듯 우현이 그윽하게 눈을 맞추고서 입을 연다.

"무서워? 무서워서 그래?"

"아니."

"겁에 질렸는데 뭐. 내가 무서워?"

"너무, 커."

"어?"

"그게, 어떻게 그렇⋯⋯게⋯⋯."

옷 위로 불룩 솟아 닿을 때만 하더라도 이 정도까진 줄은 예상도 못했다는 하은의 말에 우현이 입을 다문다. 아, 그래서 놀란 거야? 난 또. 막상 옷을 벗고 나니 하기 싫어진 건가 싶어 가슴 졸인 우현이었다. 당황한 하은이 귀여워 우현이 웃는다.

본의 아니게 놀래킨 게 미안한 우현은 몇 번 더 부드럽게 입을 맞췄다. 두려움을 없애 주려는 노력이 통했는지 하은은 금세 다시 우현의 키스에 반응했다. 입술에서 목덜미, 쇄골로 이어지는 키스는 지극히 정성스럽고 부드럽고 또한 무척 세심했다.

단 한 곳도 허투루 넘기지 않으려는 듯 우현이 조심조심 입을 맞춘다. 살짝 머금고 쓸고, 혀를 내어 할짝할짝 핥기도 하면서. 점점 제 가슴 근처로 가까워지는 우현을 느끼며 하은이 고개를 젖힌다. 덕분에 봉곳 올라온 하은의 가슴 끝을 우현이 입안에 가둔다.

"흐읏⋯⋯."

크게 들썩거리는 하은의 허리 뒤로 한 손을 집어넣은 우현이 다른 손으로 하은의 왼쪽 가슴을 움켜쥔다. 오른쪽 가슴은 이미 우현의 입안에 단단히 머금어진 상태였다. 뜨거운 입안과 그에 못지않게 화끈거리는 손길에 하은이 앓는 소리를 낸다.

끙끙 희미하게 들려오는 하은의 신음 소리에 우현이 조금씩 혀에 힘을 싣는다. 아예 쪽쪽 소리 나게 하은의 가슴 끝을 물고 빨았다. 혀로 동그랗게 굴리듯 건드리니 하은이 몸서리를 친다. 마구 몸을 뒤트는 하은의 반응에 우현은 더욱 격렬하게 혀를 놀렸다.

빨았다가 놓았다가 이로 약하게 물더니 입술만으로 훑는다. 쪽, 쪼옥, 우현이 다소 강하게 바로 옆 여린 살을 쭉 당긴다. 빨려 올라가는 피부가 아팠지만 참을 만했다. 아프다고 느끼기가 무섭게 다시 혀로 살살 달래 주는 우현 때문일지도 모르겠다.

아프고 부드럽고의 반복이 몇 차례 더 이어지더니 이내 우현의 입술이 반대쪽 가슴으로 옮겨진다. 우현의 손과 자연 교차되어. 우현의 입안으로 들어간 하은의 가슴 끝이 몰라보게 딱딱해졌다. 아래에서 위로 쓸어 올리듯 손바닥을 포개 주물럭대던 우현이 검지와 중지 사이에 역시나 딱딱한 반대쪽 가슴 끝을 끼우고 비빈다. 하아, 흐읍……. 하은이 신음을 참으려 입술을 세게 깨문다.

침으로 촉촉이 젖은 우현의 입술이 얼마 후 느릿하게 아래로 내려간다. 봉긋 솟은 가슴 밑에도 꼼꼼하게 입을 맞추고서 점차 더 아래로 이동했다. 벅찬 숨을 고르느라 들썩이는 하은의 평평한 배 곳곳에 우현의 입술이 길게 자국을 내며 옮겨진다.

곱디고운 허리선을 타고 혀를 굴렸다. 부들부들한 살결과 달달하고 감미로운 체취에 이미 우현은 그야말로 폭발 직전이었다. 혀가 찌릿찌릿 온통 아리는 것이 마비라도 될 것 같다.

쌀 거 같아. 못 참겠어. 하…….

배꼽 아래까지 내려간 우현이 곧 고개를 들고 위로 올라온다. 갑작스런 인기척에 눈을 뜬 하은이 어느덧 바싹 밀착된 몸을 느낀다. 더불어 계속 아랫배를 찌르는 무엇까지.

우현……아…….

"이러다 해 버리면, 안 되니까."

"응……?"

"뽀뽀 더 해 주고 싶은데 일단, 하아."

지금까지도 간신히 참아 온 듯 우현이 미간을 찌푸린다. 잔뜩 흥분 상태인 우현의 표정이 낯설면서도 어딘가 참 야릇하고 묘했다. 있는 대로 탁해진 눈빛으로 우현이 하은을 가만 내려다보며 손을 내린다. 하은이 순간 움찔, 하고 놀란다.

우현의 손가락이 조심스레 하은의 아래를 건드린다. 더듬더듬 길을 찾듯 아주 살짝 만지는 동작만으로도 하은은 호흡마저 멈춘 채 경직되었다. 젖었다. 이제 넣으면 되나. 혼잣말처럼 읊조린 우현이 곧 아까부터 묵직하던 제 것을 잡고 갖다 댄다.

약간 젖은 뭉툭한 끝이 입구를 살살 건드린다. 무서운 기세로 굵고 딱딱해진 끄트머리가 계속해서 하은을 건드리듯 찌른다. 아무래도 경험이 전무한 우현이라 한 번에 들어갈 곳을 찾지는 못했다. 앞과 뒤 사이의 좁은 간격에 통증이 느껴지고 있었다.

좀 수월하게 찾으려나 싶어 하은이 살짝 엉덩이를 들어 준다. 덕분에 우현은 오히려 잘못 알고 뒤로 덥석 들어오려고 한다. 거기가 아닌 것 같다는 하은의 도리질에 우현이 얼른 앞으로 이동한다. 흥건하게 젖어 있는 곳에 대고 조금씩, 끝을 밀었다.

서두르지 않고. 천천히. 마음은 급해 죽겠지만 어떻게든 내리누르고서. 아주 조금씩. 조금……씩. 들어갈까 싶은 염려와 걱정으로 최대한 조심해서. 천천……히.

그리고, 곧,

"아앗……!"

넣는다, 라고 속삭이듯 내뱉은 우현의 목소리에 고개를 끄덕이던 하은이 눈을 질끈 감고 비명을 지른다. 소리의 높낮이를 조절하기 힘들 만큼 적나라하게 느껴지는 통증을 참을 수가 없었다. 하은의 반응에 놀란 우현이 황급히 움직임을 멈춰 본다.

"아파?"

"아, 너무."

"너무 아파? 힘들어?"

"으."

심하게 일그러진 하은의 얼굴에 우현이 어쩔 줄을 모른다. 보는 것만으로도 하은의 고통이 고스란히 전해지는 것만 같았다. 아주 조금 넣었을 뿐인데. 거의 반의반도 채 들어가지 않은 상황에서 죽을 것처럼 힘겨워하는 하은 때문에 우현이 주춤한다.

임시방편으로 서둘러 하은에게 입을 맞췄다. 어르고 달래듯 부드럽게 입술을 포개고 혀를 넣었다. 잡아당기는 자신의 혀를 곧잘 따라 나오는 하은이다.

천천히, 정성껏, 윗입술 아랫입술 모조리 물고 핥았다. 가볍게 쓸듯이 비비면서 하은을 달랬다. 볼에도 쪽쪽 소리 내어 뽀뽀를 해 주자 하은의 숨소리가 살짝 가라앉는다. 한껏 움츠러들어 경직됐던 몸이 아주 미약하게나마 풀어지는 게 느껴진다.

그래도 아프다면. 네가 힘들면, ……그냥.

고민 끝에 그만할까, 라고 물었다. 하은이 조심스레 눈을 뜬다. 은은한 조명. 어두운 룸 안. 세상 모든 것들이 잠든 듯 고요하고 적막한 지금 이 순간. 너와 나.

마주하는 둘의 눈동자가 물결치듯 서서히 일렁인다. 서로가 서로를 바라본다. 오직 서로가. 서로만을. 하염없이. 그렇게.

"우현아."

"어."

"우현……아."

"어, 하은아. 말해."

"네가 좋아. 너무. 너무."

아주 많이. 죽을 만큼. 더 좋아할 수 없을 정도로 좋아해. 너를. 조곤조곤 속삭이는 하은의 말에 우현이 살짝 입가를 올린다. 나도. 정말 많이 좋아해. 하은아. 네가 너무 좋아서 미쳐 버리겠어. 나지막이 들려오는 우현의 말에 하은이 눈꼬리를 내린다.

그냥 있어도 죽겠는데 웃기까지 한다. 극도로 흥분된 상태의 우현이 저를 향해 곱게 웃는 하은의 얼굴을 보고 멍해진다. 하고 싶어. 갖고 싶어, 너를. 전부 다. 애타는 눈길로 응시하는 우현을 향해 하은은 고개를 끄덕이고서 다시금 눈을 감았다.

자신 역시 여기서 그치고 싶지 않다는 간절함을 드러내는 하은을 우현은 조금 더 바라봤다. 손으로 가만히 하은의 머리를 쓸어 넘겨 주고 나서 이마에 입술을 지그시 눌렀다. 좋아. 너무 좋아. 이내 입술을 떼어 냄과 동시에 조금씩 더 안으로 밀었다.

뜨겁다. 가뜩이나 좁게만 느껴지는 하은의 아래가 우현으로서는 감당하기 버거울 정도로 뜨겁게 달구어져 있는 느낌이었다. 젖긴 했어도 좀처럼 잘 들어가질 않음에 우현은 한껏 더 힘을 실어 들이밀었다. 겹겹이 둘러싸인 좁다란 속살들이 곧 굉장한 탄력으로 우현의 것을 잡아 삼킨다. 빨려 들듯 조이고 감싸지는 기분에 정신을 차릴 수가 없다. 우현이 끝까지 안으로 파고든다.

"아흑! 흡……."

"하."

완전히 제 것을 다 밀어 넣은 우현의 등을 하은이 힘주어 꽉 당겨 안는다. 살짝 들린 하은의 뒷머리를 우현이 늦지 않게 서둘러 손으로 감싸 쥔다. 바짝 밀착된 둘의 몸. 맞닿은 우현과 하은의 가슴이 연신 위아래로 들썩거리며 뜨거운 체온을 주고받는다.

새하얗게 비워진 머릿속. 질끈 내리감아 온통 컴컴한 암흑밖에는 존재하지 않는 눈앞. 시야를 차단하자 감각이 오롯이 한 곳으로 모아진다. 서로에게 속하고 속하여진 단 한 곳. 안으로 들어가고 들어온, 이른바 하나가 되어 버린 부분. 그 지점으로만.

우현은 잠시 그 상태 그대로 있었다. 이렇게 안에 넣고 있는 것만으로도 곧바로 내보낼 수 있을 만큼 몸이 격하게 달아올랐다. 이걸 뭐라고 해야 하지. 쫀쫀하다고 해야 하나. 어떻게 이렇게까지 제 것을 물고 빨아들일 수 있는지 정신이 혼미해져 버린다.

전신이 활활 타오르는 것만 같이 화끈거린다. 마비된 머릿속도, 하다못해 파르르 떨리는 손끝과 뻣뻣하게 굳은 발끝마저도 좁디좁은 하은의 안에 갇혔다는 사실만으로 움직일 수가 없어졌다. 괜찮아? 많이 아파? 우현이 살짝 고개를 들어 본다.

"하은아."

"훗······."

"서하은. 하은아?"

"흐읍······. 읍······."

끝까지 밀려 들어가는 순간 뭔가 퍽, 하고 터지는 느낌마저 받았었다. 그 정도로 경직된 몸. 그만큼 아주 많이 하은이 긴장했다는 증거였다. 끙끙 앓는 소리를 내며 인상을 찌푸리고 견디는 하은을 우현이 나지막이 부른다. 하은이 눈을 뜬다.

어느덧 물기가 그렁그렁 차오른 눈으로 하은이 우현을 응시한다. 한없이 고통스럽고 괴로운 듯 보이는 하은의 안색이 우현은 못내 안타까워 미간을 구겨 버렸다. 나만 좋은 건 아닐까. 나만 이렇게 환장할 정도로 흥분한 건가. 하은이 한 손을 들어 올린다.

우현아. 우현······아······.

여전히 아파하는 얼굴로 하은이 우현의 볼을 살며시 감싸 쥔다. 인상을 찌푸리면서도 하은은 가만가만 손가락을 움직여 우현의 얼굴을 만졌다. 엄지로 볼을 쓸다가 조금 더 올라가 이마를 건드리고 눈가를 더듬었다. 콧날을 타고 내려와 입술도 매만졌다.

마치 제가 보고 있는 사람이 우현이 맞는지 확인하려는 듯이. 눈을 뜨고 느끼는 지금의 이 모든 순간들이 완벽한 현실이라고 위안받고 싶은 사람처럼 몹시도 신중하게 만졌다. 맞네. 정말 너네. 와아. 눈꼬리를 타고 눈물이 흘러내림과 동시에 하은이 웃는다.

좋아하는 마음만으로는 참을 수가 없었다. 시작이야 그랬다 쳐도 점점 커져만 가는 갈망에 목이 메었다. 사랑받고 싶어서. 예쁨받고 싶어서. 우현의 입술을 볼 때마다 미치도록 키스하고 싶었다. 저 입술이 어떤 느낌일까. 너무 탐이 났다. 근데.

묵직하게 제 안에 들어찬 우현이 믿기지 않는다. 뻐근하고 아리고 욱신욱신 난리였지만 설렘과 떨림만은 고스란히 느껴진다. 불끈, 하고 갈수록 더 커지는 우현을 느끼며 하은은 미간을 조금 좁혔다. 말 그대로 제 안에 가득 들어찬 우현이 버거우면서도 감당안 되게 좋다.

단 한 번도 우현과의 잠자리를 상상하지 않았던 건 아니었으나, 이렇게까지 심장이 터질 것처럼 벅찬 마음이 될 거라고는 감히 예상하지 못했었던 하은이다. 이대로 죽어도 좋을 것 같아. 정말이야. 하은이 우현의 목을 끌어당겨 그대로 입을 맞춘다.

진하게 입술을 포개고 혀를 섞음과 동시에 우현이 아주 느릿느릿 몸을 움직이기 시작했다. 조심스레 하은의 허리 뒤로 손을 둘러 잡고서 살살 하체를 뒤로 뺐다. 뻑뻑하게 들어찼던 제 것이 반쯤 밀려 나왔을 때 도로 밀어 넣었다. 하은이 으윽, 아파한다.

잠시 쉬며 키스에 집중하자 뻣뻣하던 하은의 몸이 점차 이완된다. 하은의 아랫입술을 이로 살짝 깨무는 우현이 다시 골반을 조금 뒤로 뺐다가 훅 쳐올린다. 흐읏, 홋, 흐응……. 신음과 비명이 섞인 매우 야릇한 소리에 우현의 아랫배가 뻐근해진다.

서두르지 않고 천천히, 몹시도 느릿하게 우현은 몸을 움직였다. 아파하는 하은이 물론 최우선이었지만 저 역시 당장 급하게 끝내기는 싫었다. 조금이라도 빨리 마무리 지어야 하은이 덜 고통스러울 거란 생각도 들었지만, 너무 좋아서 그만둘 수 없었다.

그래도 너무 아파하니까. 아무래도 그저 괴롭기만 한 것 같으니까. 그냥, 그냥 빨리하고 빨리 끝내 버리는 것이…….

중간중간 고민에 빠지던 우현을 하은은 연거푸 당겨 입을 맞췄다. 망설이는 우현의 마음을 알아주는 것처럼, 더 해도 된다는 뜻으로 우현의 등을 더욱 꼭 끌어안는 하은이었다.

하아, 하읍……. 조용한 룸 안에 우현과 하은의 거친 숨소리가 뒤섞여 울려 퍼졌다. 깔짝거리는 젖은 살들의 마찰음이 한없이 야릇하게 들려왔다.

처음치고는 굉장히 오랜 동안을. 조심스럽고도 신중한 속도로. 그렇게.

우현과 하은의 첫 경험이, 무척이나 은밀하고도 아름답게 만들어지고 있었다.

"깼어?"

꿈도 꾸지 못할 정도로 곯아떨어졌다. 몸이 개운치 못한 것으로 보아 선잠을 잔 것 같다는 생각이 들었다. 몽롱한 정신으로 느릿하게 눈꺼풀을 들어 올리자 반갑고도 익숙한 얼굴이 바로 앞에 보인다. 그러면서도 근사한. 너무나 좋은. 단 한 사람이.

"우현아."

"응?"

"우현아."

"그래. 왜."

이름을 부르자 답한다. 다시 또 부르자 왜 부르느냐며 바짝 다가온다. 누운 채로 슬며시 가까워지는 우현의 얼굴을 하은이 하염없이 바라본다. 좋다. 그냥 참 좋다. 네가. 말을 아끼고 입가만 말아 올리는 하은의 머리를 우현이 살살 어루만진다.

시간을 가늠하기 어려웠지만 아직 아침은 아닌 것 같았다. 그 정도로 오래 잔 것 같지 않은 하은이 우현에게 안 잤어? 하고 묻는다. 방금 전에 깼다는 대답을 하며 우현이 하은의 입술에 짧게 입을 맞춘다. 쪽, 소리와 함께 눈을 지그시 감았다 떴다.

한동안 그렇게 마주 본 채로 누워 있었다. 이불이 어깨 위까지 끌어 올려져 있었지만 옆으로 누운 몸은 아직 벗은 상태였다. 부끄럽지만 싫지는 않다. 수줍고 민망하긴 해도 꺼려질 정도는 아니라서 하은은 그저 가만있었다.

우현이 하은의 목 아래로 손을 넣는다. 자연스럽게 하은에게 팔베개를 해 준 우현이 제 품으로 하은을 당겨 안는다. 얌전히 끌려가려는 순간 크게 욱신거리는 통증이 밑으로부터 전해져 왔다. 온통 지끈지끈 아파 오는 허리. 찢어진 듯 마구 아리는 아래. 인상을 찌푸리는 하은을 우현이 살핀다.

"이런. 많이 아파?"

"어. 조금."

"씻자고 할랬는데. 일어날 수 있겠어?"

걱정스레 묻는 우현을 향해 하은이 살짝 고개를 젓는다. 그러고 보니 아래가 흥건하게 젖은 상태로 질척이는 터라 괜스레 기분이 찝찝했다. 잠깐만 있어 봐. 알았지? 이불을 걷고 내려선 우현이 가운을 걸치고 어딘가로 빠르게 움직인다.

하은은 커다랗게 심호흡을 하며 통증을 가라앉히려 애썼다. 겹쳐진 허벅지 안쪽이 연신 심하게 떨려 왔다. 발가락 하나 꼼짝할 수가 없다. 자는 동안 누가 밟고 간 게 아닌가 싶을 만큼 허리고 골반이고 쑤시지 않은 곳이 없었다. 특히나 아래는 너무.

날카로운 송곳으로 난도질당하면 이런 기분일까. 생살이 찢겨

베인 듯이 너무도 아프게 아렸다. 욱신욱신. 화끈거리기도 하고, 손으로 만져 보듬을까 하다가 꾹 참았다. 지금 상황에서 손을 댔다간 더 아플 것만 같다. 머지않아 우현이 침대로 돌아온다.

"아, 내가 할게."

"해 줄게."

"창피해."

"괜찮아. 조금만 벌려 봐, 응?"

조심스레 이불을 걷어 내린 우현이 곧 하은을 반듯하게 눕힌다. 일으켜 주나 했더니 우현은 가져온 물수건들을 차곡차곡 접고서 아래쪽에 앉아 다리를 벌려 보라고 하고 있었다. 뭐하는 거야. 안돼. 손으로 몸을 가리려 안간힘을 쓰는 하은을 우현이 달랜다.

"닦아 주기만 할 건데, 왜."

"싫어."

"너 아파서 일어나지도 못하잖아."

"그래도. 안 할래."

"불 낮춰 줄게. 더 어둡게. 그럼 돼?"

뭐가 그리 부끄럽냐며 어르던 우현이 손을 뻗어 스탠드 불빛을 낮춘다. 원래도 희미하던 조명이 한껏 더 사그라지자 마음은 약간이나마 편해졌다. 그래도 보일 거야. 절대 안 돼. 다시 이불을 갖다 몸을 가리려는데 우현이 그마저도 못 하게 먼저 막아 버린다.

관계를 맺었다고는 해도 아직 아무렇지 않게 맨몸을 보일 엄두는 나지 않았다. 어찌 된 게 벗은 몸을 충분히 보고 보였음에도 갈수록 더 얼굴이 화끈화끈 달아올라 버린다. 여전히 남은 온기와 체취. 떠오르는 손길. 감촉들. 우현이 살짝 위로 올라온다.

"난데도 싫어? 창피해?"

"응."

"뭐가 그렇게 싫고 창피하냐. 내 눈엔 예쁘기만 한데."

"우현아."

"내가 해 주고 싶어. 내가 닦아 주게 해 줘, 응?"

"그치만."

손도 까딱하게 하고 싶지 않아, 라며 우현이 하은의 이마에 입을 맞춘다. 낮은 목소리로 속삭여 주는 우현의 눈빛이 너무도 그윽해 하은은 더 거절할 생각을 하지 못했다. 따뜻한 물에 하나하나 다 적셔 왔어. 너 닦아 주려고. 제가 준비해 온 성의를 봐서라도 허락해 달라는 우현의 부탁까지 듣고는 마지못해 고개를 끄덕였다. 우현이 다시 하은의 아래로 가 자리를 잡는다.

부끄러워 미적거리던 다리를 아주 조금 벌려 주었다. 물수건의 온도가 적당한지 손등에 대 보던 우현이 조심조심 손을 뻗어 하은의 아래를 건드린다. 쓸어 올리듯 쓱 닦아 내는 기척에 하은이 몸을 움찔거린다. 아파서 그러는 줄 알고 우현이 멈칫한다. 이내 우현이 다시 물수건으로 조심조심 하은을 닦아 준다.

입구 주변과 허벅다리 안쪽을 살살 매만지듯 닦아 내어 주는 우현의 손길에 하은은 자꾸만 심장이 벌렁거렸다. 후우, 하고 호흡을 고르며 어떻게든 침착하려 애썼다. 꼼꼼하게 닦아 주고는 있지만 이렇게 닦아 주는 걸로도 실은 미친 듯이 흥분이 되는 우현이었다.

당장 또 안아 보고만 싶어. 그래도 참아야겠지. 너 아플 테니까. 많이 아파……?

마른 수건으로도 골고루 구석구석 어루만져 준 우현이 하은의 몸에 이불을 끌어 올려 덮어 준다. 그리고는 옆자리로 올라와 다시 하은을 끌어당겨 제 품에 안는다. 다정하게. 친절하게. 우현에게는 차마 바라지 못했던 신기한 일들의 연속이 하은은 좋다. 감격스러울 만큼 기쁘고 좋다.

좋은데 너무 좋아서 불안하고, 너무 많이 좋은 나머지 막 두렵고 겁이 날 정도란 게 문제라면 문제일 거다. 느릿하게 눈을 감았다 뜨는 하은의 뒷머리를 우현이 가만히 헝큰다. 간지럽히듯 살살 매만지던 우현이 이윽고 나지막이 입을 연다.

"꽤 많이 나왔네."

"응?"

"피 말이야. 아직도 아파?"

천천히 품에서 떼어 낸 우현이 하은과 가만히 눈을 맞춘다. 희미한 어둠 속이라고 해도 그윽하고 근사한 까만 눈동자는 훤히 들여다보였다. 그 속에 자리한 스스로의 모습도 물론. 아프냐는 말에 가볍게 고개를 젓자 우현이 하은의 얼굴을 어루만진다.

"최대한 살살했어. 덕분에 오래하기도 했지만."

"괜찮아. 조금 아린 것뿐이야."

"요령이 없어서 더 아팠나 보다. 내가 언제 해 봤어야지."

왠지 모르게 자책의 뜻을 담아 중얼거리는 우현의 말에 하은이 한 번 더 괜찮단 듯 웃는다. 아프지 마. 미안하잖아. 뭔가 되게 큰 잘못을 저지른 것만 같은 기분이라며 우현이 하은에게 입 맞춘다. 부드럽게 왔다가는 우현의 입술에 하은이 활짝 웃는다.

눈을 맞추고 웃는 이 순간이 좋다. 가깝게 마주하고 조곤조곤 나누는 대화가 무척이나 소중하다. 조용하고 어두운 공간에 우현과 단둘이 있다는 사실이 하은은 그저 고맙고 감사하다. 몸과 마음이 온통 우현 하나로만 빼곡하게 채워지는 기분에.

정말 예전에는 상상조차 쉽지 않았는데. 한없이 멀고 어렵고. 너 내게 늘 그런 존재였는데. 쉽게 다가갈 수 없을. 그랬는데.

우현과의 거리가 아주 많이 좁혀진 것 같다. 막연하게나마 그런 생각이 들자 또 실실 웃음이 나온다. 얼굴만 봐도 좋다는 말은 이럴 때 쓰라고 있는 게 아닐까. 헤실헤실 웃는 하은이 귀여워 우현이 하은의 코를 가볍게 쥔다. 하은이 더욱 활짝 미소 짓는다.

품에 안았다가 떼어 내고 바라봤다가 하며 시간을 보냈다. 이미 잠은 다 깨 버린 우현과 하은이었기에 함께 있는 순간을 즐기려 하염없이 서로를 보고 또 봤다. 손가락으로 살살 서로의 얼굴을 쓸어내리기도 했다. 이렇게 생겼던가, 라는 말까지 해 가며.

하은의 손을 찾아 잡은 우현이 하은의 손등에 깊숙이 입술을 묻는다. 몇 번이나 쪽쪽 입을 맞추며 그윽하게 쳐다보는 우현의 눈빛에 하은의 심장이 두근거린다. 손가락 하나하나 가지런히 깍지를 끼는 우현이 입을 내민다. 하은이 다가가 살짝 입 맞춘다.

"근데 보는 거랑 되게 다르다."

"뭐가."

"그거. 하는 거."

"응?"

한참이나 미적거리다 침대에서 나왔다. 시간을 살피니 어느덧 아침 6시가 조금 넘어 있었다. 문득 허기가 진다는 하은의 말에 우현은 하은을 데리고 부엌으로 향했다. 룸서비스를 시켜 줄랬더니 됐다 한 하은이 구비되어 있는 음료수를 집어 든다. 대충 뭐라도 먹일 만한 게 없나 찾던 우현이 과자와 빵을 찾아온다. 식탁 옆자리에 앉는 우현을 하은이 빤히 쳐다본다.

"하긴, 끝까지 본 적도 없지만. 그래도 완전 달라."

"그거?"

"야동. 궁금해서 몇 번 봤었거든."

에?

예상치 못했던 단어의 출연에 하은의 볼이 삽시간에 붉어진다. 너무 놀라 입까지 떡 벌리고 우현을 쳐다봤다. 여자에게 관심 없기로 유명한 민우현이 난데없는 야동이라. 여자라면 학을 떼는, 기겁에 질색팔색인 민우현이 야동을? 설마.

"야동을 봤어?"

"어. 몇 번."

"정말?"

무척이나 의아하다는 얼굴로 쳐다보는 하은의 모습에 우현이 어리둥절해진다. 뭐. 왜. 하은이 눈을 깜빡이며 말을 잇는다.

"의외라서. 그런 것도 봐?"

"난 뭐 남자 아니냐. 남자는 다 봐."

"그래도. 너 여자 싫어하잖아."

"그거랑 이거랑은 별개지. 본능인데."

실은 그래서 끝까지 다 못 봤었다며 우현이 과자봉지를 뜯는다. 여자들 얼굴이며 몸이며 어찌나 거슬리던지 도저히 끝까지 볼 수가 없었다는 우현의 말에 하은은 계속 눈만 깜빡였다. 아. 멍해진 얼굴로 입을 벌리자 우현이 초코과자를 쏙 넣어준다.

단순한 욕구 해소쯤으로 충분히 볼 수 있다. 남자라면. 그래, 남자들이 그런 거 즐겨 본다는 소릴 아예 못 들어 본 것도 아니고. 그래도 우현까지 야동을 본다는 소리는 솔직히 충격적이다. 마치 신념처럼 떠받들던 사람의 비리를 목격한 듯한 기분이랄까. 어째 표현이 그렇지만 약간의 실망도 드는 건 사실이었다. 우현만은 그러지 않길 바랐으니까. 제가 좋아하는 우현만은.

……그래 놓고 더한 짓까지 해 버린 주제에. 직접 딴 짓을 한 것도 아니건만 이제는 우현이 봤다는 야동 속 여자마저 질투하고 있는 하은이었다. 그래도 그건 나랑만 했으니까, 라며 하은이 곧 상념을 떨쳐 낸다. 근데 뭐가 다르다는 걸까. 달라? 뭐가? 아, 혹시.

"보는 게, 더 나았어?"

"응?"

"아니, 그러니까, 그."

물어볼까 말까 무던히도 고민하던 하은이 결국 자그맣게 목소리를 낸다. 우현이 뜯어 입에 넣어준 빵을 삼킨 직후였어선지 목이 메어 일단 음료수부터 마셨다. 잠시간의 텀 동안 우현은 질문을 곧바로 알아들었다. 하은이 급히 우현의 시선을 피한다.

"다르대서. 뭐가 그렇게 다른 건가 하고."

"궁금해? 알려 줄까?"

"어? 아니아니."

"물어봐 놓고 뭐야. 말해 줄게."

"아냐, 됐어. 취소. 안 들을래."

잘은 몰라도 보는 것보다 못하단 소리를 들으면 굉장히 속상할 것 같다. 얼굴도 모르는 여자를 질투하는 것도 모자라 그런 비참한 기분에 사로잡히고 싶지 않아 하은이 얼른 손사래를 친다. 서두른 탓에 고개를 들었다가 우현과 눈이 마주쳤다. 한 치의 어긋남도 없이 똑바로 주시하는 우현의 눈빛이 뜨겁다.

대화 내용이 이래서일까. 뭔가 살짝 야릇하기도 한 것이. 저도 모르게 꿀꺽 마른침을 삼킨 하은이 얼른 과자를 한 움큼 집어 입에 넣는다. 열심히 씹고 있는데 우현이 손을 뻗는다.

"보면서 이런 생각했어. 더럽다. 역겹다. 절대 하고 싶지 않다."

하은의 입가에 묻은 부스러기를 털어 내며 우현이 말을 꺼낸다. 살짝 잠긴 나른한 목소리에 천천히 시선을 들어 올렸다. 엄지로 살살 하은의 입술과 입술 주변을 훔쳐 내는 우현이 가만히 눈을 감았다 뜬다. 어느덧 표정이 한없이 진지해져 있다.

"상상만 해도 싫더라. 당장이라도 토할 것처럼 속이 막 울렁거리고."

"……."

"평생 못 할 거라 여겼어. 난 진짜 누구와도 안 된다고. 안 할 거라고. 근데."

"근데?"

"넣는 순간 죽는 줄 알았어. 죽을 것 같았어. 네가 너무 좋아서."

어루만지던 하은의 입술에 우현이 가볍게 입술을 맞댄다. 채 눈을 감을 새도 없게 왔다 가는 우현을 하은이 물끄러미 본다. 방금 닿았던 입술 감촉이 어지간히도 좋았는지 우현이 얼른 또 입술을 댄다. 눈을 맞춘 채로 하은은 우현의 키스를 받았다.

입안에 가득 들어찬 과자의 존재도 잊고 멍하니 우현을 봤다. 우현이 해 준 말들을 가만가만 곱씹어 보는데 심장이 커다랗게 두근, 하고 울렸다. 동시에 머릿속 가득 떠오르는 간밤의 기억. 눈앞에 아른거리는 우현의 벗은 몸. 입맞춤. 손길. 하나가 되던 순간. 숨결. 또……

더는 표정 관리가 되지 않을 만큼 곤란해진 하은이 억지로 과자를 삼켜 내고 음료수를 들이켠다. 급하게 마셔 입술 끝에 매달린 물기 하나를 우현이 얼른 놓치지 않고 핥는다. 화끈거리는 얼굴을 참으며 우현을 봤다. 우현이 하은에게 지그시 눈을 맞춘다.

"너랑은 얼마든지 할 수 있어. 심지어 계속 하고 싶어. 많이."

"어……?"

"아무 데도 안 나가고 너랑만 있고 싶어. 여기 틀어박혀서. 몇 날 며칠을 해도 좋을 것 같아. 그 정도로 좋았어, 어제."

"정말……?"

"이제 너 진짜 내 거야. 빼도 박도 못 해."

우현의 눈이 부드럽게 호를 그린다. 보기 좋게 내려가는 얄쌍하고 매끈한 눈꼬리에 하은의 가슴이 또 쿵쿵 뛰어 댄다. 이런 식의 말들. 이런 식의 미소. 모든 게 낯선 가운데 우현의 눈빛이 하은을 다독여 준다. 현실이라고. 믿으라고. 괜찮다면서.

"죽을 때까지 내 거야. 말했지? 하고 나면 못 되돌린다고."

"응."

"너밖에 몰라졌고 너 아니면 안 되게 됐어. 그러니까 책임져."

"우현아."

"이제 내 세상이 네 위주로 돌고 있어. 온통 서하은 너뿐이야.

믿겨져?"

너밖에 안 보여, 라고 덧붙인 우현이 부드럽게 하은을 당겨 품
에 안는다. 가두듯이 꼬옥, 그러면서도 한없이 포근히 안아 주는
우현의 행동에 하은이 입을 다문다. 좋아해. 아주 많이. 하은아.
속삭이는 감미로운 목소리에 눈을 감았다. 눈물이, 나올까 봐.

더 많이 사랑해 주겠단다. 더 많이 아껴 주고, 더 많이 예뻐해
주겠다고 우현이 말한다. 이제껏 혼자 힘들게 했던 시간 그 이상
으로 행복하게 해 주겠다는 약속에 하은의 속눈썹 너머로 끝내 물
기가 비친다. 가늘게 떨리는 두 손을 들어 우현의 등 뒤로 둘렀다.

좋아하길 잘했다. 좋아할 수밖에 없었지만. 처음부터 줄곧 우현
만 바라보고 서 있던 바보 같고 한심한 자신이, 중간에 조금도 다
른 곳으로 눈 돌리지 않은 못난 자신이 이렇게 기특할 수가 없는
하은이었다. 지쳤는데. 힘들었는데. 너무, 아팠었는데.

다정하게 등을 쓸어내리는 우현의 손길을 느끼며 하은이 자그
맣게 목소리를 낸다. 너도. 우현이 너도 내 거야. 죽을 때까지. 기
분 좋게 웃은 우현이 더욱 꼭 하은을 품에 안는다. 또르르 눈물이
흘러내림과 동시에 들었다. 우현의 당연하지, 라는 말을.

"댄서분들 잠시만요."

호텔 근처의 해안가에 집결한 것은 오후 1시가 조금 넘어서였
다. 어제 늦게까지 여흥을 즐겼음을 고려해 느지막이 댄서들을 호
출한 만석은 뮤직비디오 감독과 함께 스태프들을 대동하고 제주도
에 나타났다.

거하게 아침 겸 점심을 먹고 스타일리스트의 도움으로 댄서들

도 의상과 헤어를 다 마쳤다. 챙이 짧은 청색 모자를 눌러쓴 귀여운 인상의 젊은 여자가 부리나케 달려온다.

"이거 시놉인데 한 번씩들 읽어 보세요."

"아, 네."

"오늘은 그냥 단체 샷만 찍을 거고 댄스 씬은 없어요. 서울 올라가면 스튜디오 세팅한다고 말씀드리래요."

그러니 부담 갖지 말라는 말까지 건네고 여자가 다시 쪼르르 멀어진다. 아마도 막내 스태프인 모양이라고 중얼거리며 받아 든 성태가 댄서들과 함께 시놉을 살핀다. 몇 장면 없는 것 같긴 한데 순서가 꽤 뒤다. 대기 시간이 길 것 같다는 예상이 된다.

이번 뮤직비디오에서 댄서들이 맡은 역할은 사신이었다. 엑스트라를 써도 되지만 안무 씬과의 연결을 위해 댄서들로 가기로 했다. 또한 단체로 서 있거나 무리지어 앉아 있거나, 무표정하게 있으면 되는 거라서 전문 연기자는 따로 필요 없는 상황이었다.

특별히 숙지해야 될 사항 같은 것도 없었다. 어차피 주인공은 따로 있으니까. 그래도 혹 실수로 시간이 길어지지 않게 나머지 단원들을 챙기며 성태가 당부한다. 대강의 내용을 전해 듣는 단원들 속에서 유독 긴장해 있는 하은을 승효가 알아챈다.

"긴장돼?"

"어? 어. 완전. 완전 떨려. 후우."

나지막이 묻는 승효의 말에 하은이 한숨을 푹푹 내쉰다. 하얗다 못해 창백하게 질린 얼굴이 당장이라도 기절할 사람처럼 위태위태하다. 진정해. 별거 없다잖아. 금방 끝날 거라는 승효의 말에 전혀 위로받지 못한 하은이 다시금 한숨을 뱉는다.

다른 단원들이야 무대 경험도 많고 가수들 뮤직비디오에 출연한 것도 한두 번이 아닐 테지만 카메라 앞에 서는 게 정말 난생처음인 하은으로서는 마음을 졸일 수밖에 없었다. 게다가 춤을 추는 것도 아니고 갑자기 듣도 보도 못한 연기를 해야 한다 생각하니 더 떨리는 거였다. 단체 샷이라 거의 눈에 띌 리 없다는 걸 알지만 그래도. 보다 못한 승효가 하은의 왼손을 가져가 펼쳐 든다.

"여기다 사람 인(人) 자를 써 봐."

"사람 인(人)?"

"예전에 어떤 만화책에서 본 건데 그걸 쓰고 먹으면 긴장이 풀린다더라. 많이 긴장될수록 많이 쓰고 먹는 거지. 다 잡아먹어 버리겠다, 하면서."

"그게 뭐야."

"해 봐. 밑져야 본전이잖아. 얼른."

직접 하은의 오른손까지 들어 올린 승효가 검지로 모양을 잡아 준다. 효과가 있든 없든 돈 드는 것도 아니잖아, 라는 말에 하은이 말똥말똥 승효를 올려다본다. 허풍인 것 같기도 하고 아닌 것 같기도 하고. 저도 어디서 들었다니 책임을 묻는 것도 우습지만.

망설이던 하은이 쓱쓱 글자를 써서 입으로 가져간다. 그러고도 머뭇거리자 승효가 먹어, 한다. 후읍, 하는 작은 소리와 함께 글자를 먹어 치운 하은을 향해 승효가 눈꼬리를 내린다. 밑져야 본전. 괜한 기대감에 하은이 연거푸 글자를 써서 먹어 치운다.

얼마나 긴장을 많이 한 건지 쉴 새 없이 하은이 글자를 쓰고 먹는다. 아예 여러 번 쓰고 한꺼번에 먹기도 하는 하은의 모습을 승효가 가만히 응시한다. 저들끼리 크고 작게 웃고 떠드는 댄서들

가운데 하은의 모습만이 승효의 눈동자 가득 자리한다.

안 그래도 뽀얗던 피부가 메이크업을 받으니 더 맑고 투명해졌다. 찰랑이는 검은 머릿결도, 차려입은 블랙 슈트도 다 곱다. 모든 댄서들이 전부 똑같은 복장이건만 어쩜 하은만 이렇게 다르고 특별해 보이는 건지. 하루 사이 더 예뻐진 것 같은 착각은 또 왜인지.

내가 진짜 어쩌려고 이러냐. 뭘 어쩌자고. 계속 너를, 자꾸만 나는, ……돌겠네, 진짜.

보일 듯 말 듯 미간을 구긴 승효가 애써 하은에게서 시선을 거둔다. 그러기가 무섭게 다시 하은에게로 저절로 눈이 돌아간다. 자그맣게 어깨를 들썩이며 눈을 감고 중얼거리는 하은을 승효가 쳐다본다. 옹알이하듯 작게 오물거리는 붉은 입술을, 본다.

아침에 일어나 씻자마자 괜스레 하은의 룸 앞을 서성였다. 기다려도 오지 않아 먼저 갔던 라운지 레스토랑에서 밥을 먹으며 내내 머릿속 가득 들어찬 하은의 생각을 지우지 못했다. 아마도 밤새 그랬던 것 같다. 보고 싶어서. 그리워서. 굉장히 많이.

막상 얼굴을 보니 미치겠다. 반가워서 심장이 간질간질 난리도 아니다. 언제 이렇게까지 좋아졌을까. 언제 이렇게나. 넋을 놓고 보던 승효가 문득 제 시선을 알아채고 눈길을 주는 하은 때문에 서둘러 고개를 돌린다. 눈앞엔 여전히 아른아른. 민망함을 감추려 헛기침을 하는 승효를 하은이 대수롭지 않게 여기며 돌아선다. 하은을 따라가려는데 핸드폰 진동이 울린다.

……아, 이런. 하필 또. 젠장.

"표정이 왜 그래?"

조명과 카메라의 설치가 어느 정도 완료되었다. 분주히 움직이는 스태프들과는 별개로 댄서들은 그저 대기하면 되는 상황이라 잠시 여유 시간이 주어졌다. 의상 망가지지 않게 신경 써 달라는 말에 앉지는 못하고 선 채로 서성이던 하은이 승효에게 묻는다. 딱딱하게 굳는 안색이 심상치 않다.

액정을 살핀 승효가 깊은 한숨을 내쉬며 옆쪽 버튼을 누르고 도로 주머니에 집어넣는다. 하은이 저를 밀어내기 위해 소개해 준 수진이 점점 더 싫고 거슬린다. 생각할수록 화만 울컥 치솟고. 하은이 의아한 얼굴로 묻는다.

"안 받아?"

"어."

"왜?"

"짜증나서."

"누구 전환데."

"정수진."

뭐……?

너무도 아무렇지 않게 대꾸하는 승효라서 되레 더 놀랐다. 짜증난다는 말도 그렇거니와 저렇게 신경질적인 표정은 좀처럼 짓지 않는 승효인데. 어리둥절한 얼굴로 쳐다보는 하은에게 승효가 씩 웃는다. 굳은 표정으로 웃으니 말도 못 하게 어색하다.

같이 만나 밥 먹고 얘기한 지 불과 하루밖에 지나지 않았다. 친해지는 것에 속도가 붙는다면 모르지만 어지간히도 싫은 듯 구는 승효의 태도에 하은은 마음이 복잡해졌다. 싫은가. 수진이가. 찜 찜한 기분을 어쩌지 못한 하은이 이윽고 조심스레 입을 연다.

"수진이 별로야?"

"어."

"맘에 안 든다고?"

"그래. 싫어."

"왜? 어디가?"

그 정도면 꽤 괜찮은 축에 속하지 않나, 라는 생각으로 하은이 묻는다. 얼굴도 예쁘고 몸매도 늘씬하고, 무엇보다 성격이 자신과 다르게 솔직하고 야무지고 똑 부러지는 점을 하은은 늘 자랑스러워했었다. 그런데 마음에 안 든다니. 대체 왜?

정말 모르겠단 듯 묻는 하은을 승효가 본다. 아무것도 모른다는 해맑은 표정에 가슴이 무너진다. 저와는 전혀 관련 없는 일을 대하듯 한없이 천진난만한 하은을 보는데 속에서 울컥울컥 화가 치민다. 알면서 이러는 건 아닐 거다. 그게 참 안타깝고 서운하달까. 승효가 인상을 쓰며 뒤로 돌아선다.

촬영장을 벗어나지 않을 정도로만 걷는 승효의 뒷모습을 하은이 물끄러미 응시한다. 좋아한다고 했다. 수진이가 승효를. 둘이 은근 잘 어울린다는 생각을 뒤늦게나마 하은도 했었다. 식사 내내 잔뜩 떠 있던 수진의 모습이 떠오르자 착잡해진다.

그래도 뭐. 굳이 나서서 뭘 어쩔 수도 없고. 알아서 하겠지.

애써 생각을 떨친 하은이 곧 도착한 문자에 서둘러 핸드폰을 꺼내어 든다. 오늘 결석에 관해 교수님께 잘 말씀드렸다는 수진의 문자였다. 고맙다는 답문을 보내고 있는데 저만치 앞이 시끄럽다.

아, 우현이다……!

스르륵 미끄러지듯 들어오는 커다란 밴 주변에서 연신 환호성이 터진다. 까맣게 선팅이 된 까닭에 안이 보일 리 없음에도 벌써부터 사람들은 꺅꺅대고 난리였다. 등장부터 참 요란할 수밖에 없는 우현이라는 생각을 하며 하은이 눈을 깜빡인다.

남녀노소 가릴 것 없이 구경꾼들은 일찍부터 몰려와 있었다. 그들은 물론이거니와 준비 중이던 스태프들마저 우르르 몰려가는 통에 잠시 혼란이 빚어졌다. 보다 못한 뮤직비디오 감독이 남자 스태프들에게 진행을 명령한다. 왁자지껄한 가운데 밴의 문이 열렸다.

"우와, 민우현이다!"

"우현 오빠! 오빠!"

"민우현! 여기 좀 봐요!"

"까아아!"

그야말로 엄청난 환대였다. 이미 우현이 제주도에서 뮤직비디오를 찍는다는 소식이 널리 퍼져 있는 모양인지 플래카드까지 들고 꺅꺅 소리를 질러 대는 팬들의 모습이 가히 극성스럽다. 이래서 촬영이 제대로 될까 걱정인 감독이 고개를 절레절레 젓는다.

찰칵대는 핸드폰 카메라 소리와 함께 우현이 밴에서 내린다. 우현의 스타일을 책임지는 영민이 뒤따라 내리고서 문을 닫는다. 진호를 포함한 남자 스태프들이 웅성이며 몰려 대는 인파를 막아 본다. 우현이 천천히 촬영장 쪽으로 걸음을 옮기며 고개를 든다.

미리 도착해 있던 만석이 우현에게 왔느냐며 손을 들어 보인다. 대충 고개만 까딱여 인사한 우현이 뭔가를 찾듯 주변을 급히 두리번거린다. 오른쪽 왼쪽 열심히 돌아가던 시선이 이내 한 곳에서 멈춰진다. 조금 떨어진 앞쪽에 하은의 모습을 발견했다. 보자마자 피어나는 웃음.

저도 모르게 입가를 말아 올린 우현이 하은을 향해 싱긋 웃는다. 그러다 화들짝 놀라는 주변 스태프들의 이상기류를 눈치챈 우현이 얼른 미소를 지우고 잠시 시선을 내린다. 그리고는 안 보는 척 이내 다시 하은에게로 시선을 준다.

못 참겠어. 주체가 안 돼. 좋아서. 진짜 너밖에 안 보인다, 내가. 어떡하지? 죽어 버릴 만큼 좋은데?

거리가 제법 되는데도 불구하고 하은의 얼굴이 눈에 쏙쏙 들어와 박힌다. 아마도 뮤직비디오 의상일 블랙 색상의 슈트를 입고 있는 하은의 모습이, 자신을 보고 조용히 눈을 빛내는 귀여운 얼굴이 못 견디게 예쁘다. 달려가고 싶은데. 가서 와락 안아 버렸으면 싶은데 진짜. 치솟는 갈망을 애써 잠재우며 눈을 맞추고 있으려니 만석이 우현을 부른다. 아쉬움에 느릿하게 시선을 거뒀다.

스태프들에 둘러싸인 채로 감독과 인사를 나누는 우현의 모습을 하은이 말없이 바라본다. 댄서들과는 다르게 안에서 모든 의상과 메이크업을 완벽히 마치고 나온 우현이었다. 몸에 잘 맞는 블랙 슈트와 왁스로 모양을 잡은 헤어가 근사하다. 화장을 해 한층 더 뽀얀 피부도, 곱상한 눈매와 붉은 입술도. 잘생긴 눈코입 모두가 훨씬 더 매력적으로 도드라져 보인다.

뭐가 저렇게 멋있을까. 어떻게 저렇게까지 예쁠까. 감히 눈을 뗄 수가 없다. 좋아서. 근사해서. 가슴이 너무, 두근두근해서. 실제가 실제 같지 않은 묘한 기분. 그러고 보니 촬영하는 우현의 모습을 직접 보는 건 이번이 처음이었다. 굉장한 기회라는 생각에 미친 듯이 맘이 설렌다. 얼마나 멋질까. 얼마나 더 많이 또 내 마음에 들어올까, 너는.

떨림을 가라앉히며 시선을 내렸다. 그와 동시에 눈앞에 아른거리는 장면들. 다시금 살아나는 기억. 마치 지금인 듯 생생한 느낌들과 약하게 인식되는 통증까지.

우현에게 안겼던 어젯밤이 고스란히 떠올라 하은의 심장을 간지럽힌다. 불에 덴 듯 화끈거리는 얼굴이 빨갛게 될까 두려워 서둘러 두 손으로 볼을 감싸 쥐었다. 티 내면 안 돼. 들키면 절대 안돼. 연신 부채질을 하며 이리저리 모래사장을 서성이고 다녔다. 그때,

"늦어서 죄송합니다! 안녕하세요!"

촬영 준비가 이제 막 마무리된 참이었다. 설치가 완료된 레일 위에서 카메라 앵글을 잡아 보던 양 감독이 스태프들과 최종적으로 시놉을 검토하고 있는데 하이 톤의 목소리가 들려온다. 듣기만 해도 청량해지는 발랄함에 모두의 시선이 한 곳으로 향해진다.

헐레벌떡 뛰어오는 아이보리색 원피스의 여자. 함께 뛰어온 남자가 스태프들을 향해 꾸벅 머리를 조아린다. 매우 공손하게. 그들을 유심히 쳐다보던 하은의 눈이 아주 조금 커다래진다. 아, 저여자. 어제 엘리베이터에서? 여자가 살갑게 웃으며 입을 연다.

"의상을 좀 바꾸느라고요. 죄송합니다."

"나리씨 왔어?"

"네, 감독님. 정말 죄송합니다. 죄송해요."

미리 와서 대기하고 있어야 했는데 그러질 못했다며 나리가 두손을 모은다. 마치 죽을죄라도 지은 사람처럼 싹싹 비는 모습이 불쌍하다기보다는 마냥 애교스러웠다. 눈웃음이 어찌나 귀여운지

화를 낼 수 없게 만든다. 양 감독이 허허 웃는다.

"괜찮아, 괜찮아. 이제 시작할 거였는데 뭐."

"다음부턴 절대 안 늦을게요. 다들 정말 죄송합니다. 죄송합니다!"

"싹싹도 하네. 예쁜 데다 성격도 좋고, 앞으로 크게 되겠어."

"어머, 감사해요. 열심히 할게요!"

마른 체구에서 나오는 소리답지 않게 말 한 마디 한 마디가 호기롭고 당차다. 패기를 단단히 갖춘 예쁘장한 신인의 등장으로 남자 스태프들이 술렁거린다. 이번 뮤직비디오의 여주인공이라는 양 감독의 소개에 다들 나리를 훔쳐보기 바빴다. 말끝마다 예쁘다, 를 연발해 가며.

뷰티잡지의 모델로 이제 데뷔 갓 한 달이 된 스무 살 나리는 현재 연예계의 기대를 한 몸에 받고 있는 유망주였다. 패션계는 물론 드라마와 영화, 심지어 음악프로의 MC 자리까지 섭외가 올 만큼 쑥쑥 자라나고 있는 중이다. 아직 작품수가 적기에 일반인들은 잘 모르지만 계약을 따낸 CF만도 여러 건에 달하는 샛별 중의 샛별이 바로 나리다. 유명작가의 드라마에도 캐스팅이 된 상태.

일부러 만들기도 힘들 만큼 완벽한 모양새의 눈코입과 조막만한 얼굴은 나리의 가장 큰 매력이었다. 살아 움직이는 인형처럼 예쁜 얼굴도 모자라 9등신에 가까운 늘씬한 몸매도 관계자들의 관심을 모았다. 게다가 신인임에도 떨지 않는 패기와 지금처럼 발랄하면서도 유쾌한 성격까지.

촬영장에 활기가 더해지자 양 감독이 기분 좋게 웃으며 스태프들을 준비시킨다. 첫 장면을 위해 조명과 카메라가 따라붙는다.

흩어져 있던 댄서들이 구경이나 하자며 하나둘 몰려든다. 그때까지 넋을 놓고 있던 하은에게 승효가 다가가 어깨를 툭 친다.

"왜 이렇게 멍해."

"어? 아니. 아무것도."

"안 가? 안 볼 거야?"

설마하니 민우현의 촬영을 안 볼 생각이냐며 승효가 카메라 뒤쪽으로 가자고 손짓한다. 성태를 비롯한 다른 댄서들은 벌써 명당자리를 차지하고 지켜보는 중이었다. 가까스로 고개를 끄덕인 하은이 승효를 따라 걸음을 옮겼다. 그리고는 슬쩍 맨 뒤쪽에 멈춰섰다.

분주하게 움직이는 스태프들 사이로 하은이 우현을 찾는다. 머리를 점검해 주는 영민의 앞에 선 채로 우현은 눈을 지그시 감고 있었다. 무슨 생각을 할까. 아마도, 촬영할 것들 떠올리고 있겠지.

잘했으면 좋겠다는 바람과 잘할 거라는 기대감에 살며시 말려 올라가던 하은의 입가가 순간 힘없이 떨어진다. 얼굴 가득 미소를 띤 나리가 우현에게 다가가 살살 웃으며 말을 건다.

"안녕하세요, 선배님."

슈트 바지 주머니에 두 손을 꽂고서 눈을 감고 있던 우현이 갑작스런 인사에 미간을 찌푸린다. 귀찮게 말을 걸었다는 것만도 기분이 별론데 제 생각을 방해했다는 죄까지 더해져 버린다. 온통 하은으로 가득하던 머릿속이 거짓말처럼 뿌옇게 흐려졌다. 짜증나게시리.

마침 다 됐다는 영민의 말에 우현이 슬쩍 돌아보며 느릿하게 눈을 뜬다. 생글생글 입과 눈이 붙을 정도로 웃고 있는 누군가. 뭐야, 이건. 호들갑스럽게 등장할 때부터 거슬린다 했더니 와서 알은척까지. 심드렁하게 쳐다보는 우현에게 나리가 말한다.

"오늘 촬영 같이하게 돼서 정말로 영광이에요. 저 선배님 노래 정말정말 좋아하거든요."

"……."

"있죠, 저 싱글 앨범들 다 샀고요, 정규는 예약까지 했어요. 완전 팬이에요. 너무 멋있어요. 선배님 짱!"

다다다 이어지는 말들이 하나도 귀에 들어오지 않는다. 하이 톤의 목소리가 그저 시끄럽다. 뭐라는 건지. 뭐 좋다고 이렇게 처웃어. 귀엽게 엄지까지 치켜들고 마구 아양을 떠는 나리의 모습에 우현이 가만히 눈을 감았다 뜬다. 몹시도 불쾌한 얼굴로.

잘 부탁드립니다, 하고 꾸벅 인사하는 나리를 우현은 계속 불퉁하게 쳐다봤다. 입 좀 다물라고 한마디 하는 것조차 귀찮아서 그냥 모른 척 돌아섰다. 감독 쪽으로 가려는데 나리가 얼른 우현의 팔을 잡는다. 멈칫하는 우현의 모습에 영민이 긴장한다.

윽, 큰일 났네. 이런이런.

"저기 잠깐만요. 저는 윤나리라고 해요, 선배님. 윤,나,리요."

힘주어 또박또박 제 이름을 말한 나리가 다시금 눈꼬리를 내린다. 잡힌 자세 그대로 굳어 버린 우현이 느리게 고개를 돌린다. 기억해 주세요. 꼭이요. 간절하게 내뱉어진 하이 톤의 목소리를 듣자 입술이 뒤틀린다. 영민이 급히 진호에게로 신호를 보낸다.

타인과의 터치는 고사하고 말도 섞기 싫어한다. 스태프들도 꼭 필요할 때 아니면 쉽게 다가오지 못한다. 짜증내고 싫어하니까. 사납게 다그치고 매몰차게 내쫓기 일쑤인 그런 우현에게 지금 한

꺼번에 두 가지 일이 벌어지고 만 것이다. 바로, 나리 때문에.

당장이라도 뭔가 일이 벌어질 것만 같은 일촉즉발의 상황에 진호가 서둘러 달려와 우현의 팔에서 나리의 손을 떼어 내 준다. 그리고는 어리둥절하는 나리에게 진호가 좋게 좋게 둘러 댄다. 슬슬 촬영해야죠? 진호의 말에 나리가 웃으며 끄덕거린다.

만석의 앞에서 사고 치면 안 된다는 생각에 일단 다른 곳으로 데려가려 조심스레 잡아끄는 진호의 손길을 이번에는 우현이 거칠게 뿌리친다. 이미 화가 날 대로 난 우현이었다. 소름 끼치도록 매섭게 변한 눈으로 나리를 쏘아보는 우현을 진호가 기겁을 하며 말린다.

"가자. 감독님이 부르시네. 어서."

"야."

"우현아, 인마. 대표님 계신다고. 쉿."

"야. 너. 너 이씨."

"우현아. 인마. 쫌."

이대로는 못 가겠는 우현이 거듭 붙잡는 진호의 손을 뿌리치고서 나리 앞에 바짝 다가선다. 미간이 사정없이 구겨졌다. 욕이라도 한바탕 퍼부어 줘야 속이 시원할 것 같다는 생각을 우현은 하고 있었다. 계집애만 아니었음 벌써 한 대 쳤을 거다. 실컷 욕도 하고. 그렇지만,

험상궂게 변해 가던 우현의 표정이 아주 서서히 누그러진다. 무섭게 끓어오르던 분노가 끝에서부터 천천히 식어 가고 있다. 그만. 그만하자. 스스로 화를 가라앉히는 게 그다지 어렵진 않다. 어느덧 무표정으로 돌아온 우현이 눈을 감았다 뜬다.

싫댔지. 화내고 소리치는 거. 네가 싫다는 건 안 해. 안 할 거야. 절대로. 여기서 또 분란 생기면 네가 싫어할 테니까, 너한테 미움받는 거 죽기보다 싫으니까, 그러니까,

……알았어. 안 해. 참아 볼게, 하은아. 어떻게든. 후우.

소리 없이 한숨을 내쉰 우현이 묵묵히 고개를 떨군다. 당장이라도 달려들 것처럼 굴던 녀석이 홀로 감정을 조절하는 모습에 진호와 영민이 얼어붙는다. 왜 저러지. 무섭게. 혹 더 크게 폭발할까 두려워하며 진호와 영민이 우현을 주시한다.

만석이 있으니 조심하라는 진호의 말은 둘째 치고 우현은 문득 하은이 떠올랐다. 하은과 나눴던 대화. 하은이 제게 바란다는 그것. 다른 사람들한테 좀 친절했으면 좋겠다고 했다. 함부로 대하지 말고, 막말하지 말아 달라고. 그것만 고쳐 주면 참 좋겠다고.

애써 속을 억누른 우현이 곧 느릿하게 고개를 든다. 짜증나게 싫고 거슬리는 눈앞의 나리를 무감한 눈으로 잠시 쳐다봤다. 그런 우현과는 달리 나리는 기대에 잔뜩 부풀어 눈을 빛내면서 올려다보고 있었다. 뭐라도 말을 걸어 주길 내심 바라면서.

굉장히 잘생겼다. 화면으로 볼 때도 반했는데 바로 눈앞에서 보자니 그야말로 환상이다. 너무 멋있어서 기절할 것 같아. 대박. 와.

저 근사한 눈빛에 빠져들지 않으면 사람이 아닐 거야, 라는 생각을 하면서 우현을 응시하는데 별안간 우현이 등을 돌린다. 가차 없이 감독에게로 가 버리는 우현을 따라 진호와 영민이 이동한다. 나리 역시 얼른 정신을 차리고 우현의 뒤를 쫓았다.

"컷! 다시!"

지루해 죽겠는 듯 입을 쩍 벌리고 하품하는 정환의 뒤통수를 성태가 후려친다. 면박을 주긴 했어도 성태 역시 적잖이 지쳐 가던 참이긴 하다. 이게 대체 몇 번째 NG인지 셀 수도 없다. 조명과 카메라 스태프들이 죽을상이 되어 다시 촬영을 준비한다.

딱딱하게 굳은 얼굴로 왔던 거리를 되돌아 가는 우현을 나리가 쫄래쫄래 따라간다. 이래갖고 몇 씬이나 찍겠느냐는 양 감독의 푸념에 만석의 안색이 어두워진다. 좀 참지, 자식이. 하여간에. 만석의 무거운 한숨이 옆에 선 진호마저 안절부절못하게 만든다.

"진짜 엄청 싫어하네. 닿자마자 인상 팍."

"내 말이. 학을 뗀다, 아주."

"저렇게 예쁜데 미친 거 아냐? 복에 겨웠다니까."

혀를 차며 중얼거리는 선배 댄서들의 말에 하은이 아랫입술을 깨문다. 제법 멀리 떨어진 거리임에도 싫은 기색이 역력한 우현의 표정은 적나라하게 살펴졌다. 내키지 않는 촬영을 해야 하는 우현에게도 고역이겠지만 지켜보는 하은도 속이 탔다.

아까 댄서들의 동선만 파악하느라 하은이 간과했던 중요한 점은 오늘 우현과 나리의 뮤직비디오 콘셉트가 다정한 연인이라는 거였다. 바닷가를 거니는 연인이라면 무릇 손도 잡고 팔짱도 끼고 해야 하건만 우현은 일체 나리와의 신체 접촉을 거부하고 있었다. 할 수 없이 그럼 나란히 걷기라도 하라는 양 감독의 주문에 따라 걸으면서도 어쩌다 어깨가 스치면 아주 때려 죽일 듯한 얼굴을 해버리는 우현이라 자꾸만 촬영이 중단됐다. 혼자 좋아하며 실실 웃다가 우현 쪽으로 몸을 붙이는 나리도 문제는 문제였고 말이다.

준비 완료라는 신호에 큐를 외치는 양 감독의 지시로 다시 카메라가 돌아갔다. 우현과 나리가 나란히 선 채 천천히 걷는다.

"화면은 무지하게 잘 받네."

"그러게. 좋은데, 둘이."

모니터를 들여다보는 양 감독의 말에 만석이 웃으며 고개를 끄덕인다. 사실 우현의 뮤직비디오에 출연하고 싶어 하는 여배우들이 줄을 선 상황에서 회사 간의 친분으로 신인인 나리에게 맡기는 게 내심 걱정이었는데, 이렇게 보니 기우였다는 생각이 든다.

철썩철썩 쳐 대는 파도를 배경으로 걸어오는 우현과 나리의 모습은 한 폭의 그림 같았다. 조각 같은 남자와 인형 같은 여자의 조합은 절로 보는 이들의 감탄을 자아냈다. 한 발 한 발 느린 속도로 걷는 두 사람을 따라서 카메라가 레일을 길게 이동한다.

은근한 미소를 띤 채 조신하게 걷는 나리는 머리부터 발끝까지 청순함이 가득 묻어났다. 바람에 약하게 흩날리는 검고 긴 생머리와 하늘거리는 아이보리색 원피스에 남자 스태프들이 입까지 벌리고 쳐다본다. 그런 반면 어딘가 무심한 표정과 눈빛을 하고 묵묵히 걷는 우현은 그 자체로 빛이 났다. 걸음걸이마저 카리스마가 뚝뚝 떨어진다며 여자 스태프들이 소리 죽여 환호한다.

그래도 저건 좀. 아무리 봐도 연인으로 보이지는 않는단 말이지. 누가 보면 합성 아니냐 물을 만큼 거리감까지 느껴지니, 원.

카메라로 우현과 나리의 모습을 지켜보던 양 감독이 결국 자리에서 일어나며 다시금 컷을 외친다. 이번에는 잘 참았다고 생각했는데 또 싫은 티가 비쳐졌나 싶은 우현이 살짝 미간을 좁힌다. 양 감독이 와 보라는 손짓을 한다.

"아무래도 안 되겠어. 둘이 손잡아."

"네?"

"싫으면 팔짱이라도 끼든지. 이 상태로는 글렀어."

"저기, 양 감독. 그건 좀……."

"안 한다고 했는데요."

무리한 요구 같아 차단하려는 만석의 말을 자르고 우현이 목소리를 낸다. 아까 분명히 밝힌 제 의사를 그새 잊으셨냐는 식으로 쳐다보는 우현의 눈빛이 매섭다. 지금도 충분히 참고 있는 우현을 만석이라고 결코 모를 리 없었다. 여배우가 나오는 걸로 시높이 바뀐 걸 알고 아까 있는 대로 썩은 표정을 짓던 녀석이었는데 하물며 스킨십까지는.

양 감독이 무거운 한숨을 내쉰다. 난다 긴다 하는 톱 배우들과 작업 꽤나 해 봤지만 이렇게 기가 센 녀석은 간만이다. 마스크며 목소리는 욕심날 만큼 출중하고 근사한 녀석이 성격은 어쩜 이리 고집스럽고 거지 같은지.

퀄리티 좋은 영화만 뽑아내기로 유명한 자신이 처음 도전해 보는 뮤직비디오라 양 감독으로서도 더는 양보가 쉽지 않았다. 검지로 미간을 긁적이던 양 감독이 우현을 향해 단호하게 말한다.

"하라면 해. 감독이 까라면 까는 거지 어디서."

"싫은데요."

"싫어도 참고 해 봐. 연인처럼은 보여야 할 거 아냐."

"글쎄 싫다고요. 안 합니다."

"민우현."

"왜요."

"게이라고 소문난 거 안 없애고 싶어?"

까칠하고 뻣뻣하게 구는 우현을 참던 끝에 양 감독이 툭 말을 던진다. 살짝 높아진 언성 탓인지 모두의 시선이 순간 쏠린다. 뭐라 더 받아치려던 우현이 다문 입술을 씰룩인다.

불편한 심기가 고스란히 느껴졌지만 양 감독은 팔짱을 끼며 우현을 봤다. 여자라면 치를 떠는 우현을 알고도 시놉을 이렇게 바꾼 이유는 단연코 그 때문이었다. 망할 그 소문 좀 잠재워 보려는 만석의 요구까지 합쳐진 결과물이랄까. 기왕 캐스팅한 나리를 무용지물로 만들 수는 없다. 양 감독이 여유로운 표정으로 말을 잇는다.

"이번 한 번만 참아. 소문 들어가게. 네가 진짜 게이도 아니고."

"……"

"어차피 연긴데 못 할 게 뭐야. 눈 딱 감고 해 봐. 할 수 있지?"

"……손만 잡으면 돼요?"

못마땅해 죽겠는 얼굴로 우현이 묻는다. 보기 싫게 일그러진 표정이었지만 도발이 먹혔다는 생각에 양 감독이 살며시 웃는다. 손하고 팔짱까지, 라고 못 박는 양 감독의 말에 우현이 뒷머리를 긁는다. 우현의 시선이 저절로 하은에게 향해진다.

하염없이 우현을 쳐다보고 있던 하은이 우현의 눈길에 움찔한다. 왜 갑자기 저를 쳐다보는지 의아해하는데 우현이 돌아선다. 잠시만요, 하고 우현이 주머니에서 핸드폰을 꺼내어 든다. 불퉁해도 이제야 제대로 촬영에 임할 작정을 하는가 보다고 생각한 양 감독이 카메라와 조명에게 스탠바이를 명한다.

약간 부산스러워지는 분위기에 멍해 있던 하은이 울리는 진동에 핸드폰을 확인한다. [손잡고 팔짱 끼래. 해도 돼?] 도착한 우현의 문자를 확인하고 서둘러 고개를 들었다. 대답을 기다리는 듯 하은을 향해 또랑또랑 눈을 빛내고 있는 우현이었다.

이걸 왜 묻지, 라는 생각과 함께 누가 알아채기 전에 답을 줘야겠다는 생각에 황급히 고개를 끄덕여 주었다. 소리 없이 한숨을 내쉰 우현이 이윽고 마지못해 시작점으로 돌아간다. 흥분 상태의 나리가 우현의 손을 잡는다.

촬영은 재개됐고, 여지없이 우현의 표정은 썩어 들어갔다. 싫은 건 알지만 최대한 감춰 보라는 양 감독의 지시가 수없이 이어진 끝에 우현은 그나마 편한 얼굴이 됐다. 연기니까. 연기일 뿐이니까. 힘겹게 마인드 컨트롤을 하며 우현이 나리와 함께 걷는다.

아름다운 해안가를 배경으로 손을 꼭 잡고 나란히 걷는, 이제야 좀 연인 같은 그 모습에 여기저기서 탄성들이 쏟아져 나왔다. 저러다 둘이 스캔들 나는 거 아냐, 라고 누군가 중얼거리는 말에 하은이 입술을 꾹 다문다. 지켜보던 승효가 넌지시 묻는다.

"질투 나?"

심장 한 켠이 따끔거린다. 스스로 느낄 만큼 일그러지는 얼굴을 애써 편 하은이 승효의 질문에 어깨를 약하게 떤다. 질투는 무슨. 별다른 대꾸 없이 계속 우현과 나리를 쳐다보며 손끝을 꾹꾹 말아 쥐었다. 그런 하은을 흘낏 보며 승효가 말한다.

"억지로 하는 거잖아."

"알아."

"일이야. 비즈니스라고."

"안다니까."

"저대로 둘이 눈 맞으면 참 좋을 텐데."

뭐?

신경이 쓰이지만 안 쓰려고 무던히도 노력하던 하은이 승효의 말에 고개를 홱 돌린다. 서운한 얼굴로 흘겨보는 하은을 향해 승효는 혼잣말인데 들었느냐 너스레를 떤다. 싫다. 장난인 거 알아도. 빈말인 거 알아도 그런 거. 화내려는 순간 뒤쪽에서 꺅, 소리가 났다.

여자 스태프들의 열화와 같은 반응에 얼른 고개를 돌린 하은이 그대로 멈칫한다. 양 감독의 지시에 따라 우현이 나리의 어깨에 팔을 둘러 감싸 안은 모습이 시야에 포착되었다. 저건 팔짱이 아닌데. 폭 안기듯 우현의 허리에 두른 나리의 두 손을 하은은 말없이 응시했다.

여자에 원체 관심이 없는 걸 알기에 별로 신경 쓰지 않았다. 여자라면 질색팔색을 하는 녀석이니까, 여자와 관련된 그 어떤 소문조차 존재하지 않게 철저히 거리 두고 싫어해 온 우현을 알기에 하은은 내심 안도했었다. 화려한 연예계라도 필시 우현이면 괜찮을 거라며.

제아무리 예쁜 여자가 들이대도 눈길조차 안 줄 우현이라는 생각을 하면서도 문득 서운해진다. 그러기엔 진짜, 나리가 너무 예쁘고. 게다가 저렇게까지 바짝 붙는 건 좀. 찍으라고 흔쾌히 허락해 놓고 이제 와 샘이 나는지 기분이 참 별로다. 하은이 한숨을 내쉰다.

"자, 다음 뭐지?"

"단체 씬입니다. 사신들 포커스요."

"오케이. 준비하세요."

어느 정도 분량을 뽑아낸 양 감독이 다음 촬영을 지시한다. 기다리느라 진이 빠지던 참에 호출을 받자 댄서들이 얼른 몸을 일으킨다. 지시하는 장소로 이동하는 댄서들의 모습을 양 감독이 체크한다. 앵글과 조명이 분주히 움직이며 세팅에 들어갔다.

회상 장면으로 쓰일 이번 촬영의 주제는 이루어질 수 없는 사랑이었다. 여자의 목숨을 가지러 온 사신이 그만 여자와 사랑에 빠져 동료 사신들의 질책을 받는다는 식의 전개였다. 평온한 산책을 즐기는 연인의 모습은 촬영 완료. 이제 동료 사신들이 불안한 눈으로 지켜보는 장면이 필요했다.

성태를 비롯해 우르르 몰려선 댄서들을 양 감독이 일일이 자리까지 잡아 줘 세운다. 사내답게 다들 훤칠하니 키도 크고 의상까지 갖춰 놓아선지 구도가 괜찮다. 쭉 훑어가던 양 감독의 시선이 문득 한 곳에서 멈춘다.

"거기 맨 뒤에 친구."

"저, 저요?"

"너무 작다. 앞으로 나와 봐요."

근심 어린 표정으로 쳐다본다는 시놉의 지문을 무수히 되뇌고 있던 하은이 갑작스런 호출에 놀라 앞으로 나온다. 키가 작아 카메라에 잘 잡히지 않는 모양인지 맨 앞에 서라고 지시하는 양 감독이다.

주춤거리며 걸어 나오던 하은과 반대편 앞쪽에서 돌아보는 우현의 눈이 순간 마주친다. 파이팅. 가만히 쳐다보는 것만으로도 우현의 마음을 전해 받자 기분이 한결 나아진다.

"예쁘장하게도 생겼네. 남자 맞아?"

"아뇨, 여잔데요."

"어쩐지. 이야, 화면도 잘 받는데? 이름이 뭐야?"

감독 특유의 버릇인지 아님 사람이 그런 건지, 능글능글 굴다 어느덧 말을 놓는 양 감독에게 하은이 서하은입니다! 하고 답한다. 잔뜩 긴장해서 눈을 동그랗게 뜨고 있는 모양새에 주변의 스태프들이 귀엽단 듯 웃는다. 양 감독이 따라 웃으며 레디를 외친다.

바뀐 구도에 따라 조명과 카메라가 위치를 변경한다. 우현과 나리의 뒤를 사신들이 잠시 따라 걷는 장면부터 가기로 했다. 남들 하는 거 봐서 적당히 따라 할랬는데 일이 꼬여 버렸다. 가뜩이나 뭘 어쩔지 모르겠는 하은이 불안한지 인상을 찌푸린다.

침착하게. 그냥 걷는 거니까. 근심 어린 표정으로 쳐다보면서. 근심 어린. 근심 어린 표정. 근심. 후우.

복잡한 머리로 우왕좌왕하는 사이 양 감독의 큐 사인이 내려졌다. 가볍게 팔짱을 낀 채로 걷는 우현과 나리의 뒤를 댄서들이 조용히 따라 걷는다. 걷는 게 이상하진 않을까, 스텝이 꼬이진 않을까 온갖 것들이 걱정인 하은이었다. 이내 컷, 소리가 난다.

아무 생각이 없어 보이는 표정이라는 양 감독의 지적에 성태가 대표로 꾸벅 허리를 숙인다. 동료의 배신에 맘이 아파도 둘을 억지로 떼어 놓을 수 없어 염려됨을 표현하기란 솔직히 쉽지만은 않은 일이었다. 다시 한 번 큐 사인이 떨어졌고, 조용히 레일을 카메라가 따라갔다. 아까보다 더욱 진지해진 댄서들을 살피던 양 감독의 시선이 하은에게서 멈춰진다.

저 표정은 대체……?

"컷컷. 잠깐만. 스톱."

같이 무대를 꾸민다기에 동료로서의 분위기를 한층 더 잘 이끌어 낼 수 있을 거라 믿었다. 유명 댄서팀이니만큼 카메라 앞에 처음 서는 것도 아닐 테고. 틀에 박히지 않아 풋풋함이 있는 반면 역시 어렵다. 단역이라도 전문 연기자들을 쓸 걸 그랬나 살짝 후회가 되는 양 감독이 습관처럼 미간을 긁적인다. 산 넘어 산이로구나. 어떻게 설명해 줘야 할까 고민하는 양 감독이 모니터를 살피며 말을 꺼낸다.

"다들 좋은데 지금 너무 긴장했어요. 몸에 힘 좀 빼고."

"네. 죄송합니다."

"그리고 서하은이 자네."

"네?"

"바람난 애인 잡으러 가나? 혼자 뭐 그리 화가 났어?"

"와하하하!"

아주 잡히면 죽여 버리겠다는 기세로 걷고 있지 않느냐는 양 감독의 말에 스태프들이 웃음을 터뜨린다. 근심 어린 걸 표현할랬더니 오히려 화난 얼굴로 보였나 싶어 머쓱해진 하은이 뒷머리를 긁으며 수줍게 따라 웃는다. 죄송합니다. 눈꼬리를 내리며 살며시 미소 지은 하은이 얼른 허리 숙여 사과를 한다.

그런 하은을 돌아보는 우현의 입가에 보일 듯 말 듯 미소가 실린다. 같이 촬영하고 있는 지금이 믿기지 않는다. 카메라가 돌든 말든 그저 하은만 쳐다보고 싶어 줄곧 안달이 나 있는 우현이었다. 오빠, 이따 촬영 끝나고 뭐해요? 저랑 술 한잔 안 하실래요? 틈만 나면 좋알대는 나리의 말은 이제 귓등으로 들리지도 않았다. 손이 썩어 들어가는 것 같다는 생각에 우현이 저도 모르게 꽉 움켜쥔다. 아야야. 앓는 소리를 내면서도 나리가 애써 웃는다.

다시 촬영이 시작되었고 무수한 NG 끝에 쓸 만한 장면들을 확보할 수 있었다. 어차피 화면에 CG가 덧입혀질 거라 아주 디테일한 것까지는 트집 잡지 않는 양 감독이 댄서들을 화면 한쪽에 정렬시킨다. 음악 준비됐냐는 양 감독에게 스태프 한 명이 고개를 끄덕인다.

벌써 뉘엿뉘엿 노을이 시작되고 있었다. 무르게 변한 붉은 노을빛이 바다와 어울려 기가 막힌 장관을 연출한다.

드디어 오늘의 하이라이트. 아마도 민우현의 지랄 맞은 대발악이 예고되는 발언을 급기야 양 감독이 꺼내고야 마는데.

"분위기 잡기 좋게 음악 틀어 줄 테니까 두 사람 마주 보고."

"뭐예요?"

"뭐긴 뭐야. 키스 씬이지. 자, 카메라! 조명!"

"뭐요?"

그때까지 억지로 잡고 있던 나리의 손을 신경질적으로 내팽개친 우현이 얼굴을 마구 일그러뜨린다. 분명 아까 시놉을 확인할 때만 해도 키스 씬은 커녕 뽀뽀조차 없었는데 갑자기 이게 무슨. 예상했다는 듯 천하 태평한 얼굴로 양 감독이 말을 잇는다.

"누가 진짜 하래? 하는 척만 해, 하는 척만."

"장난해요? 하는 척?"

"이게 엔딩이야. 이러고 헤어지는 거란 말이야. 이별의 신호, 알겠어?"

"신호 좋아하네. 까고 있네, 진짜. 못 해요, 나는."

"우현아, 인마."

"아오!"

끓어오르는 화를 주체 못해 당장 촬영장을 벗어나려는 우현을 진호가 얼른 달려가 막는다. 어째 잘 참는다 했더니 기어코 이런 사달이 나고야 말았다. 손도 간신히 잡은 애한테 키스 씬은 솔직히 무리라서 만석이 양 감독을 조심스레 구슬려 본다.

진짜로 하라는 것도 아니고 하는 척만 하는 건데 뭐가 어떠냐며 양 감독이 필사적으로 강행할 뜻을 밝힌다. 명색이 사랑했던 연인끼리 손잡고 팔짱 끼고 그대로 영영 바이바이가 말이 되느냐고. 꼭 필요한 장면이니 참는 김에 조금만 더 참으라는 말에 우현이 미간을 찌푸리며 시선을 돌린다. 거침없이 돌아간 시선 끝에 곤란한 얼굴로 쳐다보는 하은이 보인다. 젠장. 아, 젠장.

이것도 참아? 이것도 참고 해? 해야 해? 돌아 버리겠는데. 다 뒤집어엎고 싶은데 진짜. 안 돼? 안 된다는 거야? 나 화내면, 욕하고 짜증내 버리면 넌, 너는⋯⋯.

⋯⋯알았어. 해. 하면 되잖아. 까짓 거. 에이씨.

성질대로 해 버리면 그만이다. 촬영이고 뭐고 중단하고 그냥 가 버리면 된다. 들러붙는 진호를 뿌리치는 건 일도 아니고 누가 욕을 하든 뭘 하든 개의치 않고 무시하면 되는 걸 우현이 못 한다. 하은이 싫어할까 봐. 혹, 하은에게 피해가 갈까 봐. 혹시나.

난생처음 카메라 앞이라고 들떠 있는데 그걸 망치기는 싫다. 더

구나 같이 출연하는 건데 이런 식으로 볼썽사납게 마무리되는 건 우현이 더 바라지 않는다. 하는 척만 하면 된댔으니. 그래, 뭐. 어려운 거 있겠냐는 식으로 마지못해 마음을 고쳐먹었다.

단호한 양 감독에게 팽팽하게 맞서 절대 뜻을 굽히지 않으려던 우현이 빨리 찍어요, 라며 나리 앞으로 다가간다. 좀 더 열을 낼 줄 알았던 녀석이 갑자기 돌변하니 만석뿐 아니라 양 감독도 어리둥절해진다. 빨리 찍고 끝내자고요. 볼멘소리로 내뱉는 우현의 말에 양 감독이 서둘러 스태프들을 준비시킨다.

조명, 반사판, 음악까지 완벽 세팅된 가운데 카메라가 돌기 시작했다. 안타깝게 쳐다보라고 댄서들에게 마지막으로 주문을 넣은 양 감독이 모니터를 주시한다. 우현이 나리의 얼굴을 감싸 쥔다. 붉은 노을을 배경으로 가깝게 마주 선 그림 같은 둘의 모습에 모두들 숨을 죽인다. 하은이 꼴깍, 하고 작게 마른침을 삼킨다.

진짜, 할거야? 어? 키스……를……?

……설마. 우현아.

"우현이 오늘 진짜 잘 참는다. 왜 저래?"

"글쎄. 이상하네."

"상대가 너무 예뻐서 맘이 동했나. 하여간 남자들이란."

"쉿."

무척이나 느릿한 속도로 우현의 얼굴이 나리에게로 가까워진다. 질질 끌기 싫어 단번에 끝내 버리려는 듯 우현은 굉장한 집중력으로 최대한 화를 삭이고 있었다. 이 모습이 마냥 신기한 영민과 진호가 속닥거리는 소리에 만석이 눈짓을 준다.

협박이 먹혀들었다. 이번에 또 말썽 부리면 쇼 케이스고 뭐고 가만 안 둔다고 했던 제 말을 이렇게 착실히 들어줄 줄이야. 역시 왕년의 카리스마가 아직 죽지 않았다며 홀로 뿌듯해한 만석이 조용히 모니터를 주시한다. 나리가 천천히 눈을 감는다.

거리가 가까워질수록 기분은 말도 못 하게 더러워졌지만 알아서 카메라를 거둬 줄 거란 생각을 하며 우현은 조심조심 가까이 향했다. 가까이서 보니 더 싫다. 지금 이게 하은이라면 얼마나 좋을까, 라는 마음으로 우현은 짜증을 참으며 나리의 얼굴을 봤다.

키스하고 싶어. 안고 싶어, 하은아. 지칠 때까지 입 맞추고 물고 빨고 하고 싶다. 촬영 끝나고 그럴까? 어때, 응?

여전히 아랫배가 수시로 간질거린다. 조금도 잊혀지지 않는 어젯밤의 기억들을 잠깐 떠올리기만 해도 심장이 말도 못 하게 달아오른다. 좋아. 너무 좋아, 네가. 나리의 얼굴 위로 하은을 대입하며 조금씩 거리를 좁혔다. 할 수 없었다. 이렇게 해야만 견뎌지니까.

아까에 비해 현저히 좁혀진 간격. 숨결이 닿을 법한 초근접 지점까지 우현이 다가갔다. 나리의 감은 속눈썹이 작게 떨렸다. 대체 언제쯤 컷 소리가 들려오려나 싶어 우현이 슬슬 시간을 끈다. 이제는 진짜, 조금만 잘못해도 입술이 닿을 것만 같은데.

"2번 카메라 줌인. 오호라."

거의 닿을 듯 가까워진 우현과 나리의 얼굴을 찍는 한편 양 감독이 댄서들의 반응을 캐치한다. 마지막 이별의 키스를 멀리서 바라보는 동료들의 안타까운 표정은 기대했던 것 이상으로 괜찮게 나오고 있었다. 무덤덤하면서도 안쓰럽게 보는 댄서들을 하나하나 살핀 양 감독의 눈에 하은이 들어온다.

어딘가 아련하고 슬픈 눈빛이 되어 바라보는 하은의 표정에 입이 벌어진다. 감정이입이 제대로 되어 있다. 안타깝고 안쓰럽고 심지어 아픈 듯 애절한 눈빛이 되어 눈동자마저 가늘게 일렁이고 있었다. 어설픈 줄만 알았더니 저런 표정도 지을 줄 아네.

신기함에 좀 더 화면을 당기라고 지시했다. 댄서들을 전체적으로 담아내던 초점이 서서히 하은에게로 맞춰진다. 느낌이 나쁘지 않다. 설핏 촉이 발동되는 걸 느끼며 계속 모니터를 주시하고 있는데 꺅 비명이 터진다.

응?

부랴부랴 모니터 시점을 바꾸자 모랫바닥에 나동그라져 있는 나리가 보였다. 양 감독이 급하게 컷! 을 외친다.

"아! 씨발 진짜!"

"죄, 죄송해요."

"너 이씨! 뭐 이런 미친! 야!"

"으흑."

"에이씨!"

아무렇게나 내팽개쳐져 울먹이는 나리를 당장이라도 한 대 후려칠 것처럼 노려보며 우현이 열받아 어쩔 줄을 모른다. 중단된 촬영에 진호가 달려가 말려 보지만 이미 우현은 화가 머리끝까지 나 있는 상태였다. 뭐가 어떻게 된 거냐고 묻는 양 감독에게 근처의 누군가가 나리가 눈 뜨고 입을 확 맞췄어요, 한다. 길길이 날뛰는 우현이 진호에게 이끌려 곧바로 촬영장을 벗어난다.

갑자기 생긴 돌발 상황에 스태프들도 공황 상태였다. 신인치고 패기 있다 했더니 어쩜 감히 민우현의 입술을 다 **뺏느냐**며 여자 스태프들은 너도나도 모여들어 분개하고 있었다. 저만치 멀리서 방해 않게 구경만 하던 팬들이 발악하듯 나리에게 격한 야유를 퍼붓는다. 헐레벌떡 뛰어간 매니저에게 부축받아 이동하는 나리를 보며 양 감독이 절망한다.

이게 대체. 그럼 내 뮤비 데뷔작은 어쩌라고. 아놔.

11
발각

　잠시간의 소동을 끝으로 촬영은 일단락되었다. 여배우가 나올 장면들을 미리 확보한 게 그나마 다행이었다. 너무 놀라 끝없이 우는 나리를 양 감독은 서울로 올려 보냈고, 나머지 촬영은 내일로 미루고 철수 명령을 내렸다. 해가 제법 많이 저물어 있었다.

　남은 시간은 자유롭게 쓰라는 만석의 말에 호텔로 돌아온 댄서들이 각자 룸으로 들어간다. 여자인 하은만 빼고는 세 명씩 한 방을 쓰고 있었다. 문을 걸어 잠근 하은이 터덜터덜 걸어가 침대에 풀썩 드러눕는다. 감았던 눈을 떠 천장을 바라보는데,

　— 아! 씨발 진짜! 너 이씨! 뭐 이런 미친! 야! 에이씨!

"쿡……."

느릿하게 눈을 감았다 뜨며 하은이 웃는다. 어찌나 미친 듯이 화를 내던지 서운한 마음조차 불시에 사라져 버리고 말았다. 그래도 조금만 참지. 남들 다 보는데 욕까지 하고. 못 말린다는 표정으로 웃는 하은의 눈앞에 아까의 장면이 생생히 떠오른다.

카메라가 돌고 있다는 것조차 잊고 우현을 봤다. 정확히는 나리와의 남은 거리를 가늠하며 두근두근 마음을 졸이고 있는데 저러다 닿겠다 싶더니 아니나 다를까 나리가 대뜸 입을 맞춰 버린 거였다. 마치 기다렸다는 듯 눈을 번쩍 뜨고 입술을 그대로.

하필 맨 앞에 서 있던 탓에 고스란히 봐 버렸다. 우현과 나리의 입술이 맞닿던 그 찰나의 순간을. 그러면서 괜히 슬펐었던. 있는 힘껏 나리를 떠밀고 씩씩대던 우현의 모습에 하은이 애써 웃는다.

일이잖아. 어쩌겠어. 좋아서 한 거 아니니까 괜찮아. 그래도 조금은, 아니 실은 많이 아까워. 아무도 주고 싶지 않거든. 아주 조금도. 다 내 건데. 자꾸 샘이 나네. 이해하려고 해도 섭섭하고 서운하고 막, 에효.

서둘러 생각을 털어 낸 하은이 화장이나 지우자며 몸을 일으킨다. 이따금씩 갑자기 몸을 움직이려 할 때마다 지끈지끈 아프던 허리와 아래에 순간 또 아릿한 통증이 느껴진다. 보고 싶어. 미치겠어. 우현에게 전화라도 해 보려 핸드폰을 꺼내 드는 동시에 진동이 울렸다.

아…….

"여보세요?"

[나야, 수진이. 통화 괜찮아?]

침대에 걸터앉은 자세로 하은이 움직임을 멈춘다. 왠지 모르게

미안해지는 기분이 들어 아랫입술까지 질끈 깨물고 말았다. 짜증
난다며 전화도 받기 싫다던 승효의 말이 귓가에 맴돈다. 최대한
태연하게 맘을 추스르는 하은에게 수진이 말을 꺼낸다.

[촬영은 잘했어?]

"어, 뭐."

[언제 끝났는데?]

"방금. 좀 전에."

[아, 그래? 그래서 못 받았나 보네.]

틈틈이 전화를 걸어 봤던 듯 수진이 승효 얘기를 꺼낸다. 워낙
대기 시간이 길었던 터라 받으려면 충분히 받고도 남았을 상황
을 떠올리자 기분이 한층 더 착잡해진다. 어쩐다. 계속 모른 척을
해야 하나. 하은이 들리지 않게 한숨을 내쉰다.

어떤 걸 찍었느냐, 재미는 있었느냐 묻는 수진의 말에 답을 해
주는 동안 하은의 맘은 계속 더 안 좋아졌다. 이렇게 예쁘고 성격
좋은 제 친구를 별로라 말하는 승효가 야속하기도 하면서. 그렇다
고 억지로 잘해 보라고 등 떠밀 수도 없는 노릇이고 말이다.

나는 이제 시작인 것 같아. 그래서 미치겠어. 너 때문에. 문득
되새겨지는 승효의 말들에 하은이 살그머니 미간을 구긴다. 뭘 어
떻게 정리해야 하는 건지 감이 잡히질 않는다. 정리가 되어 줄지,
아닐지조차도. 하은이 도로 누워 멍하니 천장을 본다.

"누구세요?"

[나 승효.]

수진은 좀처럼 전화를 끊지 않았다. 괜히 이런저런 얘기들을 늘

어놓으면서도 한 번씩은 꼭 승효를 입에 올렸다. 착실히 답을 해 주다가 안 되겠어서 나가 봐야 한다는 핑계로 통화를 마쳤다. 그리곤 서둘러 욕실로 들어갔다.

메이크업을 지우고 머리를 감았다. 빠르게 샤워를 막 마친 시점에 누군가가 벨을 눌렀다. 수건으로 머리를 감싸 맨 하은이 옷을 챙겨 입고 문을 열자 복도를 서성이던 승효가 시선을 준다. 물기가 채 가시지 않은 뽀얗고 말간 얼굴. 승효가 묻는다.

"이제 씻은 거야?"

"어. 전화 좀 받느라."

"누구, 민우현?"

"수진이."

"아아."

언급된 수진의 이름에 승효의 표정이 단번에 굳어 버린다. 일부러 받지 않은 저를 대신해 통화했음을 알아챈 승효다. 그깟 전화 좀 받아 주지, 피하기는 왜 피하냐. 굳이 면박 주기 싫어 말을 아낀 하은이 왜 찾아왔냐고 묻자 승효가 입을 연다.

"형들 회 먹으러 간대서. 같이 가자고."

"회?"

"팀끼리 뭉치자네. 회에 소주 한잔. 너도 괜찮지?"

오롯이 팀 사람들만 모이기로 했다는 말에 하은이 고민에 빠진다. 한 명도 빠지지 말랬다고, 꼭 데려오라 성태가 신신당부를 했다는 것에 더욱 곤란해지는 하은이다. 기다릴게, 머리 말리고 나와. 알아서 문까지 닫아 주는 친절한 승효다.

뭐라 더 못 하고 돌아선 하은이 곧장 핸드폰을 집어 든다. 아까 매니저 및 소속사 대표와 함께 사라지던 걸로 미루어 아직도 얘기 중일 우현은 역시나 전화를 받지 않았다. 시간되면 전화하겠지, 란 생각에 머리부터 말린 하은이 나갈 채비를 서두른다.

"자, 다들 잔 들고. 내일 또 촬영 남았으니 간단하게들, 알지?"
"넵! 건배!"
"건배! 위하여!"
모처럼 섬에 내려왔으니 단원들에게 싱싱한 활어회라도 먹이고픈 단장 성태의 마음에서 비롯된 술자리에 댄서들의 목소리가 우렁차게 울려 퍼진다. 모아 올린 잔들을 거둬 깔끔히 비우자 테이블 위로 거대한 회 접시가 놓여진다. 때깔이 아주 탐스럽다.

매의 눈이 된 댄서들이 부리나케 회를 집어 입안으로 가져간다. 과연, 혀끝에서 살살 녹는다는 말은 이럴 때 쓰는 말이리라. 엄지를 치켜드는 동생들의 반응에 성태가 흡족한 미소를 지으며 잔을 채워 준다. 기분 좋게 먹고 마시며 한껏 왁자지껄해졌다.

조용히 콘 샐러드를 깨작이는 하은의 앞 접시에 승효가 멀찌감치 놓여 있던 회를 서너 점 집어다 준다. 손이 잘 닿지 않는 곳에 있던 전복과 가리비도 연신 옮겨 갖다 준다. 괜찮다고, 너나 먹으라고 말하자 승효는 그저 눈꼬리만 내려 싱긋 웃고 만다.

입가에 묻은 초장을 닦아 내려 티슈를 찾는 하은의 동작에 재빠르게 얼른 뽑아 건네기까지. 유심히 지켜보던 정환이 가소롭다는 듯 웃는다.

"이 자식 이거 아주 잡혀 사네. 얀마, 지승효."
"네?"

"너 말이다. 여자를 몰라도 너무 모르는 거 아니냐?"

뜬금없는 정환의 발언에 모두의 시선이 모여진다. 저게 또 뭔 헛소리를 하려고 저러나 불안하게 쳐다보는 성태를 비롯해 댄서들이 회를 우적거리며 조용히 주시한다. 가볍게 잔을 꺾은 정환이 캬아, 소리를 내며 팔짱을 끼고 입을 연다.

"여자는 말이지. 백이면 백 남자다운 남자한테 끌리게 돼 있다 이 말이야. 친절하고 자상한 거 얼마 못 간다. 그렇게 다 맞춰 주면 금방 질려 한다고."

"뭐가요."

"좀 남자답게 인마. 터프하고 강인한 맛이 있어야지 머슴도 아니고 너는. 물어볼까? 그렇지, 하은아. 이렇게 다 맞춰 주는 남자 재미없지? 안 그래?"

"무슨, 아, 형. 애한테 뭔 소리를."

"저봐저봐. 하은이 곤란할까 봐 정신없이 막아 주는 거. 에라, 이놈아."

팔불출 같은 게 남자 망신 다 시키고 있다는 정환의 말에 주변 댄서들이 낄낄거리며 웃는다. 선배랍시고 되도 않는 충고를 할 참인지 괜한 간섭인 정환이었다. 여자 말고 남자도 밀당이 필요하다며, 적당해야 여자가 알아서 끌려온다는 말까지 들은 성태가 주영을 시켜 정환의 입을 막는다. 커다랗게 싼 상추쌈을 입에 넣어 주자 그제야 조용해진 정환을 보고 다들 웃는다.

예기치 않게 집중됐던 시선들이 이윽고 자연스럽게 사라진다. 혹 저로 인해 터져 나온 농담으로 기분이 상했을까 싶은 승효가 조심스레 하은을 살핀다. 전혀 개의치 않는 얼굴로 얌전히 회만

집어 먹고 있는 하은을 보는데 문득 가슴 한 켠이 욱신욱신 아려 온다.

이런 말들에도 떨리는 자신과는 너무나 다르다. 이렇게 잠깐만 쳐다봐도 심장이 두근거리는 자신을, 어찌하면 좋을까. 결론 내려진 끝을 알고도 미적거리고 있다. 포기해야 하는 걸 아는데 그게 안 된다. 왜일까. 왜 이렇게까지 마음이 안 잡히지. 왜.

애써 시선을 거둔 승효가 잔을 들어 단번에 비운다. 알싸하게 넘어가는 알코올에 속이 따끈해진다. 답답하고 막막하고, 대체 뭘 어떻게 해야 할지 모르겠는 혼란 속에서 승효가 헤맨다. 아니, 실은 알고 있지만. 너무 잘 알고 있어서 그게 문제겠지만. 제길.

"전화?"

"응."

"받아 봐."

"여기선 좀."

간단히 하자던 처음 의도와는 달리 술병은 빠르게 늘어갔다. 그래도 싱싱하고 맛좋은 안주가 곁들여져서인지 아직까지 크게 취기는 돌지 않았다. 열심히 집어 먹던 회를 반 접시 정도 남기고 시킨 매운탕이 막 나왔을 때였다.

하은이 안절부절못한다. 저런 표정이라면 뻔하다. 반가워 죽겠는 저런 눈빛과 온통 설렘으로만 가득한 환하디환한 안색이라면 분명, 우현일 수밖에.

낯선 곳에서의 회합에 다들 신이 났다. 팀끼리만 오붓하게 모인 자리라 흥이 더 나는지도 몰랐다. 이 기세를 몰아 식사 후에 현지의 클럽이라도 한번 들러 보자며 잔뜩 들뜬 분위기를 깨기 싫어 하은이 망설인다. 보다 못한 승효가 서둘러 술잔을 비우고 일어선다.

"죄송한데 먼저 일어나겠습니다, 선배님들."

"뭐? 갑자기 왜?"

"그게."

덩달아 놀라 쳐다보는 하은에게 승효가 일어나라고 눈짓을 한다. 못 알아듣고 빤히 보는 하은이다. 승효가 대충 둘러댄다.

"실은 첫 촬영이라 긴장했는지 몸이 별로 안 좋아서요. 들어가서 좀 쉬어야겠습니다. 재밌게 놀다들 오세요."

"자식이 빠져 가지고. 안 돼. 가긴 어딜."

"그래, 알았다. 들어가 쉬어."

"에? 형!"

의아하게 쳐다보는 댄서들을 대신해 못 간다고 으름장을 놓으려던 정환을 성태가 막는다. 왜 순순히 보내 주느냐고 따지려던 정환의 눈빛이 금세 묘하게 돌변한다. 뭐해? 안 가? 라며 하은을 일으키는 승효의 모습에 정환이 음흉스럽게 둘을 쳐다본다.

요고 요고, 요 녀석들이 아주……!

"말은 그렇게 해 놓고 둘이 데이트하려는 거지?"

"진짜? 이야~ 부러운 것들!"

"뭐야. 밤을 하얗게 불태우러 가는 거야?"

"에? 아니 그게 아니……."

"아시면 좀 보내 주세요. 가 보겠습니다. 죄송해요."

"유후!"

짓궂은 시선과 말투로 놀리는 정환을 따라 다른 댄서들이 장난스런 추임새를 넣자 하은이 손사래를 친다. 그런 게 아니라고 반박하려는 하은을 막아선 승효가 급히 인사하고 하은의 손을 잡아끈다. 황망한 얼굴로 사라지는 하은을 향해 승효를 조심하라는 말들이 쏟아졌다. 남자는 다 늑대니 어쩌니 하는 말들이 횟집 밖으로까지 커다랗게 들려오고 있었다.

모양새가 좀 우습긴 했지만 어쨌거나 덕분에 빠져나왔다. 어제도 그렇고 오늘도 그렇고, 생각해 보니 승효가 대신 총대를 메 주고 있는 격이었다. 하은이 고맙다고 말하자 전화부터 하라는 승효가 앞서서 걷는다. 조금 떨어져 걸으며 통화 버튼을 눌렀다.

"나."

[어디야. 전화 왜 안 받았어?]

신호가 채 두 번을 가기도 전에 우현의 말이 들려왔다. 내내 전화하고 싶은 걸 꾹 참은 듯 목소리에 지친 기색이 역력했다. 실은 밖이라고, 댄서팀끼리 저녁을 먹었다고 말하자 우현이 그래? 한다. 소리 없이 웃으며 하은이 말을 잇는다.

"나오기 전에 전화했는데 안 받더라."

[말도 마. 여태 시달렸어, 대표님한테. 공항 보내고 씻자마자 바로 전화한 거야.]

"그랬어? 밥은."

[대충. 너랑 먹을랬더니 눈치 없게 진호 형이. 에이씨.]

불만 섞인 말투로 툴툴대는 우현이 진짜 도움이 안 돼, 한다. 한숨을 푹푹 쉬어 가며 중얼거리는 목소리가 어쩐지 귀엽게만 느껴졌다. 보고 싶어. 아주 많이. 우현아.

밀려드는 그리움에 시선을 들었다. 하은의 눈에 저만치 앞을 걸어가는 승효가 보인다. 주머니에 두 손을 꽂고 천천히 앞서서 걷는 승효의 넓은 어깨가 왠지 힘없다. 다시 고개를 떨군 하은이 제 발끝을 보며 걷는다.

[맛있는 거 먹었어?]

"회. 단장 오빠가 사 주셨어."

[그래서 지금 어딘데.]

"방금 나왔어. 들어가려고."

[잠깐 볼래? 보고 싶어.]

너 안 피곤하면, 이라고 덧붙이는 우현의 말에 하은이 조용히 입가를 말아 올린다. 배려를 해 줘 고맙다 했더니 얼른 우현이 피곤해도 보자고 다시 말을 바꾼다. 보고 싶어 죽겠단 말이야. 이대로는 못 자겠어. 알았다고 답하며 하은이 환하게 웃는다.

횟집을 찾아갈 때는 도로 쪽으로 가서 몰랐는데 알고 보니 아까 촬영했던 바닷가와 멀지 않은 지점이었다. 어디냐고 묻는 우현에게 위치를 알려 주자 금방 오겠다며 전화를 끊는다. 철썩철썩. 들려오는 파도 소리에 하은이 조심스레 승효를 부른다.

"먼저 가."

"나오겠대?"

"응."

"오면 갈게. 혼자는 위험하잖아."

주변에 어둠이 내려앉아 어두컴컴한 데다 인적도 찾아볼 수 없는지라 승효가 함께 기다려 주겠다고 선심을 쓴다. 고맙긴 한데 혹 우현이 거슬려할까 적잖이 염려스러웠다. 걱정 마, 오해 안 하게 잘 말해 줄 테니. 쓸쓸한 기색을 감추고 승효가 미소 짓는다.

모래사장에 내려서서 바다를 본 채 잠시 있었다. 어둠이 눈에 익어 갈수록 두려움은 현저히 줄어들었지만 그제야 밤바람이 꽤 차다는 게 느껴졌다. 우현이 오면 손잡아 달라고 할까. 깜깜하고 아무도 없으니까 괜찮을지도.

이런저런 생각으로 하염없이 허공을 짚던 하은이 문득 고개를 돌린다. 내내 보고 있었으면서 안 본 척 얼른 시선을 거두는 승효의 모습에 하은이 멈칫한다. 불현듯 눈앞을 스쳐 지나가는 수진의 환영에 하은의 표정이 진지해진다. 정리가 필요하긴 하니까. 하은이 입술을 달싹인다.

"승효야."

"어?"

"수진이 말인데."

다시금 바다로 고개를 돌리며 시작하는 하은의 얘기에 승효의 안색이 급 어두워진다. 눈에 띄게 심각해진 표정보다도 애써 저를 쳐다보지 않는 강경한 태도가 승효는 안타까웠다. 그렇게 찰나조차 제게 허락 않는 것 같아서. 하은이 결심한 듯 내뱉는다.

"정말 괜찮은 애야. 예쁘고 똑똑하고 야무진 데다 성격도 완전 좋고. 친구라서가 아니라 객관적으로 봐도 그렇게 괜찮은 애 별로 없을걸."

"⋯⋯."

"나한테 누구 좋다고 얘기한 거 처음이야. 항상 대시받는 쪽이었거든. 그만큼 진심인 것 같아. 그러니까 너도 진지하게 다시 생각해 주는 편이⋯⋯."

"서하은."

"응?"

"그렇게까지 꼭 밀어내야겠냐. 나를."

하던 말이 끊겨 버려 자연스레 옆을 돌아본 하은이 딱딱하게 굳은 승효의 얼굴을 발견하고 입을 다문다. 원망과도 같은 서운한 기색이 승효의 눈동자에 한가득 실려 있었다. 조용하고 어두운 바닷가. 승효가 살그머니 미간을 구기며 말을 잇는다.

"내 마음이 얕았다면 벌써 사귀었을 거야. 오는 여자 절대 안 막는 게 나니까. 굳이 이러지 않아도 너한테 나 안 되는 거 알아. 그래도 좋아해. 어쩌라고."

"지승효."

"이런 상태로 정수진하고 사귀라고? 사귀라면 까짓 사귈 수도 있어. 근데 그거 알아? 만약 진짜 사귄다면 그건 너 때문이야. 그렇게라도 너 보려고. 너랑 걔랑 친하니까."

"야. 무슨, 그런, 하."

괜한 오기 같기도 하고 억지스럽기까지 한 승효의 말들에 하은이 황망해진다. 좋은 녀석이니 잘해 보라는 말에 왜 이렇게나 엇나가는지 모르겠다. 말을 잘못 꺼냈다. 망연자실 쳐다만 보는 하은을 향해 한숨을 내쉰 승효가 거칠게 얼굴을 쓸어내린다.

부담 주려는 건 아닌데 맘이 튀어나와 버렸다. 서운해서. 속상해서. 이런 순간에도 네가 좋아서. 그러니 진짜 어쩌라는 건지. 그냥 말을 말자며 돌아서려는 하은의 손목을 승효가 붙잡는다. 쌀쌀한 공기가 이질스럽다 여겨질 정도로 승효의 손이 매우 뜨겁다.

"지금처럼 좋아할게. 아무것도 안 바라고 나 혼자 할게, 그냥. 안 돼?"

"뭐? 야."

"일종의 보험 같은 거라고 생각하면 되잖아. 너 힘들 때 부려 먹고 이용해. 괜찮아. 나한테 안 와도 상관없어. 너 힘들고 아플 때만 기대면 되는 거야. 그것도 싫어?"

"그걸 말이라고."

"너랑 민우현 지켜봐 주면서 있을게. 언제든 네가 기댈 수 있게. 그러니까."

지금처럼, 그래, 딱 지금처럼만 옆에 있을게. 너무 다가가지 않고 많이 들러붙지도 않고 그냥 이쯤에서 바라보기만 할게. 좋아해 달라고 안 해. 나 좀 보라고 징징거리면서 매달리지도 않을게. 혼자만 좋아하면 괜찮잖아. 어려운 거 아니잖아, 응?

사뭇 간절한 목소리로 승효가 양해를 구한다. 누구한테도 피해 주지 않겠다는, 손해 볼 것 없지 않느냐는 식으로 말하는 승효를 쳐다보는 하은의 미간이 살짝 일그러진다. 접히지 않는 마음이란다. 그러니 혼자서만 하겠다고. 못 하게는 말아 달라고.

아련한 눈빛과 마주하자니 그 위로 예전의 제가 겹쳐졌다. 아무 것도 바라지 않겠다던, 좋아하는 자체로 행복하다 말하던. 기약도 없는 바라봄이 얼마나 힘든 건지 어느 누구보다도 잘 아는 하은이 다. 그런데 그걸 하게 놔두라고? 너한테?

하지 마. 하지 마라, 승효야. 그거 너무 아파. 아픈데도 그만둘 수 없어서 더 아픈 거야. 진짜 곪고 곪아 속이 터져 문드러질 정 도로 힘들고 괴로운 일이야. 그러니까 넌 하지 마. 부디. 제발. 승 효야.

"그런 여지 남겨 놓고 좋아하기 싫어. 미안해."

최대한 담담한 어조로 내뱉은 하은이 조심스레 제 손목을 **빼낸**다. 뿌리치는 것 같진 않게 살살 손을 떼어 놓는 동작으로 인해 승효의 팔이 느릿하게 제자리를 찾는다. 단호하다 못해 결연한 의지마저 돋보이는 하은의 표정에 승효가 눈을 감았다 뜬다.

마지막. 속으로 마지막이라는 단어가 떠올랐다. 마지막 제 마음마저 밀어내려는 하은이 야속하고 안타깝다. 굉장히 많이, 서글프기도 하고.

"기댈 곳 있으니 안심하는 거, 안 할래. 만약에 우현이 때문에 힘들고 아프면 우현이한테 위로받을 거야."

"……."

"나 좋아해 주는 사람 있다고 아주 조금이라도 마음 놓고 그런 거 싫어. 못 해. 보험 같은 건 필요 없어. 진심으로."

"서하은."

"그런 여지도 남길 수 없을 만큼 좋아하거든. 우현이를."

그러니까 미안해, 라며 하은이 살며시 눈꼬리를 내린다. 진심에 진심을 담아 다정하게 건네는 말들이 하나같이 승효의 맘을 애잔하게 울린다. 완곡한 거절. 이미 알고 있는 사실. 연거푸 확인을 받고 나자 지나치게 허탈해진다. 승효가 고개를 떨군다.

이럴 거면 좋아하게 만들지 말지, 라는 투정이 스멀스멀 기어올랐다. 그거야말로 순전히 억지임을 모르지 않지만. 그래도. 알았어. 노력할게. 근데 쉽지는 않을 것 같아. 촉촉해진 눈으로 승효가 바다를 바라본다. 넘실넘실. 복잡한 마음이 되어.

"뭐야."

채 몇 분 지나지 않아 우현이 도착했다. 성큼성큼 꽤 급한 걸음으로 걸어온다 싶었더니 이렇게 대뜸 화부터 낸다. 당연히 혼자 있을 거라 여긴 하은이 승효와 함께인 모습이란 여간 불쾌한 게 아니다. 앉아 있던 하은과 승효가 몸을 일으킨다.

"왔어?"

"뭐냐고, 새끼야. 뭔데 알짱거려. 죽을래?"

"우현아."

"데이트 잘해라. 간다."

"안마. 씨발, 이게 어딜 튀려고. 야. 야!"

"수고."

쓰고 왔던 마스크를 벗으며 씩씩대는 우현의 어깨를 스치듯 가볍게 도닥인 승효가 빠르게 자리를 벗어난다. 이미 하은과 있는 모습에 눈이 뒤집혀 제 어깨를 건드린 걸 알아채지 못한 우현이 쫓아갈 것처럼 무섭게 노려본다. 하은이 우현의 팔짱을 낀다.

"왜 그래."

"몰라서 물어? 저 새끼가 왜 너랑 있는데?"

"같이 기다려 준 거야. 고맙다고 해야지."

"뭐?"

"컴컴하고 아무도 없어서 나 혼자는 위험하다고."

화낼 일 아니야, 라고 속삭이듯 덧붙이는 하은의 말에 우현이 잠시 입을 다문다. 그러고 보니 주변이 어째 지나치게 어둡고 조용했다. 이런 곳에 혼자 놔두는 게 훨씬 더 안 좋았을 거란 판단이 내려지자 표정이 누그러진다.

그래도 싫어. 거슬려, 저놈. 여전히 미간을 구기고 툴툴대는 우현을 마주 보고 선 하은이 살며시 두 손을 들어 올려 우현의 양쪽 볼을 가볍게 꼬집는다. 조심스레 다가오는 하은의 손길을 우현은 뿌리치지 않는다. 뭘 하려고 이러나, 매우 집중해서 하은을 내려다보고 있을 뿐.

무서우니 화내지 말라고 살살 달래는 하은의 행동에 우현이 천천히 눈을 감았다 뜬다. 웃어, 응? 좀 웃어 봐. 살짝살짝 볼을 잡아당기는 하은이 먼저 눈꼬리를 내리고 예쁘게 웃는다. 무척이나 고운 그 모습에 우현이 졌다는 듯 피식 웃어 버리고 만다.

"회 실컷 먹었어?"

"응. 맛있었어."

"설마 술도?"

"딱 한 잔만. 소독 차원에서."

"그랬어?"

다정하게 손을 꼭 부여잡은 채 바닷가를 거닐었다. 밤이고 인적이 드물다 해도 혹시나 싶어 우현은 모자를 깊이 눌러쓰고 있었다. 그렇다고 해도 그윽한 눈빛마저 가려지지는 않았다.

연신 옆쪽의 하은을 돌아보던 우현이 입가를 쓱 말아 올린다. 술 별로 안 마셨다는 말에 잘했네, 하고 내뱉은 우현이 들어 올린 하은의 손등에 짧게 입을 맞춘다. 보들보들 소름 끼치게 매끄러운 뽀얀 살결에 입술이 닿자 가슴이 저절로 두근거린다.

몇 번 더 쪽쪽 입을 맞추는 우현을 하은이 살며시 쳐다본다. 이리저리 입술을 대고 비비던 우현이 하은의 손등을 볼에 대며 돌아본다. 좋아 죽겠다는 듯이. 무척이나 아껴 주는 모양으로.

이렇게 보고만 있어도 좋다. 너무 좋아서 왈칵 눈물이라도 쏟아질 것 같다. 잔잔하니 조용한 바닷가에서 어둠을 틈타 눈을 맞추는 이 모든 순간들이 마음을 벅차오르게 한다. 꿈이라면 깨지 않기를. 영원히. 평생. 우현이 또 하은의 손등에 입술을 묻는다.

얼마간 더 걷던 우현이 춥지 않은지를 묻는다. 갈수록 쌀쌀해지는 밤바람에 살짝 몸이 떨렸지만 우현과 함께 걷는 달콤한 데이트를 포기하기 싫은 하은이었다.

괜찮다는 말에 우현이 하은의 어깨로 팔을 둘러 감싸듯 안아 준다. 한없이 따뜻하게. 은은하게 전해지는 우현의 체취에 하은이 미소 짓는다. 이렇게 몸이 닿으니 금세 나른해진다. 못내 설레기까지 하면서.

살며시 두 손을 뻗은 하은이 우현의 허리를 조심스레 끌어안는다. 바짝 밀착해 오는 하은 때문에 순간 긴장한 우현이 마구 벌렁거리는 가슴을 힘겹게 참아 낸다. 죽겠네. 아……. 심하게 뻐근해지는 아랫배를 애써 견디는 우현에게 하은이 입을 연다.

"기분 좋았어?"

"어?"

"예쁜 여자가 안아 줘서."

아무렇지 않은 척 꺼낸 얘기에 우현이 고개를 숙인다. 가깝게 안긴 채로 빤히 올려다보는 하은의 표정이 어딘가 뾰로통하다. 태연한 듯 보이면서도 왠지 그늘이 짙게 드리워진 눈빛이 마음에 걸린다. 무슨 말이냐는 우현에게 하은이 이내 말을 잇는다.

"예쁘긴 진짜 심하게 예쁘더라. 꼭 인형처럼."

"누가."

"누구긴, 낮에 너 이렇게 안아 준 사람 말이야."

"뭐?"

"둘이 완전 잘 어울린다고 다들 난리도 아니었어. 스캔들 나겠던데. 민우현하고 윤나리 사귄다고."

그럼 이제 게이설은 잠잠해지려나, 라며 하은이 작게 웃는다. 다행이라고 해야 하는지 좀 헷갈린다는 말까지 듣고 난 우현이 그만 걸음을 멈춘다. 응? 의아한 얼굴로 따라 멈춰 선 하은이 우현을 쳐다보려다가 움찔 놀란다. 우현의 표정이 꽤 심각하다.

여태 대표에게 시달리다 나온 거라고 했다. 안 그래도 촬영 때의 일로 기분이 썩 좋지 않을 우현을 괜히 도발했나 싶어 짐짓 불안한 마음으로 올려다봤다. 미안. 샘이 나서 그만. 소리 없이 한숨을 내쉰 우현이 가만히 하은과 눈을 맞춘다.

"원래대로였으면 나, 분명히 걔 한 대 쳤을 거야. 알아?"

느릿하게 손을 뻗은 우현이 하은의 머리를 살며시 쓸어 넘긴다. 사라락. 찰랑이는 머릿결이 공기 중으로 흩어진다. 반짝반짝 빛나는 하은의 까만 눈동자가 부드럽게 일렁인다. 우현의 손이 하은의 볼을 너무도 조심스레 감싸 쥔다.

"처음부터 다 뒤집어엎고 죽어도 안 한다고 했을걸. 대표님이 뭐라 하든지 나, 절대 시키는 대로 안 했어."

"근데?"

"너 때문에. 네가 그러지 말랬으니까. 다른 사람들 함부로 대하지 말아 달래서. 그런 거 네가 싫댔잖아."

"어?"

"겨우 버텼어. 너라고 최면까지 걸어 가면서. 내가 진짜."

진심으로 도 닦는 심정이었다며 울분을 토한 우현이 살며시 미

146

간을 찌푸린다. 다시 또 아까의 일들이 기억나는 모양인지 싫어 죽겠는 내색을 감추지 못하고 툴툴거리기 시작한다. 죽여 버리고 싶더라. 별 거지 같은 게 정말. 여자만 아니었음 진짜 아까 그대로 안 놔뒀다며 한숨마저 푹푹 내쉰다. 그랬어? 그 정도였어? 희미하게 웃는 하은의 볼을 우현이 어루만진다.

그딴 거 백 트럭을 갖다 줘도 눈 하나 꿈쩍 않을 거라는 우현의 말에 하은이 치이, 한다. 누가 봐도 예쁜데, 하물며 아까 촬영장의 모든 남자 스태프들이 정신을 못 차릴 정도였는데 말이 돼? 믿기지 않는다는 반응이 왠지 서운한 우현이 하은을 확 끌어당긴다. 두근. 허리 뒤로 자연스레 둘러지는 우현의 팔에 하은이 잠시 숨을 멈춘다.

매우 가까워진 거리. 가볍게 맞닿은 둘의 몸. 오직 하은만을 주시하는 우현의 눈동자가 쉴 없이 일렁인다. 네가 좋아. 너만 좋아, 나는. 너 말고 어느 누구도 다 싫어. 몰라? 그윽하게 바라봐 주는 눈빛으로부터 아련한 마음까지 전해 듣는다. 이렇게 눈을 마주하는 것만으로도 감정이 한 뼘 더 자란다.

얼마나 더 좋아질까. 대체 언제까지 커져 갈까. 너를 향한 내 이 마음들. 끝이란 게 있을까. 더는 좋아질 수 없겠다 싶은데도 계속 더 좋아지고 말아. 나는 네가.

우현아. 우현……아. 네가 너무 좋다. 내가 날 어쩌지 못할 만큼. 좋아해. 아주 많이. 너를.

"정말?"

"그래. 자, 어서."

피곤하지 않은지, 다리는 안 아픈지, 이것저것 살펴 주던 우현이 하은의 앞에 몸을 낮춰 앉아 등을 내민다. 아무래도 어제 그 일이 있은 후 푹 쉬게 못 놔둔 게 하루 종일 마음에 걸렸던 모양이다. 믿기지 않아 머뭇거리는 하은을 우현이 재촉한다.

조금 더 망설이던 하은이 곧 우현의 등에 조심스럽게 업힌다. 탄탄하고 넓은 우현의 등에 다소곳이 안기듯 기대어 업히자 우현이 단번에 자리에서 벌떡 일어난다. 우와. 굉장히 높아진 시야에 자그맣게 탄성을 내질렀다.

무슨 놀이기구 타는 것 같아. 신기하다고 중얼거리는 하은의 말에 우현이 귀엽단 듯 한쪽 입가만 올려 피식 웃는다. 진짜 미치겠다. 말 한 마디 행동 하나, 도무지 정신을 차릴 수가 없게 만든다. 기분 좋은 표정으로 우현이 곧 걷기 시작한다.

터벅터벅 느릿한 걸음걸이로 우현이 하은을 업은 채 모래사장을 걷는다. 우현의 걸음에 따라 몸이 같이 기울어지는 걸 느끼던 하은은 혹 무거우려나 싶어 허리를 살짝 세웠다. 빳빳이 긴장된 몸이 영 부자연스러움을 우현이 머지않아 알아챈다.

그러다 뒤로 넘어간다. 무겁지 않아? 전혀, 괜찮으니까 기대. 얼른. 우현의 말에 하은이 살포시 몸을 대며 두 팔을 앞쪽으로 둘러 우현의 목을 끌어안는다. 따뜻해. 탄탄하면서도 넓은 등이 어찌나 포근한지 금방이라도 잠이 쏟아질 것 같다. 하은이 지그시 눈을 감는다.

"서하은."

"응?"

"업히니까 어때. 좋아?"

우현의 어깨에 턱을 묻었더니 자연스레 하은의 볼에 우현의 목덜미가 닿는다. 부드럽고 따끈한 그 감촉이 너무 좋아 하은은 저도 모르게 우현의 목덜미에 제 볼을 비볐다. 간지러운지 어깨를 조금 움찔하는 우현의 말에 하은이 고개를 크게 끄덕인다.

"종종 업어 줘야겠네."

"정말?"

"응."

"진짜지?"

"그럼, 이렇게 좋은데 어떻게 안 업냐."

"응?"

"업어 주니까 내가 더 좋다고. 그거 또 해 봐."

살짝 뒤를 돌아보듯 고개를 트는 우현의 목덜미에 하은이 다시금 볼을 갖다 비빈다. 살랑살랑 가볍게 스쳐 닿는 살결이 너무 고와서 심장이 다 찌릿거린다. 죽겠다. 진짜 이 녀석을 어쩌면 좋아. 밖인 것도 아랑곳 않고 누가 보든 말든 당장 내려 품에 안고 싶은 걸 꾹 참으며 우현이 혼자 실실 웃는다.

쪽. 달달한 체취가 너무 좋은 나머지 하은이 우현의 목에 입을 맞춘다. 그리고는 부끄러운지 헤헤, 하고 웃은 하은이 더욱 꼬옥 우현의 목을 끌어안는다. 두근두근. 요동치듯 벌렁거리는 가슴. 더뎌질 뻔한 걸음을 겨우 잇는 우현이 혀로 가만히 입술을 축인다. 좋다. 진심으로, 이 녀석이. 죽을 만큼. 아니, 죽어서도.

몇 번을 죽고 몇 번을 다시 태어난다고 해도 너밖에 모를 것 같아. 네가 어떤 모습, 어떤 상태로 내 앞에 나타난다고 해도, 나는 너만 원할 거야. 너 아니면 안 돼, 이제. 지금도, 앞으로도. 믿어. 믿고 있어. 믿고 싶어, 너는. 이제 정말 내 거 하기로 한 너를.

너 때문이라면 얼마든지 망가져도 괜찮아. 상관없어. 왜냐면, 그 정도니까. 내 마음이. 그 정도로 네가 좋으니까. 하은아. 그러 니까.

그러니⋯⋯까⋯⋯.

"열세 살 때."

"응?"

"엄마가 죽었어. 손목을 그어서."

뭐⋯⋯?

차분히 눈을 내리깐 채 우현이 말을 꺼냈다. 나지막이 깔린 나른한 목소리가 하도 침착하고 태연해서, 아니 그보다는 전혀 생각지도 못했던 내용의 말에 놀란 하은이 서둘러 눈을 뜬다. 동시에 멈춰 버린 호흡. 우현의 허스키한 목소리가 이어졌다.

"술집 여자였고 당연히 실수였고, 근데 엄마는 사랑이라고 믿었고. 날 키워 데려가면 받아 줄 줄 알았나 봐. 나도, 그렇게 쫓겨날 줄은 몰랐어."

"어⋯⋯?"

"사람이 싫었어. 누굴 믿지도, 기대지도 못하겠어서 혼자 버텼어. 내가 유일하게 사랑한 여자가 엄마였는데 엄마마저 날 버린거야."

"⋯⋯."

"그때부터였을걸. 여자만 보면 거부감이 들었던 게. 역겹고. 더럽고. 언제든 버리고 돌아설 거란 상상이 되니까 정말 싫더라. 끔찍하게."

느릿느릿 걸으며 펼쳐지는 우현의 이야기에 하은이 조용히 입을 다문다. 아무렇지 않게 툭툭 내뱉는 덤덤한 어조가 자꾸만 가슴을 세차게 두드렸다. 후우, 하고 잠시 말을 끊은 우현이 무거운 한숨을 내쉰다. 쌀쌀한 밤바람이 낮게 몸을 스쳐 지났다.

늘 우현을 보면 가슴 한 켠이 욱신거렸다. 어렴풋이 엿보이는 뭔지 모를 우현의 외로움들이 하은은 항상 속상하고 안타까웠다. 대신 아파 줬으면 싶은데 그럴 수가 없어서 서운했다. 조금이라도 털어놓아 주면 보듬어 줄 텐데, 라는 생각은 언제나 해 왔었고.

아주 조금도 빛바래지 않은 채 우현을 억누르고 있는 그의 과거가 여실히 느껴진다. 그게 너무 아파서 하은은 입술을 베어 물었다. 몰랐어. 꿈에도. 너 이렇게까지 혼자 괴로웠을 줄은. 떨리는 손끝을 감추려 꼬옥 말아 쥐는 하은에게 우현이 곧 말을 잇는다.

"내가 그랬지. 평생 아무도 안 좋아하려고 했다고. 정말이야."

"……."

"너한테 끌리는 거 알면서도 외면했고, 좋아한다는 네 말 무시하려고 했고, 어떻게든 너 안 좋아하려고 발악했었어. 너 혼자만 나 좋아하면 된다고."

"왜?"

"버려질까 봐. 너 좋아했다가 나한테서 네가 돌아설까 봐. 그게 무서워서."

한층 더 가라앉은 잠긴 목소리로 우현이 답한다. 연신 시큰거리는 코끝을 애써 진정시키며 하은이 힘주어 미간을 구긴다. 버리다니 누굴. 돌아서다니 누가. 그동안 혼자 밀어내려 무던히도 애쓴 우현의 상처에 시야가 흐려진다. 우현이 작게 웃는다.

"미안, 내가 이렇게 겁이 많다. 창피하긴 한데 어쩌겠어. 솔직히 말하는 거야. 널 너무 많이 좋아해서 너한테 매달리고 집착하고, 그런 꼴이 되는 게 싫었어."

"……."

"영원한 건 없다고 배웠으니까. 영원이라는 자체를, 나는 절대 믿을 수가 없었어. 게다가 결국 그래서 네가 날 떠나기라도 하면, 정말 끝도 없이 무너질 것 같았거든."

"우현아."

"근데……."

짙은 한숨을 내뱉은 우현이 문득 걸음을 멈춘다. 얼굴이 보고 싶어 안 되겠다는 나지막한 읊조림과 함께 우현이 하은을 살짝 땅으로 내려놓는다. 서서히 뒤로 돌아 마주 보는 우현의 눈빛에 가슴이 욱신, 아린다. 우현이 하은의 허리를 조심스레 잡는다.

이런 표정일 줄 알았다는 눈으로 우현이 넌지시 하은을 바라본다. 당장이라도 울 듯한 슬프고 아픈 하은의 얼굴이 우현의 심장을 저릿하게 만든다. 예뻐. 그래도 그저 예쁘네, 이렇게나. 하은을 살짝 제 쪽으로 당기는 우현이 그윽한 눈빛으로 입을 벌린다.

"너만 보여. 너밖에 모르겠어. 머릿속에 온통 서하은 하나뿐이야. 이렇게 계속 같이 있고 싶고, 봐도 봐도 보고 싶어서 미치겠어."

"우현아."

"내 옆에만 둘 거야. 아무 데도, 아무한테도 못 보내. 죽어도 안 돼. 평생 너만 볼 거야. 너도 나만 보게 할 거고. 무슨 일이 있어도."

"흐윽."

"사랑……하나 봐, 하은아. 내가 널."

사랑이라고, 사랑일 거라고, 아무래도 그런 것 같다는 우현의 말에 결국 울음이 터져 버렸다. 꽉 막혀 메어 오던 목이 둔하게 변해 가는 착각이 들었다. 숨소리조차 못 내고 눈물 흘리는 하은의 얼굴을 우현이 닦아 준다. 다정한 손길에 하은이 울먹인다.

예뻐 죽겠는 표정으로 우현이 하은을 본다. 그렁그렁 물기를 매달고 촉촉해진 까만 눈동자가 어찌나 고운지 도저히 시선을 떼지 못하는 우현이었다. 싫어? 설마 싫어서 우는 거야? 그런 거면 사랑한단 말 취소해 주겠다며 우현이 짓궂게 웃는다.

바보. 왜 이렇게까지 너는, 진짜 어쩌면 이렇게까지 좋아하게 만들 수 있는 거야. 이렇게 온통, 너는 날, 우현아…….

살살 눈가를 매만지던 우현이 천천히 얼굴을 가까이 한다. 느리게 다가오는 우현의 입술에 하은이 얌전히 눈을 감는다. 부드럽게 포개어지는 입술로부터 따스한 온기가 전해진다.

가볍게 쪽, 빨아들이는 기척에 입을 벌리자 우현의 혀가 들어온다. 촉촉하고 달달한 숨결이 입안 가득 퍼진다. 느슨하고 여유로운 움직임에 몸 전체가 나른해진다. 감미롭고 매끄러운 혀놀림.

하은이 살며시 들어 올린 두 손을 우현의 목에 두른다. 그와 동시에 기다렸단 듯 하은의 허리를 바짝 당겨 안는 우현이었다. 점점 격해지는 입맞춤에 맞닿은 둘의 가슴이 연거푸 들썩거린다. 그리고 어디선가 희미하게 찰칵, 소리가 들리는 것도……?

갑자기 차기작 사전 미팅이 잡혔다는 양 감독의 사정에 따라 촬영 시간이 다소 앞당겨졌다. 어차피 남은 분량이 얼마 되지 않아 차라리 일찍 시작해서 일찍 끝내는 편이 여러모로 나았다. 군말 없이 선착장으로 모여든 우현과 댄서들이 준비에 돌입한다.

변경된 시놉을 체크한 스태프들이 부리나케 요트 안으로 촬영 장비를 나른다. 신경 써서 섭외한 중형급 크루즈 요트가 출항을 기다리고 있었다. 원래는 요트 갑판 위에서 남주와 여주의 결혼식으로 마무리할 예정이었지만 퇴출당한 여주인공 때문에 남주와 동료 사신들의 항해 모습으로 대체가 결정되었다. 나름 순조로운 진행 상황을 지켜보던 양 감독이 메가폰을 든다.

"자, 촬영 들어갈게요. 다들 승선!"

바다 위의 원거리 촬영을 위한 헬리 캠을 책임지는 현장팀을 제외하고 소수의 스태프들이 먼저 요트에 올랐다. 순식간에 의상과 헤어, 메이크업을 마친 댄서들이 그 뒤를 따랐다. 아침 식사 후 곧장 호출했다지만 럭셔리한 요트에 올라 바다 위를 맘껏 노닐 생각을 하니 다들 흥분 상태로 싱글벙글이었다. 신기한 눈초리로 여기저기 훑는 댄서들의 시선이 다음 순간 한 곳에 집중된다.

오늘도 역시나 우현은 제대로 주인공 모드였다. 밴에 틀어박혀 의상을 갈아입고 메이크업까지 마친 우현이 나타나자 모두들 탄성을 내지르며 눈을 떼지 못했다. 영민과 진호가 먼저 간단한 짐과 함께 요트에 올랐고 우현이 뒤를 이었다. 걸어오는 폼마저 멋있다며 계속 꺅꺅거리는 여자 스태프들의 호들갑스런 환대에도 전혀 개의치 않는 무심한 표정으로 요트에 오른 우현이 주위를 살핀다.

빠르게 돌아가던 시선이 원하는 목표를 포착하는 순간 두근, 하고 심장이 격하게 반응한다. 좋다. 말도 못 하게 맘이 설렌다. 밤

새 얼마나 그리워했는지 모른다. 하은과 눈을 맞춘 채로 우현이 보일 듯 말 듯 작게 웃는다. 하은의 볼이 살며시 붉어진다.

천천히 운행을 시작하는 요트 위에서 카메라 체크부터 하자는 양 감독의 지시 아래 우현과 댄서들이 갑판 끝에 자리를 잡는다. 우현을 중심으로 해서 양쪽에 길게 늘어서는 댄서들을 보조 스태프가 키와 체격을 심히 고려해 하나하나 배열 맞춰 세운다.

느린 속도로 물살을 가르며 나아가는 요트가 신기한지 댄서들은 자꾸만 산만해졌고 자유분방하게 껄렁이는 태도에 휘말리지 않으려 스태프들이 애를 먹었다. 시끄럽게 와와, 거리며 웃고 떠드는 댄서들을 심드렁하게 바라보던 우현이 순간 크게 놀란다.

어어……!

"얀마, 박정환. 조심 좀 해라."

"아, 미안. 하은이 괜찮냐?"

"네, 뭐."

아무리 봐도 훤칠한 사내들 틈에 낀 하은의 자리가 가장 애매했다. 가장자리에 세우자니 그림이 예쁘지 않아 차라리 중간에 세워 보려는 스태프에 의해 옆으로 옮겨지던 하은이 마침 낄낄 장난을 치는 정환의 어깨에 부딪혀 넘어질 것처럼 휘청거렸다.

옆에 있다 본능적으로 손을 뻗은 우현이 얼른 하은의 허리 뒤를 감싸 안듯 받쳐 들었고, 다행히도 넘어지는 것만은 면할 수 있던 하은이 되레 더 놀라 부리나케 떨어져 선다. 찰나의 순간이었지만 혹시 누가 봤을까 봐. 성태의 면박에 정환이 머쓱하게 웃는다.

잠시 더 구도를 살피던 스태프들이 양 감독과 열심히 화면을 의논한다. 뭐라 뭐라 얘기가 오간 끝에 댄서들 중 몇몇은 갑판에 자유로이 앉기로 했다. 어차피 그들만의 즐거운 한때를 연출하는 것이 목표이니 줄줄이 다 서 있는 것보다야 이편이 훨씬 나았다.

신중하게 모니터를 들여다보던 양 감독이 이윽고 꽤 만족스러운 표정으로 고개를 끄덕이며 카메라를 향해 큐 사인을 외친다. 요트에 아주 조금씩 속도가 붙는다. 바다 쪽을 바라본 채 서 있는 우현의 금빛 머리카락이 얕은 바람에 보기 좋게 흩날린다.

"좋아. 우현이 시선 멀리, 그렇지. 댄서들도 하늘 한 번 보고. 좋아요."

어차피 오디오는 들어가지 않을 장면이라 양 감독은 수시로 지시를 내려 줬다. 알아서 잘하는 우현과는 달리 댄서들은 잠시만 방치해도 슬쩍슬쩍 카메라를 쳐다보는 등 어색해지기 일쑤였다. 초점이 우현에게로 집중될 때야 상관없어도 전체적인 풀 샷에 무너지면 답이 없어 몇 번 NG가 났다. 최대한 뽑을 장면만 뽑고 넘어가자는 양 감독이 다시금 우현의 얼굴을 화면에 꽉 채운다.

시크한 무표정으로 바다를 바라보는 우현의 모습에 여자 스태프들이 연신 환호한다. 단추 몇 개를 풀어 놓은 고급스러운 블랙 셔츠 너머로 탄탄한 가슴팍이 얼핏 엿보였다. 찰랑이는 머릿결과 우수에 찬 눈빛은 더없이 멋있고 근사하고 심지어 아주 섹시했다.

화보가 따로 없네. 그러게. 이마부터 콧날까지 옆선 좀 봐, 어쩜 저리 잘생겼담. 미친다. 작게 쫑알대는 스태프들의 수다가 끝도 없이 이어졌다. 약간의 화면 조정을 위해 촬영을 멈춘 양 감독이 댄서들에게 조금 더 우현의 곁으로 모여 보라고 한다.

"됐고, 됐고, 어이, 서하은이."

"네네?"

"놀라긴. 거기 손잡이에 올라앉아 봐."

각자 상념에 빠진 컷들은 완성. 이제 웃고 떠드는 활기찬 장면을 연출하려는 양 감독이 하나하나 자세를 잡아 주다가 하은을 부른다. 갑작스런 호명에 역시나 눈을 동그랗게 뜨고 바짝 긴장하고 마는 하은의 모습이 귀여워 주변 사람들이 모두 까르르 웃는다.

짐작컨대 이번 뮤직비디오에서 제대로 하은을 부각시키려는 모양이었다. 마스크도 신선하고 무엇보다 어제, 웃는 모습이 참 예뻤으니. 여기요? 하고 되묻자 할 수 있겠냐며 양 감독이 눈을 빛낸다. 아마도 중심 잡기가 가능하겠냐는 말인 것 같아 하은은 고개를 끄덕였다.

누가 가서 좀 도우라는 양 감독의 지시에 남자 스태프 둘이 서둘러 하은에게로 달려간다. 조심조심 부축을 받으며 걸터앉는 하은의 모습에 우현의 심기가 불편해진다. 어딜 잡아, 저것들이. 에이씨. 하은의 양쪽 팔을 붙든 남자들을 우현이 몰래 불퉁스럽게 째렸다.

맘 같아선 당장 확 떼어 놓고만 싶은데. 하은에게 손은 저만 댈 수 있다고 고래고래 소리라도 질러 줬음 좋겠는데. 젠장. 쳇. 거슬리는 속내를 감추며 살짝 미간을 찌푸리는 우현을 근처의 승효가 눈치챈다. 이런 것까지 질투라니. 아주 애가 타시는구먼. 쯧쯧.

"이번에는 다들 얘기를 나누며 웃어 봅니다. 기분 좋게, 오케이?"

"무슨 얘기요?"

"아무거나. 어차피 소리는 안 들어가니까. 자, 카메라 레디!"

살가운 분위기를 내보자며 양 감독이 큐를 준다. 천천히 돌아가기 시작하는 카메라가 우현과 댄서들의 모습을 담아낸다. 길게 빠졌다가 조금씩 좁혀 들어가는 화면을 양 감독이 응시한다. 얘기를 나누라는 지시에도 불구하고 다들 멀뚱멀뚱 있을 뿐이다.

다짜고짜 웃고 떠들라는 것이 쉬울 수는 없다는 걸 알지만 어째 분위기가 요상하다. 그러고 보니 어제는 이렇게 전부 한 곳에 모아 놓질 않아서 몰랐는데 우현과 댄서들 사이에 뭔가 굉장한 어색함이 감돌고 있었다. 왜들 저래. 양 감독이 메가폰을 든다.

"뭣들 해요? 얘기 나누라니까. 자, 얼른 웃고 떠들어 봐요."

"그게, 무슨 얘길 해야 할지, 하하."

뭐라도 핑계를 대야 할 것 같은 상황이라 단장 성태가 얼버무리며 뒷머리를 긁는다. 양 감독이 싱겁다는 듯 픽 웃어 버린다.

"상관없다니까 그러네. 댄서들 왜 이리 긴장했을까? 긴장 풀어요."

"……."

"우현이 너도 웃어. 옆에 같이 얘기하고, 어서. 그림 안 나오잖아."

"……."

"뭐지? 지금 대단히 즐거운 분위기여야 한다고 했는데. 이해 못 한 건가들?"

꼭 싸운 사람들처럼 뭐 이리 어색하냐며 양 감독이 농을 던진다. 너무 어색하다고, 하나도 안 친해 보인다고, 사이 안 좋은 사람들처럼 서먹하게 그러지 말라는 양 감독에게 다가간 진호가 슬쩍 귀띔한다. 응? 뭐라고? 진짜 사이가 안 좋다고? 이런.

적잖이 당황한 양 감독은 그래도 화면에 대한 욕심을 버리지 못하고 거듭 지시를 내렸다. 어차피 연기하는 거니까 어떻게든 친한 척 웃어 보라며 우현과 댄서들을 달랬다. 묵묵부답. 누구 하나 먼저 말을 시작하지 못하고 서로서로 눈치만 살피고 있다.

이래서야 진행이 될까 싶어 난감해진 양 감독이 차마 컷을 외치지도 못하고 미간을 짚는다. 모니터 안의 상황이 영 껄끄럽다. 곧 한 무대에 서야 한다는 사람들이 저렇게 데면데면해서야 어디. 끄응. 어찌할까 고민하는 사이 먼저 나선 것은 다름 아닌 하은이었다.

"근데 이거 되게 재밌다."

"응?"

"뒤로 가는데 기분 완전 신기해요. 헤헤."

멀리 떨어진 스태프들에게는 들리지 않을 크기로 중얼거린 하은에게 성태가 먼저 시선을 주었다. 물론, 우현의 시선은 줄곧 하은 주변만을 맴돌고 있었지만 대놓고 쳐다볼 수 없었던 것뿐이었다. 기회를 놓치지 않고 우현 역시 하은을 가만히 응시했다.

귀여운 얼굴, 귀여운 목소리. 자신의 바로 옆이면 좋으련만 몇몇 댄서들이 하은과의 사이를 가로막고 있음이 그저 안타깝다. 좋은데. 좋아 죽겠는데 진짜. 그래도 떨어져 있으니 오히려 다른 사람들에게 들킬 염려는 없겠다. 성태가 하은에게 묻는다.

"안 무섭냐?"

"하나도요. 오빠도 해 보세요."

"구도 잡아 준 거잖아. 움직였다가 혼나면."

"그런가? 그래도 완전 재밌는데. 대박인데. 와."

왠지 혼자만 신난 것 같아 죄송하다며 하은이 눈꼬리를 내린다.

죄송하지 않아도 될 상황에 죄송하다고 나오는 하은이 맑고 해사하게 짓는 그 눈웃음에 성태가 따라 웃는다. 그리고 그 모습을 조용히 염탐하는 우현 역시 보일 듯 말 듯 피식 웃고 만다.

귀여워 죽겠다. 누가 보든 말든 품에 꼭 안고서 입 맞추고 싶다. 몇 번이고. 계속. 진짜 왜 이렇게까지 좋냐, 너는. 서하은. 감춰 뒀던 본능이 불시에 되살아난다. 미세하게 뻐근한 아랫배를 느끼면서도 우현은 점점 더 웃었다. 힘겨운지 입술까지 깨물어 가면서.

혼자만의 생각에 갇혀 하은을 보고 웃는 우현의 모습에 승효마저 웃어 버린다. 샘나고 부럽고 아주 그냥 시기심이 막 치솟고 있긴 했지만 가만 보면 우현과 하은이 꽤 잘 어울리는 건 사실이었다. 기댈 여지도 남길 수 없을 만큼 민우현을 좋아한다는 서하은과 그런 서하은에게서 잠시도 눈을 떼지 못하는 지독한 팔불출 민우현이라. 어쩌겠어. 저렇게까지 서로만 보겠다는데.

갑자기 터진 웃음 바이러스가 금세 전부에게로 옮겨진다. 왜 웃어? 몰라. 모르는데 웃냐? 웃으면 안 되냐? 투덕거리는 와중에도 눈을 맞추고 웃는 모두를 양 감독이 흐뭇하게 바라본다. 볼수록 물건이구나. 그야말로 마스코트 역할을 톡톡히 해내는 하은이다.

"우현이 개인 컷 갑니다. 준비하세요."

한껏 편하고 느슨해진 분위기 속에서 댄서들의 촬영이 마무리되었다. 염려했던 것 이상으로 기분 좋게 웃는 장면을 끌어낸 양 감독이 마지막으로 우현의 모습을 조금 더 찍겠노라 선포한다. 나름 웃고 떠들면서도 긴장했던 댄서들이 황급히 카메라 밖으로 빠지고 갑판에 혼자 남은 우현에게로 영민이 붙어 헤어와 메이크업을 재정비했다.

양 감독이 우현에게로 다가간다. 엔딩 장면으로 쓰일 거라는 설명과 함께 구체적으로 어떤 감정을 표현해야 하는지 알려 주는 양감독의 말에 우현이 눈을 감은 채로 대답하며 고개를 끄덕인다. 헬리 캠팀에게로 무전을 넣은 스태프가 양 감독에게 준비 완료를 알린다. 곧 카메라가 돌았다.

지나간 과거를 추억하는 애잔하고 아련한 표정을 양 감독은 우현에게 요구했다. 갑판 끝에 기대어 선 채로 바다를 바라보는 우현의 모습이 화면에 담겼다. 살짝 낮게 내리깔린 시선으로 물결을 응시하다 고개를 젖힌 우현이 그대로 눈을 감아 내린다. 덕분에 조금 벌어지는 우현의 붉은 입술을 보고 여자 스태프들이 발을 동동 구른다. 너무 섹시해, 미치겠네, 를 연발해 가며.

쓸쓸함이 잔뜩 묻어나는 애처로운 표정에도 불구하고 눈매며 옆선에 우현 특유의 뇌쇄적인 느낌이 고스란히 살아 있었다. 파란 바다와 기막히게 어우러지는 근사한 그 모습을 멀찍이 선 하은 역시 넋을 잃고 쳐다보았다. 가슴이 격하게 두근댄다.

"저 녀석, 이전에 연기 경험은 없다지 않았나?"

"네, 감독님. 화보 말고는 이번이 처음입니다."

"근데 제법이네. 머리가 좋은 건가? 어떻게 저리 잘도 뽑아내지?"

"하하, 우리 우현이가 실은 만능이라서요."

"흠."

감탄을 자아내는 우현의 연기를 모니터로 확인하며 양 감독이 고개를 갸웃거린다. 순간을 틈타 제 연예인 홍보에 열을 올리는 진호의 매니저스러운 발언에 양 감독이 턱을 쓰다듬으며 우현을 주시한다.

분명 어려울 거라 생각했는데 굉장히 잘하고 있다. 혹 제가 설명을 기가 막히게 해 줬던가. 죽도록 원하지만 다시 볼 수 없는 사랑하는 사람을 향한 고뇌와 번민을 표현하라고 한 제 뜻을 저렇게까지 훌륭히 알아들을 줄이야.

마치 당장 사랑에 빠져 있는 사람 같은 우현의 모습을 양 감독이 유심히 지켜본다. 여자라면 치를 떤다는 민우현이 연애를? 설마. 무슨.

하도 어이없는 상상에 헛웃음이 나오려는걸 꾹 참고 모니터를 봤다. 한 폭의 그림처럼 제주의 바다 경치와 어우러지는 우현의 모습이 오롯이 화면으로 담겨진다. 양 감독이 컷, 오케이! 를 외친다.

"촬영 끝냅시다!"

"수고 많으셨습니다!"

"고생들 하셨어요! 수고하셨습니다!"

헬리 캠으로 광활한 시야를 담을 때는 우현을 제외한 전원이 요트 선실 내부로 자리를 피했다. 멀리로 쭉 아웃되는 모니터를 들여다보던 양 감독의 마지막 멘트에 스태프 전원이 촬영 종료를 만끽하며 박수를 친다. 댄서들 몇몇이 휘익 휘파람을 불어 댄다.

기왕 요트까지 빌려 나왔으니 이대로 한 바퀴 쭉 돌고 선착장으로 가는 것에 다들 동의했다. 장비를 철수하는 스태프들 사이로 자유롭게 갑판으로 나가는 댄서들이 보인다. 마침 안으로 들어오던 우현이 밖으로 나가던 하은을 맞닥뜨리고 우뚝 멈춰 선다.

나 끝났어. 응, 봤어. 어땠어? 완전 잘했어, 멋있었어. 눈빛만으로 대화를 주고받는 우현과 하은이 말없이 싱긋 웃는다. 그러다 누가 볼까 얼른 주변을 살핀 하은이 조심스레 밖으로 나간다.

안으로 들어가려던 생각을 고쳐 우현은 하은을 따랐다. 여기 있는 사람들 싹 다 사라지고 하은과 단둘뿐이라면 얼마나 좋을까. 다음에 진짜 둘만 오자고 할까 봐. 우현이 작게 웃는다.

"고생했어. 연기 잘하던데?"

"네, 뭐."

"정말 고생하셨어요, 감독님. 편집도 잘 부탁드립니다."

은근슬쩍 하은의 곁으로 향하던 우현은 그전에 양 감독에게 붙잡혔다. 잠깐 얘기 좀 하자며 다가오는 양 감독을 무시하지 못하고 떨떠름한 표정으로 대충 화답하는 우현을 대신해 진호가 굽신거린다.

피곤한 기색의 우현이 슬쩍 시선을 돌린다. 저 앞에 하은이 댄서들과 얘기를 나누는 모습이 보였다. 역시나 우현이 신경 쓰이는지 하은도 연신 우현이 있는 곳을 향해 눈길을 주고 있었다. 빨리 끝내고 가자. 일단 양 감독에게서 벗어나는 게 급선무란 생각에 우현이 애써 양 감독에게 집중한다.

얼마간 더 칭찬하던 양 감독은 곧바로 본론을 꺼냈다. 단순히 마스크만 훌륭할 거라 짐작했는데 예상외로 연기력이 되는 걸 보고 다음 작품에 꼭 캐스팅을 하고 싶다고 했다. 그런 얘기라면 대표인 만석과 얘기하지 왜 절 붙들고 이러냐는 생각으로 우현이 억지웃음을 짓는다. 물론 그만큼 호의를 표하는 것이겠지만, 지금 상태로는 그 어떤 칭찬도 귀로 들어오질 않았다.

손을 잡고 싶어서. 품에 안고 싶어서. 조금이라도 더 하은의 곁에 가까이 있고 싶어서. 하은밖에 도통 아무것도 보이지 않아서.

생각할수록 중증이다. 언제 이렇게까지 됐나 싶다. 그래도 전혀 싫지가 않다. 오히려 매 순간 더 많이 좋아지고 있으니까. 끓어오르는 갈증이 가히 대단하다. 입 맞추고 싶다고 생각하니 입안마저 바싹바싹 마르는 것도 같고.

……하, 미치겠네.

살짝 혀를 내어 입술을 축인 우현이 가벼운 한숨과 함께 고개를 떨궜다 든다. 자연스레 돌아간 시선 끝의 광경에 순간 화들짝 놀랐다.

뭐, 뭐야. 너……!

"얀마, 조심!"

"어어어!"

"하은아! 서하은!"

풍덩, 하는 소리와 함께 시야에서 하은이 자취를 감추었다. 아까 촬영 때 손잡이에 올라앉은 것을 흉내 내던 와중, 따라 하던 정환의 버둥거림에 본의 아니게 하은이 떠밀린 거였다.

하여간 박정환, 저 밉상 자식!

발끈하는 우현의 눈에 승효가 들어온다. 물에 빠진 하은을 구하려는지 승효가 겁도 없이 손잡이 위로 올라선다. 일단 요트부터 멈춰 세워야겠어서 선장을 불러온다는 성태가 말려 보지만 그마저도 뿌리치고 뛰어드는 승효였다.

다시금 풍덩, 소리에 스태프들이 몰려들었다. 우현이 급히 달려간다.

어어?

"야, 민우현! 야!"

"어머머머!"

저 녀석이 왜 저래. 갑자기 두다다다 뛰어가는 우현의 모습에 기겁한 진호가 일언반구도 없이 물로 뛰어드는 걸 보고 그대로 굳어 버린다. 꺄악, 하는 여자 스태프들의 비명이 곳곳에서 터져 나왔다.

물에 빠져 허우적대는 하은에게 승효와 우현이 다가간다. 나서지 말랬지. 끼어들지 말라고 했잖아, 짜증난다고. 질 수 없다는 생각이 들었지만 그보다는 물에 빠진 하은에 대한 걱정이 훨씬 더 심각했다. 앞뒤 잴 것 없이 물속으로 뛰어든 우현이 그야말로 빛의 속도를 내어 물살을 가르며 앞으로 쭉쭉 나아간다.

순서는 살짝 밀렸지만 헤엄치는 속도만큼은 우현이 승효보다 월등했다. 정신이라도 나간 사람처럼 미친 듯이 팔을 놀려 하은에게로 가는 우현의 모습에 진호를 비롯한 모든 스태프들이 넋을 잃는다. 이 와중에도 여자 스태프들은 멋있다며 우현을 찬양하기 바빴다.

그제야 상황을 알아챈 선장이 요트의 속도를 급하게 줄여 멈춰 세웠고, 조금 떨어진 지점에서 셋의 모습을 지켜볼 수 있었다. 파르르 물살을 가르는 우현과 승효 너머로 하은이 물에 잠겼다 나왔다를 반복한다. 뭔 일이 날까 싶어 모두가 잔뜩 긴장했다.

"어푸! 푸우!"

"하은아! 나 잡아! 얼른!"

"우혀, 흡!"

곧 도착한 우현이 손을 뻗어 하은을 잡아 덥석 제 품에 안는다. 한껏 위로 들어 올리듯 안아 준 우현 덕분에 하은의 머리가 온전히 수면 위로 떠올랐다. 숨쉬기는 꽤 수월해졌지만 여전히 정신을 차리기는 쉽지 않았다.

벌벌 떠는 하은이 느껴져 인상을 찌푸린 우현이 괜찮다고 어르며 하은을 데리고 요트 쪽으로 헤엄쳐 간다. 한발 늦은 승효가 물에 젖은 얼굴을 손으로 훔쳐 내고는 유유히 하은을 데려가는 우현의 뒤를 서둘러 쫓아간다.

요트로 돌아오는 그들을 보면서 어느 누구도 말을 꺼내지 못했다. 말리고 자시고도 없이 워낙에 순식간에 일어난 일이라서? 하마터면 인명 사고가 날 뻔한 절체절명의 급박한 순간이었어서? 실은 다른 무엇보다도 우현이, 천하의 개 싸가지 민우현이 물에 빠진 누군가를 구하려고 뛰어들었다는 사실이 도통 믿기지 않아서였다.

방금 대체 무슨 일이 일어났던 건지, 원. 귀신에라도 홀린 것처럼 몽롱한 정신으로 지켜보며 다들 한참을 더 멍해 있었다. 설마, 혹시, 라는 생각이 꼬리에 꼬리를 물고 피어났지만 감히 입 밖으로 내는 사람은 없었다. 진호의 미간이 못내 구겨진다.

"미치겠네."

용케 잘 참아 내나 했던 진호가 다시금 한탄하며 자리에서 벌떡 몸을 일으킨다. 정서 불안의 말기 증상을 여실히 드러내 주는 진호 때문에 못지않게 답답하고 궁금한 영민은 잠자코 묻어갈 뿐이었다. 한숨을 내쉬는 진호가 뒷머리를 긁고 도로 주저앉는다.

조용한 호텔 스위트 룸 안에는 침묵을 가장한 불안 요소들이 존재했다. 아마 이렇게 된 가장 큰 이유는, 아까 뻔히 목격을 하고도 이해되지 않는 장면들에 있을 것이었다. 허공을 헤집던 진호의 시선이 영민과 마주친다. 영민도 고개를 가로젓는다.

결코 충동적으로 보이지는 않았지만 단순히 의협심을 발휘한 거라 넘겨짚으려 했었다. 다들 경황이 없던 참이니 어떻게든 잘 수습하면 조용조용 넘어갈 수 있으리라는 예상은, 그러나 요트로 끌어 올려지고 난 우현을 보고서 또 처참하게 무너져 버렸다.

영민이 짐 가방에서 커다란 담요를 찾아오자 대뜸 그걸 하은에게 둘러 덮어 주던 우현이었다. 춥지 않게 꼭꼭 잘 여며 가면서. 그래 놓고 선실 내부로 데려가 앉히고서 걱정스레 살피기까지 했다. 안하무인 개 싸가지 민우현이, 너무도 염려스런 얼굴로.

흥건히 젖은 하은의 머리와 볼을 매만져 털어 내 줄 때는 자칫 기함을 할 뻔했다. 그건 누가 봐도 연인, 그 자체였으니까. 민우현이 연애라니. 여자라면 질색팔색인 까칠한 녀석이, 여자공포증이 대단한 그 민우현이 감히 여자라니! 말이 돼?

아무리 생각해도 모르겠다. 뭐가 어떻게 된 걸까. 당최. 언제부터? 아니, 어떻게? 어쩌다가? 이름이 뭐랬지. 서하은……이랬나?

"몰랐어?"

"당연히 몰랐지."

"전혀? 조금도?"

"장난해? 저 녀석 모르냐? 너 우현이 몰라?"

넌지시 꺼낸 영민의 질문에 진호가 울컥하며 자리에서 일어난다. 어지간히도 자존심이 상한 표정으로 씩씩대는 진호였다. 당연한 거다. 제 담당 연예인에 관해 무지한 부분이 하나라도 있다는 걸 인정하기 곤란할 테지. 영민이 진호를 살살 달래 본다.

"무슨 중대 범죄를 저지른 것도 아닌데 일단 진정부터 해."

"진정하게 생겼어? 감쪽같이 속았는데."

"이제 어쩔 거야? 대표님이 알면 가만있으실까?"

"그래서 이러는 거 아냐, 지금. 살다 살다 내가, 와, 하하, 나 참."

정말 도저히 받아들이기 힘들다며 진호가 헛웃음을 짓는다. 단 한 번도 상상조차 못 한 일이 현실로 벌어지면 사람은 마냥 정신 줄을 놓게 되는가 보다. 기가 차고 어이가 없고, 뭐라 말로 형용할 수 없을 만큼 답답하고 속이 탄다. 뭘 어찌해야 할지.

고개를 절레절레 저어 가며 혼자 픽픽 웃는 진호를 보던 영민이 물이라도 마셔야겠다며 냉장고 쪽으로 향한다. 덩달아 걸어간 진호가 영민보다 먼저 물컵을 사수한다. 꿀꺽꿀꺽. 무척이나 갈증 났던 듯 단번에 마셔 버리는 진호를 향해 영민이 혀를 찬다.

급한 대로 스태프들에겐 당부를 해 놓았다. 지켜보고 선 채로 수군거리던 그들을 향해 진호는 외부로 말이 빠져나가지 않게 잘 좀 부탁드린다며 연신 허리를 구부려야 했다. 디스크가 올 정도로 굽신거리는 진호에게 알겠다면서도 짓던 그 썩은 표정들이란.

몇몇 여자 스태프들은 눈물을 글썽이기까지 했었다. 봐도 봐도 믿기지 않는 우현의 생소한 모습이 안타까우면서도 멋있다면서. 그러거나 말거나 철저히 하은만 신경 쓴 채로 다른 사람들은 일체 아랑곳 않고서 우현은 다정함을 마구마구 뿜어 댔다. 괜찮아? 하고 몇 번이고 묻고 살피던 우현의 모습이 잊혀지질 않는다. 헛것이라도 본 거 아닌지 의아하던 참에 문소리가 난다.

"나왔다, 나왔다."

"야, 민우현. 인마."

"뭐야, 형들 여태 안 갔어?"

가랬잖아, 라고 볼멘소리를 중얼거린 우현이 수건을 머리에 뒤집어쓰고 욕실에서 나온다. 방금 샤워를 마친 뽀송뽀송한 얼굴과는 어울리지 않게끔 사납게 눈을 부라리는 우현을 진호와 영민이 어이없게 쳐다본다. 뭐지. 저 유유자적한 태평함은.

짜증 섞인 표정으로 물기를 닦아 내며 우현이 소파에 털썩 주저앉는다. 이대로 물러서기엔 진호에게 있어 배신감이 너무나도 컸다. 얘기 좀 하자며 우현에게로 다가가는 진호를 따라 영민도 걸음을 옮긴다. 직업병을 발휘해 영민이 드라이기부터 챙겨 든다.

"됐어요, 형. 내가 말려."

"스타일리스트 됐다 뭐하니. 가만있어."

"단도직입적으로 묻겠는데 우현이 너 대체……."

심각하고 진지하게 말을 꺼내는 진호의 목소리가 드라이기 소리에 고스란히 묻힌다. 왜 지금 그걸 틀고 앉았느냐고 진호가 영민을 째렸지만 제 할 일을 하는 것뿐이라며 영민은 심드렁하게 어깨를 으쓱할 뿐이다. 끄응. 진호가 일단 참고 기다려 보자며 스스로를 달랜다.

영민이 손으로 조심조심 우현의 머리를 헤집으며 말려 준다. 됐다고 거절하기에는 역시 전문가의 손길이 편하고 좋아 우현은 얌전히 머리를 맡겼다. 다 씻었겠지? 뭐하고 있으려나. 얼른 귀찮은 이 인간들 보내고서 하은의 룸으로 좀 내려가 봐야겠다.

괜찮나. 감기라도 안 걸렸나 몰라. 아까 보니 바닷물 엄청 차던데. 몸 계속 떨고 힘들어하던데. 아, 젠장. 죽여 버릴까.

기필코 박정환 그 인간을 잡아 족치든지 해야지 안 되겠다며 신경질적으로 미간을 구긴 우현이 입술을 씰룩인다. 오래지 않아 소음이 멈췄다.

"말해 봐. 언제부터야."

"뭐가."

"이제 와서 시치미 뗄래? 뭐 말하는지 몰라?"

성가시니 그만 가 달라 한 우현이 몸을 일으켜 부엌으로 향한다. 물이나 한 잔 마시려는데 기어이 진호가 옆으로 따라와 바짝 붙어 질문을 던진다. 뭐 말하는지는 알겠는데 말해 주기 싫어. 그뿐이야. 대수롭지 않다는 듯 우현이 물을 마시고 돌아선다.

"계속 피하겠다 이거지? 묵비권 행사냐?"

"묵비권 같은 소리 하고 있네."

"너 나한테 이러면 안 된다. 명색이 내가 네 매니저야, 인마."

"누가 몰라? 형 내 매니저인 거 여기 모르는 사람 있어?"

"야. 야, 민우현. 너 진짜."

"난 빠져 줄게. 얘기 끝내고 전화해라, 진호야. 우현이 잘 쉬고."

룸 여기저기 도망 다니는 우현과 그걸 또 굳이 쫓아가는 진호로 미루어 아무래도 설전이 길어지겠다 싶은 영민이 물러난다. 여닫히는 문소리를 들으며 잠깐 말을 아낀 진호가 가벼운 한숨을 내쉬며 우현을 본다. 형은 안 가? 형도 좀 가지. 짜증을 애써 꾹꾹 누르며 우현이 툴툴댄다.

앉아 봐. 평소 같지 않게 무척이나 심각한 진호의 말에 우현이 마지못해 몸을 낮춘다. 소파에 우현과 마주 보고 앉은 진호는 잠시 침묵을 지켰다. 상황 파악은 이미 완료. 직감도 크게 다르지는 않다. 아니 다를 게 뭔가, 오히려 갈수록 확신만 가중되고 있는데.

그래도 서운한 건 서운한 거다. 정말 저를 어떻게 인지하는 걸까. 이 녀석은.

"민우현."

"어."

"우현아."

"왜. 말해."

"혹시 내가 우습냐?"

일곱 살이나 어린 녀석 뒤치다꺼리에 그래도 나름 열심히 해 왔다 자신했었다. 실력은 단연 출중하지만 모나고 거친 성격을 어떻게든 감싸 안고 보듬으려 무던히 노력했다. 천성이 나쁜 녀석은 아니라고, 언젠간 달라질 거라고, 남들이 들으면 한낱 헛된 치기라 여길지 모르는 바람을 진호는 좀처럼 버릴 수 없었다. 그러기엔 우현이, 정말 너무 많이 외로워 보였으니까.

우현의 쓸쓸함이 괜한 방어기제로 작용하는 걸 거라 여겼다. 그래서 더 사람을 밀어내고 제 근처에 두지 않으려는 거라고. 저 벽만 없어진다면 조금은 살가운 녀석이 되어 줄 수 있을 거라고. 그게 언제일지는 모르겠지만 그때까지 기다려 줄 거라고. 언제가 되더라도. 얼마나 더 오랜 시간이 필요하다고 해도. 근데 실은 지쳤나 봐, 형이. 진호가 나지막이 말을 잇는다.

"묻잖아. 네 눈엔 내가 우습냐고. 그래?"

"뭐라는 건데."

"말 그대로야. 매니저로서 내가 그리 하찮은지 궁금해서."

"형."

"매번 뭐든 말하기 싫어하고 숨기고 피하고. 물어보면 질색에 성질만 팩팩 부리고. 내가 싫어? 내가 싫어서 그러냐, 혹시? 그런 거면 말해. 다른 매니저로 바꿔 줄게."

"뭐? 형, 무슨."

원한다면 그리해 주겠다며 진호가 딱딱한 표정으로 우현을 응시한다. 짜증스레 귀찮다고 투덜대면 적당히 대충 넘어가 주던 평소의 진호는 아주 조금도 찾아볼 수 없었다. 대체 지금 무슨 소릴 하는 거냐며 진호를 향해 눈살을 찌푸린 우현이 한숨을 푹 내쉰다. 정말 왜들 이러실까. 갑자기 이렇게 세게 나오는 진호가 의아하다. 실은 그렇게나 오래 기다려 줬다는 걸 테지만.

톡톡 쏘아붙이는 게 우현이라고 편안했던 것만은 아니었다. 남들에게 모질고 사납게 굴면 그것 이상으로 우현은 텅 빈 것처럼 속이 허했다. 밀어낼수록 혼자만 고립되는 기분. 외로워질 걸 알면서도 고치지 못했던, 반복만 하며 힘겹게 버텨 온 지난날들. 고쳐. 고칠 건데 그게, 후우. 거듭 한숨인 우현에게 진호가 입을 연다.

"혹시 모를까 봐 말하는데, 형 지금 너한테 화내는 거 아니야. 대화 좀 하자는 거야. 물론 서운해. 섭섭하고 속상해, 미리 알아주지 못해서. 꼭 속은 기분 같고 그렇네."

"……."

"다른 사람들은 몰라도 나는 알아야지. 하다못해 대표님보다 많이 알아야 하는 게 나야. 알아야 도와줄 거 아냐. 알아야 너 힘들고 어려운 일 내가 막아 줄 거 아니니, 우현아."

"……."

"민우현. 듣고 있어? 야, 인마."

"못 헤어져. 일단 그렇게만 알고 있어."

계속 묵묵부답일 줄 알았던 우현의 입술이 마침내 조그맣게 열렸다. 별로 큰 목소리는 아니었지만 그 안에 실린 단호함만은 오롯이 느껴졌다. 살짝 내리깔린 시선으로 허공을 짚는 우현의 모습에 진호는 실감했다. 이 녀석이 정말, 꽤 진심이라는 걸.

그렇다는 거지? 정말 사귀고 있다는 거지, 너희 둘. 그래? 네가 연애를 한다고. 우현이 네가, 정말로 연애를? 와, 이거이거.

"나 되게 중요한 시기인 거 아는데, 그래서 형이 걱정한다는 것도 알겠는데, 싫어. 안 헤어져. 사귀지 말라느니 이딴 소리 할 거면 차라리 말을 하지 마."

"우현아."

"좋아해. 미치도록 좋아해. 너무 좋아서 그 녀석밖에 안 보여. 돌겠어. 음악이고 뭐고 다 때려치우고 싶을 만큼 제어가 안 된단 말이야, 내가."

"인마. 너."

"도와준다고 했다. 그 말 지켜라, 형. 나 죽는 꼴 보기 싫으면."

제법 섬뜩하게 빛나는 눈동자로 쏘아보는 우현을 발견하고 진호가 멈칫한다. 빈말 아니라고, 정말 가수고 뭐고 다 관둘 수도 있겠다며 진지하게 내뱉는 우현은 이미 제가 관리할 수 있는 수준 그 이상이었다.

얼떨결에 알았다고 고개를 끄덕이는 진호를 향해 우현이 작게 피식 웃고는 몸을 일으킨다. 이제 남은 시간 자유롭게 써도 된댔지? 확인하는 그 말에는 답을 할 수 없었다.

부탁을 해 놓긴 했어도 사람의 입이란 믿을 게 못 된다. 그도 그렇게, 당장 만석의 귀에 들어가지 않으리란 보장조차 없는 상태인데도 불구하고 우현은 저렇게나 확고하고 심지어 절실하기까지 하다.

평생 여자 문제는 걱정 안 해도 될 거라 여겼건만 뒤늦게 이리도 제대로 뒤통수를 칠 줄이야. 핸드폰을 챙겨 들고 침실로 쏙 들어가 버리는 우현을 진호는 마냥 넋을 잃고 쳐다보았다.

한편,

"와, 이럴 수가 있어? 이건 기만이야, 기만. 배신이라고, 배신!"

"조용히 하랬지. 시끄럽다."

"와, 형. 어떻게 조용히 해요. 생각할수록 치가 떨리는데."

"그건 그래. 정말 완벽히 속은 거잖아."

"내 말이. 으, 소름 끼쳐."

"여자가 무서워지려고 해, 나는."

단장 성태의 룸에 모여든 댄서들이 정환의 분노에 하나둘 맞장구를 친다. 극심한 멘붕을 겪고 있는 걸로 치자면 이쪽이 더할 터였다. 들어온 지 얼마 되지 않았다고 해도 한식구라고 죽어라 챙겨 줬더니 은혜를 원수로 갚느냐며 다들 툴툴거린다. 넌 좀 앉으라고, 인마. 계속 나서서 설쳐 대는 정환의 뒤통수를 보다 못한 성태가 찰싹 후려친다. 정환이 주춤주춤 앉는다.

물에 빠져 생쥐 꼴이 된 하은과 승효를 각각 씻으라고 들여보내고서 곧장 집합했다. 한동안 아무도 먼저 말을 꺼내지 못할 만큼 제대로 패닉 상태에 빠져 있던 댄서들을 성태 역시 곤란한 표정으로 바라보았다.

어쨌든 다들 몰랐을 테니까. 전혀. 조금도. 당장 서울 올라가서가 걱정이다. 불신이란 원체 한 번 생기면 걷잡을 수 없이 타오르는 성질을 갖고 있는데. 에효.

팀은 절대 그 어떤 이유로라도 쉽게 와해되어서는 안 된다는 지론을 갖고 있는 성태가 소리 죽여 한숨을 내쉰다. 하다하다 이젠 하은이 일부러 속이고 고의로 연기하며 자신들을 몰래 지켜봐 왔을지도 모른다는 불만까지 터져 나오고 있었다.

우현이 심어 놓은 스파이설 운운하는 댄서들을 지켜보며 다시금 성태가 고민에 빠진다. 생각보다 문제가 심각하다는 찰나에, 룸 문이 열렸다.

"너 마침 잘 왔다. 이놈의 자식!"

"윽!"

미리 와 있던 문자 연락을 받은 승효가 안으로 들어서자마자 정환이 쏜살같이 달려간다. 멱살이라도 낚아챌 요량이던 정환이 승효의 목에 다짜고짜 팔을 걸고서 힘껏 괴롭힌다. 숨이 막혀 켁켁거리는 승효를 보다 못한 성태가 댄서들을 시켜 정환을 떼어 낸다.

벌겋게 달아오른 얼굴로 콜록대는 승효가 심상치 않은 분위기를 파악하고 거듭 움찔한다. 자신을 보는 선배들의 표정에 불만이 가득 어려 있었다. 게다가 예리하게 노려보는 폼이 뭔가 죄인을 심판하려는 눈빛이랄까. 정환이 씩씩대며 승효를 다그친다.

"바른대로 말해. 넌 알고 있었지?"

"네? 뭘를."

"하은이가 민우현하고 그렇고 그렇다는 거 말이야. 알고서 연막작전에 동참한 거지? 일부러, 그렇지?"

그렇게 전부 알고 속이려 든 거냐는 정환의 질문에 승효가 입을 다문다. 다 맞는다고 할 수도, 틀리다고 할 수도 없는 적잖이 애매모호한 질문이라 머뭇거리는 승효를 정환이 거듭 다그친다. 묻잖아, 인마! 승효가 난감해하며 슬그머니 시선을 피한다.

댄서 모두들 하은이 승효와 사귄다고 철석같이 믿고 있었다. 직접 말한 적은 없지만, 누가 본 것도 아니지만 어쨌든. 자신들의 짐작이 틀렸다는 것보다도 이제 갓 새 식구가 된 막둥이들이 벌인 일에 댄서들은 기분이 말도 못 하게 찜찜해졌다.

하은과 우현의 관계를 승효는 처음부터 알고 있었다. 연막작전을 일부러 꾀한 건 아니었지만 하은이 곤란해지는 일은 절대 막아주고 싶은 마음 또한 사실이었다. 좋으니까. 좋아하니까. 좋아하지 말아 달라는 말을 들었어도 계속 좋았으니까. 하은이.

침묵을 긍정으로 알아들은 정환이 기가 막힌다 어쩐다며 뭐라뭐라 중중거린다. 이것들이 하늘 같은 선배 무서운 줄 모르고 어디서 감히. 웃기지도 않는다며 픽픽거리는 정환을 선두로 여기저기서 한숨이 터져 나왔다. 생각할수록 어이없고 기막힘에.

누군가에게 속았다는 걸 알았을 때의 배신감이 생각보다 심각할 수도 있다. 그래도 이렇게까지 매도할 일은 아니지 않나 싶다. 잠자코 지켜보던 성태가 안 되겠는지 창틀에 기대었던 몸을 떼어 낸다. 그리고는 주머니에 손을 꽂으며 조용히 입을 연다.

"한심한 것들. 저들이 못 알아채 놓고 이제 와 누굴 탓하는 거냐?"

"네?"

"그렇게 티를 냈는데 몰랐으면 그건 니들이 바보 멍청이인 거야. 왜 애먼 애를 잡아? 알아채게 해 줘도 눈치 못 챈 니들 잘못인걸."

무뚝뚝하게 내뱉어진 성태의 말에 댄서들이 일제히 놀란다. 눈을 커다랗게 뜨고 쳐다보는 모두의 시선을 성태는 대수롭지 않게 받아쳤다. 승효마저 살짝 놀란 얼굴로 성태를 주시했다. 가장 충격이 큰 정환이 어버버거리던 끝에 성태에게 묻는다.

"형, 알고 있었다고요? 알았다고?"

"그래, 인마."

"정말요? 성태 형 정말 아셨던 거예요?"

"언제요? 언제부터요? 어떻게요?"

"말도 안 돼. 대박."

"쯧쯧쯧."

아직도 이렇게 상황 판단이 안 되는 거냐며 성태가 혀를 찬다. 진심 한심하다는 성태의 눈빛에 댄서들이 괜스레 풀이 죽는다. 티를 냈다고? 응? 언제? 아무리 생각해도 모르겠는 댄서들이 서로서로 눈치를 살핀다. 어떻게든 기억을 되짚으려 애써 가며.

성태는 조금 더 면박을 줬다. 타인의 연애사에 왈가왈부하지 말자고. 하은이도 그만의 사정이 있었을 테니 허튼소리들 말고 넘어가자고 댄서들을 달랬다. 아직 내키지는 않는지 대답이 없는 댄서들을 보며 성태가 들릴 듯 말 듯 한숨을 푸욱 내쉰다.

솔직히 성태로서도 충격이 이만저만이 아니었다. 뭔가 우현이 요즘 들어 전과 같지 않다는 걸 종종 느끼긴 했어도 그게 설마 하은과 관련 있을 줄은 미처 몰랐다. 둘을 연관 짓기엔 우현의 여성 혐오가 너무 심했으니까. 게다가 제가 보기에는 승효가……

눈이 마주치자 약하게 움찔한다. 여태 쳐다보고 있었으면서 안 본 척 서둘러 시선을 피하는 승효를 성태가 가만 주시한다. 유독 하은을 잘 챙겨 주던 녀석. 연습 때고 촬영 때고 하은의 곁에서 떨어지지 않으려던 녀석. 늘 시선 끝에 하은을 매달고 있던 저 녀석, 지승효.

제 짐작이 맞는다면 아마도 지금 가장 힘든 건 승효가 아닐까 싶다. 사람이 사람을 좋아하는 게 죄는 아니니까. 그렇지 않나.

뭐가 이렇게. 나 원. 아이고, 이 녀석아. 후우.

"여튼 다들 입조심해. 괜히 떠벌리고 다녔다간 혼날 줄 알아."

"네."

"넵."

"특히 박정환이 너, 미현이한테 입도 뻥끗하지 마라. 알았어?"

"네, 형. 말 안 할게요."

"말하면 진짜 너 사내새끼 아니다. 약속 지켜."

"알았다니까요. 형도 참."

무던히도 헷갈려하는 댄서들을 향해 성태가 으름장을 놓는다. 연예인도 사람이고 제아무리 민우현이라고 해도 혈기왕성한 젊은 남자가 연애 좀 한다는 게 결코 남들 입에 오르내릴 일은 아니지 않느냐는 성태의 당부를 댄서들은 머지않아 수긍했다. 그중에서도 제일 못 미더운 취급을 받자 정환이 살짝 씩씩대긴 했지만 딱히 반발은 없었다. 댄서들이 고개를 주억거린다.

그래도 여전히 신기하긴 하다. 진짜 특종도 이런 특종이 있을 수 없다. 천상천하 유아독존 민우현이 연애를? 것도 하은이와?

아까 분명 봤음에도 믿기지 않던 장면을 떠올리며 댄서들이 킥킥 웃는다. 왠지 낯간지럽게 다정하던 우현의 모습이 영 적응 안 되는지 닭살 운운하는 댄서들 너머로 성태가 승효를 살핀다. 씁쓸함이 가득 묻어나는 승효의 한숨이 성태의 귓가에 오래도록 맴돌았다.

12
새로운 가족

"됐다니까."

"글쎄, 말 들어."

"도와준대 놓고 이러기냐?"

"이게 도와주는 거다, 인마."

그러니 잠자코 있어, 라는 진호의 덧붙임에 우현의 미간이 일그러진다. 누가 봐도 훼방꾼이건만 이게 어찌 도와준다는 건지 의아할 따름이었다. 잔뜩 심통 난 얼굴로 쳐다보는 우현의 눈길을 외면한 진호가 좌석을 살짝 뒤로 젖혀 자세를 편히 한다.

밴을 타고 돌아다니는 건 나 연예인이요, 하고 광고하는 격이라 렌터카를 하나 구해 달라고 했다. 하은을 데리고 하은의 부모님을 찾아봬야 하는데 대중교통을 이용하는 것도 무리라 진호에게 부탁한 우현은, 아예 기사를 자처하는 진호 때문에 내심 속이 탔다. 둘만 있고 싶어서. 게다가 하은이 불편해할지 모르니까.

못마땅하게 진호를 째리다가 멈칫했다. 스르륵, 열리는 엘리베이터에서 내리는 하은을 발견하자 언제 그랬냐는 듯 우현의 표정이 누그러진다. 동시에 가슴도 두근두근. 당장 내려가 반겨 주려는 우현을 늦지 않게 잡아챈 진호가 대신 클랙슨을 빵! 울린다. 하은이 서둘러 차 쪽으로 달려온다.

"어서 와요."

"미안, 데려다 주겠대. 매니저 형이."

"아……."

싫다는데도 저 모양이야, 라는 우현의 볼멘소리에 하은이 머쓱하게 웃으며 진호에게 인사를 건넨다. 고개까지 푹 숙인 채로 안녕하세요오, 하는 작은 목소리에는 긴장한 기색이 역력했다. 손수 뒷좌석 문을 열어 준 우현이 하은을 제 옆자리에 앉힌다.

체크아웃까지 마치고 나온 하은의 손에 들린 가방을 우현이 낚아채 가더니 한쪽으로 치운다. 그래 놓고 하은에게로 살짝 더 당겨 앉는 장면을 진호는 룸미러를 통해 고스란히 지켜보고 있었다. 눈이 버젓이 뜨여 있음에도 불구하고 정신은 혼미해지는 기분이 퍽 당황스럽다. 뭐해? 안 가? 계속 넋을 놓던 진호를 향해 우현이 툴툴거린다. 난감함을 감춘 진호가 이윽고 차를 출발시킨다.

지하주차장을 빠져나온 은색 중형차가 조금씩 속도를 낸다. 주말이긴 해도 제주도의 해안도로는 썩 붐비지 않아 빠르게 시가지로 접어들 수 있었다. 미리 전해 들은 주소를 향해 핸들을 돌리는 진호의 귀에 우현과 하은의 목소리가 번갈아 들렸다.

안 쳐다보려고 할수록 마음이 더 동했다. 목소리와 얼굴이 매치

되지 않는 극심한 혼란에 허덕이던 진호가 시선을 올린다. 룸미러를 통해 보이는 우현과 하은 때문에 침을 꿀꺽 삼켰다. 정확히는 하은을 향해 아예 돌아앉듯 하고 있는 우현 때문에.

"집에 전화 드렸어?"

"응. 엄마가 빨리 오래."

"많이 기다리셨나 보다."

"좀 삐친 것도 같아."

"그래? 이런."

죄송해서 어쩌지, 라고 하는 우현의 말에 혹 잘못 들은 건가 싶은 진호의 눈이 크게 뜨인다. 그러고 보니 아까 하은이 차로 다가왔을 때도 미안이라는 단어를 언급했었지, 아마. 확실히 제정신이 아니군. 복잡한 맘을 추스르며 애써 운전에 집중했다.

"근데 뭐 사 갖고 가야 하는 거 아냐?"

"사긴 뭘. 괜찮아."

"그래도. 처음 뵙는 건데."

"그냥 가도……."

"안 되겠다. 형, 잠깐만."

서둘러 앞을 본 우현이 진호를 향해 근처에 백화점이 있는지를 묻는다. 거듭 괜찮다고 하며 하은이 우현의 팔을 흔들었지만 우현은 모른 척 하은의 손을 내려 꼭 잡았다. 쇼핑몰은 본 것 같다는 진호에게 우현이 그럼 거기부터 가자며 고개를 끄덕인다.

들뜬 우현의 표정에 진호가 소리 죽여 한숨을 내쉰다. 적응이 어렵다 어렵다 했더니 아주 가관이로구만. 내비게이션을 눌러 쇼핑몰의 위치를 파악한 진호가 부드럽게 핸들을 꺾는다. 신호에 따라 대열에 섞여 들면서 저도 모르게 또 룸미러를 살피는 진호다.

어느덧 바짝 붙어 앉은 우현과 하은의 모습이 생소하고 낯설다. 진호의 시선이 연신 뒤로 향한다. 설마 했더니 진짜 둘이 손을 잡고 있었다. 도저히 눈이 떨어지지 않는 것처럼 하염없이 하은을 바라보며 앉아 있는 우현이 신기하다.

보고도 믿지 못하겠는 이런 심정을 누가 알까. 죽기 전에 이런 광경을 보게 될 줄은. 머릿속이 텅 빈 것처럼 새삼 멍해졌다. 정신 차리자. 호랑이 굴에 끌려가도 정신만 차리면, ……이게 아니고. 눈을 몇 번이고 질끈 감았다 뜬 진호가 핸들을 꼭 쥔다.

신경 쓰이네 어쩌네 무던히도 툴툴거렸던 우현은 하은이 나타난 그 순간 이미 진호에게서 모든 관심을 거둬들였다. 아주 없는 사람 취급하며 하은만 쳐다보고 하은과만 얘기했다. 체크아웃은 잘했는지 묻고 내일 비행기 시간이 몇 시인지 아느냐고 확인하며 하나부터 열까지 하은을 챙겼다. 예뻐 죽겠다는 표정으로. 오직 제 눈에 하은 외엔 아무도 들어오지 않는다는 것처럼.

집에 가니까 좋아? 응, 좋아. 조곤조곤. 도란도란. 최대한 볼륨을 낮춘 듯했지만 그게 오히려 더 귓가에 착착 감겨들었다. 얼마만큼? 많이. 얼마나 많이, 나보다 더? 뭐야. 그제야 진호의 시선을 의식한 하은이 미소를 걷어 내고서 입을 꾹 다물었다. 들켰다고 해서 이렇게 맘 놓을 상황은 결코 아닌 건데. 그런 하은의 속을 아는지 모르는지 우현은 계속 입꼬리를 말아 올렸다.

"차에들 있어. 금방 올게."

"뭐? 같이 가, 형."

머지않아 도착한 쇼핑몰 지하 구석에 차를 세운 진호가 시동은

183

켜 둔 채 벨트를 푼다. 혼자 날름 내려 버리는 진호를 서둘러 따라 내리려던 우현이 미리 막아서는 진호 때문에 문을 못 연다. 미간을 구긴 우현이 지이잉 창문을 열고 노려본다.

"왜? 선물 내가 고를 건데."

"알아서 사 올게. 기다려."

"그런 게 어딨냐. 싫어."

"팬 사인회 하고 싶은 거 아님 참으라고, 인마."

"아, 형!"

"내가 적당한 거 골라서 사 올게요. 괜찮죠?"

말이 안 통하는 우현을 보다 못한 진호가 하은에게 도움을 청한다. 그냥 안 사도 된다고 말하려던 하은이 그럼 싼 걸로 좀 부탁드린다며 감사의 인사를 건넨다. 그 와중에도 싼 거 사 오기만 했단 보라며 눈을 부라린 우현이 한 번 더 성을 내려다 하은의 만류에 화를 삭인다. 우현과 하은을 번갈아 쳐다보며 작게 웃은 진호가 다녀올게, 하고는 빠른 걸음으로 멀어진다.

구석 자리이긴 해도 누가 지나다니며 충분히 볼 수 있으니 부디 조심히 잘 있어 달라는 진호의 당부를 되새기며 하은이 우현을 돌아본다. 뭔가 맘에 안 드는 얼굴로 툴툴대는 우현이 귀여워 자꾸만 웃음이 터져 나왔다.

진짜 내가 고르고 싶었는데. 에이. 이만큼이나 앞으로 나온 우현의 입술을 보던 하은이 우현아, 하고 부른다. 낮고 고운 그 목소리에 우현이 넌지시 돌아본다. 다소 낮은 조명 탓일까. 우현의 눈빛이 더 그윽해 보이는 이유는. 까만 눈동자가 반짝반짝 빛난다. 아이처럼, 또는 사내처럼.

매분 매초 놀라. 어쩌면 이렇게 근사할까, 싶어서. 내 앞의 네가 너인지조차 헷갈려. 너무 좋아. 막 신기하기도 하고.

"다음에는 네가 직접 골라서 사 줘."

"다음? 다음에 언제."

"언제든. 이번만 찾아뵙고 안 뵐 거 아니잖아. 응?"

"그건 그렇지만."

"괜찮지? 괜찮잖아. 그치?"

앞으로 기회는 얼마든지 있으니 너무 서운해 말라는 하은의 말에 우현이 잠시 멍해진다. 조금 전만 해도 울분이 말도 못 하게 치솟았는데 지금은 그 거센 화염이 온전히 가라앉은 기분이었다. 인상 쓰지 마, 라고 속삭인 하은이 살며시 눈꼬리를 내린다. 보기 좋게 휘어지는 말간 눈매에 우현이 순순히 알았어, 한다. 이에 하은이 한껏 더 입가를 쓱 말아 올리며 기분 좋게 웃는다.

조용한 차 안에 둘만 있으려니 맘이 설레었다. 진호를 따라가지 않고 남길 잘했다는 생각이 뒤늦게야 든 우현이 만지작대던 하은의 손을 더욱 힘주어 꼬옥 잡는다. 보들보들 작고 고운 손이 좋아 들어 올려 손등에 입도 맞췄다. 소리 내어 쪽쪽. 살그머니 붉어지는 볼이 귀여워 한 번 더 입을 맞춘 우현이 다른 손을 뻗어 하은의 머리를 어루만진다. 하은이 입을 연다.

"근데 있잖아."

"응?"

"우리, 뭐라고 안 하셔?"

두루뭉술하게 대충 내뱉은 말을 우현은 어렵지 않게 알아들었다. 뭐라고 할 게 뭐 있냐는 식으로 받아치는 우현의 대구에도 하은의 표정은 되레 눈에 띄게 어둡고 침울해졌다. 룸미러로 쉴 새 없이 마주쳤던 진호의 눈빛이 영 마음에 걸리고 있었다.

게다가 아까 요트에서, 그 수많은 사람들 앞에서 그런 장면을 연출해 버렸으니. 하은이 한숨을 푹 내쉬고는 말을 잇는다.

"어떡하지."

"어떡하긴 뭘."

"소문이라도 나면."

"나면 나는 거지, 까짓 거."

"우현아."

"너는 싫어? 난 상관없는데."

뭐……?

말 나온 김에 묻자며 우현이 한껏 더 하은 쪽으로 돌아앉는다. 똑바로 마주하는 우현의 표정이 무척이나 심각하고 진지했다. 허투루 하는 말이 아님을 알지만 그래서 더 의아해졌다.

상관이 없다니, 그게 어떻게 상관없을 수 있어? 아무렇지 않다고? 느릿하게 눈을 감았다 뜨는 여유로운 모습에 하은이 마른침을 삼킨다. 우현이 눈을 마주한 채로 나지막이 목소리를 낸다.

"사실이잖아. 우리 사귀는 거. 루머 같은 거 아니잖아."

"그래도."

"거짓도 아니고 진짜 사귀는 걸 사귄다는데 뭐 어때서. 까짓 소문내려면 내라고 해. 꿀릴 거 하나도 없으니까."

"우현아."

"뭐가 걱정인데. 나랑 소문나는 거 싫으냐? 막 기분 나쁘고 그래?"

설마하니 그런 건 아니겠지, 라는 식으로 물으면서도 혹시나 싶은지 우현은 미간을 찌푸렸다. 살짝 일그러진 표정이 적잖이 귀여웠지만 웃을 수 없을 만큼 심정이 복잡했다. 대꾸하는 것도 잊고 멍한 표정을 짓는 하은에게 우현이 기분 나빠? 하고 거듭 묻는다.

그럴 리가. 무슨 그런 말도 안 되는 소리를 해. 서둘러 고개를 젓자 우현이 다가온다. 우현의 입술이 조심스럽게 맞닿았다. 두근, 하고 울리는 심장을 느끼며 하은이 눈을 감는다. 은근하게 느껴지는 우현의 체취. 보드라운 입술이 곧 떨어져 나간다.

엄밀히 말해 스캔들로 인해 큰 손해를 보게 되는 것은 우현이었다. 뭇 여성들의 관심과 사랑을 한 몸에 받고 있는 앞길이 창창한 젊은 남자 연예인의 연애에 사람들은 관대하지 못하니까. 팬도 꽤 많이 떨어져 나갈 거고. 그럼 안 되잖아. 근데도 상관없다니. 한껏 더 심란해진 마음을 추스르며 눈을 떴다. 우현이 하은의 손등에 입술을 묻는다.

지그시 눈을 맞춘 채로 우현은 잠시 하은을 바라봤다. 눈에 담고 있는 찰나의 순간마저 놓치지 않으려는 듯 보고 또 봤다. 좋다. 너무 좋아서 미쳐 버리겠다. 네가 내 곁에 있다는 그 사실만으로도 나는, 왜 이렇게까지 가슴 떨리게 좋고 행복할까.

아무 데도 못 가. 아무한테도 안 줘, 너. 못 줘. 언젠가 했던 다짐을 다시금 상기하며 우현이 손을 뻗어 하은의 볼을 감싸 쥔다. 엄지로 살살 하은의 입술을 쓸듯이 매만지며 우현이 미소 짓는다. 그윽하고 근사한 눈웃음에 하은의 심장이 또 두근, 울린다.

"무슨 일이 있어도 못 헤어진다고 말했어. 사귀지 말라느니 이딴 소리 하지 말라고. 그랬다간 확 다 그만둬 버리겠다고."

"뭐?"

"태클 걸면 누구든 가만 안 둬. 방해되는 건 뭐든 다 포기할 수 있어. 말했지. 이제 너밖에 안 보인다고. 내 세상에 온통 너뿐이라고."

"우현아."

"걱정 마. 너 힘들게 안 해. 절대 너까지 시달리게 안 할 거야. 좀 시끄러워지겠지만 괜찮아. 신경 쓰지 마. 내가 어떻게든 다 막아 줄게. 그러니까 겁먹지 말고 내 옆에만 꼭 붙어 있어, 응?"

아프게 안 할게, 라고 덧붙이며 우현이 한 번 더 입을 맞춘다. 아까처럼 금방 떨어져 나가지 않으려는 듯 살짝 밀려 나온 우현의 혀를 알아챈 하은은 얌전히 눈을 감고서 입술을 벌렸다. 자그맣게 열린 틈새로 우현이 혀를 넣는다. 촉촉하고 말캉한 혀를.

달래듯 약하게 살살 들어온 우현의 혀가 자연스레 하은의 혀를 찾아 잡는다. 매끄러운 표면을 핥자 하은에게서 옅은 신음이 터져 나왔다. 하은의 뒷머리를 부여잡은 우현이 조금 더 깊이 혀를 넣는다. 뜨겁고 달달한 하은의 입안을 서서히 헤집었다.

키스가 하고 싶어 혼났다. 촬영하는 내내, 돌아가는 시선과 떨리는 맘을 안간힘을 써서 참아야 했다. 물에 빠진 하은을 건져 낸 직후에는 하은의 파르르 떨리는 입술에 몇 번이나 입을 맞출 뻔했다. 진짜 어찌나 곱고 그저 예쁘던지.

이제야 마음껏 탐할 수 있게 된 하은의 입술이 너무 달고 맛있어서 우현이 정신을 못 차린다. 밀고 넣고 핥고 빨고 물고. 조금씩 속도가 붙는 입맞춤에 하은이 거듭 신음을 내뱉는다. 숨결이 가득 실린 새된 소리에 자극받은 우현이 하은을 살며시 뒤로 기대게 한

다. 거의 눕듯이 젖혀진 하은의 위로 우현이 덮치듯 가까이 다가
간다. 하은이 겨우 입술을 떼어 내고 말한다.

"그만……."

"왜."

"누가 봐……."

"안 보여……."

"우혀……읍……."

이쯤에서 마무리하는 게 좋을 것 같아 밀어내려던 하은의 입술
이 조금의 틈도 없이 단단히 틀어 막힌다. 고개를 비스듬히 한 우
현이 더욱 격렬히 혀를 집어넣으며 하은의 몸을 슬쩍 끌어내린다.
그리고는 반듯이 눕혀진 하은에게 상체를 바짝 대었다. 미치겠다.
몸이 닿으니 그야말로 제어가 힘들다.

둘러 안듯 겹쳐진 가슴팍이 쉴 새 없이 들썩임에 우현은 아랫
배마저 뻐근함을 느끼며 계속해서 하은에게 거친 키스를 퍼부었
다. 정신이 혼미해진다. 끓어오르는 욕구가 가히 위험스러운 수준
으로 치솟고 만다. 너라서. 서하은 너라서 내가 이래. 잔뜩 느끼는
표정으로 미간을 구긴 우현이 왼손을 들어 올려 하은의 가슴을 만
진다.

옷 위로 닿았을 뿐인데도 순간 심장이 내려앉는 것만 같아, 하
은이 떨림을 참으려 우현의 입술을 약하게 문다. 되레 더 크게 자
극받고 만 우현이 탄성을 내지르며 얼른 제 손을 하은의 옷 안으
로 집어넣는다. 브래지어를 뚫고 들어온 우현의 뜨거운 손길이 느
껴졌다. 조물조물.

아플까 싶어 부드럽게 만지며 우현이 천천히 옆쪽으로 이동해

하은의 볼에 입을 맞춘다. 정성스레, 쪽쪽 소리 내어. 하아, 하웃……. 목덜미까지 내려가는 우현의 진한 입맞춤에 하은이 어깨를 움츠린다. 우현이 혀를 빼내어 날름거리며 핥는다.

"좋아……."

"하아……."

"너무 좋아, 서하은……."

"저, 매니저님 오시면……."

"조금만……. 조금만 더, 어……?"

"하읍……."

순간적으로 하은의 가슴을 힘껏 움켜쥔 우현이 다시 위로 올라와 하은과 입술을 포갠다. 어느덧 많이 딱딱해진 돌기를 살짝 손가락으로 건드리자 하은이 어쩔 줄을 모른다. 빨고 싶은데. 미치겠는데. 우현이 하은의 혀를 다소 질펀하게 쭉 빨아 당긴다. 검지로 가슴 끝을 돌돌 돌리는 우현의 행동에 하은이 끙끙 앓는 소리를 낸다.

뜨겁고 달달한 하은의 숨결을 머금고 탐하는 동안 몸이 사정없이 달아올랐다. 당장이라도 안고 싶어 돌겠다. 누가 보건 말건, 여기가 어디건 그딴 거 다 집어치우고서. 제길. 이래서 늦바람이 무섭다고 했나 보다. 남자로서 이런 욕구가 낯설다고만 여겼던 우현이 하은으로 인해 제대로 달아올랐다.

좋아해. 죽을 만큼 좋아, 네가. 하은아. 서하은. 하아…….

억지로 옷 안에서 손을 빼낸 우현이 그대로 하은의 어깨 뒤로 둘러 하은을 품에 꼭 끌어안는다. 죽겠다……. 아아……. 한숨처럼 내뱉어진 우현의 읊조림에 하은이 작게 웃는다. 그런 하은을

우현은 힘껏, 더 힘껏 품에 안았다. 그리고,

아놔. 뭐가 진짜, 뭘 어떻게 대체, 지금, 응? 으응? 으으으응?

"아이고야."

떨리는 심장을 가까스로 추스른 진호가 한숨을 푸욱 내쉰다. 방금 제 눈으로 본 게 뭐였는지 도무지 기억조차 나질 않는다. 하마터면 떨어뜨릴 뻔한 상자를 품에 꼭 안고서 침을 꿀꺽 삼켰다. 이런 게 말로만 듣던 공황 상태려나. 가슴이 격하게 뛴다.

심사숙고 끝에 식품매장에서 최고급 한우세트를 골라 계산을 마쳤다. 좀 부족할까 싶었지만 딱히 어떤 게 좋을지 몰라 급한 대로 상품권도 같이 포장해서 들고 나온 진호는 차에 가까워질수록 이상한 느낌이 들었다. 왠지 쎄한. 가면 안 될 것 같은 그런.

멀리서 보니 우현과 하은의 모습이 보이질 않았고, 이것들이 어디 사라졌나 걱정되어 고개를 빼 들었다가 기절초풍을 했다. 키스라니. 민우현이 키스라니! 여자라면 치를 떨던 녀석이 입을 맞추고 것도 모자라 손까지 그, 옷 안에, 끄응……

거듭 한숨을 내쉬며 진호가 조심스레 고개를 돌린다. 여전히 부둥켜안고 누워 있는 건지 좀처럼 올라오지 않고 있는 둘이다. 아무래도 조금 더 기다려 줘야 할 것 같다는 판단에 진호가 벽에 도로 몸을 숨긴다. 이따금씩 올라왔으려나, 확인해 가면서.

그나저나 저 녀석, 진짜 진심인가 보네. 아주 제대로 빠져 버렸어, 민우현. 그렇지? 그럼 너……? 하!

그렇구나. 그랬던 거구나. 알고 나니 확실해진다. 이제야 안개가 낀 듯 먹먹하던 궁금증들이 하나둘 풀리는 기분이었다. 근래들어 뭔지 모르게 다르던 우현의 행동들이 죄다 이해가 간다.

이따금씩 멍하던 눈빛과 고민 어린 표정과, 괜스레 더 예민하게 굴던 우현의 변화들. 나중에는 뭐가 그리 좋은지 혼자 실실 웃으며 딴생각이던 모습들마저도 모조리 다 알겠다. 댄서팀과 단합대회를 가라는 만석의 지시에 군말 없이 따랐던 것도, 여행지로 뜬금없이 제주도를 택했던 것도, 모두 다.

생각할수록 대단하다. 천하의 민우현을 단번에 바꿔 놓은 저 서하은이라는 녀석이. 무엇보다 우현을 대하는 눈빛에서 진호는 무한한 애정을 읽을 수 있었다. 진심. 더 볼 것도 없이 진심으로 좋아하고 있다. 눈을 못 떼던 우현이야 말할 것도 없었고.

그렇다고는 해도 이건 좀. 이 녀석들아, 외로운 총각 가슴에 불 지르지 말고 애정 행각은 좀 안 보이는 곳에서 해 달라고! 아놔!

괜히 부글부글 끓는 속을 애써 진정시킨 진호가 조심스레 차를 살핀다. 아무 일 없다는 듯 나란히 앉아 얘기 중인 우현과 하은을 확인하고 곧 다가갔다. 그래도 다행이다. 우현이 이제야말로 세상 밖으로 나오게 되었으니까. 웃음을 감추며 진호가 다가간다.

앞으로 뭐가 어찌 되는지는 모르겠다만, 할 수 있는 한 도와줘야 할 것 같다. 이 귀여운 두 녀석을. 쉽지는 않겠지만, 아마 꽤 험난할 거라 예상이 되긴 하지만. 그래도.

……근데 다시 한 번 말하는데 너희들, 애정 행각은 꼭 안 보이는 곳에서 해다오. 알겠느냐? 체엣.

"우현아?"

"어? 어, 어. 타자."

멍해 있던 우현이 하은의 부름에 그제야 엘리베이터에 오른다. 경직된 눈빛과 어딘가 모르게 부자연스러운 표정이 신경 쓰여 하은은 자꾸 우현을 살폈다. 괜찮아? 괜찮지, 그럼. 애써 태연하게 대꾸한 우현이 입가를 말아 올리고는 한숨을 푹 내쉰다.

혼자서 있을 수 있겠느냐는 질문을 딱 오십 번 채운 진호를 실랑이 끝에 간신히 보냈다. 여간 안 내키는 게 아닌 듯 차에 타서도 시동조차 못 걸고 마냥 쳐다보던 진호에게 우현은 큰소리를 쳤었다. 내가 뭐 어린애냐고. 걱정할 것 없으니 그만 좀 가라고. 그래 놓고 지금 이런 모습이라니.

제가 생각해도 어이가 없는지 우현이 실소를 터뜨린다. 그러면서도 표정은 더욱 딱딱해졌다. 미치겠네. 후우, 하고 흘러나온 한숨에 하은이 우현의 손을 찾아 잡는다. 보드라운 기척에 우현이 살며시 하은 쪽을 돌아본다.

"긴장돼?"

"어. 조금."

"왜 긴장을 해. 그러지 마."

"알았어. 노력해 볼게."

"우현아."

노력해 본다는 말과는 다르게 낯빛이 더 어두워진다. 제가 지금 무슨 말을 하는지 헷갈릴 정도로 잔뜩 긴장한 것 같다. 슬금슬금 피하는 시선을 붙잡으려 하은이 우현을 부른다. 눈이 마주침과 동시에 땡, 하고 엘리베이터가 멈춰 섰다.

문이 열렸지만 내릴 생각은 하지 못한 채로 서로를 봤다. 괜찮다고, 긴장할 것 없다고, 걱정을 덜어 주려는 하은의 배려심이 고스란히 우현에게로 전해진다. 눈빛만으로도 마음이 보듬어질 수 있는 특별한 경험을 하며 우현이 천천히 눈을 감았다 뜬다.

낯선 사람과 만나는 일이란 어렵고 귀찮고 질색이지만. 어른들 대하는 건 더더욱 자신 없지만 그래도, 그렇다고 해도. 하은이니까. 다른 누구도 아닌 하은의 부모님을 뵈러 온 거니까. 괜찮다. 괜찮을 수 있는 거다. 얼마든지. 그래.

곧 진정된 마음으로 우현이 입가를 조금 말아 올린다. 잡은 손에 살짝 힘을 실은 하은이 이만 내리자며 우현을 이끈다.

"엄마."

"아이고, 우리 딸! 어서……."

초인종을 누르자마자 문이 벌컥 열렸다. 내내 기다리고 있던 참인지 한걸음에 달려 나온 미숙이 환하게 웃다 말고 멍해진다. 당연히 혼자 있을 거라 생각했던 하은이 혼자가 아니라는 것 말고도 놀랄 이유는 충분히 더 있었다.

어, 어디서 많이 봤……? 으응……?

"인사드린다고 그래서 같이 왔어. 괜찮지?"

"혹……시……?"

"안녕하세요. 저, 민우현이라고……."

"어머머머머머! 이리 들어와요, 들어와!"

"엄마!"

합니다, 세 글자를 더 말하지 못하고 굉장한 힘으로 잡아끌린 우현의 몸이 커다랗게 휘청임에 하은이 놀란다. 하마터면 들고 있던 상자마저 떨어뜨릴 뻔한 우현이 허겁지겁 신발을 벗고 안으로 끌려간다. 하은도 얼른 문을 닫고 따라 들어갔다.

웬일이니! 연예인이라니! 그것도 그 유명한 민우현이 우리 집에를 다 오다니, 이게 무슨, 어머나! 세상에나!

다짜고짜 소파로 데려간 미숙이 우현을 앉히고서도 어쩔 줄을 몰라 한다. 갑자기 눈에 띄게 부산스러워진 미숙의 모습에 오히려 당황한 건 하은이었다. 진정 좀 하라고 말하려는데 미숙이 별안간 안방으로 사라진다. 하은이 우현을 보고 머쓱하게 웃는다.

"미안, 엄마가 좀 놀랐나 봐."

"들어가 봐야 하는 거 아냐?"

"아, 맞다. 잠시만."

아무래도 괜찮나 살피고 와야겠다며 하은이 돌아서는 순간 안방 문이 열렸다. 어디선가 꽃잎들이 나부끼는 착각이 들어 눈을 질끈 감았다 뜬 하은의 입이 떡 벌어진다. 뜬금없는 꽃잎들의 출처가 저기란 말인가. 원피스를 갖춰 입고 나온 미숙이 우아하게 웃는다.

"손님이 오시는 줄도 모르고 차림새가 엉망이었네. 미안해요."

"아, 아뇨. 괜찮습니다."

"정식으로 인사할까요? 난 하은이 엄마 김미숙이라고 해요."

"처음 뵙겠습니다. 민우현입니다."

"반가워요."

몰라보게 정숙해진 미숙이 수줍게 손을 내밀어 악수를 청한다. 들고 있던 상자를 테이블 위에 내려놓은 우현이 얼른 몸을 일으켜 미숙의 손을 맞잡는다. 곱다. 사내 녀석이 어쩜 이리도 살결이 뽀얗고 부드러울꼬. 미숙이 멍한 눈으로 우현을 본다.

집안에서 일명 연예부 기자로 통하는 미숙은 워낙 연예계에 관심이 많아 거의 대부분의 연예인들을 꿰고 있었다. 그런 데다 소녀감성까지 지닌 터라 잘생긴 꽃미남 쪽은 특히 더 눈에 불을 켜고 살펴 왔기에 요즘 가장 핫하다는 우현을 몰라볼 리 없었다.

그래도. 에이 설마. 어떻게 민우현이 우리 집을, 에이. 말도 안돼.

안방으로 들어가 옷을 갈아입는 동안 어쩌면 그냥 닮은 사람인 건 아닐까 노파심이 들었던 것도 사실이었다. 하지만 듣자마자 등 뒤로 소름이 끼치던 감미로운 낮은 목소리가 거듭 들려옴에 미숙은 넋을 놓고 우현을 눈에 담았다. 엄마. 엄마? 보다 못한 하은이 미숙을 추스른다.

서둘러 정신을 챙긴 미숙이 차라도 내와야겠다며 부엌으로 향한다. 우현에게 앉아 있으라고 말한 하은이 미숙을 따르려는데 번갯불에 콩 볶듯 몹시도 빨리 차려 갖고 나오는 미숙이었다. 차라더니 이건 주스잖아요, 라고 말을 해도 태평한 얼굴로 미숙은 잔을 채운다.

"근데 아빠는?"

"오고 있대."

"토요일인데도 바쁜가 보네."

"아냐, 거래처 잠깐 들를 일이 생겼다고."

다 끝났댔어, 금방 올 거야, 라고 덧붙이며 미숙이 천천히 우현을 훑어본다. 너무 뚫어져라 쳐다보는 탓에 잔에 가득 따른 주스가 자칫 넘칠 뻔했다. 호호 웃으며 우현에게 건네어 주는 미숙에게 하은이 눈치를 준다. 그렇게 열심히 쳐다보지 말라며.

안 그래도 긴장돼 죽을 것 같은 우현이 끊임없이 와 닿는 미숙의 노골적인 시선에 어찌할 바를 모르고 바짝 더 얼어붙는다. 대체 눈을 어디다 둬야 할지. 너무 빳빳이 세우고 앉았는지 허리가 다 지끈거린다. 다소 불편하고 부담스러운 공기의 흐름.

흠흠, 하고 낮은 헛기침을 하는 우현을 하은이 살며시 돌아본다. 이런 식으로 긴장해 쩔쩔매는 우현을 본 적이 있던가 싶다. 근데 그거 알아? 너 무지 귀여워, 우현아. 하은이 조심스레 우현의 손을 찾아 잡자 우현이 애써 미소 짓는다. 미숙이 놀란다.

"뭐야, 두 사람? 하은아?"

"아, 그게 실은."

"분위기가 심상치 않은데? 설마."

"사귀고 있습니다. 늦게 인사드려 죄송합니다."

가볍게 슬쩍 떠본 미숙의 말에 지레 겁먹은 우현이 다시금 벌떡 몸을 일으킨다. 허리까지 꾸벅 숙이고 자진납세하는 모습에 미숙과 하은이 동시에 놀라 쳐다본다. 죄송할 일까지는 아닌 것 같은데, 라는 생각을 하면서도 미숙은 잠시 말없이 쳐다봤다.

텔레비전에서 볼 때는 매사 완벽할 것만 같던 우현이 어쩔 줄을 모른다. 괜스레 시선도 잘 맞추지 못한 채로 연신 허둥지둥. 썩 어울리지 않는 모습이었다.

서툴고 어리숙하고, 몸에 맞지 않는 옷처럼 어색한 우현의 모습이 근데 이상하게도 싫지 않다. 오히려 더 정감 간다고 할까. 보듬어 주고 싶고 감싸 주고 싶을 만큼 연민을 자극하는 우현을 보며 미숙이 애써 웃음을 참는다.

"그래서. 그 춤춘다는 건 어때, 할 만해?"

"응, 아빠. 엄청 재밌어."

"재미로 할 일은 아닌 것 같은데. 안 그런가, 민 군?"

"네? 아, 네. 그렇습니다. 그렇죠."

머지않아 하은의 아빠인 종석이 도착했고, 자연스레 네 사람의 식사 자리가 마련됐다. 우현이 선물로 사 들고 온 한우세트를 아까워서 어떻게 먹겠느냐며 한사코 우기던 미숙은 신세 좀 지겠다는 우현의 말에 정성껏 고기를 몽땅 구워 식탁에 내놨다.

갑작스레 등장한 우현을 보고 적잖이 놀란 기색이던 종석은 잔뜩 들떠 있는 미숙 덕분인지 그나마 태연하게 보였다. 뭐, 하은과의 대화 끝에 꼭 우현에게 의사를 묻고 대답을 기다리는 모습이 썩 그렇게 초연한 것만도 아닌 듯했지만.

종석의 리드 아래 모두 수저를 들고 식사를 시작했다. 잠깐의 대화를 통해 종석과 미숙은 우현이 하은의 고등학교 동창이란 것을 비롯해 이번에 입단했던 하은의 댄서팀이 우현과 같이 무대를 꾸민다는 것 등을 알게 됐다.

그렇게 늘 함께였다는 걸 비로소 처음 알았다. 이따금씩 이루어지는 통화에서도 하은은 제 얘기를 잘하지 않았으니까. 특히 우현에 관한 것들은 일체 말해 주지 않았고.

다른 사람은 몰라도 가족끼린데 왜 숨겼는지 모르겠다. 자랑 삼아 떠벌릴 만도 한 것을 왜 여태 비밀로 해 왔는지 알다가도 모를 일이라는 생각에 미숙이 하은을 빤히 본다. 제 딸이 입이 가벼운 성격은 아니라지만, 이렇게까지 깜빡 속일 줄은.

왜? 왜 그렇게 봐, 엄마? 문득 미숙의 시선을 알아챈 하은이 뭐 할 말이라도 있냐며 눈꼬리를 내려 살갑게 웃는다. 하은의 말에 묵묵히 식사를 하던 우현도 조심스레 미숙을 쳐다봤다. 결심한 듯 단호한 표정으로 미숙이 말을 꺼낸다.

"서하은. 솔직히 말해 봐."

"뭐를?"

"엄마아빠 놀래켜 주려고 일부러 속인 거야?"

"응?"

"우현 군 말이야. 통화할 때 한 번도 얘기 없었잖아, 너."

사귄다는 건 고사하고 아는 사이라고도 귀뜸조차 안 해 줬던 하은에게 미숙이 내심 서운한 티를 내며 묻는다. 고의로 감춘 건 아니라지만 결과적으로는 속인 것처럼 돼 버린 상황이었다.

잠시 말을 아끼던 하은이 옆쪽의 기척에 고개를 돌려 우현을 본다. 살그머니 뻗은 손으로 하은의 무릎을 살살 매만지며 우현이 조용히 눈을 맞춰 온다.

괜찮으면 내가 말씀드릴게. 그래도 돼? 대답 대신 입가를 조금 말아 올리는 하은을 잠시 더 지켜보던 우현이 미숙에게로 시선을 돌린다. 이윽고 용기 내어 우현이 입을 연다.

"안지는 오래됐지만 저희, 사귄 지는 얼마 안 됐습니다. 제 얘기를 하지 않은 건 아마 저 때문이었을 거예요."

"무슨?"

"실은 제가 하은이를 좀 많이 괴롭혔거든요. 못살게 굴고."

"뭐?"

"뭐라고?"

"우현아, 저기."

그렇게까지는 얘기 안 해도 돼, 라며 하은이 우현을 말렸지만 우현은 당황하지 않고 차분히 말을 골랐다. 돌이켜 생각할수록 지난날들이 후회되기는 지금도 마찬가지라서. 너무 오래 애태웠잖아. 미안하게도. 내가 널. 우현이 다시금 목소리를 낸다.

"말씀드릴 존재가 아니었을 겁니다. 너무 힘들게 해서. 저 때문에 하은이 그동안 혼자 참 많이 아파해 왔어요."

"아니, 뭘 어쨌길래?"

"수시로 오라고 부르고 곁에 잡아 두고 심부름도 시키고. 기껏 불러 놓고 혼자 무작정 기다리게 만들기도 하고요."

"세상에."

"죄송합니다. 면목이 없습니다."

"사실이야? 그래?"

너무 놀라 어안이 벙벙해진 미숙을 대신해 종석이 하은에게 묻는다. 사실이냐고. 지금 들은 말들이 전부 다 사실인 거냐고. 다소 싸늘해진 종석의 표정이 맘에 걸려 하은은 아무런 대답도 하지 못했다. 침묵을 긍정으로 알아들은 종석이 한숨을 내쉰다.

화기애애하던 식사 자리가 단번에 싸늘히 식어 버렸다. 찬물을 끼얹은 것처럼 가라앉은 분위기는 어찌 보면 당연한 거였다. 그간 자신들의 딸이 괴롭힘을 받아 왔다는 사실을 어찌 받아들여야 할지 종석과 미숙은 좀처럼 마음을 추스르지 못하고 머뭇거렸다.

이 정도 반응에 감사드려야 한다. 제가 얼마나 하은의 마음을 무너지게 했었나. 얼마나 하은을, 홀로 눈물짓게 만들었던가. 두고두고 갚아도 모자라단 생각을 하며 우현이 가만히 눈을 감았다 뜬다. 꿀꺽. 마른침을 한 번 삼키고서 거듭 말을 이었다.

"좋아하면 안 된다고 생각해서 그랬습니다. 좋아하지 않으려고

요. 하은이를 괴롭히면 제가, 좋아하지 않을 수 있을 줄 알았습니다."

"그게 무슨?"

"제가 너무 어려서, 생각이 어리고 철이 없어 그랬습니다. 근데 아니었어요. 제가 실은 얼마나 하은이를 좋아하는지, 하은이가 없으면 견딜 수 없다는 걸 이제야 깨달았습니다."

"그래서."

"네?"

"좋아하니까, 좋아해서 그런 거니까 이해해라? 지난 잘못은 그만 용서해 달라, 뭐 이런 건가?"

"아빠, 무슨 말이 그래."

"여보, 하은 아빠. 당신도 참."

전에 없이 몹시도 엄하게 변한 종석의 말투에 하은과 미숙이 당황하여 어쩔 줄을 모른다. 돌직구를 맞아 버린 우현 역시도 뭐라 대꾸하지 못한 채 우물쭈물 정신없이 허둥댔다. 꾸짖음에 대처하는 방법이라고 준비했을 리가 없다. 어른의 호통을 어떤 식으로 수용하고 견뎌 내는지 또한 알지 못하는 우현으로서는 그저 힘없이 시선을 떨구고 입술을 꾹 다무는 수밖에는.

반가운 손님으로 열렬한 환영을 받던 것에서 갑자기 상황이 180도 바뀌어 버렸다. 그것에 대한 서운한 감정을 갖는다는 것조차 지금의 우현에게는 결코 쉬운 일이 아니었다.

뭐 더 할 말이 있느냐는 종석의 다그침에 우현은 간신히 고개를 들었다. 죄송하다는 말보다도 실은, 꼭 해야 할 말이 내내 입안에서만 맴돌던 참이었다.

종석이 화를 삭이고 넌지시 우현을 응시한다. 가늘게 일렁이는 까만 눈동자 속의 진심이 고스란히 전해져 온다. 듣기도 전에 이해되는 묘한 기분. 우현이 입술을 들썩인다.

"하은이를 좋아합니다. 아니, 사랑합니다."

"진심인가?"

"네, 진심입니다. 정말 진심으로 사랑하고 있어요."

지금 이렇게 입 밖으로 꺼내기까지 쉽지 않았던 듯 우현의 얼굴에는 무릇 긴장감이 가득했다. 더불어 채 감출 수 없을 절실한 진심이란 것도 빼곡히 들어차 있었다.

그래서. 다음 얘기를 꺼내 보라며 종석이 살짝 표정을 푼다. 우현이 하은을 잠시 본다.

사랑. 사랑……한다고. 제 부모 앞에서 거침없이 말하는 우현의 모습에 쑥스러워진 하은이 슬쩍 우현의 시선을 피한다. 그리고는 모른 척 물 잔을 들어 입술을 축였다. 꼴깍꼴깍.

얌전히 물을 머금고 마시는 하은을 보던 우현이 눈을 빛낸다.

이렇게 예쁜데 어쩌겠어. 말 안 하고 어떻게 배기냔 말이야, 내가. 이렇게나 네가 좋은데. 이렇게 온통 너밖에 모르게 됐는데. 응? 하은아.

"평생 갚아 주고 싶습니다. 힘들게 한 이상으로 행복하게 해 주겠습니다. 허락만 해 주신다면요."

"허락?"

"저, 결혼하고 싶습니다. 하은이와."

뭐……?

결혼? 겨, 겨, 겨, 결혼……?

확 고개를 돌림과 동시에 하은의 입에서 푸웁, 하고 물줄기가 쏟아져 나왔다. 놀란 나머지 일어난 당연한 그 반응의 피해는 고스란히 옆자리의 우현이 받고 말았다. 이를 어째! 미숙이 얼른 달려가 수건을 가져와 내민다. 하은이 부리나케 손을 뻗는다.

미안해서 어쩔 줄 몰라 하며 하은이 조심조심 우현의 머리와 얼굴을 닦아 내어 준다. 눈을 꼭 감고서 얼어 있던 우현이 하은의 정성스런 손길에 괜찮다고 화답하며 작게 웃는다. 너니까. 너니까 괜찮아. 하은이 너라서. 닦아 주던 하은이 따라 웃는다.

뭐가 좋은지 서로 실실대는 우현과 하은의 모습을 종석과 미숙은 가만히 지켜보았다. 놀랐다고 물을 뿜어낸 녀석이나, 그 물을 뒤집어쓰고도 좋다고 웃는 녀석이나 어째 둘이 꽤 닮았다는 느낌.

물기를 다 닦아 준 하은이 우현의 얼굴을 감싸 쥔다. 괜찮아? 어, 그럼. 미안해. 뭐가 미안해, 괜찮다니까. 눈을 맞춘 채로 사이좋게 도란도란 나누는 둘의 대화를 듣는 종석과 미숙이 소리 없이 입가를 말아 올린다. 당신, 아무래도 술상 좀 봐야겠는데. 종석의 눈짓에 미숙이 못 말린다며 피식 웃는다.

"자신 없으면 말하게."

"아닙니다. 무조건 받겠습니다."

"일단 배짱은 합격. 자, 들게나."

"넵."

결국 초저녁부터 술판이 벌어졌다. 갖가지 핑계를 만들어 대면서까지 마시고 돌아다닐 만큼 술을 좋아하는 애주가 종석이 날 하나는 기막히게 잡은 거였다. 우현과 함께인 술자리니 미숙도 차마 만류하지 못하고 거들었다. 안주까지 대령해 가며.

가득 채운 잔을 부딪쳐 입으로 가져간 종석과 우현이 단숨에 털어 넣는다. 장식장에 보관해 뒀던 최고급 양주를 큰맘 먹고 딴 보람이 있다, 라고 한 종석이 기분 좋게 웃으며 다시금 우현의 잔과 제 잔을 채운다. 건배. 하은이 걱정스런 얼굴로 우현을 살핀다.

"조금만 마셔."

"괜찮아."

"내일 속 아파. 힘들면 어떡해."

"괜찮대도. 걱정 마."

"서하은. 너 이 녀석, 벌써부터 편드는 거야?"

웃기지도 않는다는 얼굴로 종석이 하은을 나무란다. 애지중지 키워 놨더니 감히 애비 앞에서 제 남자친구 역정이나 들고 있는 딸내미가 못내 서운한 눈치였다. 편은 무슨, 그냥 걱정돼서 그러지. 혹 우현이 밉보일까 싶은 하은이 서둘러 손사래를 친다.

그러면서 종석 쪽으로 조금 붙어 앉은 하은이 천천히 마시세요, 한다. 누가 봐도 겉치레인 인사말이지만 그래도 종석은 역시나 지극한 딸 바보였다. 한껏 누그러진 기분으로 종석이 고개를 끄덕이며 웃는다. 그 모습을 말없이 바라보던 우현이 씩 웃는다.

가족이라. 만나 뵙기 전에는 무척이나 염려됐었다. 불편하고 어렵고 힘들기만 할까 봐. 뭐, 꼭 그렇지 않다는 건 아니지만.

알게 모르게 가슴 한 켠이 따뜻해지는 기분이 낯설다. 낯설고 어색하고 생경하면서도 썩 나쁘지 않다. 오히려 막 간질거리고. 이런 기분이 오래도록 계속됐으면 좋겠는 욕심. 그리고, 바람. 하은과 눈을 맞추며 우현이 웃는다. 네가 참, 좋다. 아주 많이.

"엄마, 아빠 좀 말려 봐 봐."

"저리 신이 났는데 어떻게 말리니. 놔둬."

"아이참, 우현이 취하면 안 된단 말이야."

우현은 손도 안 댄 고기 안주가 종석의 입으로 모조리 사라진 것을 알아챈 미숙이 과일이라도 내오겠다며 부엌으로 들어갔다. 뒤따라온 하은이 우현에 대한 걱정으로 발을 동동 구른다. 내일 일찍 올라가야 하는데 어쩌느냐고, 지금이라도 좀 말려 달라고.

한 번 마시면 끝을 보고야 마는 종석의 술버릇을 하은이 모를 리가 없었다. 이럴 줄 알았으면 아까 보낼 걸 그랬다. 일 있다는 핑계를 진작 댈 걸 그랬다며 하은이 툴툴거린다. 깎은 배와 멜론을 접시에 담으며 미숙이 하은을 넌지시 쳐다본다.

"걱정돼?"

"당연하지."

"그렇게 좋아?"

"당연하지!"

"어이고, 당연하셔요?"

"아, 아하하하."

뭐가 얼마나 좋으면 대답이 그리도 곧장 나오느냐며 미숙이 웃는다. 결코 실언을 한 게 아니란 듯 하은은 수줍게 웃으면서도 전혀 싫은 기색이 아니었다. 이것 좀 잡아 봐. 아예 수박까지 내가려는 미숙이 반대쪽을 잡으라며 조심조심 칼질을 한다.

포크를 챙겨 과일에다 꽂는 하은을 미숙이 힐끔 본다. 이것 말고 더 예쁜 포크는 없느냐며 세심하게 신경 쓰는 모습이 꽤 보기 좋다는 생각이 들었다. 일단 갖다 주고 오라는 말로 하은을 보내고는 도마를 씻었다. 이내 돌아온 하은이 정리를 돕는다.

"그나저나 우리 딸 제법이네."

"응?"

"평생 연애도 못 할 숙맥인 줄 알았더니."

행주를 접어 식탁을 닦고 남은 과일을 넣는 등 뒷정리를 돕는 내내 하은의 시선은 종석을 상대하는 우현에게로 가 있었다. 많이 마시면 안 되는데, 라면서 자꾸만 한시가 멀다 하고 우현을 살폈다. 빠른 속도로 잔을 비우는 종석을 야속하게 봐 가며.

놀리듯 툭 던진 미숙의 한마디에 하은이 헤헤 웃는다. 불현듯 아까 우현의 말들이 떠올라 미숙의 표정이 짐짓 딱딱해진다. 여전히 호감이 훨씬 더 많다고 해도 신경이 전혀 안 쓰이는 건 아니니까. 미숙은 수세미로 칼을 닦아 내며 다소 퉁명스레 내뱉었다.

"근데 생각할수록 좀 그렇다. 저쪽은 좋아하지 않으려 했다는데. 넌 무슨 계집애가 자존심도 없게 먼저 좋다고 쫓아다녔어?"

"그게……."

"괴롭혔다며. 수시로 부르고 못살게 굴었다며. 너도 참. 안 좋아하려고 밀어냈다는 녀석 어디가 그리 좋았니?"

"그냥."

"그냥? 그냥 다 좋았어? 머리부터 발끝까지?"

"응. 하나부터 열까지 전부."

"뭐?"

"다 좋았어, 나는. 정신 못 차릴 만큼 좋아해 왔어. 우현이가 정말 너무 좋아. 많이, 아주 아주 많이."

너무 좋아서, 너무 많이 좋아져서 어쩔 수가 없었어. 조금도 싫은 구석이라곤 찾을 수가 없었어. 매 순간 저 녀석만 보였어. 눈을 뜨고 감을 때까지 우현이뿐이었어, 엄마. 힘들고 아파도 포기할 수 없더라고. 우현이가 나는, 진짜 많이 좋았거든요.

어쩌면 이렇게까지 좋아할 수 있을까 싶게 마음에 담아 버렸다며 하은이 웃는다. 누군가를 좋아한다는 감정이 이렇게나 온통 제 모든 것들을 뒤흔들 줄 몰랐다는 하은의 말에 미숙이 잠시 입을 다문다. 사랑. 사랑을 한단다, 딸. 어느새 다 컸는지.

물로 헹군 칼을 집어넣은 미숙에게 하은이 다가와 행주를 내민다. 행주를 비벼 빠는 미숙의 허리를 하은이 살며시 끌어안는다. 좋아해. 우현이를. 엄마도 우현이 좋아해 줘요, 응? 꼬옥 안는 것만으로 하은의 마음을 전해 들은 미숙이 나지막이 입을 연다.

"사내 녀석이 얼굴 하나는 진짜 기가 막히게 잘생겼어."

"그치? 예쁘지?"

"실물이 훨씬 낫다, 야. 목소리도 근사하고 피부는 또 어쩜 저리 좋다니?"

"내 말이. 완전 꿀피부야."

"성격도 아주 나쁘진 않은데? 예전에 어디 인터뷰한 거 보고 못 쓰겠다고 다들 난리더만."

"우현이 나름 노력하고 있어. 앞으로는 더 좋아질 거고."

"근데 하은아."

"응?"

"사실 좀 과한 것 같긴 한데. 괜찮겠어?"

평범한 사람이 아니라는, 고로 감당할 수 있겠냐는 미숙의 말에 하은이 천천히 눈을 감았다 떴다. 인기 절정의 연예인을 곁에 둔다는 것이 말처럼 쉬운 일은 아닐 거라는 노파심이 미숙에게는 있

207

었다. 힘들 거야. 앞으로가 더. 근데도 괜찮겠니?

하은은 대답 대신 미숙을 더 꼬옥 안았다. 등에 얼굴을 폭 파묻고 비벼 대는 하은의 행동에 미숙이 애써 입가를 말아 올린다. 괜찮겠지. 괜찮지 않으면 어쩌겠는가. 사이좋게 눈을 맞추고 웃던 우현과 하은의 모습을 떠올리며 미숙이 인자하게 웃는다.

좋아한다는 고백을 들었을 땐 꿈인가 싶었다. 그윽하게 눈을 맞추고 키스해 주고, 품에 안아 다독여 줬을 때 하은은 그저 잠깐 달콤한 착각이려니 했던 것도 사실이었다. 언젠가는 현실로 돌아와야 할, 아주 잠시 동안만의 혼란. 끝이 정해진 여행과도 같은. 그렇지만.

같이 살자, 라는 말을 해 주던 우현을 기억한다. 죽을 때까지 제 것이라며, 이제 빼도 박도 못 한다고 으름장을 놓던 우현을. 평생 우현의 곁에 있고 싶다던 바람을 우현이 손수 들어주겠다고 했다. 바로, 결혼으로.

민우현과 결혼이라. 으, 미치겠다. 상상만 해도 얼굴이 화끈거리는 것 같아 안절부절못하는 하은이 몸을 배배 꼰다. 그런 하은에게 미숙이 민 서방 성격이 좀 급한 것 같아, 한다.

저기, 벌써 민 서방이라니요. 내보기엔 김 여사님이 더 급하신 거 같은데요? 훗.

못 말린다며 고개를 절레절레 젓던 하은의 시선이 다시금 거실의 우현에게로 향한다. 허허 웃으며 술을 권하는 종석을 따라 우현이 연거푸 잔을 입으로 가져간다. 그 모습에 괜스레 쉬어지는 한숨. 저 술자리는 과연, 오늘 중으로 끝이 날는지.

[잠이 안 와.]

짧게 울리는 진동에 베개 옆의 핸드폰을 집어 든 하은이 액정의 글씨를 읽고는 몸을 반쯤 일으킨다. 그러다 얼른 옆쪽으로 고개를 돌렸다. 세상모르고 곤히 자고 있는 미숙의 모습이 눈에 들어온다. 안도의 한숨을 내쉬고서 몸을 마저 일으켰다.

고요한 집 안. 거실뿐 아니라 안방의 종석도 쿨쿨 잘 자고 있는지 별다른 기척이 없다. 그래도 혹시 몰라 잠시 더 분위기를 살피며 앉아 있었다. 여기저기서 희미하게 들려오는 숨소리들. 한밤중이라고는 하나 정확히는 자정이 갓 넘은 시각이었다.

하은은 소리 나지 않게 조심조심 이불을 걷고 자리에서 일어났다. 자려고 온갖 노력을 다 해 봤음에도 도통 잠을 이루지 못하고 있던 건 하은도 마찬가지였다. 들키면 곤란하겠지만 잠이 안 온다는 우현을 그냥 놔둘 수 없기에 천천히 걸음을 떼었다.

그보다도 실은, 제가 보고 싶어서. 못 견디게 그리워져서. 밤새 떨어져 있으려니 그게 싫어서 잠이 오지 않는 건가 싶고.

최대한 살금살금 걸어 건넛방 쪽으로 향하던 하은이 다시금 고개 돌려 미숙을 살핀다. 여전히 미동 없이 잘 자고 있는 모습에 숨죽여 문손잡이를 돌렸다. 끼익, 하는 미세한 소리와 함께 방 안으로 고개를 들이밀었다. 어둠 속에서 우현이 몸을 일으킨다.

"너?"

"쉿."

열어 놓은 창문 덕에 누군지 파악한 우현이 입술에 검지를 갖다 대는 하은을 보고 얼른 입을 다문다. 한 번 더 빠끔히 고개를 내밀어 거실 동향을 살핀 하은이 조용조용 문을 마저 열고 안으로 들어간다. 반가워 어쩔 줄 몰라 하며 우현이 손을 뻗는다.

동작도 재빠르게 하은을 제 옆자리에 앉힌 우현이 믿기지 않는지 하은을 빤히 본다. 서서히 어둠이 눈에 익어 시야가 밝다. 아주 좋아 죽겠는 기색을 감추지 않은 채로 실실 웃는 우현이다. 그래도 못내 걱정은 되는지 한껏 목소리를 낮춰 물어온다.

"괜찮아? 같이 있어도 돼?"

"잠 안 온다며."

"나야 좋은데. 혼나는 거 아냐?"

"조금만 있다가 갈게. 깨시기 전에."

그럼 괜찮을 거야, 라고 덧붙인 하은의 말에 우현이 도로 가려고? 한다. 좋다 말았다는 뾰로통한 그 표정에 하마터면 크게 웃어버릴 뻔했다. 어쩔 수 없잖아. 같이 자고 싶은 마음은 하은이 더할 터였다. 우현이 마지못해 수긍하며 고개를 끄덕인다.

어쨌든 일단 왔으니 됐다며 우현이 애써 표정을 푼다. 보고 싶단 갈증을 말끔히 해소해 준 하은이 기특하고 고마운 우현은 도저히 눈이 떨어지지 않는 듯 하은을 보고 또 봤다. 누울래? 피곤할 텐데 누워서 얘기해. 하은이 우현의 옆쪽에 눕는다.

양주 한 병을 모두 비우고 나서야 우현은 종석에게서 벗어날 수 있었다. 기분 좋게 취해 입가심으로 맥주를 마시자는 종석을 미숙의 도움으로 안방에 들여 재웠으나 우현이 문제였다. 이런 상황에 진호를 불러 데려가라고 하는 것도 모양새가 그렇고.

외박할 준비를 전혀 하지 않은 상태라 꺼려할 줄 알았건만, 우현은 자고 가라는 미숙의 말에 전혀 싫지 않은 얼굴을 했다. 괜찮으냐고. 그래도 되겠느냐고. 마치 기다렸던 것처럼 물었다. 뭐든 제가 불편하면 절대 안 하는 우현이 참 무척이나 흔쾌히도 말이다.

약간씩 오르는 취기에도 불구하고 조금도 흐트러지지 않은 모습의 우현에게 미숙은 이렇게 기꺼이 건넛방을 내어 주었다. 단출한 가구들이 자리한, 언제고 하은이 들르면 쓰게끔 침대까지 갖춘. 그 침대가 1인용이라 두 명이 쓰긴 살짝 비좁긴 하다.

"머리 안 아파?"

"응."

"속은?"

"괜찮아."

"목마르면 물 갖다 줄까?"

내내 걱정됐던 듯 이것저것 물어 챙겨 주는 하은의 목 아래로 우현이 팔을 집어넣는다. 말로는 뒤로 떨어질까 봐, 라지만 품에 와락 당겨 안고 싶은 기색이 역력했다. 살며시 잡아끄는 우현에게 하은이 얌전히 다가간다.

부쩍 둘의 거리가 가까워졌다. 숨결이 닿는 좁은 간격을 유지한 채로 하은이 우현과 눈을 맞춘다. 불을 켜지 않아도 우현의 까만 눈동자가 반짝반짝 참 예쁘게도 빛나고 있었다. 예뻐. 너무 예뻐, 너. 생각이 통했는지 우현의 눈가에 미소가 맺힌다.

우현이 살짝 입술을 내민다. 하은은 힘을 싣지 않고 가볍게 입을 맞췄다. 팔베개를 한 채로 고개만 내밀어 다가오는 하은의 기척에 우현이 지그시 눈을 감는다. 쪽, 하고 맞닿았던 입술이 떨어졌지만 우현은 눈을 뜨지 않았다. 그저 한 번만 더 해 달라는 것처럼 입술을 또 쭈욱 내밀 뿐.

아까보다 약간 더 길게 입술을 대었다 뗐다. 보들보들 부드러운 우현의 입술로부터 따스한 온기가 그대로 전해져 왔다. 달달하고 은은한 체취. 언제 맡아도 좋은 우현의 냄새. 저도 모르게 코를 바짝 갖다 댄 하은이 문득 숨을 크게 들이마신다. 제 볼과 턱 곳곳에 대고 킁킁거리는 하은을 느끼며 우현이 피식 웃는다. 강아지도 아니고. 살살 비벼 대던 하은이 멀어진다.

"고마워. 오늘."

"뭐가."

"많이 불편했을 텐데 잘 견뎌 줘서."

창문 너머로 쏟아져 들어오는 달빛을 조명 삼아 서로를 바라봤다. 봐도 봐도 질리지 않는다. 어떻게 된 게 보면 볼수록 미처 몰랐던 부분을 발견하는 것처럼 매 순간이 새롭기까지 했다. 대체 언제까지 자라나려나. 이 마음은. 이 감정들은. 얼마나 더.

시간이 멈춘 듯한 아득함을 느끼며 바라보던 끝에 하은이 말을 꺼낸다. 고생했다고. 제 부모님께 잘해 줘서 너무 고맙다고. 그 말에 우현이 왼손을 들어 올려 하은의 머리를 부드럽게 쓸어 넘긴다. 사라락 흩날리는 모양새가 한없이 곱고 어여쁘다.

"힘들었지?"

"전혀."

"정말?"

"그래. 좋았어. 신기하기도 하고."

"응?"

"이런 느낌이리라고는 생각도 못 했거든. 가족이란 거 말이야."

"아……."

단 한 번도 가져 보지 못한 그것이 이렇게까지 편안하고 좋은 느낌인지 미처 몰랐다는 말을 하며 우현이 웃는다. 분명 아래로 휘어지는 눈꼬리는 미소 짓고 있었지만 그 속에 담긴 감정들은 왠지 모르게 서글프고 처연했다. 외로움. 쓸쓸함. 채 감추지 못한 속내가 고스란히 전해져 왔다.

이제껏 혼자 무던히도 아팠을 우현의 과거가 새삼 깨달아짐에 하은이 잠시 입을 다문다. 타인에게 무심한 듯 굴어도 이따금씩 엿보이던 허전함. 철저하게 고립된 채 감당해 온 수많은 날들이 우현에게 어떤 의미로 남았을지 못내 두려워졌다.

잘할게. 잘해 줄게, 내가. 지난 상처가 아물도록. 너 더는 아프지 않게.

시큰거리는 코끝을 참아 낸 하은이 살며시 손을 들어 우현의 볼을 감싸 준다. 좋아해. 아주 많이. 우현이 하은의 손 쪽으로 고개 돌려 짧게 입 맞춘다.

혹 제가 오늘 뭐 실수한 건 없었냐는 우현의 질문에 하은이 고개를 젓는다. 안 그런 척했지만 긴장돼 죽는 줄 알았다고, 물론 편하게 잘 대해 주셨지만 뭐라도 책잡힐까 염려스러워 내내 맘 졸였다며 우현이 한숨을 푹 내쉰다. 이제야 긴장이 풀린다는 듯.

칭얼거리는 모습도 좋다. 누구에게도 쫄지 않는 천하의 민우현이, 상대가 누구든 간에 어른 무서운 줄 모르던 녀석이 어쩜. 사람이 진짜 변해도 너무 변했다는 생각을 하며 하은이 소리 죽여 웃는다. 그 어떤 모습이라 해도 우현이라면 다 좋으니까.

심각해. 너한테 정말 심각하게 빠져 버렸어. 예전에도 지금도, 앞으로도 쭉 이럴 것 같아. 나는. 우현아. 나 정말, 네가 왜 이렇게 좋지? 응?

보드라운 우현의 볼을 쓸던 하은이 검지를 세워 우현의 콧날을 만지작거린다. 잘도 생겼다, 라고 속으로 중얼거리며 조금 더 올라가 눈매도 살살 건드렸다. 간지러운지 몇 번 찡긋하면서도 우현은 싫다고 내치지 않고 얼마든지 만지게 놔뒀다.

길고 풍성한 속눈썹을 쓸었다가, 반듯한 이마도 어루만지고 다시 쭉 내려와 붉은 입술을 톡톡 건드렸다. 슥슥 옆으로도. 장난처럼 우현이 입을 벌려 하은의 손가락을 앙 문다.

"근데 졸업 전엔 정말 안 되는 걸까."

"뭐가?"

"결혼. 당장 하고 싶어 돌겠어."

아프지는 않게 물었다가 놔줬다가 장난치는 우현 때문에 작게 킥킥 웃던 하은이 넌지시 흘러나오는 이야기에 시선을 든다. 어느덧 진지해져 있는 우현의 눈빛. 하은이 마른침을 꿀꺽 삼킨다.

"어떻게 참아. 지금도 죽겠는데. 미치겠는데."

"우현아."

"일단은 너 졸업부터 시키시겠다니, 아직 반년이나 더 남은 걸 어떻게 기다려. 어떻게 참냐, 내가 널."

"그치만."

"내일 다시 말씀드려 볼까? 그래도 안 되려나?"

너무 좋아서 도저히 못 기다리겠다고 말씀드리면 허락하지 않으시겠냐며 우현이 미간을 찌푸린다. 서울 올라가자마자 곧장 제 집으로 들이려고 했다는 말에 하은이 결국 할 말을 잃는다. 잠시도 싫어. 너 없이는. 같이 있고 싶어. 하루 종일. 매일. 그건 물론

214

하은도 마찬가지였다. 이제는 정말 아주 짧은 순간조차 떨어져 있기가 싫었으니까. 그치만, 그렇지만.

뭐라 대꾸하기가 곤란해 입가만 말아 올렸다. 이미 결정지어진 마당에 제가 떼를 쓴다는 사실을 인식했는지 우현이 한숨을 내쉬며 시선을 떨군다. 이렇게나 좋은데 어쩌라는 거야. 혼잣말로 툴툴거린 우현이 하은의 손을 잡고 손등에 입술을 댄다.

결혼하고 싶다는 우현의 폭탄선언을 아주 농담으로 듣지는 않았지만, 그렇다고 아주 진심으로만도 듣지는 않은 모양이었다. 어쩌면 순간적인 생각일 수 있다며, 충동적으로 그런 마음이 들 수도 있을 거라면서 종석은 하은의 졸업 후에 다시 얘기하자는 말로 일단 우현을 타일렀다.

우현도 더는 반박하지 못했다. 시기만 늦추자는 것일 뿐 완강한 반대는 아니니 절망적인 것도 아니었다. 그나마 옆에서 미숙이 시종일관 민 서방, 민 서방 하고 불러 주니 그것에 위안을 삼기도 했다.

그렇긴 하나 솔직히 아쉽다. 생각할수록. 일분일초가 아깝고 하루하루가 안타까울 거다. 뻔한 거다. 지금도 이렇게 매 순간 욕심이 나 미쳐 버릴 것만 같으니까.

하은을 조금이라도 빨리 완전한 제 사람으로 만들고 싶어 안달 난 우현이 끓는 속을 가라앉히려 연거푸 한숨이다. 확 발표라도 해 버려? 기자회견이라도 열까? 고민하는 우현을 향해 하은이 조심스레 입을 연다.

"정말 할 거야?"

"응?"

"나랑, 결혼."

화를 삭이려는 처음 의도가 한참이나 빗나갔다. 단순히 대고만 있던 입술이 벌어지고 혀가 밀려 나온 순간부터 우현은 하은의 손등을 열심히 빨아 대고 있었다. 향긋하고 달고 말랑말랑한 하은의 살결이 너무 좋아 쪽쪽 소리까지 내어 가며 핥고 빨았다.

예뻐. 다 예뻐. 손가락 하나하나에까지 모두 입 맞추던 우현이 나지막한 하은의 목소리에 동작을 멈춘다. 그리고는 하은의 손을 뒤집어 손바닥 안에 입술을 묻고 쳐다본다. 눈빛이 그윽해서일까, 혀가 간지러워서일까 하은이 어깨를 부르르 떤다.

"거짓말 같아?"

"그건 아닌데."

"그럼 왜."

"그냥."

"혹시 싫어? 나랑 결혼하는 거?"

설마하니 그래? 하며 우현이 미간을 살짝 좁힌다. 다소 매섭게 쏘아보는 눈동자에는 그러면서도 혹 싫다고 하면 어쩌나 하는 일말의 두려움이 자리하고 있었다. 그럴 리가. 싫을 리가 있어, 넌데. 아니라고 고개를 젓자 우현의 표정이 한결 누그러진다.

할 거야. 꼭 할 거야, 너랑. 너 아니면 안 해. 절대로. 읊조리듯 내뱉은 우현이 천천히 깍지를 끼고서 하은을 쳐다본다. 느릿하게 겹쳐지는 부드러운 손가락들의 감촉. 꿈결과도 같은 달콤함에 빠져들려는 정신을 부여잡은 하은이 다음 말을 잇는다.

"활동에 지장받을까 봐 그러지. 너 이제 시작인데."

"지장은 무슨. 괜찮아. 신경 쓰지 마."

"팬들이 완전 싫어할 거야. 결혼한다고 하면 기절할걸."

"싫어하라고 해. 기절하든 말든 상관없어."

"우현아."

"왜."

"그러면 안 돼. 팬이 얼마나 소중한 사람들인데."

아무 이유 없이 누군가를 좋아한다는 게 말처럼 쉬운 일은 아니라고. 누군가를 맹목적으로 바라보고 마음에 담는다는 게 얼마나 힘들고 어려운 일인 줄 아느냐고. 간혹 지나친 애정을 보이는 경우도 물론 있지만 그 바탕은 너에 대한 무조건적인 관심이라고.

있든 없든 상관 않겠다는 말은 그들에게 너무나도 큰 상처가 된다고 하은은 우현에게 말했다. 알아주지 않아도 늘 한결같이 자리를 지키는 팬들을 존재 자체까지 부정하지는 말아 달라고 했다. 어쨌거나 우현을 좋아해 주는 사람들이니까. 참, 고맙게도.

언젠가 한 번은 건네고픈 말이었다는 생각을 하며 하은이 우현을 본다. 최대한 조심스럽게. 기분 나쁘지 않게끔 배려하며.

조곤조곤 흘러나오는 낮은 목소리가 감미로워 우현은 조용히 경청했다. 어디 더 말해 보라는 듯. 얼마든지 들어 주겠다는 듯이.

"넌 연예인이니까. 연예인에게 있어 대중의 관심이란 건 정말 중요한 거야. 너도 알잖아."

"그래서."

"일일이 휘둘리라는 건 아니고, 조금만 신경 써 줘. 그럼 엄청 좋아할걸? 안티도 많이 없어질 거고."

"뭐야. 이것도 내 고칠 점인 거야?"

살짝 풀 죽은 목소리로 우현이 묻는다. 팬들에게 함부로 대하는 모습 보고 그동안 싫었느냐고. 계속 그러면 싫어할 거냐고. 대답 대신 고개를 끄덕이자 우현이 알았어, 노력할게, 한다. 너 싫다는 건 안 하기로 했으니까. 우현이 조금 더 가까워진다.

"당장은 어려워. 차차 고칠 거야."

"알아. 고마워."

"가식 떨기 싫어. 친절하게 방긋방긋 웃어 주지도 못해. 그래도 노력할게. 바로는 안 되겠지만 언젠간 되도록."

"믿어. 잘할 거란 거."

"대신 너도 하나만 약속해."

"응?"

잡았던 손을 푼 우현이 하은의 등 뒤로 둘러 제게로 더욱 끌어 당긴다. 안듯이 바짝 밀착된 상태로 하은이 물끄러미 우현을 올려다본다. 두근, 하고 울린 심장이 거세게 뛰기 시작했다. 약속? 뭘? 입술이 닿을 듯 말 듯 한 거리에서 우현이 말한다.

"무슨 일이 있어도 나 포기하지 마. 절대 내 옆에서 떨어지지도 말고."

"응?"

"넌 너무 착해. 그래서 불안해. 네가 겁먹을까 봐서. 결혼하자는 말에 팬들하고 내 활동 걱정이나 하고 말이야."

"그건."

"나만 봐. 나 좋아하잖아. 나 좋잖아, 아냐?"

주변에서 뭐라고 한다고 지레 물러설까 염려된다는 말을 덧붙이며 우현이 뽀뽀를 쪽, 한다. 제법 엄한 표정을 짓고 있어선지 마치 혼내듯 슬쩍 왔다가는 입술에 눈을 꼭 감았다 떴다. 알았어, 몰랐어. 대답 안 하지. 대답할 틈도 안 주고 또 쪽, 한다.

얼마간 더 쪽쪽거리며 입을 맞추던 우현이 그대로 하은을 품에 안는다. 약속한 거다. 고개를 끄덕이자 하은아, 하고 부른다. 낮게 내리깔린 허스키한 목소리가 귓가에 감겨들었다. 나른하고 느슨한, 조금은 잠긴 것도 같은. 그래서 한층 더 섹시한.

응, 하고 답하자 한 번 더 우현이 읊조리듯 서하은, 한다. 너무 좋아. 주체가 안 돼. 푸념 같은 소리에 피식 작게 웃어 버렸다.

감정도 감정이지만 하은에겐 늘 우현이 먼저였다. 피해가 갈까, 타격을 입을까, 혹 제가 우현의 일에 방해가 될까 하은은 항상 걱정했었다. 우현이 저로 인해 곤란해지는 건 정말 싫어서.

괜찮다고 말해 준다. 그 무엇도 너보다 우선인 것은 없다고 확실하게 다짐해 준다. 그러니 마음 놓고 저를 더 좋아해도 된다고. 우현의 허락. 우현에 대한 믿음. 해서 하은은, 앞선 일을 미리부터 조바심 내 하지 말자고 스스로를 달랬다. 괜찮을 거라며.

우현의 품 안으로 파고들며 눈을 감았다. 귀엽게 꼼지락거리는 기척에 팔에 힘을 실은 우현이 하은을 더 꼬옥 정성껏 안는다.

"당신 거기서 뭐해?"

"쉬잇."

볼일을 보러 화장실을 들렀다 나온 종석이 건넛방 방문 앞에서 서성이는 미숙을 발견하고 멈춰 선다. 어슴푸레 날이 밝아 오는 것 같긴 했으나 취기가 남은 종석은 여전히 비몽사몽이었다.

급히 조용히 하라는 미숙에게로 허리를 긁으며 다가갔다. 자다 말고 여기서 뭘 하고 있는 거야. 기척 좀 내지 말라 부산스레 손짓하는 미숙을 흘낏거린 종석이 문틈으로 안을 살핀다.

응? 저, 저, 저런……!

살짝 열린 방문 틈새로 보이는 풍경. 침대 위에 사이좋게 누운 우현과 하은의 모습에 종석이 기겁을 하며 소리치려다 만다. 버럭 큰 소리가 나오기 전에 종석의 입을 막아 버린 미숙이 거듭 눈짓을 준다. 애들 좀 보라고. 그저 잠시 지켜만 봐 보라고. 알겠다며 고개를 끄덕이는 종석을 몇 차례 더 단속한 미숙이 천천히 손을 뗀다.

떨떠름한 기분으로 종석이 고개를 돌린다. 아무리 그래도 딸자식인데. 아무리 개방적인 세상이래도 어디 계집애가 부모 앞에서 남자 녀석과 한 침대에. 하, 거참.

도무지 이해하기 힘든 상황이건만 기분이 썩 불쾌하지만은 않은 것도 같다. 술 한 번 같이 먹고 그새 정이라고 들었던가. 서서히 누그러지는 표정으로 종석이 우현과 하은의 모습을 눈에 담는다. 미숙이 속삭이듯 희미한 목소리로 말을 꺼낸다.

"못 깨우겠어요. 너무 예뻐서."

"응?"

"애들 보니까 막 옛날 생각나는 거 있지."

왜 우리, 하고 미숙이 종석의 동의를 구한다. 미숙과 눈이 마주치자 종석이 싫지 않은 듯 소리 없이 짧게 웃는다. 옛날이라. 하긴, 그러고 보니 딱 저 나이 때였네. 가만히 어깨를 감싸 안는 종석의 손길에 미숙이 다시 방 안을 본다.

스물셋이었다. 종석과 처음 만나 불같은 연애를 할 때가. 너무 어린 나이에 결혼을 결심했던 동갑내기 두 사람은 주변의 숱한 염려와 걱정에도 불구하고 여전히 아웅다웅 토닥거리며 잘 살고 있다. 눈에 넣어도 아프지 않을 예쁜 딸자식까지 가진 채로.

시간이 거꾸로 흘러간 듯 과거로 돌아간 미숙과 종석이 눈앞에 아른거리는 본인들의 예전 모습을 떠올리며 입가를 말아 올린다. 어쩜 저리 예뻐, 하고 미숙이 혼잣말을 중얼거린다. 그러네. 예쁘긴 예쁘네. 둘이. 종석이 눈썹을 크게 한 번 들었다 놓는다.

처음엔 갑자기 웬 남자친구냐 했고, 얼굴을 보고는 연예인이라는 선입견 때문에 거리를 두는 게 맞다 여겼다. 사내치고 지나치리만큼 곱상하게 잘생긴 얼굴도 거슬렸고, 표정 없이 있을 때는 상당히 차가운 인상이라 분위기조차 범상치 않아 보였다. 뭐, 그렇지만.

밥을 먹고 대화를 나누다 보니 예상외로 괜찮은 녀석이구나 싶었다. 끊임없이 따라 주는 술을 단 한 잔도 고사 않고 열심히 받아 마시려 애를 쓰는 모습도 좋았다. 씩씩하게 결혼하고 싶다 말하던 것도, 온통 진심뿐이라고 피력하는 진중한 눈빛도 굉장히.

하은의 대학 졸업 후에 다시 얘기하자 말은 해 놓았지만 어쨌거나 반대할 생각은 별로 없었다. 종석도 그렇고 미숙도 물론. 무엇보다 하은부터가 못지않게 진심인 듯싶었으니까. 아주 많이 좋아하고 있다며, 엄마아빠도 좋아해 달라 간곡히 부탁까지 했으니.

손을 꼭 맞잡은 상태로 바짝 붙어 쌔근쌔근 잠들어 있는 우현과 하은을 번갈아 쳐다보던 끝에 조용히 도로 방문을 닫았다. 재들 몇 시 비행기랬지? 8시요. 조금만 더 재워요. 그래도 돼?

도란도란 얘기를 나누며 종석과 미숙이 방 앞에서 물러난다. 우리 딸이 언제 저렇게 다 컸나, 라는 종석의 말에 미숙이 그러게요, 하고 화답한다. 눈을 맞춘 두 사람이 살갑게 웃는다.

13
감추다

"스탠바이 들어가겠습니다."

"자, 스탠바이요!"

"막내 가서 대기실 체크해라."

"넵!"

서울 모처의 스튜디오. 몽환적인 느낌이 물씬 풍기게끔 꾸며진 세트장에서는 촬영 준비가 한창이었다. 분주하게 뛰어다니는 스태 프들의 모습이 촬영 개시가 얼마 남지 않았음을 알려 준다.

카메라와 조명, 오디오 감독까지 각자 자리에서 조율을 마쳤다. 마지막으로 한 번씩 더 체크를 하고 있으려니, 곧 대기실 문이 열 리고 의상과 메이크업을 마친 댄서들이 하나둘 빠져나왔다. 몸에 붙는 깔끔한 흰색 슈트로 차려입은 모습들이 속된 말로 간지가 줄 줄 흘렀다.

저기에 조명까지 받으면 꽤 근사하겠다는 생각을 하며 흡족하게 보던 양 감독이 뭔가 허전함을 알아채고 두리번거린다. 누군가 안 보이는 것 같은데. 기분 탓인가. 아!

"뭐야, 서하은이는? 서하은이는 왜 없어?"

"저 그게……."

"아직이야? 뭘 얼마나 꾸미길래 혼자만."

안 나오고 있느냐는 뒷말이 자취도 없이 사라져 버렸다. 한발 앞서 쪼르르 달려간 막내 스태프가 살짝 귀띔을 해 준 덕분이었다. 어안이 벙벙한 얼굴로 진짜냐고 되묻는 양 감독을 향해 그가 고개를 끄덕인다. 나 원. 별수 없군. 양 감독이 고개를 젓는다.

한편, 대기실 안에서는 우현이 영민으로부터 헤어 손질 마무리를 받고 있었다. 강력 왁스로 곱게 각을 잡아 앞머리를 세워서 올리고 있는 우현의 시선은 아까부터 줄곧 앞쪽의 거울이 아닌 오직 옆으로만 고정되었다. 빤히. 무척이나 열심히도 바라보는 시선.

그 시선을 따라가 보자 안절부절못하고 있는 하은이 보인다. 괜히 발끝으로 바닥을 까대며 이리저리 딴청을 부리기도 하고. 손을 뻗은 우현이 하은의 옆구리를 쿡 찌른다. 화들짝 놀라 고개를 든 하은을 향해 우현이 입가를 말아 올려 씩 웃는다.

"앉아 있어."

"괜찮아."

"춤 계속 출 거야. 다리 아파."

그러니 앉을 수 있을 때 실컷 앉아 두라는 말을 하는 우현은 정말 지나치게 태평했다. 마치 아무 일도 없었던 사람처럼 한없이 여유롭고 태연한 그 모습에 하은이 고개를 돌리다 멈칫한다. 여태 훔쳐보고 있던 여자들이 후다닥 시선을 거둔다.

지금 어떤 상황인지 파악조차 못 하나 보다. 제가 방금 무슨 말을 했는지도 자각이 없으니 이리 심드렁한 표정일 수 있을 거라고 하은은 생각했다. 이럴 줄 알았으면 미리 확인을 해 뒀어야 했다. 숨기지 말자는 게 아예 드러내 놓고 연애질하자는 의미였던가.

조용히 뒤에서 지켜보고 있던 진호가 험험, 하고 작게 헛기침을 한다. 이에 영민이 눈짓을 주자 여자들이 빛의 속도로 짐을 챙겨 꾸벅 인사하고는 대기실을 빠져나간다. 어느덧 대기실에는 우현과 하은, 진호와 영민 넷만 남게 되었다. 진호가 우현에게 입을 연다.

"아주 작정을 하셨어."

"뭐?"

"소문 내 달라고 고사를 지내지 왜."

"뭐가 또."

"영민이 후배들이래도 그렇지, 어떻게 다 있는 앞에서 그러냐고."

여간 못마땅한 게 아닌 기색으로 툴툴대는 진호를 보며 우현이 미간을 구긴다. 제가 뭘 어쨌다는 거냐고 되레 면박을 주던 우현은 다시금 하은에게 시선을 돌리며 단번에 표정을 풀었다. 앉으라니까. 우현이 계속 미적대는 하은의 손을 직접 잡아끌어 앉혀 준다.

어차피 우현이 등장해야 시작될 촬영이었다. 머리 마무리할 때까지 저 좀 기다리라는 말밖에 한 게 없는데 그게 뭐 어떻다는 건지. 그 상대가 하필 구설수의 주인공인 하은이기 때문에 문제된단 걸 우현은 전혀 모르는 얼굴이다. 진호가 말을 말자며 한숨을 내쉰다.

호텔에서 내내 기다렸건만 뜬금없이 아침에 데리러 오라던 우현이었다. 하은의 제주 집에서 자기로 했다는 말에 타들어 가는 속을 부여잡고 픽업해 공항으로 데려가면서도 애써 좋은 쪽으로 생각했다. 어차피 도와주기로 한 거 최대한 긍정적으로 보자, 했던 진호다.

그랬더니 아주 대놓고 이러고 있는 거였다. 댄서들이 보건 말건, 영민의 후배 스타일리스트들이 주시하건 말건 신경도 안 쓰고 둘이서만 아주.

말했지. 다 좋은데 애정 행각은 안 보이는 곳에서 하라고. 그렇게 아이컨택하는 것도 금지야. 하지 말라고, 배 아프니까. 쳇.

노려보며 입술을 삐쭉이는 진호를, 그러나 전혀 개의치 않는 우현이 하은을 보며 실실 웃는다. 괜한 눈치에 하은이 어색하게 따라 웃는다.

"대열 맞춰서 서 봅시다. 오케이, 이대로 쭉 가나요?"

머지않아 촬영이 시작되었다. 세트 안으로 들어선 우현과 댄서들이 브이 자 모양으로 줄을 맞춰 서자 조명팀이 핀의 각도를 새로이 맞춘다. 뒤쪽이 너무 환한 것 같다는 지적에 중간을 놔두고 양 사이드를 낮추자 전체적인 그림이 훨씬 더 그럴듯해졌다.

이대로 쭉 가냐는 양 감독의 질문에 성태가 중간에 바뀌는 지점들을 알려 준다. 1절 후렴과 간주를 지나면 2절부터는 댄서들 사이에 잦은 대열 교체가 있었다.

일단 한번 가 보겠다는 양 감독의 말에 자세를 잡고 섰다. 하은이 긴장을 풀려 애를 쓰는데 옆에서 승효가 작게 야, 하고 부른다. 손바닥에 쓱쓱 쓰고 먹는 모션을 취하는 승효를 보고 하은이 피식 웃어 버린다.

쿵쿵쿵쿵, 하는 강렬한 드럼비트와 함께 카메라에 빨간불이 켜졌다. 후반 작업으로 영상에 음악을 덧씌우는 절차가 남아 있긴 했지만 누구랄 것 없이 모든 스태프들이 숨을 죽이고 귀를 기울였다. 탁월한 몰입력. 굉장한 속도로 사람들이 주의를 기울인다.

정중앙에 각을 잡고 서 있는 우현이 내리깔았던 시선을 든다. 날카롭다 못해 강렬한 그 눈빛에 여자 스태프들이 호흡을 멈춘다. 가볍게 고개를 까딱이는 우현이 느릿하게 눈을 감았다 뜨며 준비 태세를 알린다.

어깨를 교차해 들썩이고 안무가 시작됐다. 일사불란하게 움직이는 댄서들. 그들의 맨 앞 가운데에 위치한 우현은 단연 모든 이들의 눈과 귀를 단번에 사로잡아 버렸다.

"웬일이야. 진짜 멋있다."

"미쳐. 쟤 왜 저러니, 정말. 어떡해."

"너무 좋아. 너무 멋있어, 민우현. 대박."

"어머, 어머머머, 말도 안 돼. 어머머."

발을 동동 구를 정도로 여자 스태프들은 초비상이었다. 원래도 팬이었지만 춤추는 모습을 보고 다들 혼이 빠진 모양이다. 적당히 핏되는 시스루 느낌의 흰색 슈트는 우현의 외모를 한층 부각시켰다. 곱상하면서도 근사한, 약간 중성적인 느낌.

흘러나오는 음악의 목소리 또한 기가 막혔다. 나른한 허스키가 저음 부분을 현란하게 연주한다. 너무도 자유롭게, 때론 묘하게.

노랫말을 따라 부르는 립싱크가 하도 자연스러워 직접 부르고 있는 것처럼 보였다.

카메라를 보는 양 감독이 턱을 짚는다. 과연, 빈말이 아니었다. 춤 하면 바로 민우현이라는 공식 아닌 공식이 떠돈다는 얘기에 뭐 그 정도일까 반신반의했었다. 잘 춰 봤자지. 기술적으로 따지면 백업 댄서들이 더 전문가이니 그들과 비슷한 정도겠거니 했었다. 그보다는 못 미칠 거라고. 근데,

자신도 모르게 입을 떡 벌린 양 감독이 허, 하는 짧은 감탄을 내지른다. 동작 하나하나에 군더더기란 존재하지 않는다. 아니, 그 어떤 허점도 찾아볼 수가 없다. 춤에 문외한인 자신이 보기에도 우현은 상당히 뛰어났다. 저렇게 날렵하기도 쉽지는 않을 터인데. 손을 뻗는 것마저 절도 있게 딱딱. 다리 동작들도 한 치의 오차 없이 각도를 유지하는 능수능란함에 혀를 내두를 지경이었다.

거의 넋을 놓고 우현을 보던 양 감독이 계속 가냐는 보조 스태프의 질문에 얼른 정신을 차린다. 어느덧 1절이 끝나고 간주 부분이 흘러나오고 있었다. 끝까지 가. 앵글 어디에 맞출지 보게. 곧 2절이 시작됐고 양 감독은 다시금 입을 벌리며 정신을 놓았다.

"메이크업 만지고 바로 갑니다. 준비하세요."

"메이크업! 손봐 주세요!"

"넵!"

음악이 끝남과 동시에 영민을 비롯한 스타일리스트들이 각각 우현과 댄서들에게로 달라붙어 흐트러진 머리와 얼굴을 정돈했다. 그 틈을 타 조도가 맞지 않는 조명 몇 개를 들어내고 카메라의 트

랙과 구도를 바꾸는 등 스태프들도 다시금 조율에 돌입했다.

딱 한 번 췄을 뿐인데 워낙 격렬한 안무이다 보니 격한 숨소리들이 울려 퍼졌다. 헥헥거리는 댄서들의 메이크업을 고쳐 주는 스타일리스트들이 그렇게 힘드냐고 걱정스레 묻는다. 말도 말라며 손사래를 치는 댄서들이 안쓰러워 다들 낮게 혀를 찼다.

제주도에서 돌아온 직후이긴 하나 거의 휴식이나 마찬가지인 일정이었다. 뮤직비디오 컷 딸 때만 빼고는 줄곧 먹고 놀고 하다가 왔으니 딱히 그것 때문에 더 힘들다 탓하기도 뭐했다. 원체 안무가 장난 아닌 수준이니 체력이 좋건 나쁘건 다 힘들 수밖에.

그런 와중에도 우현은 이마에 아주 살짝 땀이 배어 나왔을 뿐 조금도 힘든 기색이 없었다. 와, 저건 진짜 인간도 아니라니까. 부러움과 경이로움이 뒤섞인 눈빛으로 보는 댄서들이 제대로 다시 가겠다는 양 감독의 지시에 주저앉았던 몸을 일으켜 선다.

"그만 됐죠?"

"어, 잠시만."

작은 분첩으로 이마 가장자리를 열심히 매만져 준 영민을 보낸 우현이 대열의 맨 앞으로 가서 선다. 생각보다 길어지는 카메라 체크에 약간 더 시간이 걸릴 거란 걸 알아챈 우현이 설렁설렁 몸을 푸는 척하며 하은을 살핀다.

속으로 동작을 곱씹으며 대열 끝에서 혼자 숨을 고르던 하은이 우현과 눈이 마주치자 멈칫한다. 설마. 아니나 다를까 우현이 슬쩍 다가온다.

"어때? 힘들어?"

"괜찮아."

"힘들면 말해. 쉬었다 가자고 할게."

남들에겐 들리지 않을 크기로 속삭이는 우현이었지만 이미 모두의 시선이 쏠려 있었다. 스태프들, 하다못해 댄서들까지도. 뭐라 뭐라 저들끼리 수군거리는 여자 스태프들을 발견한 하은이 얼른 돌아가라고 우현에게 눈짓을 한다. 우현이 작게 웃는다.

"왜, 신경 쓰여?"

"어. 가."

"신경 쓰지 말라니까. 왜 신경을 써."

"어떻게 신경을……."

안 쓸 수가 있겠냐는 말까지는 차마 잇지 못했다. 마침 카메라 체크가 끝났는지 양 감독마저 자신들을 쳐다보고 있었기에. 민우현이, 더 기다려 줘? 농담처럼 묻는 양 감독의 말에 우현이 아닙니다, 한다. 잘해. 우현이 하은의 머리를 쓰다듬고 간다.

하은은 신기한 표정으로 돌아보는 선배 댄서들의 시선을 어떻게든 모른 척하며 준비 자세를 취했다. 하지만 아무리 외면하려고 해도 스태프들의 눈초리만은 무시하기가 버거웠다. 오히려 거리상으로는 훨씬 더 먼데도 따갑기로는 댄서들과 비교도 되질 않았다.

특히나 삼삼오오 모여 서 있는 여자 스태프들이 어찌나 노골적으로 쳐다보는지 전신이 다 화끈거렸다. 꼭 발가벗겨진 것처럼. 후우. 집중하자, 집중. 겨우 스스로를 타이른 하은이 지그시 눈을 감았다 뜬다. 흘러나오는 드럼비트에 온 신경을 모았다.

"하아……."

화장실 맨 구석 칸 안으로 들어간 하은이 고리를 잠그자마자 슈트 재킷을 벗고 셔츠 단추마저 풀어헤친다. 여간 갑갑한 게 아니었는지 서둘러 압박붕대의 여며진 부분을 손으로 잡아 끌렀다.

어쩐지 느슨해졌다 했다. 이렇게나 아래로 내려와 있을 줄은. 아예 풀어내서 새로 감을 요량으로 하은이 붕대를 죽 잡아당긴다. 구겨지지 않도록 재킷과 셔츠를 미리 벗어 걸어 두는 것도 잊지 않았다. 일단 땀부터. 휴지를 돌돌 말아 몸 앞뒤를 남김없이 닦아냈다. 아냐, 우선 좀 앉자. 하은이 변기커버를 내린다.

처음부터 끝까지 네 번을 갔다. 말이 네 번이지 심혈을 기울여 추느라 댄서들은 거의 실신 지경이었다. 화면에 담기는 거라 더 많이 신경을 써야 했기에 당연한 결과였다. 좋은 장면들도 꽤 건졌다며 잠시 쉬었다 하자는 양 감독의 제안으로 간신히 갖게 된 휴식 시간.

확실히 연습 때보다 몇 배로 더 힘들다. 초보라 그런지 카메라도 무지하게 의식된다. 앵글을 똑바로 보면 자칫 어색하게 나올 수 있다는 말에 먼 지점 하나를 정해 계속 쳐다봤더니 눈에 쥐라도 날 것 같다. 아무나 하는 게 아니네. 하은이 한숨을 뱉는다. 그때,

"봤어? 쳐다보는 거?"

"눈을 못 떼더라고. 샘나서 내가."

"그럼 진짜 사귄다는 거지? 둘이? 세상에."

앉은 채로 잠시 쉬고 있었다. 대충 땀은 다 식은 듯했지만 조금 더 그러고 있고 싶었다. 그러다가 이제 붕대를 감으려는데 하이톤의 목소리들이 제법 소란스럽게 화장실 안으로 들이닥쳤다.

불시에 생긴 소음에 하은은 저도 모르게 호흡을 멈췄다. 괜한

반응. 괜한 죄책감. 자신이 있으면 안 되는 곳에 있는 게 아니란 인식을 하고 숨을 마저 내쉬다가 또 놀랐다. 다음 말 때문에.

"아무리 생각해도 이해가 안 가. 민우현이 왜?"

"그러니까. 난 처음에 남잔 줄 알았다, 야. 좀 예쁘장하긴 해도 그 정도는 아니던데."

"귀여워. 귀여운 건 인정. 그래도 민우현을 어떻게. 정말 싫다."

"누가 아니라니. 대체 뭐로 꼬드겼을까? 진짜 민우현 아까워 죽겠어."

수시로 언급되는 우현의 이름에 하은이 연신 움찔거린다. 말투 가득 담겨 있는 불퉁스러운 기운들은 모조리 저를 겨냥하고 있는 게 틀림없었다. 이해가 안 가. 그 정도는 아니던데. 정말 싫다. 아까워 죽겠어. 되뇌어지는 말들이 하나같이 직설적이다.

목소리만 들어서는 누군지 통 분간이 가질 않는다. 아직 스태프들 안면을 다 익히지도 못했거니와 여자 스태프들은 거의 대부분이 우현만 나타나면 정신을 차리지 못했으니까. 아마도 그들 중 누군가일 것이다. 상대의 정체는 사실 중요한 게 아니었다. 다만.

저런 식의 말들을 제가 직접 듣게 될 줄은 몰랐다. 촬영 내내 여기저기서 흘낏흘낏 훔쳐보고 수군거리는 건 알았어도. 기분이 참, 착잡하다. 뭐라 형용할 수 없는 묘한 심정이 된 하은이 고개를 떨군다. 손에 든 애먼 붕대만 만지작거리면서.

화장을 고치러 온 건지 몰려 선 채로 그녀들은 한동안 더 수다를 이었다. 그 수다라는 게 하나같이 우현과 저의 관계를 싸잡아 비난하는 내용뿐이라서 하은은 갈수록 언짢아졌다. 거슬리는 단어들, 목소리, 말투. 원색적인 비난들이 가슴을 후벼 판다.

당연히 고까울 것이다. 전혀 이해 안 되는 건 아니었지만 그만큼 섭섭하고 서운해졌다. 자신들이 좋아하는 사람 곁에 있다는 것만으로 저토록 대놓고 싫어하다니. 직접적으로 어떤 피해를 준 것도 아닌데 말이다. 그냥 우현과, 좋아하는 것뿐인데도.

이럴 줄 알았으면 차라리 처음부터 기척을 내는 건데 그랬다. 이렇게까지 길어질 거라면. 안 되겠다 싶어 하은은 그만 몸을 일으켰다. 언제까지고 마냥 기다릴 수만은 없어 일단 붕대라도 감자는 생각에 손을 들었다. 팽팽하게 돌려 한 바퀴를 막 감았을 때,

"너 보기엔 어때? 잘 추는 거 같아?"

"글쎄. 뭐 딱히 그렇지는."

"그치? 나도 별로던데. 허접해."

……이런.

순간적으로 손끝에서 힘이 쭉 빠졌다. 하마터면 붕대를 떨어뜨릴 뻔한 하은이 황급히 손끝을 힘껏 말아 쥐었다. 뭐라는 거야. 내가, 뭐? 갑자기 비난의 초점이 오롯이 하은에게로 맞춰졌다. 그것도 하은의 춤에 관해서. 참, 뜬금없이.

"근데 어떻게 뽑혔대? 실력 있는 팀 아냐?"

"몰라. 진짜 어떻게 들어갔지. 돈 주고 들어갔나."

"민우현 빽으로 들어간 거 아닐까? 민우현이 꽂아 줘서."

"어머머머, 그런가 보다. 민우현 팔아서 들어갔나 봐."

"세상에. 완전 여우잖아."

"여우도 아주 상여우다, 야. 지저분하게. 나 참."

하……

부들부들 떨리는 손을 애써 추스른 하은이 아랫입술을 베어 문

다. 쯧쯧, 하며 혀를 차기까지 하는 그녀들은 간간이 욕설도 섞어가며 하은을 씹었다. 영악해. 그니깐. 재수 없어.

더는 입에 담기조차 싫다는 듯이 급마무리가 되더니 목소리들이 사라졌다. 긴장이 풀리자 다리도 풀렸다. 옆쪽 벽에 기대어 선 하은이 시선을 떨구며 미간을 조금 좁힌다. 방금 대체 무슨 일이 있었지.

실력이 형편없다는 말로 시작하더니 하은은 어느덧 남자친구인 우현을 이용해 댄서팀에 들어간 상여우가 되어 버렸다. 뭐 그런 게 다 있어, 라는 덧붙임까지 듣고 나니 속이 이루 말할 수 없을 만큼 쓰리다. 어떻게, 어떻게 저런 생각을.

억울하고, 분통하다. 그럼에도 불구하고 단 한 마디도 하지 못했다. 당장 뛰쳐나가 그건 댁들이 틀렸다고 말해 줬어야 했는데. 아무 말도 못 했다. 사실이 아닌 걸 듣고도 아니라고 할 수 없었다. 믿지 않을 게 뻔해서. 다른 사람들도 다 그렇게 생각할까. 내가, 그렇다고?

우현이를 이용해서 들어왔다고. 우현이 덕분에 댄서팀에 들어올 수 있었다고. 다들 그렇게 볼까. 실력도 없는데 억지로 들어왔다고. 나를. 하······.

연습 기간이 짧아 선배 댄서들에 비해 엉성할 수밖에 없다는 걸 알아서 더 열심히 했다. 더 집중했고, 더 신경 써서 동작 하나하나 소화해 내려 애썼다. 그야말로 죽을힘을 다해 각이 나오게끔 노력한 자신을 안다면 감히 저런 말들은 내뱉을 수 없었을 텐데.

아무리 내막을 모른다지만 일방적인 비난에 속상해진 하은이 미간을 찌푸린다. 경황이 없어 손에 들고만 있던 붕대를 다시 가슴에 두르면서도 인상을 썼다. 너무 세게 둘러서 숨이 막히는 줄도 모르고. 아려 오는 심장 탓에 어디가 아픈 줄도 모르고.

절로 울상이 되려는 표정을 어떻게든 눌렀다. 침착하자고 스스로를 어르고 달랬지만 그럴수록 기분은 더 엉망으로 나빠졌다. 순식간에 잃어지는 자신감이 실로 무섭다. 아직 촬영이 다 끝나지 않았는데. 어떻게 하지. 하은이 두 눈을 질끈 내리감는다.

"어딜 간 거야."

막간을 이용해 의상을 갈아입고 나온 우현이 다급한 얼굴로 주변을 두리번거린다. 디자인은 같고 색상만 다른, 아까보다 좀 더 고급스러운 느낌의 블랙 슈트를 차려입은 우현을 여기저기서 훔쳐보느라 바쁘다. 슈트 빨 진짜 기가 막히는군, 하고 감탄해 가며.

휴식 시간이 얼마 남지 않았기에 당연히 댄서들과 있을 줄 알았던 하은이 웬걸 세트장 그 어느 곳에도 보이지 않는다. 밖에 담배를 태우러 나간 건지 댄서들도 거의 남아 있질 않았다. 게다가 지승효 그 녀석도 같이 없다니 아무래도 이건 좀.

전화라도 해 봐야겠다며 핸드폰을 꺼내어 든 우현이 초조함에 입술을 깨무는데 누군가 우현의 어깨를 가볍게 건드린다. 뭐야, 하고 작게 읊조린 우현이 고개를 돌린다. 두리번거리는 우현을 계속 지켜보고 있었던 듯 성태가 대뜸 말을 꺼낸다.

"화장실 다녀온다고 갔어."

"네?"

"하은이 찾는 거잖아. 아냐?"

금방 올 거야, 라고 덧붙인 성태가 우현을 향해 입가를 말아 올린다. 적대감이라고는 조금도 찾아볼 수 없는 살가운 그 미소에 우현이 아, 네, 하고 대꾸한다. 나지막한 목소리가 평소와는 다르게 너무도 온순하다. 성태가 한 번 더 작게 웃는다.

당장 봐야겠는 마음은 굴뚝같지만 화장실에 갔다니 재촉하기도 뭐했다. 그래도 언제 나타나려나 싶어 고개를 쭉 빼 내밀고서 끊임없이 먼발치를 살피고 있는 우현이었다. 저렇게나 좋을까. 왠지 낯설면서도 어딘가 모르게 귀엽다. 성태가 입을 연다.

"잘랐으면 큰일 날 뻔했네."

성태가 옆쪽 벽에 등을 기대며 흘린 말에 우현이 고개를 돌린다. 무슨 뜻이냐는 듯 쳐다보는 우현을 향해 성태가 말을 잇는다.

"기억 안 나? 자르라고 난리쳤던 거."

"내가 언제요."

"다짜고짜 그랬잖아. 새로 온 녀석들 잘라 버리라고. 쟤들 안 는다고. 아니면 팀을 바꾸겠다고 말이야."

"아, 그건."

그제야 떠올랐는지 우현이 있는 대로 미간을 구긴다. 그랬다. 분명 그랬었다. 당장 자르지 않으면 같이 일 안 하겠다고까지 말 안 되는 고집을 부리고 성을 냈던 자신의 모습이 머릿속을 스쳐 지나간다. 당시의 기분까지 생각났는지 우현이 못내 울컥한다.

언질조차 않고 불쑥 연습실로 찾아갔었다. 중간 점검이라는 핑계를 대고 멋대로 굴려던 계획은 예기치 않게 맞닥뜨려 버린 하은으로 인해 단박에 무산이 되었었다. 그랬지. 그때는. 하은의 돌발 행동에 정말 미친 듯이 화가 났었지. 감당이 안 되게. 좋아하는 줄도 모르고 좋아하지 않겠다고 그때. 벌써 좋아하고 있었으면서 좋아하면 안 된다고 녀석을. 그래. 그때는.

구겨졌던 미간이 금세 펴진다. 돌이켜 보면 하나같이 미안한 기억들뿐이다. 더불어 아쉽고 안타까운, 후회스러운 시간들. 왜 그랬을까, 라는 생각을 하며 우현이 한쪽 입가를 말아 올린다. 자조적인 쓴웃음을 지으며 성태를 따라 벽에 기대어 섰다.

남자 스태프 하나가 박수를 치면서 곧 촬영하겠습니다, 라고 사방을 향해 외치는 소리를 들으며 서 있었다. 하나둘 제자리를 찾아 움직이는 사람들을 멍한 눈으로 보는 우현을 성태는 넌지시 쳐다보았다. 어딘가 굉장히 많이 누그러진 표정, 눈매.

모르긴 해도, 아마 그때 역시 우현과 하은은 서로를 향해 있었을 거다. 특히 우현은. 우현의 마음은 이미. 온통. 그래서 더 예민하고 까칠했으리라 짐작하며 성태가 고개를 주억인다. 제 마음을 부정하려 혼자서 참 많이 힘들어했을 테지.

여전히 힘든 녀석도 존재하지만. 그 녀석 단념시키기 위해서라도 너희들. 그러니까,

"되게 잘 어울려. 예뻐."

"네?"

"좋아 보인다고. 너랑 하은이."

오래도록 잘 사귀길 바란다며 성태가 우현의 어깨를 다독인다. 너무 티 내는 것 같아 걱정되긴 하지만 알아서 잘하리라고 믿는다는 말까지 건네는 성태를 우현은 입을 꾹 다물고 바라보았다. 주제넘은 참견이라는 느낌도 물론 들었지만 잘 어울린다는 말에 기분이 풀어진다. 좋아 보인다고, 하은과 제가 예쁘다는 칭찬에 우현은 화를 낼 엄두조차 내지 못한다.

준비하자, 라고 말한 성태가 먼저 대열로 가는 걸 보고서 시선을 내렸다. 살짝 비스듬히 비튼 시선 끝이 조금 전 성태가 툭툭 건드렸던 제 어깨로 향하고 마는 우현이다. 버럭 소리를 지를 수도 있었다. 무슨 짓이냐고, 이거 안 놓느냐고 화를 낼 수도. 그렇지만.

무조건 날을 세울 필요는 없음을 은연중 깨닫는다. 가만 보면, 우현이 까불고 성질을 낼 때마다 애써 참아 주고 알게 모르게 보듬어 온 사람은 다른 누구도 아닌 단장 성태였다. 저절로 가라앉는 감정이 신기한 우현의 귓가에 하은의 말이 되새겨진다.

다른 사람들한테 좀 친절했으면 좋겠어. 이제까지 했듯이 막 대하지 말고, 지금처럼 차갑고 무심하게 굴지 말고, 윗사람 아랫사람 아무한테나 막말하지도 말고. 제발.

기대에 찬 눈으로 물끄러미 올려다보던 하은의 맑은 눈동자를 상기하며 우현이 웃는다. 나쁘지 않네. 생각보다 훨씬 더. 혼자 몇 번 끄덕이던 고개를 든 우현의 시야에 저만치 앞 하은이 들어온다. 노력할게. 네가 원한다면. 널 위해.

……?

마냥 환하게 미소 짓던 우현의 표정이 불현듯 딱딱해진다. 하은만 있어야 할 시야에 웬 같잖은 놈이 따라 들어온 까닭이었다. 가깝게 붙은 둘 사이의 거리가 거슬린다. 무던히도 걱정스러운, 사뭇 안달 난 듯이도 보이는 승효의 표정이 특히 더.

어쭈. 뭐야. 왜 또 함께야, 니들. 어? ……제길.

울컥하는 맘으로 가 보려는데 양 감독이 스탠바이를 외친다. 우현이 미간을 씰룩거린다.

하여간 지승효. 저건 진짜 끝까지 맘에 안 든다니까. 쳇.

저녁때가 다 되어서야 촬영이 모두 끝났다. 스태프들의 우렁찬 박수 소리와 함께 민우현의 정규앨범 타이틀곡의 뮤직비디오 촬영이 무사히 마무리되었다. 앞으로 고된 편집 작업이 남아 있긴 하지만 어쨌거나 이 순간을 즐기자는 생각으로 스태프들이 환호한다.

개인 사정 때문에 직접 와 보지 못해 미안하다는 만석이 진호를 통해 회식비를 보내왔다. 다음 달 크랭크인 예정인 차기작 관련 문제로 바로 가 봐야 하는 양 감독이 조연출 스태프에게 알아서 진행을 부탁하자 무릇 자유로운 참석이 가능해졌다.

그래도 누구 하나 먼저 빠지겠다는 말을 못 하는 건 다름 아닌 우현 때문이었다. 혹시 우현이 회식에 참여할까, 하는 기대에. 특히나 여자 스태프들의 귀추가 주목된 가운데 우현은 영민이 준 수건으로 이마에 땀을 닦으며 슬그머니 한쪽으로 고개를 돌렸다.

여지없이 주름이 잡히는 미간으로 우현이 하은을 본다. 내내 신경이 쓰인다 했더니 역시나 하은이 자신을 쳐다도 안 보고 있었다. 울컥 치솟는 화를 삭이며 우현이 땀을 마저 닦는다. 널브러져 앉아 있는 댄서들을 향해 성태가 회식 참석 여부를 묻는다.

"니들 어떻게 할래. 갈래?"

"그냥 쉬면 안 돼요?"

"그래요, 형. 우린 빠지죠."

"죽을 것 같아요. 술까진 무리예요."

"무리무리."

봐주세요, 라고 터져 나오는 볼멘소리들에 성태가 잠시 입을 다문다. 하루 종일 뜨거운 조명 아래에서 들고 뛰었던 터라 술이고 뭐고 당장에 씻고 잤으면 싶은 건 성태 역시 마찬가지였다. 할 수 없지. 알겠다는 성태가 스태프 쪽 대표에게 댄서들 불참을 알린다.

갑갑한지 셔츠의 단추를 훌렁훌렁 풀어 버리는 우현에게 진호가 갈 거야? 하고 묻는다. 얼핏 드러나는 우현의 뽀얀 속살에 근처 여자 스태프 몇몇이 발을 구른다. 그런 소동에도 하은의 시선이 제게 향해지지 않음에 우현은 한껏 더 못마땅한 얼굴이 되었다.

왜 안 볼까. 자신은 하은밖에 안 보이는데. 아까부터 지금까지 틈만 나면 쳐다봤는데 눈길이 의식되지 않는 건지 요지부동이다. 안 가, 하고 짧게 응수한 우현이 영민에게 던지듯 수건을 건네준다. 당연히 안 갈 거라 예상했단 듯 진호는 우현만 오피스텔에 데려다 주고 회식 자리에 들러 봐야겠다 생각하며 고개를 주억거렸다.

그나저나 종일 굶었는데 배는 안 고프려나. 몸이 무겁단 이유로 중간중간 간단한 간식 외에는 입에도 대지 않은 우현이었다. 괜찮은지 살피려던 진호가 어느새 텅 빈 제 앞을 발견한다.

응? 뭐야. 이 녀석이 어딜 간 거⋯⋯?

급히 둘러보던 진호가 저만치 앞으로 걸어가고 있는 우현을 확인하고 멈칫한다. 아이고, 갑자기 어디로 사라졌나 했더니 그럼 그렇지. 누가 보건 말건 댄서들이 앉아 있는 곳으로 성큼성큼 가는 우현의 모습에 진호가 소리 죽여 한숨을 내쉰다.

"오늘 수고들 많았어. 내일부터 다시 연습이니까 그렇게 알고 그럼 이만."

"잠시만요."

댄서들에게 간단한 지침을 일러 주던 성태가 난데없는 우현의 등장에 놀라 말을 끊는다. 말씀 중에 죄송해요, 라고 앞서 작게 내뱉긴 했지만 우현의 표정은 굉장히 매섭고 사나웠다. 아니 뭐 죄송할 것까지는. 하도 갑작스러워 사과가 처음이라는 것도 의식하지 못한 성태가 괜찮으니 볼일 보라고 손짓을 한다.

미간을 더욱 구긴 우현이 기다렸단 듯 서둘러 뒤쪽으로 향한다. 거리가 좁혀질수록 기분이 더 언짢다. 지금도 저를 보지 않으니까. 안무 대열상 옆인 건 알지만 승효 녀석이 하은의 근처에 앉아 있다는 것도 못 견디게 싫다. 애써 화를 가라앉힌 우현이 서하은, 하고 부른다. 가시가 잔뜩 돋아난 서늘한 목소리로.

분명 성태를 쳐다보고 있었지만 그 너머로 걸어오는 우현 때문에 하은은 미리부터 바짝 긴장하고 있었다. 제게로 온다는 걸 뻔히 알면서도 막을 수가 없어 황망해진 하은의 바로 앞에 우현이 멈춰 선다. 조심스레 올려다보자 우현이 아랫입술을 깨문다. 짜증을 감추려는 의도. 성질부리고 싶은 걸 억누르고 있다는 증거. 물끄러미 보는 하은에게 우현이 무뚝뚝하게 내뱉는다.

"일어나."

"어?"

"나가자고. 잠깐."

간단히 얘기 좀 하자는 말이 무색할 만큼 우현의 표정은 심각하게 굳어 있었다. 마치 잔뜩 화가 난 사람처럼 몹시도 불퉁한 눈빛과 안색에 하은이 입을 다문다. 왜 그러는데. 눈빛으로 묻는 하은의 질문을 우현이 들은 척 않고 다짜고짜 손을 뻗는다.

다시금 우현이 일어나라고 했지만 하은은 일어날 수 없었다. 더군다나 눈앞으로 내밀어진 우현의 손을 잡을 수는 더더욱 없어 계속 멍하니 우현을 쳐다보기만 했다. 곁눈으로 수군거리는 스태프들의 모습이 들어온 건 바로 그때였다. 곱지 않은 시선들까지. 저런 식의 눈빛. 저런 표정들. 굳이 말하지 않아도 저에 대한 비난이리라는 생각에 하은의 눈동자가 이리저리 흔들린다.

겨우 목소리를 낸 하은이 뭔지 모르겠지만 나중에 얘기하자고 말하자 우현은 더는 참지 못하고 하은의 손목을 잡아 일으켰다. 어머머머. 저기 좀 봐, 웬일이야. 여기저기 수군거리는 소리들을 무시한 우현이 하은을 데리고 빠르게 세트장을 벗어난다.

갈수록 태산이다. 정말 어쩌려고 저러는지, 원. 괜히 민망해진 진호가 어색하게 웃으며 스태프들을 향해 수고하셨다 인사를 한다. 빠져도 단단히 빠진 모양이라고 중얼거리는 영민의 옆구리를 호되게 찌른 진호가 어떻게든 수습하려 혼자 갖은 애를 써 본다.

"어디 가는 거야."
"가만있어."
"우현아."
"따라와, 글쎄."
대기실로 들어갈랬더니 정리 중이던 스태프 하나가 화들짝 놀라는 모습에 아예 스튜디오 밖으로 나와 버렸다. 건물 복도 어디도 얘기할 만한 곳이 없어 우현은 가히 폭발 직전이었다. 그런 데다 자꾸만 벗어나려 발버둥치는 하은이라니.

가만있으랬다, 너. 한껏 더 힘을 실어 하은의 손목을 틀어쥔 우현이 머지않아 작은 문을 발견한다. 여차하면 비상계단으로라도 빠지려던 참이었기에 앞뒤 가리지 않고 벌컥 문을 열고 안으로 들어갔다. 소품실. 혹은 창고라고 봐도 무방할 작은 공간에 들어가 문을 잠갔다.

딸칵, 하는 소리와 함께 몇 차례 번쩍거리던 형광등이 켜졌다. 상자와 잡동사니들이 마구잡이로 쌓인, 그다지 크지 않은 공간. 약하게 휘발성의 냄새가 맡아지는 걸로 보아 촬영에 쓸 소품들의 새것만 모아 넣어 둔 장소인 듯했다. 우현이 입을 연다.

"딱 말해. 뭐야."

"뭐?"

"왜 그러는 거냐고. 뭔데. 뭐야, 대체."

저가 끌고 와 놓고 대뜸 묻기부터 하는 우현의 말에 하은이 주춤한다. 어지간히도 심기가 불편한 얼굴을 하고 있는 우현이라서 잡힌 손목이 욱신거리는 것조차 하은은 알아채지 못했다. 묻잖아. 말 안 해? 말투가 까칠하기 그지없다. 꼭 예전처럼.

냉랭한 태도와 말투에 말문이 막힌 하은을 우현이 곧 알아본다. 감정이 앞서 저도 모르게 예전 버릇이 나와 버린 모양이다. 젠장, 하는 쓴소리로 성질을 죽인 우현이 하은의 손목을 놓아준다. 다소 누그러진 우현이 혀로 입술을 훑고는 말을 잇는다.

"서하은."

"응?"

"너 나한테 화났냐."

정작 화난 얼굴은 우현 자신이건만, 상황과 전혀 어울리지 않는 질문을 던지는 우현을 하은이 의아하게 쳐다본다. 아니. 분명하게 대답했음에도 우현은 전혀 못 알아들은 기색이다. 화 안 났어, 라고 또박또박 말해 주자 우현이 재차 묻는다.

"진짜 화 안 났어?"

"어."

"그럼 삐친 거야?"

"아닌데."

"근데 왜 그래."

"내가 뭘?"

"사람 미치고 환장하게 쳐다도 안 보냐고, 왜."

"뭐?"

"어떻게 나한테 눈길 한 번을 안 줘? 난 죽어라 너만 쳐다봤는데. 틈틈이 쉴 때마다 내가 진짜 얼마나 눈치를 보냈는데. 몰랐어?"

"……"

아주 서운해 돌아가실 지경이라는 우현의 말까지 듣고 나서야 하은이 입을 꾹 다문다. 씩씩대며 끌고 나온 이유가 그럼? 신경질적으로 뒷머리를 벅벅 긁은 우현이 괜한 허공을 찌르며 분노를 표출한다. 화가 잘 삭여지지 않는지 인상도 찌푸려 가며. 뭐라 대꾸하기가 그래서 하은은 침묵을 지켰다.

이따금씩 제게 와 닿는 우현의 노골적인 시선을 느끼지 못했다면 그건 거짓말이다. 그래도 일단은 촬영이 제일 우선이었고, 카메라가 돌면 언제 그랬냐는 듯 누구보다 무섭게 집중하던 우현이었는데. 그래서 더 몰랐다. 이렇게까지 신경 쓰고 있을 줄은. 쳐다보지 않은 걸로 제게 이렇게 불같이 화를 내고 닦달해 댈 줄이야.

반면 우현은, 되레 착잡해지는 기분에 갈수록 표정 관리가 더 되질 않고 있었다. 답답하다 못해 타들어 가는 속을 어쩌지 못해 무작정 하은을 끌고 나왔다. 대놓고 묻고 나면 진정이 찾아질 거라 예상했건만 이상하게 맘이 찜찜하고 괴롭다. 왜지. 왜일까.

화까지 낼 일은 아니었다는 걸 너무 늦게 깨달아 버렸다. 다소 격앙된 말투로 쏘아붙인 조금 전 자신이 민망해 죽을 지경이다. 이제는 하다하다 하은의 눈길마저도 욕심내는 자신을 우현은 어찌 해석해야 하나 잠시 고민했다.

그러게 왜 안 쳐다봐. 나를. 하은의 탓으로 돌리는 것도 모양새가 영 좋질 않다. 길어지는 정적. 뭐라도 말을 해야겠다 생각한 순간 하은이 먼저 입을 연다.

"우현아. 저기."

"미안. 화낼 일 아니었는데. 미안해."

제 발 저린 우현이 중간에 끼어들어 사과부터 건넨다. 말로는 미안하다고 하면서도 잔뜩 구겨진 미간과 싸늘한 눈매는 계속 화를 내려는 사람 같아 보였다. 삐쭉 내민 불퉁한 입술이 왠지 귀여워 하은이 웃음을 참는다. 우현이 시선을 피하며 말한다.

"미안은 한데 그래도 좀 너무했어."

"내가?"

"그럼 나겠냐? 계속 모른 척할래? 어떻게 너는⋯⋯."

"또 화내는 거야?"

성질을 못 이겨 홱 고개를 돌렸다가 눈이 마주치자 아차 싶은 우현이 입을 다문다. 속이 부글부글 끓는데 말을 할 수가 없다. 물끄러미 올려다보는 하은의 눈동자가 까맣고 곱고 아주 그냥 예뻐 죽겠다. 우현이 구겼던 미간을 애써 펴며 아니야, 한다.

더 쳐다봤다간 페이스를 잃겠다 싶어 시선을 떼려는데 하은이 한 걸음 앞으로 다가선다. 그리고는 살며시 우현의 손을 잡고서 빤히 올려다본다. 마치 화난 기색이 있나 없나 찾아보려는 사람처럼 매우 유심히도 보는 하은이었다.

솔직히 화가 난다. 생각할수록 서운해 돌겠다. 저만 혼자 안달난 건가 싶어서. 잠깐만 못 봐도 진짜 죽을 것처럼 아쉬운데. 어떻게든 표정을 풀려고 해 보지만 그게 참 쉽지가 않다. 소리 죽여 툴툴거리는 우현을 향해 하은이 고개를 비스듬히 하며 묻는다.

"화내는데?"

"아니라고."

"진짜 아니야?"

"아니라잖아. 아니야."

"정말?"

"아니라고 했다. 그만 안 해?"

"소리 지르네 뭐."

"야, 내가 언제……."

소리를 질렀냐는 말까지는 차마 하지 못했다. 제가 듣기에도 처음에 비해 목소리 톤이 현저히 높아져 있었기에. 머쓱해진 우현이 마땅한 말을 찾지 못해 잠시 버벅거린다. 그러다 울컥 또 성이 났다. 상황이 어째 자신에게 불리한 것만 같아서.

하루 종일 시선을 피한 건 하은이다. 눈길 한 번 받고 싶어 내내 하은만 쳐다보고 살폈던 아까의 기억이 떠오르자 우현이 지금 이렇게 얼렁뚱땅 넘어갈 일은 아니라는 생각에 인상을 찌푸린다. 그렇잖아. 화내도 되는 거잖아, 아냐? 뭐라고 해 보려는데,

응……?

발뒤꿈치를 들어 올린 하은이 우현의 입술에 쪽 입을 맞춘다. 너무 갑자기라 순간 굳어 버린 우현이 할 말을 잃고 멍해진다. 그런 우현을 보고 보일 듯 말 듯 웃은 하은이 한 번 더 다가가 짧게 입 맞춘다. 언제 일그러졌었나 싶게 우현의 표정이 말끔하다.

뭐야. 나 화내고 있는데?

넋을 놓고 쳐다보는 우현을 향해 하은이 화내지 마, 하고 속삭인다. 차분한 어조와 조곤조곤한 말투에 우현은 불현듯 이게 조련인가, 라는 생각이 들었다. 화내지 못하게 미리 막아서는, 어쩌면 제 뜻대로 하려는 술수가 아닐는지.

하…….

피식, 우현이 한쪽 입가를 말아 올린다. 조련이든 뭐든 기분이 나쁘지 않다. 하은이니까. 하은이 해 준 뽀뽀에 반해 버려서. 사납던 눈매가 확연히 누그러짐을 느낀 하은이 마지막으로 또 쪽, 뽀뽀한다. 그만 나가자는 하은을 이번엔 우현이 잡는다.

"혹시 무슨 일 있었어?"

하은의 허리 뒤로 두 팔을 둘러 바짝 당겨 안은 우현이 지그시 눈을 맞추고 묻는다. 그에 앞서 우현은 꽤 오래도록 하은에게 입을 맞췄다. 그래도 혀를 넣는 격한 과정까지는 가지 않게 입술만 꾹 누르고 있었다. 너무 길어지면 뒷감당이 어려울까 봐.

염려스럽게 묻는 우현의 말에 하은이 당황한 티를 내지 않으려

안간힘을 쓴다. 우현이 하은의 머리를 쓰다듬듯 어루만진다.

"아님 다른 사람들 신경 쓰여서 그랬던 건가. 그래?"

"뭐가."

"너 말이야. 오늘 내내 표정 별로 안 좋아 보였어. 쉴 때도 줄 곧 멍해 있고. 심각한 고민 있는 듯이."

"내가 그랬어?"

"그래. 내가 보는 줄도 모르고. 바보."

그래서 더 신경 쓰였다며 우현이 하은의 한쪽 볼을 감싸 쥔다. 뭔 일 있는 거 아닌가 싶어 걱정돼 죽을 뻔했다는 말과 함께. 대답을 요구하는 우현의 집요한 눈빛에 하은이 아닌데, 일은 무슨, 이라며 애써 웃는다. 우현이 다시금 정말이지? 묻는다.

이제는 표정만 봐도 알겠나 보다. 허공을 헤매는 시선만 봐도 감정이 어떤지, 기분이 좋은지 나쁜지까지 우현은 알아주고 있는 거였다. 이제껏 하은이 우현을 보며 그래 왔던 것처럼. 겉으로 드러나는 표정 너머의 감정들을 세심하게 살피고 알아줬던 것처럼.

원체 거짓말을 못 해 둘러대는 것에는 영 소질 없는 하은이 억지로 웃는다. 춤추랴 카메라 신경 쓰랴 몸과 마음이 모두 바쁜 와중에 제 안색까지 살펴 줬던 우현이라는 사실이 기뻤지만 그래도 묻는 말에 곧이곧대로 다 털어놓을 수는 없는 노릇이었다.

여전히 아까의 말들이 귓가에 맴돌고 있지만. 흘낏거리고 수군대는 모습들이 무척 거슬리지만. 그렇잖아. 내 입으로 어떻게. 고개를 끄덕이자 우현이 그럼 됐고, 라며 미소 짓는다. 좋아 죽겠네. 속삭이듯 읊조리는 우현을 향해 하은이 눈꼬리를 내린다.

사람들이 찾겠다는 말로 하은은 우현을 데리고 창고를 나왔다.

밴을 타고 저와 같이 가자는 우현이었지만 일단 집으로 가서 짐 정리도 좀 하고 씻어야겠다고 좋게 둘러댔다. 데려다 준다는 것도 마다하는 하은이 서운한 우현은 마지못해 알았다 답했다.

전화할게, 하는 눈짓에 작게 웃어 주던 하은이 마침 훔쳐보고 있던 스태프들을 발견하고 움찔 놀란다. 가시방석이 따로 없다. 불편하고 눈치 보이고 여간 신경 쓰이는 게 아닌.

부리나케 대기실에서 의상을 갈아입고 나와 가방을 챙겨 들었다. 성태와 승효를 비롯한 댄서들에게 인사를 건네고 돌아섰다. 아까부터 하은의 기분이 심상치 않음을 알아챈 승효가 데려다 주겠다며 따라붙었지만 하은은 미안, 하고는 택시를 잡아탔다.

"여보세요?"

[문 열어라, 오버.]

응?

샤워를 마치고 옷을 챙겨 입자마자 핸드폰이 울렸다. 액정에 뜬 수진이란 글자에 놀란 하은은 문을 열라는 말에 거듭 놀라 눈을 동그랗게 떴다. 문? 무슨 문? 그때, 초인종 소리가 딩동, 하고 들려온다. 얼른 머리를 수건으로 감쌌다.

긴가민가하는 표정이 되어 현관으로 다가선 하은이 밖을 확인한다. 약하게 미소 띤 얼굴로 서 있는 이는 틀림없는 수진이었다. 서둘러 문을 열자 수진이 활짝 웃으며 손을 들어 보인다. 민폐 좀 끼치러 왔어. 괜찮지? 수진이 천천히 집 안으로 들어선다.

"안주는 시켜 먹자. 뭐 먹을래?"

"글쎄."

"먹고 싶은 거 없어? 여태 밥도 안 먹었다며. 종일 들고 뛰었는데 배도 안 고프셔?"

제가 살 테니 뭐든 말해 보라며 수진이 소파에 주저앉는다. 비닐봉지 가득 들고 온 맥주들을 늘어놓는 수진의 모습에 하은은 그냥 알아서 시켜 줘, 하고는 머리부터 말리고 오겠다고 방으로 향했다. 수진이 전단지를 뒤적거리며 먹을 만한 것을 고른다.

하은은 물기를 말리는 내내 복잡한 머리를 비우려고 애썼다. 웬만하면 불시에 찾아오는 일 따위 없는 정수진이 작정한 듯이 맥주까지 한 보따리 사 들고 온 것에는 필시 이유가 있어 보였다. 그리고 그 이유를 하은은 너무나도 잘 알고 있었고 말이다.

승효가 수진에게 그 정도였나 싶은 생각이 새삼 든다. 정말 수진이, 제 친구가, 마음이 다잡히지 않아 무척 고생하고 있음을. 저 역시 이래저래 심란하던 참이었으니 잘됐다 싶어 하은이 머리를 헝클며 거실로 나간다. 수진이 하은을 보고 활짝 웃는다.

가볍게 맥주 한 캔씩을 비우자 피자가 도착했다. 뜨거운 김이 좔좔 올라와 먹음직스러운 외형에 그제야 허기가 동한 하은이 조심조심 집어 든다. 한입 베어 물고 맛있다고 웃으려는데 또 초인종이 울렸다. 계산을 마치고 오는 수진의 손에는 치킨이 들려 있었다.

촬영 내내 과자 같은 간식 외엔 먹은 게 없었다는 하은을 위해 피자에 치킨까지 거하게 상을 차려 준 수진이 건배를 외친다. 경쾌하게 부딪힌 맥주 캔을 입으로 가져갔다. 시원하고 알싸한 청량감이 목을 타고 흘렀다. 카아! 수진이 넌지시 하은을 본다.

"어땠어?"

"응?"

"계속 붙어 있었을 거 아냐. 민우현하고."

님도 보고 뽕도 딴 소감이 어땠냐는 수진의 말에 하은이 잠깐 움찔한다. 뮤직비디오 촬영에 관한 질문이란 걸 머리로는 확연하게 인식을 했음에도 별안간 심장이 벌렁벌렁 요동을 치고 있었다. 흐응? 난감해하는 하은의 모습에 수진이 눈을 가늘게 뜬다.

"뭐야, 그 반응은. 그렇게 좋았어?"

"어, 뭐."

"얼마나 좋았는데. 뭐가 제일 좋았냐? 어?"

"그야."

"그야……?"

집요한 수진의 시선이 쏟아지자 하은이 어쩔 줄을 모른다. 태연하려 마음을 다잡는 동안 본의 아니게 머릿속 가득 한 장면이 들어찼기 때문이었다. 어두운 룸. 흐릿한 조명. 하고 많은 일들 중 왜 그게 떠올랐는지 알다가도 모르겠는 하은이 안간힘을 써서 시선을 피한다.

바짝 붙어 앉은 수진이 장난스럽게 하은의 얼굴을 들여다본다. 하은이 얼른 맥주 캔을 입으로 가져간다. 떠올리는 것만으로도 몸 전체가 약하게 떨린다. 아직도 하은은, 우현이 제게 들어오던 그 모든 순간들을 조금도 잊지 못하고 있었다.

부드럽게 만지던 손길도, 뜨겁고 격렬하던 입맞춤도, 그윽하게 바라보던 갈망의 눈길도. 당장인 것처럼 생생한 것이.

죽겠다……. 아아……. 차에서 키스한 후 괴롭단 듯 읊조리던 우현의 말이 왠지 공감된다. 아랫배가 막 뻐근하고 아릿아릿해서.

저도 모르게 든 불순한 생각을 떨치며 하은이 한 번 더 맥주를 들이켠다. 서하은. 나지막한 수진의 목소리에 시선을 들었다.

"민우현이 엄청 잘해 주나 보다?"

"응?"

"행복해 죽겠는 얼굴이야. 좋아 보여."

"그래?"

"부럽다. 좋겠다, 너는."

진정 부러움이 가득한 눈으로 바라보며 수진이 중얼거린다. 샘 난다고 장난스럽게 삐쭉이는 입술보다는 한껏 내려앉은 쓸쓸한 눈빛이 시선을 사로잡았다. 괜한 거슬림에 하은의 말문이 막혀 버린다. 진짜 부러워, 하고 읊조린 수진이 맥주 캔을 입으로 가져가 쉬지 않고 단번에 비워 낸다.

새로 딴 맥주 캔을 절반 정도 비운 수진이 문득 주머니를 뒤져 핸드폰을 꺼내 든다. 그때까지 멍하니 수진을 보던 하은은 안 먹고 뭐하냐는 수진의 다그침에 얼른 치킨 한 조각을 집어 들었다.

참 우현이. 밥은 먹었으려나. 데려다 주지 못한다는 사실에 서운한 감정을 한가득 드러내던 우현의 표정이 떠오른다. 삐쭉 내민 입술과 불퉁한 표정. 녀석답지 않게 참 귀엽던. 하은이 픽 웃는다.

문자라도 보내 볼까 하던 생각의 끄트머리에 웬 잡념들이 불쑥 끼어든다. 동시에 어지러이 뒤엉키는 마음. 답답해지는 속내.

넌 너무 착해. 그래서 불안해. 네가 겁먹을까 봐서. 무슨 일이 있어도 나 포기하지 마. 절대 내 옆에서 떨어지지도 말고. 이 순간 우현의 말이 떠오르는 건 왜인지. 물론 포기하지 않을 거다. 곁에서 떨어지지도 않을 거고.

꼭 그럴 거야, 나는. 근데. 우현아. 근데 있지. 후우…….

"갑자기 왜 그래?"

아마도 승효에 관한 고민들을 털어놓으려고 찾아왔을 수진이었
다. 먼저 캐묻는 건 못 하겠는 하은이라 수진이 이야기를 시작할
때까지 그저 묵묵히 기다려 줄 참이었다. 기다림이 너무 길었는지
반갑지 않은 불청객들로 하은의 표정이 온통 엉망진창이다.

조금 전만 해도 마냥 행복하던 얼굴에 먹구름이 잔뜩 드리워졌
다. 원체 제 속내를 못 감추는 성격이라 수진이 그런 하은을 알아
채고 무슨 일이냐 묻는다.

아무것도. 괜찮다 답하면서도 눈빛이 영 안 좋다. 수진이 조심
스레 하은의 손을 잡는다.

"너 무슨 고민 있지?"

"아니."

"아니긴. 얼굴에 다 쓰여 있거든. 뭔데?"

"그냥."

"말해 봐. 친구 좋다는 게 뭐냐. 어서."

얼마든지 들어 주겠다는 수진의 너른 시선에 하은은 조금 더
망설이다 입을 열었다. 촬영장에서 있었던 일을 들려주자 수진의
미간이 보기 싫게 찌푸려진다.

그래서 그게 너무 신경 쓰여. 무거운 한숨으로 마무리 짓자마자
수진이 목소리를 낸다.

"와, 뭐 그런 것들이 다 있어? 말이면 단 줄 아나."

"사정을 모르니까."

"아무리 몰라도 그렇지, 어떻게 그런 말을 지어낸대? 뭐? 민우현 팔아서 들어갔다고? 걔들 또라이 아냐?"

열심히 잘하고 있는 사람을 욕보여도 유분수지, 어찌 그렇게까지 매도하느냐며 수진이 열을 낸다. 분을 못 이겨 씩씩대는 수진을 보자니 되레 더 기분이 가라앉는 게 느껴졌다. 속상하다. 정말 모두들 그렇게 보는 걸까. 아무리 노력해도, 나를?

내막을 안다면 그럴 수 없을 거다. 원래부터 알고 지낸 사이였다는 것도, 마음이 닿지 않았을 뿐 무려 5년씩이나 서로만 가까이 두고 바라봐 온 우현과 하은을 안다면 누구도 그런 식의 비난은 할 수 없을 텐데. 알아도 변명이라며 들은 척도 안 할지 모르고.

샘나서 하는 소리에 일일이 반응하지 말라며 수진이 힘을 불어넣어 준다. 말은 이렇게 해도 사실 수진 역시 걱정이 되었다. 지금은 우현과의 관계가 댄서들과 촬영 스태프들에게만 알려진 상태라지만 일반 대중들까지 알게 될 경우에는 여파가 엄청날 테니.

달리 민우현이겠느냐 이 말이다. 그 팬들은 또 어떻고. 너도나도 들고 일어나 하은을 까댈 게 뻔했다. 있는 욕 없는 욕해 가며. 여리고 무른 순진한 이 녀석이 감당해 낼 수 있을까. 험담하는 거 하나 들었다고 온통 죽을상이 되어 한숨만 푹푹 내쉬는 하은이 과연?

노파심에 수진이 하은을 보며 인상을 찌푸린다.

"설마 아니지? 헤어진다거나 하는 건."

뭐……?

진짜로 사귀는 걸 굳이 숨길 필요가 뭐 있냐고 우현이 말했다는 것까지 들은 수진이 대놓고 하은을 떠본다. 혹시라도 그럴 마음을 먹진 않은 거냐고. 전전긍긍인 지금의 상태로 봐선 충분히 우현을 위해 물러설 만하니까. 하은의 얼굴이 창백해진다.

"무슨, 어떻게, 미쳤어?"

"그치? 내가 봐도 미친 소리다, 그건. 취소."

하도 죽을상이라 설마 했다는 수진이 아니라니 다행이네, 한다. 그렇게까지 미련하게 굴지는 않겠다니 다행이지만 여전히 하은의 표정은 이루 말할 수 없이 어둡고 착잡했다. 잠시 생각을 정리한 수진이 한층 더 진지한 목소리로 말을 꺼낸다.

"넌 어떻게 하고 싶은데."

"뭘."

"민우현하고 관계 밝히는 거 괜찮아?"

"그게, 좀."

"싫구나? 별로구나? 감췄으면 싶어?"

"……."

무섭기도 하고 꺼려지기도 할 거다. 서하은에게 있어 가장 최우선으로 고려할 것은 아직까지 우현일 게 뻔했다. 아무리 우현이 저만 믿고 따라오라고 했어도 성격상 하은이 여타 많은 것들에게서 관심을 거둘 리 없다는 걸 수진은 알고 있다.

섣불리 뭐라 대꾸하지 못하고 하은이 고개를 떨군다. 아까도 느꼈지만 수진의 눈에는, 하은의 고민들이 어렴풋이 읽혀졌다. 아직 공개를 할 수 없는 중요한 이유가 다시금 하은의 표정 너머로 엿보인다. 하은이 허공을 응시한 채 아랫입술을 깨문다.

이제야 찾았다. 정말 제가 원하는 일을. 오래도록 간직해 왔던 꿈이 원색적인 비난으로 시작도 하기 전에 꺾인다면 무척이나 속이 상할 것 같다. 우현의 곁에 있는 것은 좋지만, 물론 제 인생에 우현만 있으면 된다는 마음에는 변함이 없지만 그래도.

욕심을 부려 봐도 되나 염려스럽다. 우현을 좋아만 해도 상관없을 거라던 게 엊그제 같은데. 춤이 제게 너무나 소중해졌기에. 이제는 춤을, 결코 놓을 수가 없기 때문에.

무거운 한숨만 푹푹 쉬어 대는 하은의 손을 수진이 더욱 꼭 잡아 준다. 그냥 철저히 너 자신만 생각해. 이제 그래도 돼, 하은아. 용기를 북돋아 주는 수진의 말에 하은이 애써 입가를 말아 올린다.

"여보세요?"

[나. 뭐하고 있어?]

오늘따라 술이 술술 잘도 들어간다는 수진이 다 마신 맥주 캔을 소리 내어 찌그러트리고는 곧바로 새 것을 집어 들어 딴다. 하은에게 왜 팍팍 안 먹느냐 타박이더니 정작 안주라고는 입에도 대지 않고 맥주만 홀짝홀짝 마셔 대는 수진이었다.

통통한 닭다리를 집어 수진의 손에 들려 주던 참에 전화가 걸려 왔다. 액정에 떠오른 우현의 이름에 하은이 반가워 죽는다. 참 어지간도 하다며 수진이 화장실을 가려 몸을 일으킨다. 알아서 자리를 피해 줌이 고마워 작게 웃으며 입을 열었다.

"밥 먹고 있어."

[이제? 먼저 먹고 씻지, 배도 안 고팠어?]

"그냥."

[잘했어. 뭐 먹는데.]

"피자……하고 치킨."

[어? 혼자?]

"아, 그게."

아무 생각 없이 눈앞에 보이는 대로 말했더니 우현이 기겁을 한다. 물론 혼자 다 먹을 수도 있겠지만 스스로 생각해도 말이 안 되는 상황이다. 때마침 화장실 문이 열리고 수진이 걸어 나오는 걸 본 하은이 수진이랑, 하고 답한다. 수화기 너머 우현의 목소리가 갑자기 싸늘해진다.

[정수진?]

"응."

[갑자기 왜?]

"집에 찾아왔어. 그래서."

[정수진하고 있다는 거야, 지금? 너희 집에?]

잔뜩 날이 선 까칠한 목소리에 하은이 순간 멈칫한다. 심상치 않게 변하는 하은의 표정에 수진이 왜? 하고 소리 없이 묻는다.

별거 아니란 듯 도리질을 하면서도 갑작스런 우현의 냉랭한 반응이 이해되지 않아 말을 아꼈다. 우현이 재차 묻는다.

[묻잖아. 정수진하고 둘이 있냐고.]

"응. 왜?"

[언제부터. 걔 언제 왔는데.]

"그게, 한 시간 조금 안 된 것 같은……."

[지금 갈게. 기다려.]

"뭐?"

[너희 집으로 가겠다고. 보내든지 말든지. 끊어.]

"우현아? 우혀……."

257

무뚝뚝하게 제 할 말만 내뱉은 우현이 재까닥 전화를 끊어 버린다. 워낙 순식간에 일어난 일이라 어안이 벙벙한 하은이 슬쩍 고개 돌려 수진을 쳐다본다. 왜? 뭐라는데? 대체 무슨 말을 들었길래 표정이 그러냐는 수진에게 하은이 우현이가 온대, 한다. 근데 왠지 화가 많이 난 것 같다고 설명하자 수진이 가만히 쳐다본다.

어쩌지? 너 보면 뭐라 할 것 같은 분위긴데. 이윽고 알겠단 듯 고개를 몇 번 주억인 수진이 흔쾌히 자리에서 일어난다. 가방을 챙겨 들어 현관으로 가는 수진을 따랐다. 이렇게 보내면 안 될 것 같으면서도 잡을 수가 없는 하은이 미안하다고 자그맣게 중얼거렸다. 수진이 하은을 향해 피식 웃는다.

"하여간 대단한 민우현이야."

"응?"

"왜 화내는지 알 것 같다고. 그 자식도 참."

안 그렇게 생겨 놓고 은근히 팔불출이란 말이지, 라며 수진이 웃는다. 썩 기분 나쁜 웃음이 아니라서 한껏 더 멍해진 하은이 그게 뭐냐고 묻자 수진은 오면 직접 물어보라며 대답을 회피한다. 애태우기도 일등이더니 염장질도 이렇게나 잘할 줄은. 나 참.

신발을 신은 수진이 갈게, 하고 돌아선다. 정작 찾아온 목적은 하나도 풀어놓지 못하고 가는 수진을 하은이 멀거니 바라본다. 답답할 텐데. 얘기하고 싶었을 텐데. 엄청.

문손잡이를 잡은 수진이 돌려 열려다 말고 다시금 돌아서서 하은을 향해 바로 선다. 안쓰럽게 변했던 표정을 황급히 추스른 하은이 수진과 눈을 맞춘 채로 잠시 기다린다. 수진이 덤덤한 얼굴로 입을 연다.

"내가 좋아하는 녀석이 다른 여자를 좋아해."

앞뒤 잘라먹고 본론부터 꺼내 버린 이야기에 하은이 입을 다문다. 특별히 어조에 신경 쓴 듯 높고 낮음을 최대한으로 배제한 꽤 담백한 말투였다. 그게 오히려 쓸쓸해 보여서 하은은 아무 대꾸도 하지 못했다. 수진이 나지막이 말을 잇는다.

"다행인지 불행인지 그 여자한테는 남자가 있어. 오래도록 좋아해 왔고 지금도 아주 죽고 못 살고."

"수진아."

"상대 안 되는 거 알면서도 좋아하고 있어. 만나기만 하면 눈을 못 떼더라고. 불쌍하기도 하고 안쓰럽기도 하고, 그런 거 알면서도 내 마음이 자꾸 가네."

"너."

"기다려 보려고 해. 인간승리 서하은처럼."

물론 누가 봐도 확연히 다른 상황이지만 한번 애써 보겠다며 수진이 입가를 말아 올린다. 그래서 되면 좋은 거고 안 되면 할 수 없다는 말까지 덧붙이며 수진이 웃는다. 진심. 오롯이 진심. 반짝거리는 눈빛이 그야말로 진심이라 마음을 울린다.

다 알고 있었던 거다. 수진은. 언제부턴가 하은만 쳐다보는 승효를 다 알고 있었고, 그럼에도 마음이 향했노라고 진심으로 고백하고 있는 거였다. 서운하다거나 시기 어린 감정은 조금도 내보이질 않는다. 죄책감도 가질 필요 없단 듯 미소만 지을 뿐.

어떻게 말하나 무던히도 고민했었다. 승효의 마음이 제게 닿아 있는 걸 아는 하은으로서는, 그런 승효를 좋아하는 수진을 어찌

대해야 하는지가 점점 더 어렵고 힘들었었다. 그게 전부 기우였다고 수진이 말해 준다. 사람 마음이란 건 탓할 수 없는 일이니까.

저를 봐서라도 민우현과 오래도록 예쁘게 잘 사귀어 달라며 수진이 돌아선다. 하은의 머리를 살살 헝클며 요 매력덩어리, 라고 놀리듯 내뱉는 것도 잊지 않는다. 갈게. 조심해서 가. 내일 학교에서 보자며 경쾌하게 사라지는 수진을 하은은 한참 바라봤다.

"진짜 간 거 맞아?"

"그렇다니까."

수진이 떠난 지 20분도 채 지나지 않아 들이닥친 우현은 온 집 안을 배회하기 시작했다. 어디 숨어 있는 거 아니냐고, 눈에 띄면 아주 가만 안 둘 법한 무서운 얼굴을 하고서 하은의 집 이곳저곳 문을 열어 보며 돌아다녔다. 그 뒤를 하은이 쫄래쫄래 쫓는다.

"갑자기 왜 왔대."

"맥주 한잔하자고."

"설마 네가 부른 거야?"

"아냐, 수진이가 그냥 왔어."

"진짜지? 진짜 걔가 갑자기 온 거지?"

거듭 반복되는 질문에 속고만 살았냐며 하은이 눈을 흘긴다. 여전히 미간을 구기고 있긴 하지만 아까보다는 많이 누그러진 표정으로 우현이 짜증나, 하고 툴툴거린다. 뭐가 짜증나냐고 묻자 우현이 하은을 데리고서 소파에 털썩 주저앉으며 답한다.

"너 씻고 쉴 줄 알고 전화도 마음대로 못 했단 말이야."

"응?"

"오늘 힘들었을 것 같아서 쉬는 거 방해하기 싫어 꾹 참았다고. 보고 싶어 미치겠는 거 억지로 참았는데 정수진이 함께라잖아."

"뭐?"

"나도 같이 못 있는데 무슨 정수진이야. 열받아서 내가 진짜."

화가 너무 나서 견딜 수가 없었다며 우현이 입술을 삐쭉인다. 하마터면 버럭 소리까지 지를 뻔했다며 구시렁거리는 말들에 하은이 멍해진다. 그래서 화를 냈다고? 너 말고 수진이를 만나서? 쓰고 왔던 모자를 벗은 우현이 헝클듯 머리를 매만진다.

대놓고 질투했노라 털어놓은 우현을 하은이 말없이 쳐다본다. 수진이 말한 팔불출의 의미가 온전히 이해되는 순간이었다. 잠시 잠깐도 양보하기 싫다며, 다른 누구도 말고 저랑만 있자면서 심통을 부리는 우현의 모습에, 하은이 소리 죽여 피식 웃고 만다.

하도 극성스럽게 끼니를 챙겨 주는 진호 때문에 저녁을 먹었다던 우현은 치킨과 맥주를 보고서 눈을 빛냈다. 그 모습에 하은이 같이 먹자며 우현에게 도톰한 살을 뜯어 내민다. 벌써 개봉한 맥주를 홀짝거리던 우현이 아, 하고 입을 벌린다. 조심조심 넣어 주자 맛있다며 씨익 웃는다. 입매 가득 걸리는 해사한 미소에 가슴이 두근, 떨린다.

단숨에 맥주 캔 하나를 말끔히 비운 우현이 앓는 소리를 내며 슬그머니 옆으로 눕는다. 은근슬쩍 무릎을 베고서 길게 다리를 뻗는 우현의 행동에 하은이 눈을 동그랗게 뜬다. 피곤해서. 도로 일어날 생각 따위 없어 보이는 우현이 팔짱을 끼며 눈을 감는다.

그러더니 나지막이 혼잣말로 좋다, 하고 읊조리고는 살며시 한쪽 눈을 뜬다. 하은이 귀찮아하나 안 하나 살피려는 듯 매우 조심스레.

언제 이렇게 애가 됐을까. 예전에는 생각도 못 했던 어리광이 그저 귀엽고 사랑스럽다. 하은이 웃으며 우현에게 손을 뻗는다. 살살 간지럽히듯 머리카락을 만져 주자 우현의 표정이 한층 더 편안해진다. 우현이 다시금 눈을 감고서 하은의 손길을 느낀다.

"어땠어. 좋았어?"

"응?"

"카메라 앞에서 춤춘 소감."

굳게 맞물려져 있던 우현의 입술 틈새로 작은 목소리가 흘러나온다. 잠긴 듯 나른한 허스키에 하은이 눈을 감았다 뜬다. 느릿하게 천천히 떠지는 우현의 눈이 한 치의 어긋남도 없이 하은을 향해 반짝인다. 우현이 하은의 손을 가져다 꼭 잡는다.

"처음이라 힘들었지?"

"조금."

"그래도 긴장 안 하고 잘하던데."

"진짜?"

"응. 떨지도 않고 힘 있게 잘했어. 예뻐."

기특하단 듯 우현이 하은의 손등에 쪽 입을 맞춘다. 우현에게 칭찬을 받으니 그야말로 날아갈 것처럼 행복해지는 하은이었다. 좋게 말해 주는 거겠지만. 우현이라서 예쁘게 봐준 거겠지만 그래도. 수줍게 웃으려던 하은이 순간 떠오르는 생각에 조금 움찔한다.

아무리 노력해도 안 될까. 지금보다 수백, 수천 배 더 노력해도. 나는. 남들 눈에는 그저 내가, 그저. 그런 거 싫은데. 견뎌 낼 자신 없는데. 어쩌지. 어떡할까, 내가. 우현아.

"왜."

"아냐."

"아니긴. 말해. 왜 그래. 어?"

"……."

급 어두워진 하은의 안색을 알아챈 우현이 무슨 일이냐고 묻는다. 대답을 얼버무리며 시선을 피하려는 하은의 손을 힘주어 꽉 쥐는 우현이다. 뭔데. 말해, 어서. 재촉을 해 봐도 묵묵부답이라 우현이 천천히 몸을 일으켜 하은을 마주 본다.

하은은 잠시 더 뜸을 들였다. 뭐라 다그치는 걸 관두고 기다릴 태세를 갖추는 것치곤 우현의 눈빛이 지나치리만치 강렬했다. 반응이 염려될 수밖에 없다. 화내는 건 아닌지. 싫어할까. 이 상태로 얼마나 더 속일 수 있으려나 싶다. 결국 하은이 용기를 내 본다.

"우리."

"응."

"비밀로 하면 안 될까."

최대한 조심스럽게 내뱉은 하은의 말에 우현이 멈칫한다. 그냥 한번 꺼내 본 말 같지 않게 하은의 표정이 무척이나 심각하다. 뭐? 하고 되묻는 우현이 아주 살짝 인상을 찌푸린다. 기왕 시작한 얘길 없었던 걸로 만들 수 없다는 판단하에 심호흡 후 말을 이었다.

"아무리 생각해 봐도 그게 나을 것 같아서. 최대한 조심해서 몰래 사귀는 게 아무래도."

"조심해서?"

"응."

"비밀로 하자고? 너랑 나랑?"

서늘해진 말투로 우현이 되묻는다. 적잖이 화가 나 보였지만 다행히도 버럭 소리를 지르거나 하지는 않았다. 고개를 끄덕이는 하은이 응, 그랬으면 좋겠어, 한다. 보다 확실하게 답하는 하은의 태도에 우현이 다시금 입술을 꾹 다문다.

한동안 우현은 말이 없었다. 똑바로 쳐다보는 시선은 차츰 더 날카로워졌다. 굉장히 많은 감정들이 넘실대는 까만 눈동자를 하은은 피하지 않고 마주했다. 여러모로 최선은 이것뿐이다. 꼭 스스로만을 위한 결정은 아닐 거라는 믿음으로 우현을 봤다.

말도 못 하게 무거운 한숨이 우현으로부터 내뱉어진다. 듣는 것만으로도 복잡한 심경을 알겠다. 그래도. 그렇다고는 해도. 잠깐 고개를 떨궜다 드는 하은을 우현이 서하은, 하고 부른다. 건조하기 그지없는 낮은 목소리. 하은이 가만히 우현을 본다.

"소문나는 거 기분 안 나쁘다더니."

"안 나빠."

"안 나쁜데 왜 감추냐. 뭐 하러 숨기잔 거야. 왜. 어째서."

"그런 문제가 아니야. 그게 아니라."

어떻게든 애를 써 봤음에도 목소리 끝이 약하게 떨려 나왔다. 맘에 들지 않는 듯 하은이 아랫입술을 질끈 베어 문다. 다투기 싫은데. 괜히 언성 높이고 이런 거 딱 질색인데.

역시나 거듭 한숨을 내쉰 우현이 혀로 제 마른 입술을 축인다. 보면 좋아서 웃음부터 나오는데 어떻게 감추겠는가. 가까이 가고 싶고 만지고 싶어 미치겠는데 어떻게 몰래 사귀냔 말이다.

하은이 이러는 이유를 도무지 알다가도 모르겠다. 아니, 알아도 모르고 싶달까. 우현이 뒷머리를 짜증스레 벅벅 긁는다.

"아니면 뭐, 내 팬 애들이 난리 칠까 봐 그래? 밝혀져서 나한테 피해 올까 봐? 그런 거야?"

"우현아."

"신경 쓰지 말랬지. 그깟 거 하나도 상관없다고. 좋아 죽겠는데 어떻게 몰래 사귀자는……."

"그렇다고 헤어질 순 없잖아."

"뭐?"

"평생 감추자는 거 아니야. 그럴 수도 없어. 알아. 그냥 잠시만, 얼마 동안만 비밀로 해 주면, 그러면."

"……무슨 일 있지, 너."

자조적으로 웃는 하은의 입에서 들어서는 안 될 말까지 나와 버렸다. 상상조차 끔찍한 소리가 나오자 우현이 이성을 잃는다. 뭐야. 말해. 비밀로 하자는 근본적인 이유를 솔직히 밝히라는 우현을 보고 하은이 한숨을 내쉰다. 말 안 해? 하은이 입을 연다.

"나 춤추고 싶어, 우현아."

"누가 추지 말랬어? 갑자기 뭐야?"

"네 덕 본다는 소리 듣고 싶지 않다고."

"뭐?"

"너 팔아서 댄서팀 들어갔다는 말 싫단 말이야. 실력도 없는 게 빽으로 억지 쓴 거라는 말, 나는."

"그래서였어? 아까 그렇게 우울했던 거?"

이제야 알겠는지 우현이 하, 하고 짧게 웃는다. 누군가 입방정을 제대로 떨었구나. 울컥 치솟는 화에 우현이 인상을 찌푸린다. 누구야. 누가 그딴 소릴 해, 맞아 뒈지려고. 험상궂게 일그러진 우현의 얼굴에 하은이 말을 아낀다. 우현이 버럭 성을 낸다.

"말해. 누구야. 누가 그랬어. 말 안 해?"

"……."

"어떤 빌어먹을 인간이 그랬냐고. 말해 빨리."

"말하면."

"가서 죽여 놓을게. 다시는 허튼소리 못 하게 내가 아주."

"우현아."

"왜."

"나 처음으로 욕심부려 보고 싶은 거야. 한 번만 봐주면 안 돼……?"

실력으로 인정받고 싶어. 내 힘으로 서 보고 싶어. 시작이야 조금 어그러졌지만 이대로 순순히 끌려가듯 가기는 싫어. 절대. 노력할게. 누구도 그런 말 농담으로라도 못 하게 진짜 열심히 노력할 거야. 그래도 안 되면 할 수 없지만 그때까지는. 안 될까.

다른 누구도 아닌 저를 위해 당분간만 참아 줄 수 없겠냐며 하은이 간절하게 눈을 빛낸다. 사뭇 필사적으로까지 보이는 눈동자의 일렁임이란 왠지 모르게 애잔하고 또 처연했다. 잠시만. 얼마 동안만, 응? 조르는 듯한 하은의 말투에 우현이 아랫입술을 문다.

티 안 낼 자신이란 거 절대 없다. 완벽하게 속일 작정도 되어 있지 않다. 이미 터져 버린 마음을 대체 무슨 수로 감추라는 건지. 난감함에 눈만 깜빡거리는 우현을 향해 하은이 눈꼬리를 내린다.

또 웃지. 저렇게 사람 미쳐 돌게. ……하.

266

하은이 우현의 손을 잡는다. 보드라운 살결이 닿는 그 순간부터 얼었던 마음이 눈 녹듯 사르르 녹아내리고 만다. 하은이 눈을 맞추고 조곤조곤 속삭인다.

"열심히 할게. 그런 말 쏙 들어가도록."

"밝히면 열심히 못 해?"

"색안경 쓰고 보는 거 싫어서 그래. 부탁할게."

"하."

"우현아. 응? 부탁해. 제발."

"……."

"우현아."

"뭘 얼마나 숨기자는 건데. 언제까지."

불퉁스럽게 내뱉는 우현의 말에 하은이 인정받을 때까지, 라고 답한다. 다소 추상적인 대답이 거슬린 우현은 눈을 힘껏 부라렸지만 뭐라 토를 달진 않았다. 오래는 안 돼. 못 해, 알지? 선심 쓰듯 으름장을 놓는 우현을 향해 하은이 고개를 끄덕인다.

하여간 한 번을 못 이기겠다. 언제부턴가 하은이 하자는 대로 다 맞춰 주고 있는 자신을 느낀 우현이 가슴을 들썩여 한숨을 훅 뱉는다. 근데 이상하게 싫지 않단 말이지. 끌려가는 걸 알면서도 불쾌하지가 않아. 너란 녀석은 진짜.

또 웃음이 난다. 눈을 맞춘 채로 그저 웃었다. 서운하고 섭섭한 마음이 들면서도 하은을 위한다는 명목하에 기꺼이 웃을 수 있는 우현이었다. 피식 한쪽 입꼬리만 올리던 우현이 한숨을 푹 내쉰 후에 하은의 볼을 감싸 쥔다. 어느덧 걷힌 미소. 우현이 입술을 축인다.

응……?

슬금슬금 다가오는 우현의 얼굴에 하은이 눈을 크게 뜬다. 남들 앞에서만 조심하자는 거니까. 둘만 있을 땐 괜찮잖아. 아냐? 뭔가 맞는 말인 것 같긴 한데 왜 이렇게 불안한지.

오래도록 놔주지 않을 요량으로 우현이 하은의 입술을 삼키듯 덥석 머금는다. 읍……. 몹시도 격렬하게 밀고 들어오는 우현의 혀를 느끼며 하은이 질끈 눈을 감는다.

숨이 가빠질 정도로 빈틈없이 파고드는 우현이었다. 달달하면서도 나른한, 상당히 길고도 위험스러운 키스가 오래오래 이어졌다. 하은이 우현의 목을 꼭 끌어안는다.

14
비밀연애?!

"왜 이렇게 안 나와?"

굳게 다물어진 입술을 뚫고 기어이 볼멘소리가 터져 나왔다. 엎어 놓은 손가락으로 가볍게 핸들을 퉁겨 대던 우현이 주머니를 뒤적여 핸드폰을 꺼내어 든다. 아무래도 너무 일찍 온 건가 싶다. 네 시에 끝난다고 들어 놓고 삼십 분 전부터 기다리고 있었으니.

도로 핸드폰을 집어넣고는 시트에 대고 고개를 젖히며 눈을 감았다. 체감상으로 한 열 시간은 지난 것 같은데 고작 십 분밖에 지나 있지 않다는 게 거슬려 미간을 찌푸렸다. 아직도 이십 분이나 남았다고 툴툴대는 우현이 귀엽게 입술을 삐쭉거린다.

소리 없이 며칠이 흘렀다. 말이 소리 없이지, 우현의 입장에서는 속이 바짝바짝 타들어 가는 날들의 연속이었다. 낮에는 학교 때문에 못 보는 하은을 그나마 만나는 곳이란 연습실이 유일했다.

그것도 최대한 모른 척. 눈도 마주치지 않게 조심 또 조심.

댄서들이 아무리 최측근들이라고는 하나 기왕 숨기기로 한 거 티 내지 말자는 하은이었다. 더불어 연습에 방해받기 싫다며. 서운해도 어쩌겠는가. 군말 없이 따라 주기로 한 것을. 죽을 각오로 참아 냈건만 우현으로서는 딱 일주일이 한계였고 말이다.

더는 못 참겠어. 몰라. 힘들어. 볼 때마다 아주 돌겠어. 물고 빨고 싶어서. 연습 끝나면 피곤하다고 소리 소문 없이 사라지고. 누가 볼지 모른다고 오피스텔에도 안 오려고 하고. 쳇.

이게 무슨 연애야. 어떻게 전화 통화만 하게 하냐. 감질나게.

"하아⋯⋯."

가슴을 들썩여 무거운 한숨을 내쉰 우현이 천천히 눈을 뜬다. 깊게 눌러쓴 검은 모자 너머로 눈동자가 쉼 없이 일렁였다. 한계. 진짜 이 이상은 무리. 벨트를 풀고 조금 더 느슨하게 앉은 우현이 앞을 살핀다. 아직 하은의 모습은 보이지 않았다.

교문을 빠져나오는 학생들이 너 나 할 것 없이 신기한 눈으로 우현의 차를 힐끔거린다. 국내에 몇 대 있지 않은 최고급 외제 차라 들킬 염려가 컸지만 하은에 대한 갈증이 훨씬 더 심각해 무턱대고 학교 앞으로 와 버렸다. 우현이 모자를 한껏 더 눌러 쓴다.

까짓것 뭐 그리 힘들까 했었다. 여태 비밀로 해 왔던 경험을 토대로 별것 아닐 거라 여겼지만 지금은 상황이 너무나도 달랐다. 시도 때도 없이 보고 싶고 그립고. 같은 공간 안에 있다는 것만으로 자꾸만 눈이 가고. 무슨 인내심 테스트하는 것도 아니고.

하은의 손이 잡고 싶어 죽을 것 같다. 보들보들 뽀얀 볼을 감싸고 입 맞추고 싶어 미치겠다. 품에 꼭 안고도 싶고 막. 진짜 꼭 껴안고 잠시도 안 떨어진 채로 미친 듯이 막.

아니면 다른 거 말고 그냥 얼굴만 계속 보게 해 줘도 살 것 같다는 생각을 하며 우현은 눈을 감았다 떴다. 상상했더니 그새 가슴이 또 간질간질 난리도 아니다. 서하은. 속으로 조용히 하은의 이름을 되뇌던 우현의 표정이 돌연 딱딱해진다. 날카로워지는 눈빛.

뭐야, 저건 또. 어쭈. 이런, 씨……?

"그래서 제가 뭐라고 했게요."

"뭐랬는데?"

"저 교수님, 여기서 이러시면 안 됩니다."

"뭐?"

"재밌죠? 완전 빵 터졌다는 거 아닙니까."

"진짜? 하하하."

어이없는 장면을 목격하고 굳어 버린 우현의 미간이 조금씩 심하게 일그러진다. 하도 기가 막혀 미동조차 잊어버린 상태로 멍하니 앞을 주시했다. 하은을 보고 반가워야 할 기분이 극도로 불쾌해져 버렸다. 옆에 같이 있는 웬 녀석 때문에.

멀대같이 키가 큰 어린 녀석 하나가 하은과 바싹 붙어 걸어오고 있다. 물론 적당한 거리를 유지한 상태였지만 지금 우현의 눈에는 그깟 게 들어올 리 만무했다.

웃어? 딴 놈이랑 웃고 떠든다 이거냐? 울컥하는 맘을 못 이긴 우현이 곧장 차에서 내린다.

"암튼 오늘 고마웠어. 바빴을 텐데."

"뭘요. 또 필요하면 언제든 말씀하세요."

"내가 다음에 커피라도 한 잔……."

"절대 안 돼."

응?

미소 띤 얼굴로 끝인사를 건네던 하은이 갑작스런 인기척에 움 찔 놀란다. 위험할 정도로 싸늘하고 냉랭한 목소리가 바로 뒤에서 들려오고 있었다. 근데 그게 참 낯설지 않은 느낌이랄까. 서둘러 돌아본 하은의 눈이 한순간 휘둥그레진다.

너……?

"커피 좋아하시네. 누구 맘대로."

"우현아?"

"너 뭐야. 뭔데 옆에서 껄떡거려. 죽을래? 맞고 싶어? 확 안 꺼져?"

"자, 잠깐."

당장이라도 달려들어 한 대 후려칠 것처럼 눈을 부라리는 우현 을 하은이 급히 말린다. 그런 하은을 되레 우현은 제 뒤에다 훅 끌어다 감추고는 앞을 막아서 버린다. 난데없는 상황에 민준이 어 찌할 바를 모른다. 하은이 기겁을 하고 우현을 달랜다.

하지 말라고 말을 해도 우현은 들은 척도 않고 민준을 노려봤 다. 이글이글 타오르는 까만 눈동자에서 살기가 고스란히 마구 뿜 어져 나오고 있었다. 교문을 지나치려던 학생들이 눈앞의 소란에 하나둘 몰려든다. 하은이 서둘러 우현의 팔을 잡아끈다.

놔, 안 놔? 제발 쫌. 잠시간의 실랑이 끝에 우현을 운전석에 태운 하은이 부리나케 조수석으로 달려간다. 학생들이 웅성댄다. 곧 민우현 아니냐는 말들이 여기저기서 쏟아지기 시작했다.

맞아? 맞나 봐. 진짜 민우현이라고? 어머어머! 웬일이니! 꺄아!

금세 몰려드는 엄청난 인파에 난감해진 하은이 출발을 재촉한다. 못마땅한 듯이 미간을 구긴 우현이 마지못해 시동을 건다.

"어떻게 왔어? 온다는 말 없었잖아."

"……."

"많이 기다렸어? 전화라도 했으면 내가……."

"혼난다."

"어?"

"아무 데서나 실실 웃고 진짜."

열받아 죽겠는 얼굴로 우현이 하은을 째린다. 차갑기 그지없는 매서운 눈빛에 하은이 잠시 말을 아낀다. 내려앉는 정적. 심기 불편한 속내를 티 내려는 듯 이윽고 우현이 액셀을 거칠게 밟는다.

불안정하게 나아가는 차 안에서 하은이 우현을 본다. 기분이 안 좋아도 엄청 안 좋은 거다. 화났다고 광고를 해 대는 우현을 빤히 쳐다보던 하은이 이내 조심스레 손을 뻗는다. 기어 위에 얹어진 오른손을 건드리자 움찔, 하고 우현이 반응한다.

제 쪽으로 끌어온 하은이 살며시 우현의 손에 깍지를 낀다. 화난 기색이 다소 누그러지긴 했어도 미간의 주름만은 여전히 완고했다. 신호에 걸려 멈춰 선 차 안에서 우현이 하은을 향해 고개를 돌린다.

"뭐야."

"뭐가?"

"아까 그놈."

어디서 뭐하는 놈팽인지 하나도 빠짐없이 말하라는 우현의 호통에 하은이 픽 웃는다. 웃음이 나와? 남은 지금 열받아 돌아가시기 일보 직전인데 혼자 뭐가 그리 태평하냐며 툴툴대는 우현이다. 하은이 들어 올린 우현의 손등에다 쪽, 입 맞춘다.

……미치겠네.

날이 갈수록 하은의 조련은 무서운 속도로 일취월장하고 있었다. 화를 내려야 낼 수가 없게도 말이다. 확연히 풀린 표정이 된 우현이 넌지시 하은을 바라본다. 그런 우현과 눈을 맞춘 채로 하은이 민준에 대한 이야기를 들려준다.

신입학번 후배인데 애가 참 착하고 싹싹하다고, 맹세코 그 이상의 감정 같은 건 절대 조금도 없다는 말로 하은은 우현을 안심시켰다. 오늘 조별 발표가 있었는데 수진이 집안일로 중간에 가야 돼서 마침 휴강이라던 민준이 대신 보조 노릇을 해 줬다는 설명까지 듣고 난 우현이 그래도 친하게 지내지는 마, 한다.

아까처럼 웃어 주지도 말라고. 웬만하면 아예 말도 안 섞었으면 좋겠다고. 억지란 거 알지만, 별 사소한 걸로 다 트집 잡아 샘내고 있는 자신이 꽤나 우스울 거란 건 알지만 그래도. 싫어 죽겠으니까.

졌다는 듯 하은이 웃으며 고개를 끄덕거린다. 왼손을 뻗어 하은의 볼을 살살 어루만진 우현이 고개를 내밀어 짧게 키스한다. 촉촉하고 따끈한 데다 말랑말랑하기까지. 감촉이 어지간히도 좋은지 우현이 두어 번 더 쪽쪽거린다. 하은이 살짝 볼을 붉힌다.

"여긴 왜?"

"족쇄 사러."

"뭐?"

잠시 후, 시동을 끄고 벨트를 푼 우현이 차 앞을 빙 둘러 걸어가 조수석 문을 연다. 손을 잡아끄는 우현의 행동에 하은이 주위를 두리번거린다. 연습실로 가는 줄 알았더니 갑자기 웬 백화점이람. 고개를 갸우뚱하며 하은이 우현의 뒤를 따른다.

어라, 마스크는? 모자를 눌러쓰긴 했어도 조금만 유심히 살피면 알아보기 십상일 정도로 특출 난 얼굴을 고스란히 드러낸 우현을 하은이 걱정한다. 됐어. 귀찮아. 어차피 빨리 사고 나올 거라며 우현이 하은의 손을 꼭 부여잡고 안으로 들어간다.

설마, 반지……?

"골라 봐. 뭐가 예뻐?"

"아……."

명품관 1층 끝 쪽에 위치한 쥬얼리 숍으로 들어간 우현이 하은을 진열대 앞에 세워 준다. 갑자기 웬 반지냐니까 우현은 또 족쇄, 한다. 불안해서. 표시라도 해 놔야지 안 되겠어. 안 그래도 커플링하려고 내내 생각했다는 우현이 작게 미소 짓는다.

커플링. 우현이와 커플링이라. 온통 반짝이는 예쁜 것투성이인 진열대를 바라보는 하은의 눈동자가 못내 일렁인다. 뭐가 좋을까. 어디 보자. 어깨를 끌어안듯 팔을 두른 우현의 품에 안기다시피 한 자세로 하은이 성심성의껏 반지들을 본다.

잠시 보고 있자니 직원이 다가와 찾는 게 있는지를 살펴 준다. 그러거나 말거나 우현은 하은을 향해서만 뭐가 마음에 드느냐 묻고 있었다. 이거? 아니면 이거? 쌍쌍이 잘 겹쳐진 커플링들은 단지 유리 너머에서 보는 것만으로도 가슴을 벅차오르게 했다.

징표. 우현의 표현대로라면, 그래. 족쇄. 하나도 귀찮거나 싫지 않은 고마운 그것을 향해 하은이 살며시 입가를 말아 올린다. 이것 좀 보여 주실래요. 네, 손님. 하얀 장갑을 낀 직원이 진열대 잠금을 풀고 반지를 꺼내어 하은과 우현 앞에 펼쳐 보인다.

"죄송한데 사인 좀······."

"······주세요."

"어머! 감사합니다! 여기요!"

한참을 고민한 끝에 맘에 꼭 드는 반지를 찾을 수 있었다. 세련되고 심플한 디자인이면서도 촘촘히 다이아가 박혀 가격이 그다지 낮지는 않은 그것을 우현은 두말없이 계산했다. 왼손 약지에 끼워진 반지를 신기하게 쳐다보고 있는데 직원 하나가 다가와 사인을 요청한다.

거부할까 하던 우현이 얼른 하은의 눈치를 살피더니 직원에게서 종이를 건네받아 사인을 해 준다. 좋아 죽겠는 기색을 애써 감추며 직원들이 사인하는 우현을 훔쳐본다. 발까지 동동 구르는 그녀들의 모습에 하은은 괜스레 신경 쓰여 시선을 피하다가 멈칫했다.

아, 이런.

언제 몰려왔는지 근처 다른 매장의 직원들까지 우현을 보며 웅성거리고 있었다. 게다가 지나던 손님들마저 하나둘 알아보고 다가오자 하은이 사색이 된다. 민우현이지? 민우현이야! 대박! 뭐 사러 온 거래? 진짜 잘생겼다! 장난 아니다! 와와!

사진이라도 찍으려는지 부산스럽게 핸드폰을 꺼내 드는 사람들을 피해 하은이 우현의 팔을 잡아끈다. 큰일 났어, 라고 말하는 하은의 속삭임에 돌아보던 우현이 황급히 모자챙을 눌러쓴다. 우현이 하은의 손을 꼭 움켜쥐고서 빠르게 매장을 벗어난다.

"어쩌지? 계속 따라와."

"귀찮게 진짜. 에이."

모든 시선들이 모여든 상태에서 아무렇지 않게 걷기란 결코 쉬운 일이 아니었다. 불안한 맘에 연신 돌아보던 하은이 조금씩 더 속도를 높여 따라붙는 사람들을 발견하고 아연실색한다. 짜증스레 혀를 찬 우현이 거의 뛰다시피 하며 하은을 잡아끈다.

웅성웅성. 시끌시끌. 따르는 사람들은 점점 더 기하급수적으로 늘어만 가는 상황이었다. 마치 피리 부는 사나이라도 쫓듯이. 여기저기 찰칵대는 소리에 머리가 다 아파 온다.

서둘러 지하주차장에 도착한 우현이 하은을 조수석으로 보내고 올라탄다. 민우현! 우현아! 제 친구라도 되는 양 반말 일색인 외침들에 우현의 미간이 구겨진다. 우현의 차가 굉음을 내며 사라진다.

"괜찮아?"

"괜찮긴 한데."

"정신없었지? 미안."

주차장을 빠져나와 도로에 들어서며 우현은 하은을 살폈다. 염려와 걱정이 가득한 눈으로 돌아보는 우현은 제법 화가 많이 난 듯 보였다. 잠시도 조용한 꼴을 못 보지, 아주. 원망까지 섞어 괜한 탓을 하며 우현이 툴툴댄다. 그만큼 미안하다는 얘기.

하은이 나지막한 목소리로 우현아, 하고 부른다. 신호에 맞춰 차선을 바꾼 우현이 넌지시 하은에게로 고개를 돌린다. 충분히 괜찮아. 그만 미안해도 돼. 다 이해한다는 마음을 전해 듣자 그제야 기분이 좀 나아진다. 우현이 씩 웃는다.

부드럽게 나아가는 차 안에서 하은은 시선을 내려 제 손가락을 들여다봤다. 단지 반지 하나가 더해졌을 뿐인데 손 자체가 무척이나 특별해진 느낌이었다. 막 반짝반짝 빛이 나는 것처럼 눈이 부시다는 생각을 하며 하염없이 봤다. 손을. 반지를. 그 위로 아른아른 우현이 떠다니는 착각.

늘 이렇게 함께 있는 느낌일까. 손가락에 꼭 붙은 채로, 우현이 같이 있어 주려나. 항상.

맘에 들어? 하고 묻는 우현을 돌아보며 하은이 부드럽게 눈꼬리를 내린다. 어여쁜 그 미소에 우현의 심장이 두근, 울린다. 와. 뭐가 진짜. 멍한 눈으로 하은을 보며 우현이 허, 하고 짧게 탄식한다. 울리는 진동에 핸드폰을 꺼내 들다가 멈칫했다.

암튼 이분도 타이밍 참 죽여주신다니까. 왜 또 불러 대고 난리. 귀찮아 돌아가시겠네. 쯧.

"그래. 이제 속이 시원들 하냐?"

나지막한 굵은 목소리가 사무실 안에 잔잔히 울려 퍼졌다. 크기는 작지만 실린 힘만은 버럭 호통 치는 것보다 몇 배는 더 강했다. 후욱, 하는 무거운 한숨이 제법 길게 새어 나온다. 골치가 아픈지 관자놀이를 짚은 만석이 오만상을 찌푸린다.

앉혀 놓고 있는 대로 혼내 주려 다짐했다. 눈물콧물 쏙 빠지게 야단치겠다는 애초의 다짐이 흔적도 없이 사라진 이유라면, 난감해서 어쩔 줄 몰라 하는 양심 있는 하은과는 다르게 제가 뭘 잘못했느냐며 고개를 빳빳이 들고 쳐다보는 우현 때문이랄까. 애물단지. 요망한 것. 내 저놈의 자식을 진짜. 끙, 하고 앓는 소리를 낸 만석이 천천히 뒤로 몸을 기대며 오른 다리를 꼰다.

액정에 떠오른 만석이란 글자를 본 순간 우현은 짐작했었다. 저렇게 한껏 무게 잡고 폼 잡고 나올 줄 처음부터 알고 있었기에 조금도 무섭지가 않다. 어떻게 된 게 레퍼토리가 변하지를 않으신다니. 옆으로 시선을 돌린 우현이 하은을 보고 인상을 쓴다.

고개 들어. 뭐 죄졌어? 안절부절못하는 하은의 손을 가져다 잡자 하은이 기겁을 하며 빼낸다. 그러지 말라 눈치까지 주면서. 애먼 분노가 죄다 만석에게로 향해짐에 우현이 홱 눈을 돌려 만석을 째린다. 식은땀을 애써 감추며 만석이 차분히 입을 연다.

"우현이 너, 진호한테 연락은 왜 안 한 거냐."

원체 매니저 알기를 개코로 아는 자식이니 어렵하겠냐마는 수습할 기회도 날려 먹은 우현이 얄미워 엄하게 물었다. 턱은 살짝 당기고 시선은 45도 아래에서 위로 치켜뜨면 겁을 먹겠지……는 그저 오산인 걸로.

시큰둥하게 쳐다보며 우현이 너무도 태연하게 개인 스케줄이라 안 했는데요, 한다. 만석이 화를 꾹꾹 누르고서 말을 잇는다.

"내가 분명 혼자 멋대로 돌아다니지 말라고 했어, 안 했어."

"했죠."

"근데 왜 또 갑자기 독단행동이야. 연습실을 가야지 왜 백화점을 가서 트위터고 뭐고 난리 부르스로 만드냐고."

"거 이상하시네. 난 뭐 백화점도 못 갑니까?"

"뭐, 인마?"

"닮은 사람이라고 해요, 저번처럼. 그럼 되잖아요. 안 돼요?"

"민우현이 너!"

"우현아."

여유롭기 그지없는 우현의 태도에 만석만 속이 부글부글 끓는다. 슬슬 나아지는가 싶던 우현의 싸가지는 하루가 멀다 하고 저렇게나 본래의 모습으로 착실히 돌아간다는 게 문제였다. 저걸 언제 인간 만드나. 솟구치는 울화를 못 이겨 벌컥 화를 내려던 만석이 문득 자그마한 목소리에 움찔하며 시선을 옮긴다.

팽팽하게 맞서던 우현이 그새 누그러져 있다. 하은의 눈짓 한 번에 우현이 뜻을 꺾는다. 별로 무서운 기세도 아닌데 한 번 쓱 쳐다보는 것만으로 우현은 오만방자 까칠 도도한 제 태도를 단숨에 확 뒤집는다. 지난번에도 느꼈지만 보통이 아니다. 민우현 사람 만드는 데에 지대한 영향력을 끼칠 녀석이다.

잠시 개별면담을 갖겠다는 만석의 말에 우현이 콧방귀를 뀐다. 밖에서 대기 중이던 진호가 들어와 데리고 나가려 애를 썼지만 순순히 끌려 나갈 우현이 아니었다. 애한테 무슨 겁을 주려고 저를 내보내느냐 성질부리는 우현에게 하은이 괜찮다 눈짓한다.

나가 있어도 돼? 정말 괜찮겠어? 거듭 확인한 우현이 마지막으로 만석을 향해 눈을 흘긴 후 별수 없단 듯 몸을 일으킨다. 작은 문소리와 함께 잠잠해진 사무실 안에 만석의 한숨이 가득 들어찬다. 명색이 대편데 말이야. 참, 체면 유지에 있어 개똥만큼도 도움을 안 주는 우현이다.

"생각은 좀 해 봤나?"

"네? 아, 네. 죄송합니다."

"흐음."

서두를 잘라먹고 시작한 이야기를 하은이 곧바로 알아듣는다. 구체적인 언급 없이 대뜸 죄송하다는 사과를 만석 역시 어렵지 않게 알아들었다. 역시 안 된다는 거다. 우현과 헤어지는 일이란. 큰 기대 안 했다는 얼굴로 만석이 다리를 바꿔 꼰다.

제주도 여행에 웬 기자 나부랭이가 하나 따라붙은 모양이었다. 오밤중에 바닷가에서 키스하는 우현의 사진을 메일로 보내온 기자를 어르고 달래 간신히 막았다. 컴컴해서 제대로 못 찍었을 거라 도발하자 영악하게도 적외선 카메라로 확실히 찍었다던.

굵직한 기사 몇 개로 퉁치기로 하고 맘을 놓았건만 보란 듯이 그날 오후 실시간 뉴스로 떠 버렸다. 해킹을 당했다나 어쨌다나. 그런 세기의 특종을 놓칠 수는 없었는지 잠수를 타 버린 기자를 대신해 만석은 관상전문가까지 동원해 닮은 사람설을 퍼뜨려야 했다. 다행히도 거대한 우현의 팬덤이 지극정성으로 합심해 준 결과 정말 닮은꼴이 벌인 해프닝쯤으로 묻힐 수 있었고 말이다.

근데…….

한껏 진지해진 표정의 만석이 가만히 하은을 주시한다. 소녀 팬들을 몰고 다니는 핫하디핫한 우현에게 있어 스캔들은 득보다 실이 많을 수밖에 없다. 사랑하는 제 오빠가 저를 놔두고 감히 여자 친구를 사귄다는데 과연 어느 팬이 네, 그러세요, 하겠는가.

좀 치사하긴 하지만 헤어지면 가수를 시켜 주겠다 회유했고 하은은 바로 거절했다. 그저, 최대한 숨어서 몰래 잘 사귀겠다고만 할 뿐. 그 말을 한 게 불과 엊그제의 일이다. 당장 내일이 쇼 케이스고. 이런 식으로 해서 참 잘도 몰래 사귀겠다며 만석이 혀를 찬다.

그래도 일단 말썽이 나지 않는 것만이 급선무라 거듭 조심하라 이르고 하은을 내보냈다. 꾸벅 허리 숙여 정중하게 인사를 한 하은이 조심조심 돌아서는 걸 만석이 물끄러미 본다. 억지로 찢어 놓을 생각은 없다. 더군다나 우현이 껌뻑 죽고 못 사는 앤데. 곁에 있게 해 주면 철이 좀 들라나.

그러고 보니 어째 좀 그렇다. 나름 큰맘 먹고 몰래 사귀는 것까지 허락해 줬건만 왜 두 녀석 다 감사하단 소리를 않지? 괜한 서운함에 고개를 갸웃거리고 있는데 벌컥 문이 열리고 우현이 들어온다. 소파에 앉자마자 우현이 만석을 향해 눈을 부라린다.

"무슨 말 했어요? 겁 줬어요?"

"이 녀석아."

"화냈어요? 에? 화낸 거예요? 아, 진짜!"

"끄응."

설마하니 그런 짓은 안 했겠지, 라는 얼굴로 쳐다보며 우현이 다그친다. 다다다 쏘아붙이는 기세가 하도 맹랑해서 만석은 할 말을 잃고 우현을 봤다. 이게 철이 들긴 뭘 들어. 글렀다는 표정이 된 만석이 우현을 바라보며 고개를 절레절레 젓는다.

부디 탑재하길 바란 싸가지는 고사하고 난데없는 팔불출이 되어 버린 우현이 안타까움에 만석이 한숨을 내쉰다. 아이고야. 갈길이 멀구나 싶어 관자놀이를 짚는 만석을 우현은 자꾸만 도발하고 있었다. 하은에게 뭐라 했다간 가만 안 있을 거라며 시종일관 툴툴툴툴.

왜. 또 다 관둔다고 협박하시게? 어이가 없어 쳐다보자 우현은 못 할 게 뭐냐고 응수한다. 하여간 한 마디를 안 져. 자식이. 확한 대 쥐어 패 줬음 싶은 얄미운 우현을 노려보던 끝에 만석이 몸을 일으킨다. 창가로 걸어간 만석이 넌지시 말을 던진다.

"민우현."

"왜요."

"우현아, 인마."

"왜 불러요."

"만나지 말라면 진짜 가수 안 할 거냐?"

제가 알기로 우현은 여태 노래와 춤밖에 모르고 살아왔다. 음악 만드는 것에도 탁월한 재능이 있어 그쪽만 미친 듯이 파고 지내 온 녀석이 가차 없이 버릴 수 있다고 말한다.

네. 안 해요. 그러니까 그런 말 꺼내지도 마요. 만석이 목소리에 살짝 더 힘을 싣는다.

"진심으로?"

"진심으로요."

"거짓 하나도 없이? 정말? 진짜?"

"벌써 안 들리시나 보네. 보청기 하나 사다 드려요?"

"만약에 쟤 춤 못 추게 해도 계속 만날래?"

"뭐요?"

"알지? 저 녀석 활동 못 하게 하는 건 일도 아니란 거. 대표로

서 난 너 포기 안 되고. 그래도 고집부릴 거야?"

"……."

정말 만약 그렇게 나오면 어찌할 거냐고 만석이 묻는다. 괜히 한번 떠보는 말이라는 느낌이 강했지만 들어 버린 내용에 순간 우현이 할 말을 잃는다. 비밀로 하자는 이유가 뭔데. 조금만 참아 달라 하은이 사정했던 까닭, 그건…….

만석이 우현을 본다. 과연, 녀석이 성질을 못 낸다. 말 안 되는 소리 말라며 까칠하게 틱틱거려야 할 우현이 하은의 문제가 걸리자 신중해지고 만다.

오호라, 어디 조금 더 놀려 봐? 사악한 미소를 감춘 만석이 다시금 소파로 걸어와 털썩 앉는다. 우현이 심각하게 만석을 쳐다본다.

"넌 음악까지 포기한다는데 걔는 어찌 나올까. 걔도 널 위해 춤을 포기하겠다고 할까 과연?"

"뭐라는 건데요."

"내 생각엔 아니라서. 욕심 있어 보이던데 아주."

"무슨 소리를……."

"이제 막 춤에 눈뜬 녀석이 단번에 포기가 될까 모르겠네. 평생 무대 못 선다고 해도 괜찮다고 할지. 궁금하지 않아?"

"……."

"한번 심각하게 물어봐. 포기 하나 안 하나."

하은이 기꺼이 포기하겠다고 나온다면 네 녀석이 전에 말한 결혼까지도 팍팍 밀어주겠다며 만석이 눈을 빛낸다. 우현이 나 결혼할래요, 했을 때 마치 나와 결혼해 줘요, 라고 들은 것처럼 하얗게 질렸던 만석의 뜻밖에도 호기로운 제안이었다.

나이에 안 맞게 참 쓸데없는 장난질을 하며 만석은 우현의 표정을 주시했다. 오직 저 잘난 맛에 하늘 높은 줄 모르고 빳빳이 고개 쳐들고 살아온 우현이 남 걱정으로 애태우는 모습을 보게 될 줄이야. 사진이라도 찍어 놓고 싶은 걸 겨우 참는 만석이다.

한편, 별 웃기지도 않는 소리를 한다며 기세등등하던 우현은 몹시도 빠르게 제 페이스를 잃고 있었다. 단 한 번도 생각해 보지 않은 질문이다. 저와 춤 중에 어떤 걸 선택하겠냐는 물음은 이제 껏 안중에도 없었다. 당연히 저일 테니까. 그렇지만 뭔가 기분이 썩.

괜한 승부욕이 발동하는 우현을 향해 만석이 그 녀석 꿈을 생각해, 한다. 날개 꺾어 곁에 두는 것만이 사랑은 아니잖니? 능글맞게 웃는 만석을 알아채지 못한 우현이 가 보겠다며 급히 몸을 일으킨다.

멀어지는 우현을 보며 만석이 웃음을 참는다. 벌이다, 요놈아. 이제야 좀 웃어른 대접을 받는 건가, 기대에 찬 만석이지만 어째 찌질하고 유치해 보인다는 느낌은 왜인지.

그나저나 회사 주식 왕창 떨어지게 생겼구나. 이러다 팬마저 모조리 안티로 돌아서는 거 아닌가 몰라. 뭐, 감수해야겠다만. 쩝.

정말 어쩌다 저런 애물단지를 품어 버렸을꼬, 라고 중얼거리며 만석이 미간을 찌푸린다. 입가에는 그러나, 은근 미소가 어린 채로.

"할 말이 뭔데?"

"집에 가서."

"여기서 하면 안 돼?"

"무조건 안 돼. 중요한 얘기란 말이야."

"응?"

그러니까 일단 타, 라며 우현이 밴의 문을 열고 하은을 기다린다. 잔뜩 내리깔린 목소리가 지나치게 진지하고 심각했다. 주변을 살펴 아무도 없음을 재차 확인한 하은이 마지못해 올라탄다. 뒤따라 올라탄 우현이 문을 닫자 진호가 시동을 건다.

용케도 참았다. 연습 내내 저를 쳐다도 안 보는 하은 때문에 우현은 얼마나 마음을 졸였는지 모른다. 가서 말이라도 걸고픈 걸 간신히 버틴 우현은 연습실 근처 후미진 곳에 밴을 세워 놓고 기다렸다. 방해하지 말아 달라던 하은의 간곡한 부탁을 상기하며.

이제야 살겠다. 옆에 가까이 있다는 사실만으로. 얼굴을 맘껏 쳐다볼 수 있다는 게 왜 이렇게나 감사한지 신기할 지경이다. 고된 인내심의 결과를 만끽하며 우현이 슬쩍 하은의 손을 찾아 잡는다.

손가락 하나하나 겹쳐 오는 우현을 하은이 돌아본다. 눈이 마주치자 우현이 한쪽 입가를 말아 올린다. 또 염장질 시작인 것이냐. 룸미러를 힐끗거리던 진호가 소리 죽여 한숨이다.

오피스텔 입구로 들어설 때 하은은 저도 모르게 몸을 웅크렸다. 까맣게 선팅된 터라 밖에서 보일 리 없음에도 혹 팬들에게 실루엣이라도 들킬까 조심 또 조심이었다. 달갑지 않아하는 우현이 문을 열고 하은이 내리는 걸 돕다가 갑자기 울컥한다.

이렇게 하나부터 열까지 다 신경 쓰고 맞춰 주는 하은의 마음을 감히 의심하다니. 놀리려고 꺼낸 말 아닐까, 설마? 긴가민가 만석의 의중을 헤아리며 우현이 엘리베이터에 오른다. 현관에 들어설 때까지 하은의 손을 잠시도 놓지 못한다.

"무슨 일인데 그래."

"……."

"우현아?"

"잠깐 물 좀 마시고. 목 탄다."

"아, 그래 그럼."

함부로 꺼낼 얘기가 아닌 것처럼 우현은 잠시 시간을 끌었다. 막상 물어보려니 왜 이렇게 겁이 나는지, 원. 갈증이 나는 건 사실이지만 괜히 더 느릿느릿 뜸을 들이며 물을 마셨다. 그래 놓고 하은에게도 마시라고 건네주며 우현이 한숨을 푹 내쉰다.

불현듯 눈앞으로 기억 몇 개가 스쳐 지났다. 온통 하은과 하은의 춤에 관한 기억들뿐이라는 사실에 우현은 갈수록 점점 더 초조해지고 있었다. 혹 댄서팀에서 멤버를 구하느냐며 열의에 차 묻던 하은의 얼굴이, 입단하게 됐다며 기쁘게 웃던 하은의 미소가, 연습실에서 무섭게 집중하던 하은의 모습이, 흠뻑 빠진 듯 춤을 얘기하며 참 예쁘게도 반짝거리던 하은의 눈빛이……

동시에 하은의 목소리도 떠오른다. 춤추고 싶어, 우현아. 나 처음으로 욕심부려 보고 싶은 거야. 한 번만 봐주면 안 돼……?

아니라고 하면 어쩌지. 급 자신감을 잃은 우현이 하은을 데리고

소파로 걸어간다. 일단 옆에 앉혀 놨지만 이거야 원, 입이 쉬이 안
떨어진다.

"서하은."

"응."

"너 말이야."

"응."

한참을 더 머뭇거리던 끝에 우현이 하은을 향해 고개를 든다.
뭐든 괜찮으니 말해 보라는 나긋한 표정에 기어이 결심을 했다.

나일 거야. 나를 택할 거야, 서하은. 틀림없이 나를 선택할
거야. 짐짓 세뇌와도 같은 자기암시를 걸고서 다음 말을 이었
다.

"만약에 평생 춤을 못 추게 되는 상황이 오면."

"어?"

"나랑 만나는 대신 무대에는 절대 못 선다고 하면, 연애 계속하
는 대신에 댄서 포기하라고 한다면."

"뭐?"

"그러면 춤하고 나하고, 뭘 택할래."

최대한 돌리지 않고 직구를 던지고 마는 우현을 하은이 멍하
니 쳐다본다. 양자택일. 둘 중에 하나만 꼭 택해야 한다면 말이
야.

갑자기 이게 무슨 소린지. 이해되지 않아 연거푸 눈만 깜빡이는
하은을 보며 우현이 미간을 찌푸린다. 대답이 바로 안 나와?

아와. 너……?

"고민돼? 고민하는 거야?"

"아니."

"춤인지 난지 헷갈려? 그러냐?"

"그게 아니라……."

"딱 말해. 춤이야 나야."

"응?"

"춤이야? 춤이 더 좋아? 어? 그래, 너?"

어떻게 그럴 수 있냐는 얼굴로 우현이 매섭게 눈을 부라린다. 저는 다 버릴 수 있다고 말했는데 어떻게 짧은 순간이라도 망설일 수가 있는 건지 기가 막히다 못해 어안이 벙벙해져 하은을 쳐다봤다.

그나마 다행인가. 곧바로 춤이라고 안 해서? 에라이.

울분을 못 참고 씩씩대는 우현의 모습에 하은이 조용히 입을 다문다. 최대한 조심해서 몰래 잘 사귀겠다고 만석에게 승낙도 다 받았건만 돌연 우현이 이러는 이유를 모르겠어서 대꾸가 안 나온 것뿐이었는데. 빤히 보는 하은에게 우현이 성을 낸다.

"그럼 너 내가 하지 말래도 하겠네."

"뭐를."

"춤 그만두라고 하면 나랑 안 만날 거냐 이 소리야."

"우현아."

"솔직히 말하면 처음부터 싫었어. 알아?"

뭐……?

정작 아무 대답도 안 한 하은을 애인 대신 춤을 택한 여자로 만들어 버리던 우현이 또 한 번 돌직구를 날린다. 하은이 춤을 춘다는 것 자체가 싫었다고, 댄서팀 들어간 것도 내심 거슬렸다는 말에 하은은 어리둥절해졌다. 왜? 우현이 툴툴거린다.

"못 하게 하려다가 만 거야. 좋아서 하라고 한 거 아니라고. 네가 하도 하고 싶어 하길래 억지로 허락한 거란 말이야."

"왜 싫은데."

"몰라서 물어? 주변에 죄다 사내 녀석투성인데 좋겠냐? 지승효 그 새끼처럼 언제 너 흔들지 몰라 불안에 떨라고?"

"어?"

"무대 서고 활동 시작하면 팬이랍시고 또 남자 놈들 들끓을까 벌써부터 걱정인데. 학교도 그래. 웬 듣도 보도 못한 놈까지 후배라고 달고 다니고, 열받아서 진짜."

대체 그 꼴을 어떻게 보라는 거냐며 입술을 삐죽이던 우현이 짜증스레 시선을 돌려 버린다. 애꿎은 허공만 째리며 분풀이를 하는 우현은 적정 이상으로 화가 나 보였다. 거친 말투와 싸늘한 눈빛이 오래도록 이어졌다. 불퉁스러운 투덜거림도 함께.

아주 싫어 죽겠는 기색이 고스란히 느껴진다. 대놓고 표출하는 우현의 분노가 이른바 질투임을 하은은 머지않아 알아차렸다. 친구인 수진까지 시기할 정도면 말 다 했지. 춤인지 저인지 결정하라던 아까의 다그침이 되새겨졌다. 터지려는 웃음을 꾹 참았다.

한참 더 씩씩대는 우현을 하은이 부른다. 얼굴 좀 봐 달라는 요청에도 우현은 화를 삭이지 못했다. 계속 혼자서만 툴툴툴툴. 할 수만 있다면 가둬 놓고 싶어. 아무것도 못 하게. 초조함을 가득 담아 읊조리는 우현의 볼멘소리에 하은이 넌지시 입을 연다.

"불안해?"

"그래."

"신경 쓰여?"

"그렇다고."

"나 못 믿겠어?"

나는 너만 좋아, 하고 하은이 자그맣게 속삭인다. 너 말고는 다 싫어. 어느 누구도. 서하은은 민우현 아니면 안 돼. 알잖아.

진심 어린 다정한 말투가 귓가에 감겨든다. 일렁이는 고운 눈동자가 시선을 사로잡았다. 하은이 우현의 손을 잡으며 웃는다.

"믿어 줘. 진짜 나한텐 너밖에 없어. 예전에도 지금도."

"진짜지?"

"너 계속 좋아할 수 있었던 거, 어쩌면 나도 너 믿어서 그랬던 것 같아. 한결같이 그 자리에 있어 줄 거라는 믿음. 내가 다가가면 된다는, 믿음."

"믿음?"

"응, 믿음. 믿는 거야. 사랑하면."

서로 믿고 믿어 줘야 하는 게 아닐까, 라며 하은이 눈꼬리를 내린다. 휘어지는 곡선이 너무 예뻐 우현은 한순간 멍한 표정이 되었다. 믿는 거야? 사랑하면? 방금 하은에게서 들었던 말을 그대로 따라 읊조렸다. 하은이 거리낌 없이 고개를 끄덕인다.

기대해도 된다고 한다. 믿고 의지하자고 한다. 하은이. 영원이란 건 반드시 존재하는 거라고. 틀림없이 그럴 거라고.

한 가지에 모든 것을 건다는 게 사실은 아름다운 일이란 걸 우현은 이제야 깨달았다. 그 한 가지를 하은으로 결정한 것이 제 인생에서 가장 잘한 일이었음을. 무모하고 어리석고 결코 한심한 일이 아니라는 것을, 우현은 하은으로 인해 다시금 배운다.

함께 있자는 욕심. 언제고 끝나지 않을 거라는 믿음. 물론, 많은 노력이 동반되어야 한다는 건 당연한 얘기일 테지만.

지그시 눈을 맞춘 채로 하은이 사랑해, 속삭인다. 숨결이 잔뜩 실린 목소리. 별안간 아랫배가 심히 뻐근해진다 싶었더니,

……아, 이런. 뭐 이렇게까지. 미치겠네.

하염없이 하은을 보던 우현이 문득 미간을 찌푸린다. 예고도 없이 일그러지는 우현의 표정에 하은이 놀라 눈을 크게 뜬다.

왜? 왜 그래? 아무것도 아니라며 시선을 피하려는 우현을 하은이 붙잡는다. 젠장. 몸을 채 돌리기도 전에 우현이 굳는다.

"화났어?"

"아니야."

"근데 왜?"

"……흥분했어."

"어?"

"몰라. 저리 가."

잔뜩 심통 난 얼굴로 우현이 잡힌 손을 약하게 뿌리친다. 어딘가 꽤 불편해 보이는 움직임에 고개를 갸웃하던 하은이 이윽고 뭔가를 발견하고 하얗게 질린다. 하필 지금 시선을 내린 게 잘못일까. 앉아 있는 상태에서도 확연히 다름이 보이는 장면이란.

그러게 누가 그렇게 예쁜 말만 골라서 하래. 결코 제 탓이 아니라는 우현을 하은이 빤히 쳐다본다. 놀라긴 했지만 싫진 않다. 저를 보고 흥분해 주는 우현이 왠지 고맙다. 꽤 귀여운 것 같기도 하고. 하은이 얼른 우현을 끌어당겨 그대로 입을 맞춘다.

목에 두 손을 두르며 안겨 드는 하은의 허리를 우현이 서둘러 감싸 안는다. 벌어진 하은의 입안으로 거칠게 혀를 집어넣고서 미친 듯이 탐했다. 여태 어떻게 참았나 싶을 만큼 굉장한 속도와 강도로 우현이 하은의 안을 돌아다닌다. 물고 빨고. 핥으며.

말랑거리는 촉촉한 혀에 이성마저 잃어진다. 따끈하게 데워진 입안을 헤집는 족족 그보다 더 뜨거운 내부로 당장이라도 들어가고 싶은 욕구가 치솟고 있었다. 아예 제 무릎 위에 하은을 마주 보고 앉혀 버린 우현이 점차 더 격렬하게 혀를 놀린다. 으음, 하는 하은의 약한 신음이 맞물려진 입술 사이로 흘러나왔다. 우현이 다급히 혀를 빼내고는 거친 숨을 몰아쉰다.

어느새 바짝 밀착된 둘의 가슴이 연신 들썩거렸다. 나른하고 탁한 눈빛. 우현이 반쯤 감긴 묘한 눈으로 하은을 바라본다. 적나라하게 읽혀지는 그 속마음이 하은의 심장을 마구 요동치게 했다. 알싸한 기분. 우현이 하은의 입술을 할짝 핥는다.

"할까⋯⋯?"

"어⋯⋯?"

"하고 싶어⋯⋯. 하자⋯⋯."

"하아⋯⋯."

쪽쪽, 두어 번 더 입을 맞추며 꼬드기는 우현의 말에 하은이 고개를 젓는다. 느슨히 가라앉은 허스키한 목소리는 무척이나 야하고 섹시했지만 현실을 무시할 순 없었다. 내일 춤 어떻게 추라고. 걱정하는 하은에게 우현이 적당히 할게, 속삭인다.

우현의 유혹은 줄기차게 계속됐지만 그럼에도 하은은 섣불리 받아들이지 못했다. 직감이랄까. 상당히 위험스러운 눈빛을 하고 있는 우현이라 왠지 엄청난 일이 벌어질 것 같았기 때문이었다. 분명 적당히 못 끝낼 거다. 어쩌면 밤새도록 안 놔줄지도 모른다 생각되자 눈앞이 캄캄해졌다. 쇼 케이스부터 마치고, 응? 어르고 달래는 하은을 우현이 잡아 일으킨다.

진짜 안 돼? 아쉬운 목소리로 묻던 우현이 단호한 하은의 끄덕임에 한숨을 내쉰다. 미안. 최고로 멋지게 추고 싶단 말이야. 하은의 부탁에 우현이 알았어, 한다. 정말 미치겠지만, 하고 싶어 돌겠지만 네가 우선이니까. 참아 보겠다며.

그.러.나.

아마 예상했을 것이다. 늦바람에 정신 못 차리는 우현에게 있어 한 번 붙은 불을 끄기란 쉽지 않은 일이란 것을. 굳은 결심이 무너진 건 정확히 5분 뒤였고, 땀 흘려서 씻고 싶다는 하은이 욕실로 들어가자마자 우현은 뒤따라 들어가 옷부터 벗어젖혔다.

기겁을 하는 하은에게 시간 절약의 차원에서 같이 씻자는 것뿐이라던 우현은 저도 모르게 하은의 가슴을 어루만지고 있었다. 하지 말라고 눈을 흘기는 하은의 허리를 매만지다가 슬쩍 아래를 건드렸다. 아예 붙어 버린 것처럼 오래도록 질펀하게 만져 대는 우현이었다.

수줍어 빨갛게 달아오른 하은의 얼굴이 예뻐 차마 손을 거둘 수가 없었다. 욕망이라는 게 참 저를 저답지 않게 만드는구나, 우현은 생각했다. 도저히 참을 수가 없다면서.

최대한 살살 하겠다는 확답을 받은 후에야 하은이 쏟아지는 물줄기 아래에서 우현을 향해 돌아선다. 우현이 하, 탄식한다. 절제가 될까 싶지만 일단은. 뜨겁게 입술을 포개어 오는 우현의 품에 안겨 하은이 눈을 감는다. 신음이 꽤 오래, 흘러나왔다.

✾　　✾　　✾

"자, 그럼 오늘의 마지막 1위 후보 만나 볼까요?"

"네, 음반 발표 일주일 만에 당당히 후보에 올라 지난주까지 무려 3주 연속 1위를 차지하신 분입니다. 지금 이곳 스튜디오에도 팬들의 열기가 정말 뜨거운데요. 요즘 엄청난 인기죠. 이 시대의 완소남! 완벽남! 그야말로 완전 대세! 다 같이 외쳐 볼까요? 민! 우! 현!"

MC의 소개멘트가 끝나자 꺄악, 하는 함성이 실내를 가득 채웠다. 거의 비명에 가까운 외침에 곳곳에서 카메라를 담당하던 스태프들이 인상을 찌푸렸다. 조명이 모두 꺼지고 무대가 암전됐다. 기대에 찬 팬들이 우현의 이름을 연호하며 기다린다.

두두두두 비트가 울리고 커다란 전광판에 여러 장의 스냅사진들이 번쩍거리며 지나갔다. 팬들의 함성이 한껏 더 높아진다. 민우현! 민우현! 팬들이 박자에 맞춰 우현의 이름을 외쳐 댄다.

밑에서 위로 솟구치게 만든 무대장치로부터 별안간 우현이 나타났다. 꺄아아아아악! 핀 조명을 받는 근사한 얼굴이 1번 카메라에 클로즈업됐다. 한쪽 입가를 올려 웃는 우현의 모습이 화면을 가득 채운다.

"어떡해! 우현 오빠!"

"민우현! 흐어어어엉!"

"우현 오빠! 아아아아아악!"

"민우혀어어어언! 꺄악!"

전주와 함께 파워풀한 춤이 시작됐다. 한 치의 흐트러짐도 없이 각이 맞아떨어지는 현란한 우현의 춤에 팬들은 열광했다. 눈앞에서 펼쳐지는 진기한 광경에 팬들 모두 정신 줄을 놓고 소리를 질렀다. 게다가 저런 과격한 춤을 추며 라이브까지 완벽히 해내다니, 정녕 인간이 맞는 걸까.

과연 민우현 천재설이 맞는가 보다며 다들 혀를 내두른 채 관람했다. 아니, 관람이라기보다는 절대적인 찬양과 경배의 대현장이라고 하는 게 더 맞을 거다. 모든 동작마다 꺅꺅대며 난리법석인 팬들이었지만 특히 우현이 웨이브를 탈 때마다 관중석에서는 거의 쇳소리에 가까운 비명들이 울려 퍼졌다.

저렇게 몸을 쓸듯이 출렁이고 골반을 팍팍 튕기는 동작이 어찌나 야해 보이는지 본인은 알까. 혀로 입술을 할짝거리는 저런 표정은 정말이지 혼을 쏙 빼놓는다. 너무 섹시해서.

당장이라도 실신할 듯 정신 못 차리는 팬들을 조련하듯 우현은 더욱 강하게 춤을 췄다. 각기로 온몸을 딱딱 끊어 절도 있는 동작들을 해냈다. 음악에 맞춰 일사불란하게 움직이는 댄서들과 우현의 춤이 절묘하게 어우러졌다.

노래 부분이 끝나고 간주가 나오는 동안, 우현이 돌아섰다. 뒤로 이동하는 척하며 시선을 돌린 우현이 하은을 향해 한쪽 눈을 찡긋한다. 몸을 옆으로 숙여 앉으려던 하은이 티 나지 않게 움찔한다. 두근, 가슴이 내려앉았다.

또 저러지. 못살아, 정말. 으이그.

이제는 저렇게 종종 무대 위에서조차 아이컨택을 시도하는 우현이었다. 그러다 틀리면 어쩌라는 건지, 좋으면서도 못내 거슬린 하은은 어떻게든 의식하지 않으려 애를 쓰며 춤을 췄다. 그게 또 서운한지 울컥한 표정이 된 우현이 자그맣게 입술을 삐죽이며 돌아선다.

모 방송사에서 독점으로 생중계까지 실시한 민우현의 정규앨범 발매 기념 쇼 케이스는 그야말로 대성공이었다. 그간 베일에 가려져 있던 대단한 춤 실력까지 공개되자 언론은 열광했다. 원래도 많던 팬들이 몇 배로 늘어난 것은 물론, 연일 러브콜이 쏟아져 들어왔다. 화보, 예능프로, 드라마, 영화에 이르기까지 우현을 원하지 않는 곳이 없었다. 심지어 대형 행사들조차.

물론 중간에 살짝 주춤하긴 했었다. 얼마나 버틸까 했던 우현이 과감히 열애 중이라고 선언해 버린 것이 그 이유였다. 누군지까지는 밝히지 않은 상대에 관해 여러 추측들이 쏟아져 나왔지만 우현은 침묵했다. 그저, 앞으로 더욱 열심히 최선을 다해 활동하는 것으로 보답하겠다면서.

잘 나가던 앨범 판매량이 눈에 띄게 부진하던 상황은 다행히도 오래 계속되진 않았다. 남의 남자라는 이유로 내려놓기에는 우현이 지닌 매력들이 워낙에 치명적인 탓이리라. 막연히 언젠가는 싱글로 돌아오겠지, 라는 헛된 바람마저 꾸게 할 만큼 인기는 끝없이 치솟았다.

아무도 따라잡을 자가 없을 만큼 단연 독보적인 인기였다. 전무후무할 정도의 파급력을 자랑하며 우현은 무서운 속도로 입지를 굳혔다. 모두가 그를 원했다. 남녀노소 할 것 없이 모두 다.

그리고,

"와, 민우현 씨! 축하드려요!"

"정말 대단하네요! 민우현 씨가 4주 연속 1위를 차지하셨습니다! 다시 한 번 축하드립니다! "

"축하합니다!"

MC들이 다소 호들갑스럽게 방방 뛰며 우현에게 꽃다발을 건넨다. 음반 발매와 동시에 1위 후보 입성, 최단 기간 1위 달성, 인터넷 음원 다운로드 및 조회수 1위에 빛나는 민우현의 업적에 오늘 역시 또 하나의 우승 트로피가 더해진 것이다.

차마 예상치 못했다는 겸손한 표정과는 거리가 먼 우현이 여유롭게 웃으며 꽃을 받는다. 도도하고 시크하고 자신감 넘치는 그 모습에 팬들이 또 꺅꺅 난리가 났다. 우현이 팬들을 향해 감사의 의미로 손을 흔들었다.

간단한 수상 소감을 끝으로 앙코르 송을 부르고 무대를 마무리했다. 녹화가 끝났다는 걸 알고 곧장 내려가려 돌아섰던 우현은 하은의 눈짓에 도로 앞쪽으로 몸을 돌렸다.

"감사합니다! 수고하셨습니다!"

"꺄아아아아아악!"

우렁찬 목소리로 우현이 스태프들에게 인사를 건넸다. 아직 빠져나가지 않고 기다리던 팬들이 그런 우현을 보고 또 발을 동동 굴렀다. 어쩜, 점점 예의 있어진다며. 멋있다면서.

내막을 아는 성태와 댄서들이 눈빛을 주고받으며 소리 죽여 킥킥댄다. 승효가 우현을 쳐다보며 고개를 저었다. 저렇게까지 잡혀 살 줄이야. 왠지 우현이 갈수록 측은해지는 승효다.

"아, 하은 씨. 오늘 무대 좋았어."

"감사합니다."

"춤이 갈수록 는다? 카메라도 잘 받던데? 수고했어요."

"감사해요. 앞으로도 잘 부탁드려요."

"당연하지. 수고."

의상을 갈아입으러 화장실로 향하던 하은에게 스태프 하나가 말을 건넸다. 하은이 과한 칭찬에 몸 둘 바를 몰라 귀엽게 혀를 날름거렸다. 그런 하은의 어깨를 가볍게 도닥여 준 스태프가 지나 가자마자 여고생 두어 명이 쪼르르 다가와 노트를 내밀었다. 초롱 초롱 빛나는 기대에 찬 눈망울들에 바짝 긴장을 했다.

응?

"언니, 팬이에요! 사인 좀요!"

"완전 멋있었어요! 대박!"

"아하하, 고마워요. 이름이?"

"신예진이요!"

"저는 한보람이요, 언니! 꼭 기억해 주세요!"

누구의 빽으로 뚫고 들어온 건지 용기가 가상해 내치지 않고 사인을 해 줬다. 아무래도 몰래 들어온 듯 머지않아 방송국 관리 인이 호루라기를 불며 쫓아왔다. 급히 떼어 내려는 관리인을 괜찮 다고 만류한 하은이 사진 찍자는 요청에 흔쾌히 고개를 끄덕인다. 신이 난 여학생들이 양쪽으로 붙어 섰고 지나가던 안면 있는 스태 프가 본의 아니게 붙들려 찍어 주었다.

촬영을 마치고 악수까지 한 여학생들이 좋아 어쩔 줄 모르며 몇 번이고 감사 인사를 했다. 누군가 자신을 진심으로 좋아해 주는 모습을 보는 일이란 고맙고 신기하고 그 자체로 참 경이로운 체험이었다. 멀어지는 여학생들을 물끄러미 쳐다보던 하은이 화장실을 향해 마저 걸었다. 뭔가 가슴속이 묘하게 벅차오르는 기분에 절로 입꼬리가 스르륵 말려 올라갔다.

우현의 쇼 케이스 무대에서 감상한 뮤직비디오는 그야말로 큰 반향을 불러일으켰다. 몽환적이면서도 묘하게 섹시한 콘셉트와 잘 어우러진 우현의 근사한 모습에 넋을 놓던 사람들은 또 한 명의 예비스타에게 주목하기 시작했다. 귀염성 있는 외모에 춤 실력도 제법 갖춘, 예쁘장한 사내로도 보이는 유일한 여자 댄서를 언론은 호평했다. 바로, 서하은이라는 이름의 댄서를.

우현의 팬들도 하은을 좋아했다. 관계자들 사이에서만 둘이 연인이라더라, 하는 카더라 통신이 떠돌 뿐 일반 대중들은 아직 둘의 사이를 모르고 있기에 가능한 일이었다. 서는 무대가 늘어 갈수록 팬도 따라서 늘었다. 특히 조금 전처럼 소녀 팬들이 상당히 많이 하은을 따랐다. 곱상한 미소년과도 같은 중성적인 외모에 맛깔난 춤이 근사해 보이는 덕분이었다.

조금씩 실력을 쌓아 가는 하은에게 사람들은 응원을 보냈다. 격려하고픈 친근한 매력이 하은에게는 존재하는 듯했다. 기대에 부응하기 위해 하은 역시 열과 성을 다해 연습에 매진했고 차츰 인정을 받고 있는 중이다.

지금은 우현의 무대만 전속으로 하고 있지만 나중에는 같이 작업하자는 제안들이 쏟아지는 것을 보며 우현은 눈을 빛냈고, 만석은 홀로 한숨을 내쉬었다. 유부남 아이돌이 웬 말이냐면서. 정말 결혼시켜야 하느냐고 무척이나 심각하게 툴툴툴툴. 진짜 할 거냐고 툴툴툴툴.

대조적인 우현과 만석의 표정을 떠올리던 하은이 쿡쿡 웃으며 화장실을 나선다. 갈아입은 의상을 들고 대기실로 향하다가 마주 오는 우현을 발견하고 깜짝 놀랐다. 표정이 왜 그리 심각하느냐고 묻기도 전에 우현이 성큼성큼 다가와 하은의 손목을 붙잡는다. 미쳤어! 누가 보면 어쩌려고! 하은이 기겁을 하며 얼른 주변을 살핀다. 우현이 하은을 대기실로 이끌었다.

"왜 이렇게 늦게 와."

"뭐?"

"옷 갈아입는데 뭐 이리 한참 걸리냐?"

새치름한 표정으로 우현이 눈을 흘긴다. 저가 보고 싶지도 않았냐고 묻는 우현은 무척이나 골이 나 있었다. 여태 기다렸나 보다. 하은이 돌아오기만을. 우현이 미간을 찌푸린다.

"바로 라디오 있다는 말 잊었어?"

"아, 맞다. 라디오. 얼른 가."

"그냥 가라는 말이 잘도 나오지, 너는."

"응?"

"나 1등 했는데. 축하도 안 해 줘?"

어쩜 그래, 라며 우현이 곱지 않은 시선을 보낸다. 서운해 죽겠는 듯 앞으로 삐쭉 내민 입술이 그저 귀여웠다. 무대에서는 카리스마 장난 아니던 녀석이 이럴 땐 마냥 아이 같단 말이지. 트로피 탔다고 자랑하는 모양이 꼭 떼쟁이 여섯 살짜리 같다. 무지막지하게 귀여운.

웃음을 참으며 하은이 서둘러 축하해, 한다. 그러자 우현은 뭐가 또 맘에 안 드는지 투덜투덜 혼잣말을 늘어놓는다. 그게 뭐야. 시시해. 재미없어. 축하 인사가 재밌어야 한다는 법칙이라도 있는지 심히 궁금해졌다. 영문을 몰라 갸웃거리는 하은을 향해 우현이 입을 연다.

"시간 없어."

"어?"

"라디오 늦는다고."

"그래. 그러니까 얼른."

"……바보야."

더는 안 되겠는지 우현이 얼굴을 들이밀어 쪽, 하고 입을 맞춘다. 너무 갑자기라 당황한 하은의 두 볼이 발갛게 달아올랐다. 그런 하은의 모습에 우현이 미간을 구기며 미치겠네, 라고 중얼거린다. 그러더니 아예 하은의 얼굴을 감싸 쥐고서 진하게 키스를 퍼붓는다.

맞닿은 입술이 열리고 우현의 혀가 빠르게 안으로 밀려 들어간다. 휘몰아쳐 들어온 따끈한 혀가 촉촉하고 부드럽게 감겨들었다. 차마 거부하기 힘든 매끈하고 말랑한 입술을 하은은 눈을 감고 얌전히 받아들였다. 우현이 점점 더 격렬하게 혀를 놀린다.

단둘만의 축하를 우현은 받고 싶었나 보다. 다른 여러 사람의 축하보다도 오직 하은 한 사람의 축하가 더 절실했던 것 같다. 달콤한 키스로, 진실된 입맞춤으로, 따뜻한 체온으로 마음을 전해 줬으면 했던가. 매 순간을 이렇게, 조금이라도 더 같이 있고 싶어 하는 녀석이니.

이리저리 고개를 비틀어 가며 거칠게 키스하던 우현이 이내 쪽쪽 부드러운 베이비키스로 마무리한다. 한 번, 두 번, 몇 번이고 이어지는 키스에 하은이 픽 웃으며 눈을 떴다. 이마를 맞대고 지그시 눈을 맞춘 채로 우현이 나른하게 잠긴 목소리를 낸다.

"연습실 갔다가 집으로 바로 갈 거지……?"

"응……."

"나 라디오 끝나고 가도 돼……?"

"그래……. 기다릴게……."

"안고 싶어……. 당장……. 돌겠어……."

앞으로의 일을 미리 경고라도 하듯 우현이 한층 더 낮은 소리로 읊조린다. 아마도 오늘, 밤새 시달릴 각오를 하는 게 좋을 거라는 뜻이었다. 내일은 오후부터 스케줄이니 괜찮지 않을까. 하은이 알았다는 의미로 고개를 끄덕인다. 그러자 우현이 탁해진 눈빛으로 살며시 입가를 말아 올린다.

눈을 못 떼겠다. 잠시도 떨어지기 싫다. 이대로 그냥 어디론가 하은을 데리고 훌쩍 가 버렸으면 참 좋겠는데. 그랬다간 정작 하은이 책임감 없다고 싫어할까 걱정인 우현이 얼른 나가자는 하은의 재촉에 천천히 자세를 바로한다. 잠시 숨을 고르고 대기실 문을 열었다.

여태 찾아 헤맨 듯 서둘러 달려온 진호에게 끌려가며 우현이 고개를 돌린다. 우현과 눈을 맞춘 채로 하은이 작게 웃는다. 다짜고짜 달려오고 싶어 안달이 난 우현의 표정이 고스란히 살펴졌다. 하은이 아랫입술을 지그시 깨물었다.

같이 있고 싶은 건 내가 더해. 알잖아. 그치만 어쩌겠어. 기다릴게, 우현아. 응……?

잘하고 와, 라며 입 모양으로 말하는 하은에게 우현이 손을 들어 보이고 사라진다. 모퉁이를 돌아 우현이 완전히 안 보일 때까지 서 있던 하은이 그제야 댄서팀 대기실로 향한다.

아주 잠시만 이별, 그리고 곧 재회. 그래도 계속 떠올리고 내내 그리워할 테니까. 그렇게, 늘 함께인 거니까. 그러니까.

어쨌거나 이제 시작이다. 춤도, 사랑도.

우현도. 하은도. 그래. 이제부터.

에필로그

계속되는 이야기 I
〈연인모드 - 상(上)〉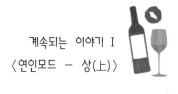

살랑, 매만지는 기척이 느껴졌다. 단순히 실수 같지는 않다는 생각이 든 건 스치듯 건드리는 행위가 몇 번 더 반복되고 나서였다. 곡선을 따라 허리를 가볍게 쓸더니 그대로 미끄러지듯 아래로 내려간 손이 거침없이 허벅지 사이를 파고들었다.

옆으로 누워 있는 터라 골반이 살짝 엎여져 뒤틀린 상태였고, 맞물려 있긴 해도 다리 사이에는 충분히 끼어들 틈이 존재했다. 슬쩍슬쩍 집요하게도 들어오려는 손길을 무의식중에 감지한 하은이 숨을 뱉으며 몸을 돌렸다. 반듯하게 눕자 기다렸다는 듯 다리를 쫙 벌리게 만든다.

잠옷 대용으로 입은 커다란 니트 티의 끝자락이 서서히 말려 올라갔다. 아랫배 부근에까지 다다른 손은 살살 그 근처를 배회했다. 과감한 것에 비해 몹시도 자연스러운 동작 때문인지 아직 온전히 잠이 떨궈지진 않은 하은이 금세 쌕쌕거리는 고른 숨소리를 냈다.

홋, 하고 어둠 속으로부터 희미한 웃음소리가 들렸다. 가늘고 긴 하얀 손이 느릿하게 움직였다. 얇은 속옷을 손바닥 안에 감춘 채로.

"음……."

아래에서 위로 여러 번 진득하게 쓸어 올렸다. 살짝 봉곳한 둔덕의 촉감이 속옷을 뚫고 그대로 전해져 왔다. 이번에는 허벅지까지 쭉 내려와 살살 더듬었다. 안쪽의 보드라운 여린 살결이 손가락 하나하나를 타고 매끄럽게 흘렀다. 마치 악기를 연주하듯 천천히 만지다가 도로 타고 올라갔다. 그러다 가장 긴 가운뎃손가락을 이용해 둔덕의 아래 중앙을 가볍게 훑었다. 어디까지나 가볍게 만지려는 의도는 이내 언제 그랬냐는 듯 한없이 야릇하고 또 질펀해졌다.

……죽겠네.

몸을 일으킨 우현이 급히 손을 뻗어 재킷을 벗어 버렸다. 깨면 안 되니까 조용히. 바닥에 던지듯 내려놓고서 다시 몸을 숙였다. 꿀꺽. 절로 마른침이 삼켜졌다.

우현이 고개를 들어 잠든 하은의 얼굴을 살폈다. 지그시 감긴 눈과 약간 벌어진 붉은 입술이 한눈에 들어왔다. 당장이라도 안고 격렬하게 키스하고픈 충동이 일었지만 우선은 도달해야 할 목표가 남아 있었다.

생각지도 못했던 절호의 기회를 놓칠 수는 없다는 판단에 얼른 조심조심 고개를 내렸다. 왼손으로 하은의 허벅지 안쪽을 쓸어 올

리며 점점 더 아래로 향하던 입술이 곧 활짝 열렸다. 그리고는,

"흐음……."

빼낸 혀로 할짝, 둔덕을 한 번 핥았다. 위로 쓱 쓸어 올리듯 혀를 굴리자 자그맣게 신음이 새어 나왔다. 아직은 잠에 취한 숨결이다. 여유를 되찾은 우현이 몇 번 더 혀를 놀린다.

천천히, 부드럽게 핥아 올렸다. 만지듯 느릿하게 지나가는 혀의 영향으로 하은의 속옷이 차츰 젖어 들기 시작했다. 벗기고 싶은데 방법이 없을까. 이대로도 좋긴 하지만 조금만 더, 더…….

고민하던 우현이 이빨로 약하게 끝을 잡아 물었다. 잘근, 하는 느낌을 어렴풋이 전해 받은 하은의 허벅지 안쪽이 짧게 떨렸다. 안 되겠다. 쪽쪽 주변에 입을 맞추던 끝에 기어이 두 손으로 속옷을 움켜잡았다. 다리를 조금 오므리게 하고 살살 끌어 내리는데 역시나 하은이 눈을 뜬다.

"뭐해……?"

"쉿."

"언제 왔, 우현아……?"

비몽사몽인 틈을 타 속옷을 재빨리 벗겨 버렸다. 몸을 채 일으킬 새도 없던 하은이 우현의 동작에 놀라 서둘러 고개를 든다. 그러기도 잠시, 가만있으라며 제 다리 사이로 자리를 잡는 우현이었다.

뭐야. 뭐하려고, 너……?

순간 설마, 하는 생각이 빠르게 머릿속을 스쳐 지났다. 말도 안 돼. 정말 하려는 거야? 반듯하게 눕혀진 게 어쩐지 심상치 않았다 싶더라니 곧이어,

"하……."

쪽, 하는 소리와 함께 우현의 입술이 허벅지 안쪽에 닿았다. 말이 허벅지 안쪽이지, 거의 그곳에 다다른 초근접 부위였기에 한껏 몸이 굳었다. 터져 나온 신음을 참으려 아랫입술을 질끈 깨문 하은이 조심스레 허리를 비틀었다. 빠져나가고 싶어 한다는 걸 알지만 이번만은 순순히 놓아주기 싫은 우현이 더욱 강하게 하은의 두 다리를 안듯이 잡는다. 우현의 혀가 곧바로 입구에 닿아 할짝였다.

작고 뜨거운 촉감이 아래를 간지럽히듯 지나갔다. 길게 쭉 쓸어 올리는 느낌이 생소하면서도 너무 뜨거워 눈앞이 온통 아찔해졌다. 이상하다. 묘하다. 짐작했던 그대로 낯설고 어색하고 미치도록 혼란스럽다.

뭐라 말이 나오지 않을 정도로 놀라 버린 하은이 연신 숨을 끊어 쌕쌕 내뱉었다. 싫어. 하지 마. 안 돼. 절대, 제발. 지나치게 긴장한 몸을 느낀 우현이 잠시 고개를 들어 하은을 살폈다. 부들부들. 어깨마저 떨던 하은이 미간을 구겼다. 어둠 속에서 우현과 하은의 시선이 얽혀 들었다. 우현이 나지막이 목소리를 냈다.

"싫어?"

"응."

"하지 마?"

"안 할래. 그만."

"진심으로?"

정말 싫은 거냐고 우현이 묻는다. 진심으로 그렇게까지 싫은 거냐고, 정말 그만하느냐고. 이제껏 무던히도 많이 말해 온 내용을 굳이 되풀이하라는 뜻이 아님을 눈치챈 하은이 입을 다문다.

내가 해 주는 건데도 싫어? 나는 하고 싶은데. 나는 좋은데. 싫다는 거야……?

너 아니면 이런 거 아무하고도 안 해, 라는 우현의 마음을 전해 듣는다. 너니까 하고 싶은 거야. 서하은 너라서 내가 이래, 모르겠어?

강렬하게 쳐다보는 우현의 눈빛에 그동안 쌓아 왔던 굳건한 의지가 조금씩 무너져 내린다. 상상조차 쉽지 않았던 일을 마냥 강요하는 우현이 야속했지만 더는 막아설 명분이 없었다. 창피하단 말이야. 이상해. 더럽잖아. 대답 대신 우현이 몸을 낮추며 고개를 숙여 들이민다.

"훗……."

무척이나 부드럽게 우현이 혀를 할짝거린다. 한없이 조심스러운 그 기척에 하은은 눈을 꼭 감아 내렸다. 살살 어르고 달래듯이 입구에 촉촉함이 스친다. 톡톡 노크하듯 짧게 와 닿았다 가는 움직임이 고스란히 느껴졌다.

매끈하게 몰캉거리는 혀가 아래에서 위로 주르륵 쓸었다. 몇 번 그리 약하게 건드리자 떨림이 서서히 잦아들었다. 이상할 텐데. 더럽고 역겹고 그럴 텐데 어쩌면 좋아. 복잡한 마음만은 여전한 상황에서 하은은 어떻게든 견뎌 내 보려 애썼다. 할짝할짝……. 젖은 혀와 속살이 부딪히며 야릇한 소리가 났다.

이제껏 단 한 번도 허락하지 않았다. 관계를 맺을 때마다 애무도 물론 이루어졌지만 하은은 결코 제 그곳에만은 우현의 키스를 받을 수가 없었다. 이유는 뻔했다. 겁이 나서. 분명 이상할 텐데 그런 느낌을 우현에게는 절대 주기 싫었으니까.

예쁨만 받고 싶단 말이야. 싫은데도 좋은 척 너 무리하는 거면 어떡해. 가녀린 신음이 입술을 비집고 거듭 흘러나왔다. 애꿎은 시트만 꽉 움켜쥐고서 하은이 어쩔 줄을 몰라 한다.

한편 우현은 최대한 조심해서 혀를 내밀어 핥고 있었다. 혹시라도 당장 또 못 하겠다며 발버둥을 칠까 그게 두려워 아주 약하게 하은을 탐했다. 살살 더듬듯 건드리자 하은의 아래가 움찔 반응한다. 잠시 잠깐만 닿았다 떨어지는 혀에도 굉장히 민감하게 떠는 여린 속살의 결들이 고스란히 느껴졌다.

좋다. 전혀 싫지 않다. 거부감 따위가 다 뭔가, 벌써 아랫배가 뻑뻑하게 뭉치고 난린데. 이렇게 좋은 걸 하은은 여태 창피하단 핑계로 한사코 만류해 왔다. 뽀뽀 말고 그냥 안으로 들어와 달라는 말에 되레 흥분해 못 참고서 곧장 몸을 일으켰던 건 어디까지나 우현 자신이었지만 정말 하은은 전혀 조금도 좋지 않을까 문득 의구심이 드는 것도 사실이었다.

끙끙 앓듯이 새어 나오는 하은의 나른한 신음이 썩 나쁜 반응만은 아니라는 생각에 우현이 과감해진다. 혀끝에 점차 더 힘을 실어 한 번씩 강하게 쓸어 올렸다. 주름 사이로 푹 들어가 쓸자 하은이 골반을 들썩인다. 깔짝깔짝 짧고 빠르게 여러 번 핥으면 더더욱 어쩔 줄 모른다. 타액과 더불어 흥건히 젖은 샘에 바짝 입술을 묻었다. 추릅, 하고 빨아 당기자 하은의 신음이 순간 확 높아진다.

"흡…… . 흐응…… . 응…… ."

묘하게 야릇한 새된 소리가 귓가에 울려 퍼졌다. 약간 뭐라고 해야 하나. 앙탈? 그런 비슷한 느낌을 우현은 하은으로부터 받았다. 좋아한다. 싫어하지만은 않고 있다, 분명. 과감해지는 데에 있어 확신보다 더 중요한 계기는 없는지 우현의 자신감에 청신호가 켜졌다.

들뜬 기색을 감춘 채로 한 번 더 힘을 줘 쭈욱 빨아들였다. 더불어 나온 혀가 더욱 강하게 빨자 하은이 몸서리를 친다. 어느덧 차오른 숨에 다소 격하게 헐떡거렸다. 고개를 한껏 묻은 채로 우현은 눈을 감았다. 온 신경을 혀와 입술에 집중시켰다.

미끈한 젖은 속살을 핥는 내내 혀가 뜨겁게 달아올랐다. 말랑말랑 간질간질 여린 살결을 이빨로 깨물자 달큰한 향이 확 풍겨 왔다. 이런 맛일 줄 몰랐다. 이렇게까지 사람 환장하게 만드는 느낌과 감촉일 줄은. 살짝 새콤하면서도 끝 맛은 더할 나위 없이 달달했다. 촉촉하고 부드럽고 뜨겁고 그러면서도 너무 말랑해 잠시도 놓아주고 싶지 않을 정도였다.

양쪽 주름을 사이좋게 핥고서 아래쪽에 슬쩍 혀를 넣었다. 길게 세워져 들어감과 동시에 하은이 심하게 허리를 뒤틀었다. 울컥 흥건하게 젖어 흘러나오는 액을 남김없이 빨아 당겨 들이마셨다. 쪼옥 소리 내어 흡입하고 위로 올라가던 혀끝에 뭔가가 걸렸다. 살짝 부푼 정점을 입안에 가두고 빨아 댔다.

"아아아…… . 읏, 흐읍…… . 으…… ."

끊임없이 흘러나오는 하은의 신음에 우현이 더욱 힘껏 혀를 놀렸다. 아예 입안에 가둔 채로 할짝할짝 혀를 놀려 굴리듯 건드리자 하은이 기겁을 한다. 더는 못 참겠는지 시트를 내팽개치고

313

두 손으로 우현의 머리를 부여잡는 하은이었다. 몹시도 힘겹다는 듯한.

들썩들썩 요동치는 하은을 알면서도 조금 더 빨고 핥았다. 뜨거운 숨결까지 내뱉어 가며 혀로 더듬는 우현은 지나치게 요사스럽고 농염했다. 마치 도가 튼 사람처럼 기가 막히게도 하은을 탐해 희롱하고 있었다. 우현, 하아, 현아, 현아아……. 계속 더 빨리, 더 격렬히 핥았다.

하은을 예뻐해 주는 것도 좋지만 하은이 저를 원한다는 사실은 우현을 미치게 했다. 저렇게 자신에게 반응하고 어쩔 줄 몰라 하면서 제 이름을 부르는 하은은 견디기 힘들 정도로 우현의 애간장을 녹였다.

어떻게 된 게 가져도 가져도 하은에 대한 갈증은 가시질 않는다. 만지고 안고 입 맞추고 할 때마다 오히려 점점 더 하은을 원하게 만들었다. 더 갖고 싶고 더 안고 싶고 더 탐하고 싶어지게. 아예 혼을 빼앗기듯 온통 미쳐 버릴 정도로.

대체 이 마음에 끝이란 게 있을까, 이따금씩 생각한다. 다 가졌으면서도 모자란 듯 속이 끓고 애가 타서. 이 서하은이라는 녀석이. 진짜 어쩔 거야. 낮이고 밤이고, 안에서고 밖에서고 온통 너밖에 모르게 만들어 놓고 이제 어쩔 거냔 말이야. 진짜 죽을 것만 같아, 알아?

무대에서 가히 말도 안 되는 극심한 자제력으로 스스로를 제어한다는 걸 하은은 모를 것이다. 우현이 진짜 얼마나 힘든지, 눈이라도 마주쳤다가는 아래가 설까 봐 애써 쳐다보지 않으려 한다는 것도.

끝도 없이 들끓는 소유욕에 괜히 발끈한 우현이 몸을 일으킨다. 좋으면서도 그 이상으로 화가 나는 묘한 기분. 수없이 확인하고 또 확인받고 싶은 솔직한 속내.

재빨리 바지를 벗고 무릎을 세웠다. 공기 중에 드러난 하체가 서늘해 느릿하게 눈을 뜬 하은이 금세 다가온 제 앞의 우현을 발견한다. 눈을 맞춘 채 우현이 짐짓 미간을 구긴다.

"넣는다……."

"웃……."

"들어갈게, 괜찮지……?"

"하아……."

이미 잔뜩 젖어 기다리는 하은의 입구에 팽팽히 부푼 제 것을 갖다 문지르며 우현이 묻는다. 괜찮지 않다는 말이 나올 리가 없다. 묻고는 있지만 우현 역시 대답을 바라지는 않는다는 걸 하은은 아주 잘 알고 있었다. 그저 앞으로 있을 굉장한 희열을 예고해 주는 걸로 충분하다는 것 또한.

뭉툭한 끝이 조금 밀려 들어왔다. 아랫입술을 질끈 물었다. 지그시 바라보며 우현은 보다 힘껏 제 것을 들이밀었다.

단번에 쑤욱 안으로 파고드는 굵은 기둥에 하은이 숨을 멈춘다. 물었던 아랫입술을 놓쳐 벌리자 우현이 입을 맞춰 온다. 비스듬히 고개를 비틀고 포개듯 머금는 뜨거운 입술과 혀에 눈을 감았다. 다소 격렬하게 움직이는 우현을 따라 하은도 서서히 혀를 놀렸다.

동그랗게 말려 휘감는 미끈한 감촉이 분주하게 흩어졌다. 입안 여기저기를 돌아다니는 우현의 혀는 소름 끼치도록 달고 부드러웠다. 오래도록 질펀하게 빨고 핥던 혀를 겨우 놓아준 우현이 입술을 떼고 하은을 응시했다. 그리고는 이마를 맞댄 채로 아주 천천히 허리질을 했다.

"아……. 읏……."

약간 뒤로 빠져나갔던 몸을 다시금 훅 쳐 올렸다. 좁고 습한 안으로 밀어 넣자 하은이 인상을 찌푸린다. 아프지 말라는 듯 느릿느릿 움직이면서도 갈수록 하체에 한껏 더 힘을 싣는 우현이다. 보다 더 세게 꾹 들이밀어 파고드는 우현의 등을 하은이 부둥켜잡는다.

굵직하고 거대한 기둥이 몇 번이고 아래를 후벼 팠다. 더 이상 뜨거울 수 없을 정도로 달구어진 열기가 은밀한 곳으로부터 쉴 새 없이 전해져 왔다. 천천히, 간격을 맞춰, 반복되는 일정한 속도에 어느덧 리듬이 실렸다. 눈을 계속 맞춘 상태로 우현이 입술을 열었다.

"보고 싶었어……."

"나……. 하아, 도……."

"거짓말……. 먼저 자 놓고……."

"흐읍……. 아, 하앗……."

뭉근하게 허리를 돌려 압박하며 눈을 흘겼다. 내심 서운했던 감정을 실어 우현은 더 힘껏 더 세게 제 것을 박아 넣었다. 어느 곳 하나 빈틈없이 밀착된 하은의 몸 전체가 부르르 떨리는 게 느껴졌다. 움찔움찔 가녀린 어깨를 품 안에 안듯이 가두고 서서히 피치를 올렸다.

죽을 것만 같다. 하루 종일 보고 싶어 죽을 것 같더니 지금은 또 너무 좋아서 정신마저 혼미해지고 난리가 나 버린다. 맞닿은 아랫배가 뻑뻑하게 뭉치는 기척에 살짝 방향을 틀어 허리를 돌렸다. 앞뒤 말고 둥글게 도는 동작이 되레 더 자극인지 하은이 앓는 소리를 낸다.

쇼 케이스로부터 어림잡아 반년 정도가 지났다. 다행인지 불행인지 아직은 비밀연애가 무사히 잘 지켜지고 있다지만 은연중 우현과 하은을 연인으로 인식하는 사람들도 적지 않았다.

그래도 표면적으로는 숨기는 게 맞으니 항시 조심해야 한다는 강박관념이 있었고, 무대에서건 대기실에서건 일부러 서로를 서먹하게 대해야 했다. 잠시 붙어 있었을 뿐인데도 금세 여기저기 파파라치 컷이라며 잡지에 실려 버렸으니.

인터뷰는 만석이 알아서 제한해 주는 덕에 해명하지 않아도 되었다. 다만, 아버지를 아버지라 부르지 못하는 홍길동이 된 기분이랄까. 원체 감정을 속이는 체질이 못 되는 우현은 이제 그만 오픈했으면 싶은데 하은은 아직도 아닌가 보다. 웅얼대는 입술에 속도를 늦췄다.

"뭐……. 타고……."

"진호 형……."

"하아……. 잘……. 흣……."

아무리 늦췄어도 이미 달아오른 상태라선지 말을 채 끝내지 못하겠는 하은이 눈을 감는다. 연신 쌕쌕 터져 나오는 격한 숨결이 꽤 듣기 좋아 우현은 골반을 힘주어 튕겼다. 뼈가 으스러질 것처럼 꽈악 닿아 오는 통증에 하은이 고개를 젖힌다. 우현이 입을 맞춘다. 볼에도 쪽, 턱 선에도 쪽, 드러난 여린 목덜미에도 소리 내어 입술을 묻으며 계속 하체를 쳐 올렸다.

리드미컬하게 움직이는 우현의 동작은 횟수를 거듭할수록 차츰 더 세밀하고 질펀해졌다. 사소한 부분 하나까지 놓치지 않고 자극하자 결국 하은의 입에서 새된 소리가 터져 나왔다. 귓가를 간지럽히는 야릇하고 나른한 그 음성에 우현은 점점 더 미친 듯이 허리질을 했다.

좀처럼 시간이 나질 않아 밖에서의 데이트는 꿈도 꾸질 못한다. 드라이브는커녕 외식 한 번 마음대로 할 수 없을 만큼 눈코 뜰 새 없이 바빠진 우현이었다. 상대적으로 감시가 덜한 하은의 집에 종종 찾아오는 것만이 유일한 방법이었다. 둘만의 시간을 보낼 수 있는.

무대에 같이 서는 날은 그래도 낫지, 오늘처럼 따로 화보 촬영 따위를 해야 하는 스케줄이란 그야말로 우현을 난감하게 했다. 당연한 거다. 일분일초가 아까운데 어찌 떨어져 있으라고. 몸 안에 아예 새겨 버렸으면 싶다. 눈을 뜨고 감는 모든 순간들에 함께였으면. 그랬으면.

한껏 높아진 신음을 입안에 가뒀다. 숨소리조차 놓치기 싫어서 단단히 입술을 틀어막고 혀를 넣었다. 계속 더 빠르게 박아 대면서.

젖은 살들이 마찰돼 찰박거리는 소리가 어두운 방 안에 가득 울려 퍼졌다. 끊임없이 반복되는 절정에 우현은 당장 무너지기 일보 직전이었다. 그래도 더, 조금만 더, 더……. 안간힘을 써 하은을 오래도록 느끼던 우현이 급히 제 것을 빼냈다. 알싸하게 뭉친 아랫배가 한순간 터질 듯 아렸다. 뜨겁게 꿀럭거리며 가득 쏟아

냈다.

"멋있다. 와."

"맘에 들어?"

"응. 완전. 다 예뻐."

이마에 입을 맞추고 몸을 일으킨 우현은 젖은 수건을 가져와 하은의 몸을 정성껏 닦아 줬다. 배에 묻은 흔적뿐 아니라 달아오른 몸 여기저기를 꼼꼼히 살펴 줬다. 이제껏 관계 후 단 한 번도 그러지 않은 적이 없다. 전혀 귀찮지 않은 얼굴로 웃으며 바라봐 줄 뿐.

부엌에서 찬물까지 손수 떠다 준 우현이 침대로 들어와 하은의 옆에 눕는다. 한 모금 마시고 내려놓은 하은이 반짝반짝 눈을 빛낸다. 어쩜 이럴까. 망친 사진이 하나도 없네.

신기한 얼굴로 핸드폰 액정을 쳐다보는 하은의 어깨를 우현이 살그머니 감싸 안는다. 이불을 끌어 올려 나란히 잘 덮고서 하은을 제게로 바싹 당겼다. 부드러운 살결이 닿자 기분이 좋아진 우현의 입가가 살짝 위로 휘었다.

"다음 호에 특집으로 실린댔지?"

"응. 이게 표지 컷."

"와, 진짜 예쁘다. 근데 우현아."

"응?"

"여기 남자가 표지 한 적 없다던데 사실이야?"

하은의 어깨를 감싸 쥐고서 살살 매만졌다. 그러다 고개 돌려 한 번 더 이마에 쪼옥 입을 맞췄다. 우현의 가슴팍에 폭 안기다시피 한 자세로 키스를 받던 하은이 조심스레 우현을 올려다본다. 넌지시 묻는 말에 고개를 끄덕이는 우현을 하은이 새삼스럽게 쳐다본다.

우현이 오늘 촬영한 화보는 이름만 대면 다들 알 만큼 오랜 역사를 가진 유명한 여성잡지에 실릴 것들이었다. 하은이 알기로 여태 단 한 번도 남자 연예인이 표지에 등장한 적은 없었건만 이번에 우현이 그 기록을 깨 버린 거다. 모델도 아닌 가수가, 게다가 신인이.

과연 민우현이구나, 할 만하다. 누구든 단번에 반하게 만드는 치명적인 매력이 사진들에마저 고스란히 묻어나고 있으니까.

다시 눈을 내려 핸드폰을 봤다. 촬영 후 스태프로부터 모니터용으로 넘겨 받은 우현의 사진들을 하나하나 다 기억할 것처럼 하은이 성심성의껏 바라본다. 귀엽게 헝클어진 금발머리와 대조되는 화려한 화장. 도발적인 표정과 야릇한 눈빛이 참 무척이나 섹시하다.

꿀꺽. 하은이 저도 모르게 마른침을 삼킨다. 서하은. 나지막이 부르는 목소리에 고개를 들었다. 핸드폰을 빼앗은 우현이 툴툴댄다.

"눈앞에 두고 사진만 열심히 보냐. 서운하게."

"그냥. 신기해서."

"신기하긴. 실물이 더 좋지 않아? 만질 수도 있는데."

"응?"

"보여 줘? 어떤 기능이 더 있는지?"

못 할 것도 없다는 듯 우현이 그대로 가까이 다가와 입을 맞춘

다. 가볍게 쪽 맞닿았다 떨어지는 우현의 얼굴을 멍하니 본 채로
있었다. 좋아, 안 좋아. 대답이 없자 몇 번 더 쪽쪽거리며 키스를
퍼붓는다. 사뭇 간지럽게 구는 우현을 떼어 내려 하은이 좋아, 하
고 답한다.

숨결이 닿을 정도의 가까운 거리에서 우현이 가만히 하은을 바
라본다. 똑바로 와 닿는 시선이 너무도 그윽해 하은은 아무런 생
각도 못 하고서 우현을 봤다. 보고만 있어도 좋다. 그것도 참 많
이. 그저 마냥, 아주 한없이. 너무 좋아서 심장이 뜨끈뜨끈 달아오
른다.

아예 몸을 돌려 옆으로 누운 우현이 더 가까이 하은을 제 품 안
에 끌어당긴다. 단단히 포박되어진 하은의 다리 사이로 우현의 다
리가 사이좋게 포개져 자리를 잡았다. 탄탄한 우현의 가슴팍에 닿
은 하은의 봉곳한 가슴이 얕게 들썩거렸다. 우현이 미간을 찌푸린
다.

바로 전에 끝냈는데 또 하고 싶은 굉장한 욕구가 밀려든다.
하은의 좁은 안에 가득 들어차고픈 욕망에 우현의 눈빛이 서서
히 탁하게 흐려졌다. 내일은 음악프로 녹화가 있는 날인데 어쩐
다. 금세 물건이 빳빳이 고개를 들었다. 결국 하은을 반듯하게
눕혔다.

"또?"

"한 번만 더."

"벌써 2시야. 내일 리허설."

"금방 할게. 짧게."

"우현아."

난감해진 하은이 능숙하게 자리 잡는 우현을 애써 말린다. 낮부터 있는 리허설은 둘째 치고라도 오전 중에 케이블 쪽 인터뷰가 하나 있다고 들은 것 같아서였다. 헤어와 메이크업을 위해 숍도 들러야 해서 일찌감치 서둘러야 했다. 그걸 알면서 한 번만 더하자니, 대체.

그러지 말고 자자며 눈꼬리를 내려도 우현은 요지부동이다. 필살기가 먹히지 않을 만큼 이미 발동이 단단히 걸려 버린 우현이었다. 여자기피증이 있던 예전의 모습은 찾아볼 수조차 없다. 춤으로 단련된 근육을 얕잡아 봤다. 어쩌면 이렇게 체력도 좋은지 감당이 안 될 지경이랄까.

하은이 고민 끝에 아직 좀 아리다고 말을 하자 우현이 잠시 멈칫한다. 그리고는 머지않아 태연한 표정으로 하은의 다리 사이에 고개를 내렸다. 호 해 주겠다며.

뭐? 뭐를 해? 저기, 그,

"흐읏……."

촉촉하게 적셔진 우현의 혀가 곧바로 아래에 닿았다. 재미가 들린 건지 아니면 생각보다 괜찮았는지 우현은 핥고 빨아 댐에 있어서 거침이 없었다. 미끈한 혀가 부드럽게 주름 사이를 헤치고 지나갔다. 아프지 않게 천천히, 그러면서 야하게.

할짝거리는 소리가 끊임없이 들려왔다. 감촉도 감촉이지만 귓가로 들어오는 질펀한 그 소리에 온몸 전체에 가느다란 소름이 돋는 착각마저 들었다. 등 뒤가 서늘하고 허리 부근이 알싸하게 저려 오는 듯한 생경함에 사로잡혔다. 하은이 마지못해 포기하고 눈을 꼭 감았다.

살살 간질이듯 우현이 혀를 놀린다. 호 해 주겠단 말을 잊지 않았는지 틈틈이 숨결을 불어넣기도 했다. 뜨거운 기운이 화끈거리며 여린 속살을 데웠다. 데워진 그 여린 살이 감미로운 우현의 입술 안에 갇힌 채로 혀를 느꼈다.

말랑하고 촉촉한 혀가 점점 격해졌다. 약한 강도로 잘근 주름 끝을 무는 우현 때문에 하은이 간드러진 신음을 냈다. 커다랗게 덮듯 길게 쓸어 올렸다가 옆으로 할짝였다가 힘을 실어 세운 혀로 입구를 여러 번 들락거렸다. 마지막은 꼭 위로 올라와 정점을 머금고 쪽 빨아 당겼다. 추릅, 하는 야릇한 소리가 났다.

"맛있어……."

"하아……."

"어쩜 이렇지……?"

"그만……."

"조금만 더……."

민망해 죽는 하은을 향해 읊조리던 우현이 다시 혀를 내민다. 나른하게 잠긴 허스키한 목소리는 듣기 좋았지만 수줍고 부끄러워 몸을 비틀던 하은의 허리가 곧 커다랗게 들썩였다. 그만했으면 좋겠는데 싫지 않다. 창피해서 못 하겠다고 했었던 게 엊그제 같은데도 아래가 내내 흥건히 젖어 절로 움찔거리고 있었다.

달다, 하고 중얼거리며 다소 강하게 빠는 우현의 입술에 하은이 살며시 눈을 떴다. 고개를 들어 아래를 내려다 보니 제 다리 사이에서 우현의 얼굴이 오르락내리락하는 게 보였다.

눈을 지그시 감은 채로 그저 느끼는 표정을 짓고 있는 우현이 혀 놀림에 섞어 간간이 숨을 뱉을 때마다 아래가 후끈해졌다. 어둠 속에서도 낱낱이 살펴질 만큼 감촉은 세밀했고 질펀했고 또한 더없이 야하고 농염했다.

예뻐해 준다. 우현이 자신을. 이렇게까지. 벅찬 감격에 하은이 살며시 몸을 일으켰다.

위로 잡아끄는 하은을 우현이 순순히 따라가 입을 맞춘다. 맞물려 포개어진 입술 사이로 우현과 하은의 혀가 끊임없이 얽혀 들었다. 여태 제 아래를 핥았던 우현이지만 그런 건 아무렇지도 않았다. 그저 이 순간, 우현이 간절할 뿐. 한없이 욕심나고 또 원하게 될 뿐.

격렬히 혀를 섞으며 하은이 말했다. 나른한 숨결에 잠긴 목소리로 우현을 향해 넣어 줘, 라고 속삭였다. 아아……. 하고 탄식하듯이 내뱉은 우현이 입술을 떼어 내며 잠깐 숨을 고른다. 미치겠네. 어둠마저 뚫는 강렬한 눈빛으로 우현이 하은을 보며 입가를 말아 올린다.

방금 전 넣어 달라는 속삭임에 아랫배가 장난 아니게 뭉쳐 버렸다. 당장이라도 터질듯 부푼 단단한 기둥을 우현이 하은의 안으로 쑥 밀어 넣었다. 천천히 하는 건 못 하겠다. 아프든 말든 정말 죽도록 박아 댈 것 같으니까. 그만하라고 하든 말든, 울어 버리든 말든 간에.

금방 하겠다던, 짧게 끝내겠다고 약속했던 제 다짐을 잊는다. 아무것도 떠오르지 않는다. 오직 하은만이 머릿속에 온통 들어찬다.

우현은 본능적으로 입술을 열었다. 격하게 허리질을 하는 동시에 저절로 말이 튀어나왔다. 사랑해, 하고. 사뭇 간절한 목소리로.

진심 어린 그 소리에 하은의 눈가가 휘어졌다. 해사한 곡선에 심장이 두근, 반응한다. 우현의 동작이 빨라졌다. 뜨겁게 후끈 달아오르는 숨결. 숨이 끊어질 것만 같은 가파르고도 달콤한 절정이 계속되었다.

계속되는 이야기 Ⅰ
〈연인모드 ― 하(下)〉

"이제 그만 일어나자."

"……."

"일어나야 돼. 응? 일어나. 얼른."

나지막이 목소리를 내었다. 크진 않아도 분명 이 정도면 알아듣던 녀석이 꿈쩍을 않는다. 조심조심 어깨를 흔들어 봐도, 살짝 힘을 실어 볼을 톡톡 두드려도 아무런 반응 없이 계속 잠만 잔다. 쌕쌕 흘러나오는 규칙적인 숨소리. 살며시 옆쪽으로 걸터앉았다.

"이러다 늦어. 일어나."

"……."

"안 일어날 거야? 매니저님 전화 오고 난린데. 응?"

"……."

"우현아, 우현아?"

조금 더 몸을 낮춰 귓가에 속삭였다. 다정하고 부드럽게 부르는 말에도 도무지 일어날 기미가 보이지 않는다. 어깨를 한 번 더 살살 흔들어 보지만 여전히 우현은 묵묵부답이다. 뭘 어찌해야 하나 난감해진 하은이 고개를 돌리다가 멈칫한다. 우현이 도로 눈을 감는다.

찰나의 순간이었지만 분명 실눈을 뜨고 있었다. 한쪽 눈만 가늘게 뜨고 앞을 살피던 우현이 괜스레 몸을 이리저리 뒤척거린다. 그제야 하은은 우현이 일부러 자는 척하고 있음을 깨닫는다. 요새 들어 없던 버릇이 하나 생긴 우현이었다. 설마 또?

못 말린다는 표정으로 소리 죽여 웃은 하은이 혀로 입술을 한 번 축인다. 정말 갈수록 애가 되어 간다. 어쩌면 이렇게 어리광인지. 귀엽기도 하고 민망하기도 하고. 별수 없이 마음을 다잡고 몸을 낮췄다. 우현의 귓가에 입술을 바싹 댄 하은이 조심스레 말한다.

"자기야."

단 세 글자에 굳게 닫혀 있던 눈꺼풀이 스르륵 열렸다. 이제 막 잠에서 깬 사람 같지 않게 초점이 확실한 까만 눈동자가 물끄러미 하은을 올려다본다. 여태 기다렸다는 듯 뚫어져라 쳐다보는 우현의 표정에 하은이 픽 웃어 버린다. 우현이 느릿하게 눈을 깜빡인다.

그렇게 몇 번을 더 감았다 뜨며 우현이 하은을 응시한다. 비록 눈을 뜨긴 했어도 아직 몸을 일으킬 정도는 아니라는 뜻이었다. 못살아. 서둘러 우현의 볼에 입을 맞췄다. 한쪽 입가만 살짝 올린 우현이 입술을 쭉 내민다. 한 번 더 쪽, 소리 내어 키스해 줬다.

부스스 눈을 비비며 일어나려는 우현을 하은이 돕는다. 눌린 뒷머리를 하고서도 우현은 좀처럼 하은을 품에서 놓지 못했다. 그만 일어나야 한다고 거듭 말해 주는 하은의 볼에 진하게 입술을 묻고 마구 쪽쪽댄다. 욕실로 걸어가는 잠깐도 떨어지기 싫어 안달이다.

겨우 들여보내고 문을 닫아 준 하은이 돌아서며 참았던 웃음을 터뜨린다. 밤과 아침이 정말 어쩜 이렇게까지 다를 수 있는 걸까. 뜨겁고 야하게 몸을 섞을 땐 세상에 둘도 없는 섹시한 상남자가 됐다가도, 다음 날 일어날 때면 마냥 아기처럼 군다. 그것도 꼭 나긋하게 불러 주는 자기야, 소리를 들어야 일어나는 떼쟁이 어린애. 입가에 미소를 띤 하은이 부리나케 우현의 아침을 준비한다.

"인터뷰 10시 반이랬지?"

"응. 생방."

"알람 맞춰 놔야겠다. 잘하고 이따 봐."

"몇 시에 나가는데?"

"나? 나는 한 11시쯤."

"이리 와."

씻고 나온 우현에게 아침을 든든히 먹인 하은이 별안간 손을 잡아끄는 우현을 보고 고개를 갸웃거린다. 아까부터 집 앞에서 대기하고 있을 진호를 생각하면 곧장 나가야 맞는 우현이 도로 방으로 하은을 데려간다. 설마 또? 불안해하던 찰나 침대에 눕혀졌다.

"자, 얼른. 피곤할 텐데."

328

"응?"

"조금이라도 더 자 두라고. 연습 가기 전에."

두세 시간 남짓이라지만 그게 어디냐며 우현이 이불을 끌어 올린다. 목 끝까지 잘 여며 덮어 주는 다정한 행동에 하은이 작게 웃는다. 피곤은 저가 더할 텐데도 온통 근심이 가득한 얼굴로 살펴 주는 우현이었다.

배웅하고 싶어 일어나려 하자 한사코 됐다며 막아선다. 알아서 문 잠그고 가겠다는 우현이 부드럽게 하은의 머리를 쓸어 넘긴다. 사라락 흩날리는 머리카락 사이로 눈이 마주치자 우현의 입가가 은근슬쩍 휘어졌다. 가기 싫다. 나지막한 읊조림 끝에 우현이 한숨을 폭 내쉰다. 도저히 못 가겠다. 눈을 못 떼겠어.

저절로 몸이 숙여져 하은에게로 향한다. 상체만 낮춰 하은을 꼭 끌어안은 우현이 고개 돌려 하은의 이마와 볼에 쪽쪽 입을 맞춘다. 잘 자. 속삭여 주고서 가볍게 귓불을 한 번 깨물자 하은이 어깨를 부르르 떤다. 미치겠네, 좋아서.

반응이 귀여워 목덜미까지 슬쩍 내려갔다. 꿀이라도 바른 듯 달달해서 놓기가 싫다. 의도치 않게 밀려 나온 혀로 할짝거리며 핥다가 강하게 쭉 빨아 당기자 하은이 기겁을 한다. 자국 나, 안 돼. 밀어내는 하은을 붙잡고 품 안에 가둔 채로 우현은 조금 더 입을 맞췄다. 물론 살살. 남들에게 들키지 않을 만큼만. 쪽쪽쪽. 쪽쪽. 쪼옥.

"여보세요……?"

[뭐야. 아직도 자?]

클랙슨 소리가 울리고도 미적거리던 끝에 우현은 기어코 초인
종을 누른 진호에게 끌려 나갔다. 숍에서 영민이 눈 빠지게 기다
린다는 말에도 연신 돌아보며 하은에게 손 흔드는 것을 잊지 않았
다. 하은은 문을 잠그고 들어와 침대에 누워 우현을 생각했다. 피
시식 웃으면서.

생각할수록 좋다. 너무 좋아 심장이 두근두근 울렁거리기까지
한다. 여유가 있어 또 달려들었다면 필시 받아들였을 거라는 생각
에 얼굴이 달아올랐다. 그렇게 저돌적으로 파고드는 우현이 조금
도 싫지 않기에.

간밤의 흥분이 고스란히 되살아난 묘한 기분에 취해 간신히 잠
들었던 하은이 낯익은 목소리에 눈을 뜬다. 헐, 하고 놀라더니 혀
까지 끌끌 차는 녀석. 반듯하게 누워 눈을 감았다 떴다.

[늦게도 일어나네. 요새 왜 이렇게 잠이 늘었어?]

"늦게 잤거든."

[10시야, 인마. 대체 밤에 뭘 하느라 번번이 늦게, 아…….]

몹시도 깊은 깨달음을 얻은 듯 한순간 말이 없어진다. 면박을
주려던 애초의 의도마저 남김없이 잃어버린 기색이었다. 흠흠, 하
고 낮게 헛기침을 한 승효가 집 앞이라며 준비에 얼마나 걸리겠느
냐 묻는다. 집 앞에는 왜 찾아왔냐고 하자 승효의 언성이 확 높아
진다.

[잊었어? 나랑 백화점 같이 가 주기로 한 거?]

"백화점?"

[선물 골라 주기로 했잖아. 설마 까먹었냐?]

"아, 맞다! 수진이!"

[으이그.]

민우현 말고 다른 것들은 죄다 삭제한 모양이라며 승효가 투덜거린다. 혹 잊었을까 봐 일주일 전에도 상기시켜 줬었건만 어쩜 이리 까맣게 잊을 수 있느냐고 아주 서운해 난리다. 미안, 하고 사과를 건넨 하은이 통화를 마치고 몸을 일으킨다. 서둘러 욕실로 향했다.

정말 우현 빼고는 모조리 잊어버렸나 보다. 이제껏도 그래 왔지만 한층 더 심해진 상태로 내내 우현만 떠올리고 우현만 바라보고 있었다. 그렇게나 좋은 걸 어쩌겠는가. 진심 끝도 없이 계속 좋아지는 것을. 좋기만 한 것을.

약도 없다, 라고 중얼거리며 하은이 샤워기를 잠근다. 물기를 닦고 욕실을 나서는데 맞춰 둔 알람이 시끄럽게 울렸다. 아, 인터뷰! 준비하면서 들으면 되겠다는 생각에 얼른 텔레비전을 틀었다. 채널을 맞추자 '화제의 인물, 민우현과의 인터뷰!' 자막이 번쩍거린다.

— 그럼 만나 볼까요? 안녕하세요, 민우현 씨!

— 안녕하세요.

— 와, 너무 반갑습니다! 정말 정말 뵙고 싶었어요! 제가 정말 오늘을 얼마나 기다렸는지 모른답니다! 우리 클릭 뷰 시청자들께 인사 한마디 부탁드려요!

후다닥 방으로 들어가 옷을 챙겨 들고 거실로 나갔다. 일단 머리부터 말려야 한다는 걸 깨닫고 드라이기를 찾다가 선풍기를 끌고 왔다. 별수 없었다. 드라이기 소리에 우현의 말소리가 묻혀 버리면 안 되니까.

손가락으로 머리카락을 털며 텔레비전을 봤다. 사심이 그대로 드러나는 여성 VJ의 호들갑스런 소개에 쿡 웃어 버린 하은의 눈이 순간 반짝거렸다. 화면 가득 들어차는 우현의 얼굴에 가슴이 두근, 내려앉았다. 화장 예쁘게 잘됐네. 머리도 근사해. 예뻐. 텔레비전 화면 너머 우현과 지그시 눈을 맞췄다.

― 네, 안녕하세요, 클릭 뷰 시청자 여러분. 가수 민우현입니다. 이렇게 오늘 인터뷰에 저를 초대해 주셔서 감사드립니다. 열심히 하겠습니다.

― 까아, 어쩜 이렇게 목소리도 좋으실까요! 반갑습니다! 어서 오세요!

시종일관 방방 뜬 하이 톤의 목소리로 여성 VJ는 어쩔 줄을 몰랐다. 적당히 거리를 유지해 앉아 있는 상태였지만 까딱했다 간 물불 안 가리고 우현에게로 달려들 기세였다. 그걸 알아챘는지 우현은 되도록 VJ가 아닌 카메라를 쳐다보려 애를 쓰고 있었다.

간단한 인사도 모자라 VJ는 연신 칭찬의 말들을 건넸다. 엄연한 대세라고, 앨범 반응이 장난 아니라고, CF계도 모조리 접수하셨다 들었다는 폭풍 찬사가 끝도 없이 이어졌다. 다 사실이긴 하나 VJ의 표정이 너무 호들갑스러운 나머지 우현은 억지미소만 지어 댔다.

싫어하는 게 훤히 보인다. 당장 끝내고 싶어 죽겠는 기색이 뚜렷이 드러난다. 벅벅 인상이라도 쓰고 싶어 한다. 지금 우현은 몹시.

아마도 예전 같으면 대놓고 미간을 구겼을 거다. 거슬리는데 그쯤 해 두라고 직설적으로 내뱉고 냉랭한 분위기에서 억지로 인터뷰를 잇든가 대뜸 끝내 버렸을지 모르는 우현이 지금은 그러질 않는다. 싫지만 참는 거다. 달라지기로 했으니까. 꽤 많이 변하기도 했고.

기특한 얼굴로 하은이 우현을 본다. 최대한 화를 삭이며 진행자의 질문에 나름 귀를 기울여 주는 모습이 여간 예쁜 게 아니었다. 머리의 물기를 마저 털어 내고 일어나 옷을 챙겨 입었다. 그러면서도 하은의 시선은 텔레비전의 우현으로부터 찰나조차 떨어질 줄을 몰랐다.

잠시 앨범 활동에 대한 얘기들이 오갔다. 타이틀로 미는 곡뿐 아니라 앨범 수록곡들 전체가 각종 차트의 상위권을 점령하고 있는 가운데 이제 슬슬 국내 활동을 마무리할 예정이라는 우현의 설명에 VJ는 진심으로 안타까워했다. CF로만 아쉬움을 달래야 하느냐며.

곧 있을 해외투어 일정을 알려 주며 우현은 틈틈이 정규 2집 준비도 병행할 계획이라고 밝혔다. 아쉬웠다, 기대됐다 감정의 혼란을 겪는 VJ의 모습에 깊이 공감하던 하은이 아직 멀었냐는 승효의 문자에 나가겠다 답을 하고 부엌으로 향했다. 물을 떠갖고 오는데,

— 그럼 여기서 제가 살짝 사적인 질문 하나만 해도 될까요?

— 음, 그건 좀 곤란한데요.

— 열애 중이신 상대방에 관한 건 묻지 않을게요. 아주 간단한 질문이에요.

— 뭐죠?

— 민우현 씨의 첫 키스는 어땠는지 궁금하다고 정말 많은 분들이 물어 주셨거든요. 해 보셨죠? 물론 안 해 보셨길 바라지만요, 하하. 혹시 어

떠섰는지 말씀 좀……?

응?

나갈 채비는 다 마쳤다. 인터뷰도 거의 끝나 가는 상황이라 전원만 끄고 빛의 속도로 달려 나갈 참이었다. 그래도 마지막까지는 다 보고 나가고자 텔레비전 앞을 서성이는데 화제가 엉뚱한 곳으로 흘렀다. 뜬금없는 VJ의 질문에 하은이 물컵을 입에 댄 채 멈칫한다.

역시나 예상 못 한 상황에 우현의 표정이 굳어 버린다. 살짝 아래로 내리깐 시선이 서늘해지자 진행자가 주절주절 부연 설명을 곁들였다. 대충 말씀해 주셔도 된다고, 흔히들 풋사과 맛이 난다고 하던데 민우현 씨는 어떠셨냐고. 머지않아 우현이 카메라를 응시한다.

순간 호흡을 멈췄다. 너무 똑바로 쳐다보는 우현의 시선이 마치 실제인 양 하은의 눈동자를 단번에 화르르 빨아들이고 말았다. 당장 마주하는 것처럼.

무척이나 뚫어져라 보는 우현의 눈길이 강렬하면서도 뜨겁다. 그와 동시에 실감되었다. 우현의 입술, 그 감촉들까지도. 괜스레 긴장되어 얼른 물을 들이켰다. 꿀꺽꿀꺽 다소 급하게 물을 마시는 하은의 고개가 뒤로 한껏 젖혀져 갈 무렵,

— 풋사과 말고 저는 만두요.

— 네?

— 제 첫 키스는 만두 맛이었어요. 아주 따끈하고 맛있는.

"픕!"

아무거나 둘러댈 줄 알았더니 기어이 이실직고하는 우현의 말

에 하은이 물을 뿜는다. 어찌나 놀랐는지 얼굴마저 시뻘겋게 달아 올라 버렸다. 손등으로 입가를 훔쳐 내며 텔레비전을 봤다. 정확히는 우현을, 텔레비전 너머로 자신을 강하게 주시하는 우현의 두 눈을.

우현 역시 하은을 본다고 생각하는 것 같았다. 평소 다른 사람들한테는 절대 짓지 않던 나른하고 묘한 표정이 되어서 참 하염없이 카메라만 쳐다보고 있었다. 느릿하게 감았다 뜨는 까만 눈동자에 색기가 어렸다. 사뭇 요염하고 뇌쇄적인 눈빛이 하은을 사로잡았다.

수도 없이 입을 맞췄지만 조금도 잊지 않았다. 둘만의 첫 키스가 이루어졌던 예전의 그날, 그 감정들을 하은 역시 간직하고 있었다. 우현의 오피스텔에서 우현을 기다리다가, 끼니마저 걸렀다는 자신을 위해 우현이 데워 준 만두를 먹고 우현의 무릎 위에 앉혀져서……

아무것도 묻지 말라며 대뜸 다가왔던 입술. 포개듯 머금고서 할짝거리던 끝에 밀려 들어와 이리저리 안을 헤집던 말랑말랑한 혀. 쪽 빨고 살살 깨물어 훑던 것까지 떠올리자 절로 몸이 오싹거렸다. 우현과 키스가 하고 싶어 목구멍이 간질간질 따끔거리기도 했다.

미쳐. 두 손으로 얼굴을 감싸 쥐고 열을 식히려 애썼다. 부럽다며 깍깍거리는 VJ의 인사말을 마지막으로 하은은 전원을 끄고 돌아섰다.

"늦었다고 대강 골라 주기 없다."

"알았대도. 어디부터 볼래?"

백화점 지하주차장에 차를 세우고 엘리베이터로 향했다. 화장품과 옷을 비롯해 몇 가지 추천을 해 주자 승효는 1층부터 쭉 돌아보지 뭐, 한다. 흔쾌히 고개를 끄덕인 하은이 도착한 엘리베이터에 오른다.

핸드폰으로 시간을 살피니 서두르면 그다지 많이 늦진 않겠다 싶었다. 브랜드별로 괜찮은 곳을 선정해 화장품 코너부터 살폈다. 수진이 좋아하는 제품 위주로 돌아보는 내내 승효는 무척이나 진지했다. 아무래도 처음 건네는 선물이 제일 신경 쓰이는 법이니까. 이만 다른 것들도 살펴보러 가자는 하은의 말에 에스컬레이터에 올랐다.

승효와 수진의 관계는 아직 딱히 이렇다 할 만한 진전이 없었다. 사귀는 사이는 아니고 그렇다고 사귀지 않는다고 말하기도 뭐한 애매모호한 사이가 반년째 이어지고 있는 거였다. 물론 수진은 줄곧 호감을 표시하고 있지만 승효는 차일피일 대답을 미루어 왔다. 우현을 따라 댄서인 승효 또한 자연히 스케줄이 바빠지기도 해서 둘이 만나는 횟수도 많진 않았다. 어쩌다 밥 먹고 차 마시고 할 뿐.

그래도 아주 관심이 없는 건 아닌 것도 같다. 명색이 생일선물을 같이 골라 달라 부탁까지 할 정도면 뭐. 말로는 그냥 넘어가기 미안해서라지만 선물 고르는 태도가 보통 신중한 게 아닌 승효다. 열심히 최선을 다해 고르는 모습에 하은이 혼자 몰래 소리 죽여 웃는다.

"근데 그거 진짜냐?"

"뭐가."

"투어 끝나고 들어오면 결혼한다는 거 말이야. 사실이야?"

고민 끝에 화장품 세트를 구입했다. 기초에 영양까지 고루 갖추긴 했지만 소모품이라 이것만 주긴 그렇다며 승효는 브랜드 지갑도 하나 같이 포장했다.

늦었다며 서두르자는 하은의 말에 연습실을 향해 차를 몰던 승효가 신호에 걸린 차 안에서 슬쩍 고개를 돌린다.

지그시 와 닿는 눈길이 부담스럽지 않다. 예전처럼 질척거린다거나 미련이 남아 애타는 느낌이라곤 없이 몹시도 담백하게 바라봐 주는 승호였다. 아마도, 하고 고개를 끄덕이는 하은을 승효가 잠시 더 응시한다. 곧 바뀐 신호에 따라서 액셀을 밟으며 핸들을 꺾었다.

"아줌마 되는 거네. 축하한다."

"엑, 아줌마는 무슨."

"싫어? 인마, 결혼하면 다 아줌마야. 넌 뭐 다를 줄 알고?"

"치이."

일단 유부녀가 되는 순간 아줌마로 불리는 거라며 승효는 작게 웃었다. 좋은 시절도 다 끝났다고, 우리 서하은이 이제 어쩌느냐는 놀림까지 섞어 실실거리는 승효를 하은이 째린다. 싫으면 결혼 말든가. 억지스런 논리에 하은이 승효를 따라 피식 웃어 버리고 만다.

하여간 놀리는 데 뭐 있다. 익숙해지기 위해 지금부터 아줌마로 호칭 정리를 해 주겠다는 승효의 어깨를 하은이 아프지 않게 때린다. 찰싹, 하는 소리와 함께 아줌마가 역시 손힘이 다르다며 또 놀려 댄다. 말을 말자는 얼굴로 고개 젓던 하은이 차에서 내린다.

연습실 건물의 엘리베이터로 걸어가며 승효가 서하은, 하고 부른다. 버튼을 누른 하은이 돌아보자 승효가 눈을 맞추고 씩 웃는다. 행복해라. 말 안 해도 그럴 거라 믿지만. 가볍게 하은의 머리를 헝큰 승효가 먼저 올라탄다. 기분 좋게 따라 웃으며 조금 옆쪽에 섰다.

"와, 하은 씨? 안녕?"

연습 후 댄서팀과 다 같이 방송국으로 이동했다. 따로 오전 스케줄이 있던 우현과는 리허설 때 제대로 맞춰 보기로 했다. 분장을 마치고 의상을 갈아입으러 화장실에 다녀오던 하은이 복도에서 우뚝 멈춰 선다. 생글생글 웃는 늘씬한 여자가 가깝게 다가온다.

"반가워요. 나 처음 보죠?"

"아, 네. 안녕하세요."

"소개해야 하나. 해 줄까요?"

"아뇨, 아뇨. 알아요. 팬인걸요."

"정말? 이야."

기분 좋네요, 라면서 어깨를 들썩이는 여자가 다시금 눈꼬리를 내린다. 반달 모양으로 곱게 접히는 눈웃음이 특유의 매력을 너무도 잘 부각시켜 주고 있었다. 거듭 반갑다며 악수를 청하는 여자의 손을 조심스레 잡았다. 하은의 눈이 여자의 얼굴에서 떨어지질 않는다.

이허리. 가요계를 넘어 연예계 전체의 여성 섹시 아이콘이라면 단연 그녀가 으뜸이었다. 데뷔 10년 차라는 관록의 여성 가수인 그녀는 몸에 걸치는 것마다 완판시키기로도 유명한 이 시대의 트렌드메이커였다. 남자는 우현, 그리고 여자는 이허리로 나뉜다고나 할까.

그런 그녀가 자신을 알아보고 먼저 인사를 건넸다는 것에 하은은 새삼 얼떨떨해졌다. 반말 존댓말 섞는 것도 한없이 친근하게만 느껴졌다. 가까이서 보니 서른이라는 나이가 무색하게 정말 앳되고 예쁘다. 단순히 예쁜 것에서 그치는 것이 아니라 은연중 카리스마도 풍기고.

신기함에 마냥 입을 벌리고 쳐다보는 하은이 귀여운지 이허리가 쿡, 하고 웃는다. 그제야 하은은 혼미해진 정신을 겨우 수습했다. 주변에 함께 있던 코디와 매니저가 얼른 준비해야 한다며 이허리를 재촉했다. 알겠다고 끄덕인 이허리가 하은에게 얼른 말을 건넨다.

"컴백무대하려고 왔어요. 나 오늘 컴백이거든."

"아, 맞아요. 노래 완전 좋으세요."

"정말? 들어 봤어요? 와, 기뻐라."

"잘하실 거예요. 콘셉트도 좋더라고요."

"다음 앨범 때 도와줄래요? 같이하고 싶은데."

에?

너무 늦게 알아서 이번에는 함께 못 하지만 다음 번엔 꼭 같이 무대에 서고 싶다며 이허리가 웃는다. 우현의 무대에 서는 모습을 줄곧 지켜보고 있었다고, 춤을 되게 야무지게 잘 살려 추는 것 같다면서 칭찬도 마다않는 그녀였다.

쑥스러워 어쩔 줄 몰라 하는 하은에게 이허리는 꼭 좀 부탁한다며 애교 섞인 앙탈을 부렸다. 과연 댄서 하나하나, 스태프 하나하나 꼼꼼히 다 챙긴다는 명성에 걸맞게끔. 나중에 단장을 통해 따로 또 기별 주겠다는 이허리가 이내 손을 흔들며 지나친다. 코디와 매니저에 둘러싸여 사라지는 그녀의 모습을 조금 더 바라보고 서 있었다.

그간 이허리의 무대에 올랐던 댄서들은 누구랄 것 없이 커다랗게 성장했다. 여성 특유의 묘한 섹시함을 잘 잡아내는 안무와 의상 덕분인지 다들 빠른 시간 안에 스타 댄서로 자리매김을 할 수 있었다는 사실을 하은 역시 똑똑히 알고 있었다.

그런 이허리가 자신에게 손을 내밀다니. 실력을 인정해 준 것도 모자라 도와 달라고 부탁까지 하다니. 와. 믿기지 않을 만큼 들뜨는 기분에 콩닥거리는 심장을 억누르며 걸음을 옮기려던 찰나, 진동이 울렸다. 액정을 살펴보니, 우현이었다.

"그래서. 하겠다고?"

다짜고짜 대기실로 하은을 들인 우현이 진호와 영민을 내보내고 문을 잠근다. 둘만 처박혀 있다간 스태프고 뭐고 남들이 다 이상하게 여길 거라며 노파심에 쳐다보는 진호에게 긴히 할 얘기가 있다는 말로 간신히 시간을 번 우현이었다.

철커덕 소리와 동시에 뒤로 도는 우현의 얼굴을 보는 순간 하은은 말도 못 하게 놀랐다. 뭔가 심기가 불편한 얼굴로 잔뜩 인상을 쓰고 있는 우현 때문에.

화가 났다. 그것도 엄청. 심각한 짜증과 불쾌감이 얼굴에 오롯이 묻어났다.

하은은 마른침을 꿀꺽 삼켰다. 다시 만난 게 반갑지도 않은가.

보자마자 화부터 내다니 괜히 서운해 하은마저도 이내 표정이 굳고 만다. 우현이 미간을 찌푸리고 말을 잇는다.

"묻잖아. 그 여자 댄서 할 거야?"

"싫어?"

"어, 싫어. 하지 마."

"뭐? 왜?"

"왜냐니? 그딴 옷 입고 그딴 춤을 너는 꼭……. 하여튼 안 돼. 절대 안 되니까 하지 마. 알았어?"

뭐라 더 나오려던 말을 접고 우현이 눈을 부라린다. 겁을 주듯 엄포 놓는 말이 하도 매서워 하은은 되받아치지 않고 입을 다물었다. 알았어, 몰랐어. 대답 안 하냐? 그래도 순순히 안 하겠다는 말은 나오지 않았다. 일에 있어 이렇게 간섭한 적은 없던 우현이었으니까.

엄연히 월권이다. 하은이 누구와 무대에 서든, 하은이 어떤 춤을 추고 어떤 가수와 일하든 그건 명백히 하은만의 권리이자 권한이다. 우현과 사귀고 있어도, 우현을 사랑해도 춤에 있어서만큼은 양보할 생각이 결코 없었다. 크든 작든 분명 더 성장하는 계기도 될 테고.

스타 댄서가 되고 싶어서가 아니라 자신의 춤이 조금이라도 발전할 수 있다면 보다 많은, 보다 다양한 무대에 서고 싶은 솔직한 맘이 하은에게는 있었다. 갈수록 욕심이 난다. 이 춤이라는 세계에. 어디까지 도약할 수 있는지 보고 싶다. 제힘으로 어디까지 갈 수 있는지.

도와주기로 해 놓고 또 이렇게 초를 친다. 짐짓 막아서려는 우현이 야속하게 느껴져 하은은 눈을 흘겼다. 우현의 표정이 살짝 누그러진다. 준비해, 하고 짧게 내뱉은 하은이 밖으로 나가려 손을 뻗는다. 문손잡이를 잡기도 전에 우현이 하은의 손을 거칠게 확 잡아당긴다.

"……."

"……."

그대로 당겨 안듯이 하은의 허리에 두 손을 둘렀다. 단단히 저를 부여잡은 우현을 향해 하은이 고개를 들어 올린다. 일그러진 눈매로 싸늘히 내려다보는 우현과 잠시 눈을 맞췄다. 까만 눈동자 두 쌍이 서로를 응시하는 동시에 할 말이 참 많았던 입술들은 굳게 닫혔다.

침묵. 정적. 고요함을 가장한 서늘한 공기가 아주 조금씩 제 온도를 찾기 시작했다. 둘 사이에 오가던 냉랭한 기운이 차츰 따뜻이 데워졌다. 찾아지는 진정. 어긋났던 아귀가 다시 간격을 맞춰 제자리를 향해 가는 게 느껴졌다. 우현이 구겼던 미간을 살짝 풀었다.

하은에게 있어 무척이나 좋은 기회란 걸 안다. 이미 여러 가수들에게서 러브콜이 오고 있는 이런 상황에 톱 가수 이허리의 무대를 같이 꾸미게 된다면 하은은 분명 대단한 위치에 오를 거다. 춤도 그만큼 발전하겠지. 보다 많은 인정을 받게 되는 것도 물론이고.

잘되는 걸 시기하자는 게 아니다. 그럴 리가 있나. 하은이 인정받고 유명해지면 우현이 더 뿌듯하고 흡족할 거다. 보나 마나. 그렇지만.

하은이 원하는 건 뭐든 시켜 줄 생각이었고, 뭐든 밀어주고 지지해 줄 작정이었으나 이건 얘기가 다르다. 우현이 볼 때 이허리는 솔직히 섹시함으로 승부하는 부류였으니까. 여태 줄줄이 낸 앨범 콘셉트들이 하나같이 벗어젖힌 의상에 야한 안무뿐이던, 그래서 그걸로 본의 아니게 유명세를 얻게 된 그녀라는 걸 우현이 모를 리 없었다.

근데 그걸 너한테 시키라고? 다리며 배며 훤히 드러난 옷에 골반 돌리는 춤을 추게 하라고? 너한테?

……상상만 해도 이루 말할 수 없을 분노가 치밀어 오른다. 부글부글 끓는 화가 가히 위험할 지경이다. 절대 안 돼. 누구 죽는 꼴 보고 싶어? 다른 새끼들이 얼마나 침을 흘려 대겠느냐 이 말이다. 딴 놈들한테 그런 하은을 보여 주느니 차라리 혀 깨물고 콱 죽어 버리는 편이 낫겠다 싶다.

단호한 우현의 뜻을 전해 받은 하은이 고민 좀 해 볼게, 한다. 그럼에도 우현의 화가 완전히 다 가라앉지 않는 이유라 하면,

"이거 뭐야."

"어?"

"뭐냐고. 너 바람피워?"

우현이 주머니를 뒤적여 꺼낸 핸드폰을 하은의 눈앞으로 불쑥 내민다. 직접 보여 주는 문자의 내용을 파악한 하은이 멍한 얼굴이 되어 우현을 올려다본다.

에이씨, 하고 쓴소리를 읊조린 우현이 도로 집어넣고 하은을 잡아당긴다. 더 바싹 끌려가 눈을 맞췄다.

"잠이나 더 자랬잖아. 왜 말 안 듣는데?"

"잤어. 자다가······."

"전화 받고 나가셨어? 그래서 둘이 같이 백화점을 도셨어? 사이좋게?"

"그게······."

"똑바로 말해. 왜 갔어. 가서 뭐 샀어. 어?"

하나도 빠짐없이 다 말하라 추궁하며 우현이 팍 인상을 찌푸린다. 혼내듯 쏘아보는 눈길이 너무도 따가워 하은은 잠깐 말을 아꼈다. 얼른 말 안 하느냐 으름장을 놓는 우현이 그대로 하은을 돌려 옆쪽 벽에 밀어붙인다.

두 팔 사이에 하은을 가뒀다. 옴짝달싹 못하도록 다리마저 겹겹이 포개듯 막고서 우현이 얼굴을 들이민다. 몸 전체가 거의 맞붙은 상황이 되었지만 지금 우현은 하은에게 해명을 듣는 것만이 최우선이었다.

믿어. 믿는데 싫어. 거슬리고 아주 미치겠어. 너는 믿어도 그 새끼는 믿기 싫단 말이야.

대답을 기다리는 동안 우현이 혀를 내어 입술을 축인다. 물기가 묻어 촉촉해진 붉은 입술이 씰룩이는 걸 하은은 가만 지켜봤다. 숨결이 닿을 거리 바로 앞에 있는 도톰한 그것은 흡사 유혹하는 것처럼 보였다.

서운함을 잊게 한다. 정황도 듣기 전에 화부터 내는 우현이 야속하고 원망스럽던 맘까지 모조리 잊어버리고 만다. 서하은. 나지막이 부르는 허스키한 목소리에 하은은 결국 질끈 눈을 감았다. 그리고는,

"뭐, 읍······."

들어 올린 두 손을 우현의 목에 두르고서 입을 맞췄다. 다소 격하게 입술을 덮쳐 오는 하은의 행동에 놀란 우현이 역시나 눈을 질끈 감아 버린다. 빈틈없이 포개어 쪽쪽 핥아 대자 우현의 입술이 절로 열렸다. 그 안으로 하은이 빠르게 혀를 넣어 이리저리 움직였다.

참으로 두서없는 키스였다. 복받쳐 올라오는 뜨거운 기운을 감당하지 못한 하은으로서는 그저 몸이 시키는 대로 해 보는 거였다. 커다랗게 입천장을 쓸어 올렸다가 이쪽저쪽 볼을 찌르고 덥석 혀를 찾아 잡았다. 꿈틀거리는 우현의 혀를 더듬듯 핥고 어루만졌다.

말랑한 젖은 혀들이 얽히며 연신 부드럽게 휘어 감겼다. 미끈하고 날렵한 동작으로 서로를 감싸 부비듯이 밀고 밀렸다. 잠시 잠깐도 떨어지지 않으려는 격렬한 움직임에 서서히 호흡이 가빠졌다. 뜨거운 숨을 내뱉어 가며 미친 듯이 입술을 핥았다. 혀를 빨아당겼다.

어깨가 움츠러들고 손끝이 가늘게 떨릴 만큼 키스는 더욱 질펀해졌다. 시작이야 일방적으로 하은이 했지만 어느덧 혀 놀림은 우현이 거의 주도하고 있었다. 우현의 두 손이 자연스럽게 내려와 하은의 허리를 매만졌다. 옷 안으로 더듬어 올라간 그 손들이 곧 가슴에 닿았다.

"안 돼."

"만질래……."

"붕대 풀려……."

"하아……."

꼼지락거리는 손을 알아챈 하은이 입술을 떼며 우현을 밀어낸다. 방금 화장실에서 탄탄하게 잘 동여맨 압박붕대를 어떻게든 뚫고 들어오려는 우현이었다. 풀고 다시 묶고 할 시간이 없었다. 곧 리허설에 들어가야 했으니. 그러고 보니 우현이 너 의상은 언제 입어?

아니나 다를까 많이 기다려 줬다는 듯 문 두드리는 소리가 들려왔다. 빨리 문 열라며 진호가 문틈으로 조용히 우현을 찾아 댄다.

하아, 하아……. 가쁜 숨을 몰아쉬고서 이마를 맞댔다. 한껏 달아올랐던 열기를 안간힘을 써서 식혔다. 우현이 미간을 잔뜩 구긴다. 좀처럼 쉽지 않은지 성난 아래가 연신 벌떡거리는 게 느껴졌다. 어떡해. 도발해서 미안. 그윽한 우현의 눈길에 하은이 입을 열었다.

수진의 생일선물을 골라 주러 동행했다는 말에 우현은 눈을 감았다 떴다. 미리 말해야지 하다가 잊었다고, 연습 가기 전에 잠깐 들른 것뿐이라는 하은의 설명이 조곤조곤 이어졌다. 바람이라니 당치도 않아. 걱정할 일 안 하는 거 알지 않느냐고 새치름히 되묻기까지.

우현과 하은의 관계를 눈치챈 몇몇 사생팬들이 문자를 보내온 거였다. 방송국으로 이동하던 차 안에서 어찌나 울컥 화가 났던지, 이제는 친구로만 지내겠다고 한 승효를 알면서도 우현은 열이 뻗쳐 견딜 수가 없었다.

믿으면서도 불안하다. 찰나조차 허락하기 싫은 거다. 내 거. 하나부터 열까지 전부 다 내 거니까, 서하은은. 곱게 눈꼬리를 내린 하은이 질투쟁이, 하고 속삭인다. 우현이 하은에게 얼른 또 입을 맞춘다.

"결혼해도."

"응?"

"자기야, 라고 불러?"

살짝 격해진 노크 소리에 마지못해 입술을 떼어 냈다. 성질이 난 우현이 1분만 기다리라며 소리를 질렀고, 진호는 문틈으로 한숨을 쉬어 댔다.

필사적인 노력 끝에 겨우 성난 아래를 가라앉힌 우현이 문을 열려는데 하은이 붙잡는다. 돌아보는 우현에게 하은이 웃는다.

"아니면 다르게 불러도 돼?"

"어?"

"여보야, 는 어떨까 하고."

"뭐……?"

"여보야. 여보야~ 어때? 괜찮아?"

"……."

나긋한 음성으로 내뱉는 하은을 바라보는 우현의 얼굴에서 점점 표정이 사라진다. 핏기마저 가실 정도로 멍해지는 우현을 향해 하은이 입가를 말아 올린다. 좋아한다. 좋다는 거다, 저 표정은. 다행이라는 생각에 활짝 웃는 하은을 우현이 품에 확 끌어안는다.

두근두근. 사뭇 격하게도 울려 퍼지는 심장박동이 우현으로부터 고스란히 전해진다. 별다른 말이 없다 해도 우현의 심정을 오롯이 파악할 수 있었다. 됐어. 이걸로 다 됐어, 더는 화내지 않을게. 미안해. 이보다 더 확실한 대답은 필요 없게 됐다며 우현이 싱긋 웃는다.

함께 있는 동안에는 매분 매초가 행복하다. 함께 있지 않은 시간에는 끊임없이 서로를 그리워한다. 이미 오래전부터 시작된 감정이 갈수록 끝도 없이 커지고 자라난다. 설렘이 너무 심해 가슴 한 켠이 아리기까지 한 절실한 순간들. 아마도 평생 이어질 이 소중함.

살며시 품에서 놓은 하은을 응시하는 우현의 눈동자가 자그맣게 일렁인다. 들어차는 감미로운 기운이 하은의 마음을 두드린다.

너하고만. 평생 너하고만 이렇게. 언제까지나.

눈을 맞추고 그저 웃었다. 살갑게 휘어지는 입술로 서로에게 고백했다. 사랑해. 사랑해……라고. 몇 번이고.

계속되는 이야기 Ⅱ
〈신혼모드〉

"자, 눈 감으시고. 시작할게요."

스타일리스트의 말에 얌전히 눈꺼풀을 내렸다. 메이크업 베이스를 얇게 펴 바르는 조심스러운 손길이 느껴졌다. 뭐 이렇게 피부가 좋을까나, 라는 칭찬에 하은이 수줍은 듯 작게 웃었다. 어깨를 움츠리기까지 하는 모습이 어찌나 귀여운지 스타일리스트가 웃음을 참으며 손을 놀린다.

워낙 잡티가 없어 톤만 맞춰 주면 기본은 얼추 끝난 셈이었다. 하이라이트를 살짝 섞어 절대로 문지르고 나서 곧장 파우더를 엷게 다독였다. 안 그래도 맑고 투명하던 피부가 보들보들 매끄럽게 빛이 났다. 눈썹을 한 번 만져 주고 아이라인을 막 끝낸 시점에 대기실 문이 벌컥 열렸다.

"하은 씨!"

"네, 하은 씨 이제 다 되어 갑니⋯⋯."

"소식 들었어? 큰일 났어!"

헐레벌떡 들어온 한 남자 스태프를 향해 하은 대신 대답하던 스타일리스트가 눈을 동그랗게 떴다. 경황없이 서두르는 폼이 가히 심상치 않았다.

감았던 눈을 뜬 하은이 얼른 고개를 돌린다. 왜요? 무슨 일인데 그러세요? 되묻는 하은에게 스태프가 이윽고 뒷머리를 긁적이며 말을 이었다.

"저기, 그게⋯⋯."

"뭔데요? 말씀하세요."

"우현 씨가⋯⋯."

"우현이가 왜요⋯⋯?"

"매니저한테 방금 연락이 왔는데 병원이래."

"네?!"

너무 놀란 나머지 하은이 자리에서 벌떡 일어났다. 잠깐 짚었던 화장대 위의 분첩이 바닥으로 요란한 소리를 내며 떨어졌지만 그런 건 중요한 게 아니었다. 더 커질 수 없을 만큼 커진 눈으로 입술까지 떨며 스태프를 쳐다봤다. 그가 하은을 진정시키려는 듯 애써 침착하게 웃어 보였다.

"촬영 중에 작은 사고가 난 모양이야. 그렇게 심각한 건 아니고."

"어디, 어디 병원이래요? 어디요?"

"아, 사거리에 중앙병원."

"죄송한데 저 좀⋯⋯."

"그래. 어서 가봐. 감독님한테는 내가……."

"죄송합니다! 죄송해요!"

알아서 잘 말해 주겠다는 대답도 채 듣지 못한 하은이 정신없이 대기실을 뛰쳐나간다. 그래도 죄송하다는 인사는 빼먹지 않았지만 저러다 혹 넘어지는 건 아닐까 싶을 만큼 후들거리는 다리를 보아, 결코 제정신은 아닌 듯했다.

위태롭게 사라지는 하은을 보며 스타일리스트가 덩달아 발을 굴렀다. 어떡해, 어쩌면 좋아, 를 연발하는 그녀는 사실 우현의 오래된 팬이었다. 그런 그녀를 향해 스태프가 머쓱한 얼굴로 말을 꺼낸다.

"너무 걱정 마. 괜찮으니까."

"무슨 사고래요? 얼마나 다친 건데요?"

"글쎄, 손가락을 쬐끔 베었다나."

"에?"

조금도 아니고 쬐끔, 이라는 표현을 쓰는 그를 스타일리스트가 멍하니 쳐다본다. 설마? 의심의 눈초리로 쳐다보자 스태프가 고개를 끄덕한다. 아아.

또 우현에게서 사주를 받았다는 뜻이겠지. 크게 안 다친 건 다행이지만 이거야 원 배 아파서 살겠냐며 스타일리스트가 어이없단 듯 웃어 버렸다. 그런 그녀와 눈을 맞춘 스태프가 난감한 표정으로 한숨을 내쉬었다. 이번에는 제발 빨리 돌려보내 주길 바라지만 그게 어디 뜻대로 되겠냐고.

"하은 씨? 어디 가요?"

"아, 저, 죄송한데요, 저……."

밖으로 막 빠져나간 하은이 택시를 잡으려는데 옆쪽에서 이허리가 다가왔다. 매니저와 근처 카페에 다녀오는 모양인지 양손에는 커피를 비롯한 간식거리들이 잔뜩 들려 있었다.

분장을 안 한 맨얼굴은 마치 옆집 언니처럼 평범하기 그지없는 그녀였다. 민간인으로 봐도 무방할 그녀를 향해 하은이 입을 연다.

"저 잠시 병원에 좀요."

"왜? 어디 아파요?"

"그게, 우현이가요."

"우현 씨가? 왜? 무슨 일인데?"

급해 죽겠는데 이것저것 물어 대는 이허리를 향해 하은이 억지 웃음을 지었다. 저도 일단 가 봐야 알 것 같아요. 창백할 정도로 새하얗게 질린 얼굴이 불안불안한 하은을 안 되겠는지 이허리가 데려다 주겠다며 함께 서둘렀다. 우왕좌왕 괜히 더 정신없게 하는 그녀를 하은이 겨우 달랜다.

어쨌거나 촬영에 지장 없도록 서둘러 다녀오겠다며 택시에 올랐다. 촬영이야 내일로 미뤄도 된다며 일단 사람이 먼저라는 이허리의 마지막 당부가 더할 나위 없이 고맙게 느껴졌다. 감사의 의미를 담아 꾸벅 인사를 건네고 문을 닫았다. 앞좌석을 꼭 끌어안은 하은이 숨을 고른다.

어쩌면 좋아. 어디, 많이 다쳤어? 어? 갑자기 사고라니 이게 대체 무슨, 하, 우현아…… 제발, 제발…….

"아저씨, 빨리 좀 부탁드릴게요."

"네네, 최선을 다하고 있어요."

"조금만 더요, 네? 정말 급하단 말이에요, 제발. 아저씨."

"일단 진정 좀 해요. 누구, 애인이 다친 거예요? 저런."

그러다 울겠네, 라며 기사가 조수석 부스 안에서 휴지를 꺼내어 내밀었다. 떨리는 손으로 받아 든 하은이 한 번 더 부탁드린다며 고개를 조아렸다. 당장이라도 어떻게 될 것 같은 위태위태한 그 모습에 기사가 입술을 질끈 깨물었다. 그리고는 갓길로 빠져 한층 속도를 냈다.

구김이 잘 가는 소재라며 앉을 때 조심해 달라던 말이 안중에 있을 리 없었다. 이미 스튜디오를 벗어날 때부터 머릿속은 온통 우현과 우현에 대한 걱정들로 미친 듯이 폭주하고 있었다. 무사해 줘, 제발. 제발, 응? 두 손을 꼭 맞잡고 간신히 울음을 참았다. 곧 도착한 택시에서 뛰듯이 내렸다.

"민우현 씨 병실 좀 알려 주세요!"

"아, 혹시 서하은 씨?"

"네! 제가 서하은인데요!"

"기다리고 계세요. 저쪽 엘리베이터 타시고요, 22층 특실 로……."

"감사합니다!"

사람들을 헤치고 데스크로 간 하은이 안내를 받자마자 엘리베이터로 뛴다. 연거푸 버튼을 눌러 올라타고 누가 탈세라 다시 또 닫힘 버튼을 마구 누르는 하은은 그야말로 쓰러지기 일보 직전이었다. 휘청거리는 다리가 힘겨워 뒤로 기대어 섰다. 몇 번이고 제발, 을 속으로 되뇌어 가며.

시야가 하얗고 까맣고를 반복하며 자꾸만 아찔해졌다. 우현이 다쳤다는 생각만 해도 손이고 발이고 전신이 다 바들바들 심각하게 떨렸다. 무섭고 두렵고 막 겁이 나는 총체적 난국이 급격하게 진행되었다. 땅, 소리와 함께 느리게 열리는 문을 비집고 나간 하은이 다시 한 번 내달린다.

그때,

"매니저님!"

"하은 씨, 여기요."

"어떻게 된 거예요? 우현이는요? 안에 있어요? 네?"

복도 끝에 서성이는 진호를 발견한 하은이 큰 소리로 물으며 달려간다. 하얗게 질려 울 것 같은 그 얼굴에 진호가 뭐라 말을 못 하고 잠깐 입을 다문다. 흐트러진 머리와 구겨진 의상만 봐도 얼마나 서둘렀는지를 알겠다. 괜히 미안해진 진호가 웃으려는데 하은이 재차 묻는다.

"사고라면서요? 많이 다쳤어요?"

"그게……."

"들어가도 돼요? 막 수술하고 그런 거예요? 네?"

"저 하은 씨? 우선 내 말을 좀……."

"왔어?"

잔뜩 구겨졌던 미간이 거짓말처럼 확 펴졌다. 다급하게 물어 대던 하은이 낯익은 목소리에 움찔 놀라 숨을 멈춘다. 아주 천천히 고개를 돌려 옆을 봤다.

어라……?

살짝 열어진 병실 문틈으로 보이는 우현의 모습에 하염없이 멍해졌다. 아무리 봐도 너무 멀쩡한데. 우현이 손을 뻗어 하은을 안으로 잡아끈다.

"왔으면 들어오지, 왜 그러고 있어."

"우현……아?"

"빨리 왔네? 택시 타고 왔어?"

"너……?"

"방해하지 마, 형. 연락할게."

심드렁한 얼굴로 내뱉은 우현이 하은을 데리고 병실 안으로 사라진다. 탁, 하는 문소리와 함께 썰렁한 복도에 혼자 남게 된 진호가 고개를 떨구며 한숨을 푹 내쉰다. 어째 한동안 잠잠하다 했더니 이제는 이런 꼼수까지 써 대고 말이지. 진호가 고개를 들어 병실을 확 째렸다.

무슨 몇 년씩 떨어져 있는 것도 아니고 어차피 이따 저녁에 집에서 볼 거면서 별나기도 참 별나다. 마치 사고 나길 기다린 사람처럼 잠깐의 촬영장 소동을 기어이 입원으로 연결한 우현이었다. 기사야 해프닝 정도로 막았지만 만석이 또 중중대는 꼴을 어찌 버텨 낼는지 벌써부터 피곤해진다.

진짜 내가 올해는 연애하고 만다, 정말. 끄응, 소리를 낸 진호가 마침 근처를 지나려던 간호사 하나를 발견하고 흠흠 헛기침을 한다. 스타일 괜찮은데? 눈이 마주치자 머쓱해 어쩔 줄 모르는 진호도 사실은 꽤나 숙맥이라는데.

한편,

"괜찮아?"

침대로 데려간 하은의 표정이 심상치 않음에 우현이 바짝 긴장을 하고 입을 열었다. 눈을 깜빡이는 것조차 잊은 채 빤히 자신을 보는 하은이 뭔지 모르게 불안하고 위태로워 보였다. 핏기가 가신 하얀 얼굴이 왠지 안쓰럽기까지 했다. 우현이 다시금 하은을 살피며 조심스레 말한다.

"많이 놀랐어? 놀라서 이래? 어?"

"⋯⋯."

"하은아? 서하은? 자기야?"

"⋯⋯."

질문을 던져도, 이름을 불러도 하은의 입술은 도통 움직이질 않는다. 미동도 하지 않은 채로 그저 뚫어져라 보기만 하는 하은이 우현은 슬슬 두려워지기 시작했다. 빨리 안 올까 봐 사고가 났다고 현장 스태프를 구슬려 전한 건데. 잘못했나.

혹시 화를 내려나 싶어 불안한 맘으로 보다가 손을 뻗었다. 하은의 머리를 쓰다듬듯 살살 어루만져 주며 우현이 다시금 괜찮냐고 물으려다 멈칫한다. 입술이 그대로 다물어졌다.

너⋯⋯?

"흑⋯⋯."

슬금슬금 차오르던 물기가 결국 뺨 위로 흘러내렸다. 이리저리 마구 일렁이는 눈동자가 어째 위험하다 싶었더니 투둑 툭 쉴 새 없이 눈물을 흘려 대는 하은이었다.

당황한 우현이 자리에서 벌떡 일어나 하은의 앞에서 어쩔 줄을 몰라 한다. 하은의 미간이 말도 못 하게 일그러진다.

"미안. 미안해. 놀랐어? 놀랐구나. 미안."

"흐윽⋯⋯."

"아, 내가 미안해. 잘못했어. 잘못했어, 어? 자기야."

"흑, 흐윽, 흐으윽……."

"아이참."

입술까지 파르르 떨며 울어 대는 하은을 우현이 서둘러 품에 당겨 안는다. 안고 보니 온몸을 다 부들부들 떨고 있었다. 그 정도로 많이 놀란 건가 싶은 우현이 힘주어 하은을 꼬옥 안았다. 미안하다고, 잘못했다고, 몇 번이고 계속 읊조리듯 속삭이며 연신 하은을 달랬다.

토닥토닥 손으로 하은의 등을 다독였다. 좀처럼 진정이 쉽지 않은지 하은의 어깨가 갈수록 더 커다랗게 들썩거렸다. 끅끅대는 하은의 앓는 듯한 흐느낌에 우현이 못내 인상을 찌푸린다. 이렇게까지 울어 버릴 줄은 몰랐는데 어쩌지. 죄책감이 이루 말할 수 없을 만큼 심하게 들끓었다.

쓸듯이 슥슥 등을 어루만지다가 하은을 품에서 떼어 냈다. 잔뜩 젖은 하얀 얼굴을 두 손으로 감싸 쥐고 눈물을 닦아 주었다. 울지 마라, 응? 어르듯이 물으며 눈을 마주했다. 주춤주춤 하은이 시선을 들어 올리는 순간 우현은 숨을 멈췄다. 물기를 머금은 두 눈이 기막히게 예뻐서.

우현이 침을 꿀꺽 삼킨다. 이런 상황에 어울리지 않는 말일지도 모르겠지만 반짝반짝 고운 눈동자가 참 예쁘게도 빛난다는 생각이 들었다.

미치겠네. 이러니 내가 안 보고 싶고 배기겠냐고. 문득 아랫배가 알싸하게 뭉쳐 뻐근해지는 느낌을 애써 삭이고서 하은을 마저 달랬다. 어깨를 도닥이고 머리도 어루만지고 하다가 도로 침대 끝에 걸터앉은 우현이 가만히 하은을 바라본다. 하은이 손등으로 눈가를 훔쳤다.

"사고 났다며."

"응? 아아."

"거짓말이었던 거야?"

"아냐아냐, 진짜 다쳤어."

"어디 다쳤는데."

"여기. 이거 봐. 자."

그래도 아주 빈말은 아니었는지 우현이 왼손을 척 들어 올렸다. 왼손 검지 두 마디 정도에 하얀 붕대가 돌돌 감겨 있었다. 이번에 새로 맡게 된 냉장고 CF의 콘티는 가정적인 남자였고, 결혼 후 우현이 주력으로 밀고 있는 이미지이기도 했다. 섹시하고 매혹적이면서도 가정적인, 이른바 훈남 남편.

칼질하는 장면에서 잠깐 방심한 사이 칼끝이 손가락에 스쳤다는 설명을 제법 장황하게 하는 우현을 하은은 유심히 바라보았다. 완전 아팠어, 피도 막 나고 따끔했거든. 그래도 꿰맬 정도는 아니래, 다행이지? 뭐가 좋은지 실실 웃기까지 하는 우현을 보는데 슬슬 기분이 언짢아진다.

사고는 사고였고 다친 건 어쨌거나 다친 게 맞았지만, 인사불성의 상황까지 안 간 게 천만다행이면서도 고작 손가락을 조금 베었다는 사실이 왠지 모르게 실망스러웠다. 그런 줄도 모르고 오는 내내 속 끓이고 맘 졸이고 안절부절에 눈물까지 질질 짰다니 혼자 바보가 된 느낌이랄까.

이게 뭐야, 정말. 사람 창피하게. ……씨이.

"갈게."

"뭐?"

"다들 기다려. 가야 해."

"자, 잠깐만."

괜히 샐쭉해진 하은이 몸을 일으키려는데 우현이 급히 막는다. 어깨를 부여잡고 도로 앉히는 우현에게 하은이 왜 그러느냐 눈치를 보냈다. 섣불리 말이 나오지 않는 모양인지 우현은 잠시 딴청을 부리며 뜸을 들였다. 다시 또 일어나려던 하은을 우현이 아예 확 뒤로 눕혀 버린다.

덮치는 듯한 자세로 올라온 우현을 하은이 물끄러미 올려다보았다. 갑자기 너무 가까워진 거리가 적응되지 않아 호흡이 점차 거칠어졌다. 꽤 오랜 시간이 지났음에도, 아니, 결혼까지 했는데도 이렇게 가까이서 마주하는 우현은 매 순간 하은의 심장을 못내 두근거리게 만든다.

대체 언제쯤이면 괜찮아지려나. 이 마음은. 모르긴 해도 아마, 떨리고 설레는 감정들이 평생 계속될 것만 같다는 막연한 짐작이 든다.

그게 꼭 싫다는 건 아니지만 그냥, 부끄러우니까. 우물쭈물 뭐라도 말해야 할 것 같아 입을 벌리는 순간 우현이 그대로 하은의 입술을 포갠다. 놀란 나머지 눈을 꼭 감아 내린 하은이 곧 쪼옥, 하고 떨어져 나가는 소리와 함께 눈을 떴다. 우현의 눈이 어느덧 상당히 탁하게 흐려져 있다.

"가지 마."

"어?"

"나랑 있어. 가지 말고."

억지 부리는 말투로 우현이 하은을 꼬드긴다. 무조건 안 보내 줄 거란 식으로 말하는 우현이 이해되지 않아 반박하려 하자 다시 또 우현이 하은의 입술을 머금고 쪽쪽 소리 내어 입을 맞춘다. 안 돼. 못 가. 으름장을 놓는 우현을 보던 하은의 머릿속에 문득 예전 기억들이 스쳤다.

설마. 너⋯⋯?

"뭐야. 일부러 그랬어?"

"⋯⋯."

"사고 났다고 거짓말까지 할 정도로 싫어서?"

"⋯⋯아냐. 그런 거."

"거짓말. 나 오늘 촬영 있다니까 이런 거잖아, 아니야?"

"⋯⋯."

정곡을 찔렸는지 우현이 할 말을 잃고 머뭇거린다. 괜한 사고를 핑계로 입원까지 감행한 게 이상하다 했더니 이번에도 역시나 딴 죽을 거는 우현의 행동이 하은을 더욱 당황스럽게 했다. 어쩌라는 건지. 이럴 거면 왜 허락을 했담. 맥이 탁 풀린 하은이 작게 한숨을 내쉬었다.

아직도 싫은 거다. 말로는 쿨하게, 남자답게 선심 쓰듯 허락을 해 줘 놓고 내내 신경이 쓰여 못 견디겠는 거였다, 우현은. 네 녀석 성미에 기어코 의상까지 바꿨건만 뭐가 그렇게 싫고 거슬린다는 거야. 하은이 우현을 떠밀고 몸을 일으켜 앉았다. 우현이 하은을 가만 쳐다본다.

월드투어를 다녀오고 난 뒤 이허리는 본격적으로 하은에게 매달리기 시작했다. 우현이 2집을 준비하는 동안만이라고 조건까지 내걸며 함께 무대에 서 주길 제안하는 그녀는 꽤나 필사적이었다. 그 정도로 하은의 춤이 마음에 들었다는 증거라서 우현도 더는 반대할 수만은 없었고, 비공개로 이루어진 결혼식 후 이허리와 한번 작업해 보고 싶다는 하은의 끈질긴 설득에 마지못해 허락을 했었다. 단, 과한 섹시 콘셉트는 뺀다는 가정하에.

아내사랑이 지극한 우현 때문에 이허리는 앨범 콘셉트까지 바꿔 줬다. 다행히 중성적인 이미지도 어울리는 노래라서 이번에는 데뷔 이래 처음으로 슈트와 중절모로 멋을 낸 고급스러운 전략을 펼치고 있는 중이었다. 여보야. 하은이 나지막이 우현을 불렀다. 우현의 표정이 한결 누그러졌다.

"하지 말까?"

"뭐?"

"하지 말라면 안 할게. 하지 마?"

"어떻게 안 하냐, 이제 와서."

"근데 왜 그래. 왜 자꾸 싫은 티를 내, 속상하게."

연습 간다고만 하면 매번 아프다는 핑계로 붙들어 놓고, 뮤직비디오를 촬영하는 오늘은 급기야 사고 났다고 거짓말까지 하고. 이래서야 어디 마음 놓고 무대에나 설 수 있을까 싶은 하은이 조심스레 우현을 달랬다. 적잖이 미안한 얼굴을 하면서도 우현은 싫은 티를 다는 감추지 못했다.

"봐봐, 의상 바뀐 거. 이게 야해?"

"어."

"뭐가 야해, 다 감췄는데. 맨살 하나도 안 나왔잖아."

"그래도 예쁘단 말이야."

"뭐?"

"너무 예뻐. 너무 예쁘고 야해, 너는. 그렇게 입혀 놓으니까 미치겠어. 섹시해서."

툴툴툴툴 기다렸단 듯 우현이 불만을 털어놓았다. 몸을 다 가린 건 좋다만 지나치게 피트된다며 굴곡이 고스란히 드러나는 라인을 문제 삼아 투덜거리기 시작했다. 붕대는 왜 안 감았냐고, 손목은 보여 줄 거냐고, 허리를 너무 붙게 줄인 거 아니냐고, 쇄골이 훤히 보인다고, 뭐 이런 식으로.

고슴도치도 제 새끼는 예쁘다지만 우현은 하은이 보기에도 갈수록 심해지고 있었다. 만석과 진호가 뭐 저런 팔불출이 다 있느냐고 할 때마다 무슨 소린가 했었는데 이제는 어느 정도 이해가 된 달까. 고마우면서도 민망한, 무지 행복하면서도 수줍은 하은이 붉어진 얼굴로 말을 이었다.

"내가 섹시해?"

"응. 죽을 것 같아."

"치이, 거짓말."

"정말이야. 돌겠어, 진짜. 보기만 해도."

"치이."

"어라? 못 믿어? 증명해 줘?"

결혼까지 한 마당에 여전히 이렇게 반응해 주는 우현이 전혀 조금도 싫지 않았지만 부끄러운 나머지 계속 치이, 소리만 연발했다. 괜스레 딴 곳을 보며 입술을 삐죽이는 하은의 손을 우현이 덥석 가져가 제 아래에 댄다. 화들짝 놀란 하은이 시선을 들자 우현이 작게 웃는다.

"봤지? 장난 아니지?"

"……뭐야."

"뭐긴, 우리 여보야가 예뻐서 미치겠다는 증거지."

"안 해. 비켜."

"어허. 가만 있어 봐."

민망해 어쩔 줄 모르는 하은이 손을 빼내려 하자 우현이 으름장을 놓는다. 그러더니 더 세게 붙잡고 제 아래를 살살 만지게 하는 우현이었다. 뭐, 뭐, 뭐하는 거야. 놔 달라고 말을 해도 우현은 들은 척도 않고 손을 놀렸다. 꽤 나른해진 눈매로 하은을 그윽하게 바라보기까지 하면서.

제법 부풀어 있던 우현의 아래가 이내 급속도로 딱딱해졌다. 아주 옷을 뚫고 나올 기세로 팽팽하게 커진 것이 손바닥 안에 오롯이 느껴졌다. 못살아. 미쳐, 정말. 이제 어쩔 거냐는 식으로 하은이 조심조심 시선을 들어 우현을 바라봤다. 우현이 살짝 혀를 내밀어 제 입술을 축였다.

"하자."

"지금?"

"어. 하고 싶어. 할래."

"여기서 어떻게. 안 돼."

"안 되긴. 하자, 응?"

안 될 게 뭐가 있느냐며 우현이 손을 뻗어 하은의 재킷을 벗기려 들었다. 기겁을 한 하은이 얼른 우현의 손을 밀어냈지만 이내 굉장한 힘으로 우현은 하은을 침대에 눕혀 버렸다. 옷 망가져도 난 몰라. 재킷은 차치하고 다짜고짜 셔츠의 단추를 풀어 내리는 우현을 하은이 급히 저지했다.

하여간에 앞뒤 안 가리고 이렇게 막 달려들면 진짜 꼼짝을 못하겠다니까. 특히 저런 묘한 눈빛으로 저렇게 야릇하게 쳐다보면 가슴이 뛰어서 견딜 수가 없어지는 하은이었다. 섹시함이 철철 흐르는 우현의 표정에 무너진 하은이 서둘러 몸을 일으켜 재킷을 벗었다. 우현이 싱긋 웃었다.

"촬영 가야 해."

"기다리라고 해."

"주인공도 아닌데 욕먹는단 말이야."

"욕하는 것들 다 데려와. 혼내 줄게."

"우현아."

"왜, 자기야. 왜. 응……? 왜……?"

셔츠마저 빠르게 벗긴 우현이 하은의 바지를 술술 끌어 내린다. 속옷마저 한 번에 잡아 벗기는 우현의 눈빛은 이미 제어할 수 있는 수준이 결코 아니었다. 지그시 눈을 맞추고 입가를 말아 올리는 우현이 창 쪽으로 걸어가 블라인드를 쳤다. 그리고는 불까지 끄고 황급히 침대로 돌아왔다.

손가락만 살짝 다쳐 놓고 그새 병원복까지 참 철저히도 챙겨 입었다. 빠르게 위아래 모두 벗어 버리는 우현을 보고 웃기지도 않는다며 피식피식거리던 하은이 맹렬히 위로 올라오는 우현 때문에 한순간 얼굴에서 웃음을 거둬 냈다. 꿀꺽. 야릇하고 요염한 눈빛이 손에 닿을 듯 가까웠다.

일렁이는 까만 눈동자가 한없이 그윽하고 묘하게 아련했다. 너무 떨려 죽겠어. 그렇게만 바라보면. 우현이 천천히 입술을 가까

364

이 내밀었다.

닿을 듯 말 듯 가까워진 입술 사이로 우현의 뜨거운 숨결이 전해지고 있었다. 파르르 떨리는 눈꺼풀을 간신히 유지한 채로 우현을 마주 봤다. 콩닥콩닥. 심장박동 소리가 훤히 들릴 정도로 거세어졌다. 은은하게 풍겨 오는 우현의 체취가 달았다. 너무 달아서 정신이 혼미해지고 만다.

"사랑해……."

"나도……."

"사랑해……?"

"응……. 사랑해……."

먼저 고백한 우현이 하은의 화답에 기쁜 듯 눈꼬리를 내린다. 말갛게 휘어지는 해사한 그 눈웃음에 하은의 가슴이 두근두근 요동을 친다. 예뻐 죽겠네, 라고 중얼거린 우현이 가볍게 몇 번 하은에게 입을 맞췄다. 그러더니 이내 진하게 입술을 머금고서 조심스레 혀를 집어넣는다.

입안의 여린 살을 헤집다가 하은의 혀를 찾아 잡았다. 따끈하고 말랑한 혀를 쓸고 핥아 쭉 빨아 당기자 하은이 훗, 하고 작게 신음을 낸다. 이런 식의 반응이 우현을 얼마나 자극시키는지 하은은 알까. 차오르는 흥분을 주체하지 못하고 한껏 더 혀를 넣어 커다랗게 물고 빨았다.

다소 급하게 파고드는 혀놀림을 느끼며 하은이 손을 들어 우현의 목에 둘렀다. 보다 바짝 몸이 밀착되자 우현의 것이 더욱 맹렬하게 저를 찔러 대는 것이 느껴졌다. 꼭 서둘러야 하는 상황이 아니더라도 더는 버티기 힘들어 보이는 우현이었다. 하은이 우현의 것을 살며시 잡았다.

윽, 하고 우현이 앓는 소리를 내며 눈을 떴다. 반쯤 감긴 게슴츠레한 눈으로 바라보는 우현을 이내 하은도 천천히 눈을 떠 응시했다.

끄트머리를 잡고서 살살 비비듯 문지르는 하은의 손길에 우현이 폭발 직전의 아찔함을 느끼며 어쩔 줄을 모른다. 앙증맞은 작은 손으로 조심조심 쥐어 준다는 자체가 우현을 끝도 없이 달아오르게 했다. 조금씩 하은이 우현의 것을 아래로 안내했다. 우현이 슬쩍 입술을 뗐다.

"바로……?"

"바로."

"아플 텐데……?"

"괜찮아."

견딜 수 없는 흥분에 우현이 미간을 찌푸린다. 하은이 나도 젖었어, 라며 한층 야한 목소리를 냈기 때문이었다. 혹시 몰라 손을 내린 우현이 하은의 입구를 건드리고 하, 탄식한다. 못지않게 흥분한 듯 어느새 축축한 그곳을 확인하자 욕정이 무섭게 들끓었다. 얼른 제 것을 갖다 댔다.

그리고는,

"흐읍……."

더는 두고 볼 수 없을 정도로 끓어오르는 욕구에 우현이 단번에 하은의 안으로 밀고 들어갔다. 뜨겁고 촉촉하니 좁은 그곳을 가득 채워 버리자 하은이 눈을 질끈 감고 아파한다. 하마터면 크게 터져 나올 뻔한 신음에 놀란 하은이 손으로 제 입을 틀어막았다. 우현이 하은의 손을 뗐다.

"소리……. 참지 마……."

"안 돼. 누가 들……. 훗……. 으면……."

"들으라지……. 뭐 어때……."

"싫, 하앗……. 하……."

조심하고 싶은 하은을 일부러 도발하는 것처럼 우현이 한순간 골반을 훅 쳐 올린다. 어찌나 강하고 세게 박아 올렸던지 눈앞이 새하얗게 비워지는 것만 같았다. 우현은 기다려 주지 않고 계속해서 골반을 거칠게 튕겼다. 꾹 다문 입에서 끙끙 앓는 소리가 연거푸 터져 나왔다.

살짝 빠져나갔다가 세게 푸욱 박았다. 아주 조금만 나갔다가 금방 다시, 더는 들어올 수 없을 정도로 묵직하게 꽈악 들어차는 우현이었다. 불끈거리는 우현의 것이 안에서 점점 더 커지는 것만 같아 하은은 아득해졌다. 깔짝깔짝……. 교합 부분에서 야한 소리가 끝없이 흘러나왔다.

"너무……. 좋아……."

"나도……."

"왜 이렇게 예쁠까……. 우리 마누라……."

"사랑해……."

"나도 사랑해, 하은아……. 하아……."

열에 들뜬 소리로 사랑한다 읊조린 하은을 우현이 다정하게 눈에 담았다. 하은의 허리를 부여잡고서 하체에 힘을 실어 골반을 튕기면서 다른 손으로는 하은의 가슴을 가만히 만지작거렸다. 단단하게 부푼 가슴 끝을 손가락으로 건드리자 하은이 살그머니 아랫입술을 깨문다.

저런 표정, 저런 눈빛, 하나도 놓치고 싶지 않을 만큼 그저 간절하다는 생각만 들었다. 신음을 참으려 짓이겨지는 붉은 입술을 보다 못해 다시금 뜨겁게 머금어 핥고 빨았다. 읍, 흐읍, 하고 우현의 입안에 갇힌 하은이 몸부림을 쳤다. 격한 키스를 퍼붓다가 고개를 내렸다.

"하웃⋯⋯."

달달하고 말랑한 하은의 가슴을 쭈욱 빨아 당겼다. 혀를 내밀어 가슴 끝을 간지럽히던 우현이 이빨로 잘근 물었다. 다시 입안에 가두고서 살살 혀를 굴리자 하은의 허리가 크게 휘었다. 놓치지 않고 손을 넣은 우현이 하은의 몸을 꽉 끌어안으며 강하게 허리를 쳐 올려 박았다.

이렇게 계속 있었으면 좋겠다. 이렇게 안에 들어간 채로 몸이 꼭 붙어 버렸으면 싶다. 죽을 때까지. 죽어서도. 하은을 놓기 싫다. 영원히.

앞뒤로 움직이던 몸을 옆으로 크고 둥글게 틀었다. 그러다 다시 격하게 꾹꾹 밀어 박자 하은이 미간을 구긴 채로 미친 듯이 끙끙거렸다. 이래도 참을 거야? 이래도? 하은의 신음이 듣고 싶어 더욱 강하게 박아 댔다. 아, 아아⋯⋯. 어떻게든 버티던 하은이 결국 새된 소리를 냈다.

숨결이 가득 실린 나른한 신음성. 우현을 자극시키는, 한없이 감미롭고 야릇한 하은의 신음이 연달아 터져 나왔다. 우현이 속도를 높였다.

"하아⋯⋯. 웃⋯⋯."

"아······. 와아······."

점점 리드미컬하게 움직이는 우현의 허리질에 맞춰 하은이 제 밑을 조였다 풀었다. 너무 가득 채워지는 탓에 저절로 몸에 힘이 들어가다 보니 깨닫게 된 스킬이었지만 이렇게 하면 우현은 특히나 더 좋아 어쩔 줄을 몰랐다. 최대한 작게 신음을 내던 하은이 탄식하는 소리에 눈을 떴다.

좋아한다. 좋아하고 있다, 우현이. 잔뜩 미간을 구겨 느끼는 표정을 짓는 우현은 실로 야했다. 탁한 눈빛이 굉장히 농염하고 요사스러웠다. 못 참겠다는 듯 간간이 아랫입술을 지그시 무는 우현의 모습에 괜스레 맘이 설레었다. 좋아. 너무 좋아, 우현아. 하은이 살짝 눈꼬리를 내린다.

이대로라면 머지않아 사정할 거란 걸 알아챈 하은이 조금 더 강하게 아래를 조였다. 아아아, 하고 우현이 괴로운 듯이 거친 숨을 헐떡거렸다. 더는 안 되겠는지 우현이 박는 속도를 한층 높여 세차게 파고들어 왔다. 퍽퍽, 굉장한 힘으로 몸이 시트 위로 밀렸다. 한계. 우현이 몸을 뺐다.

꿀럭거리며 상당한 양의 뜨거운 액체가 하은의 배 위로 쏟아져 내렸다. 열에 들뜬 얼굴로 눈을 감고 받아들이는 하은을 보며, 우현은 계속 더 쏟아 내고 있었다. 다 나왔나 싶었더니 어찌 된 게 한도 끝도 없다. 미치겠으니까. 너무 좋아서. 당장 몇 번이고 더 할 수도 있을 것 같은데.

하면 할수록 더 좋아진다. 매번 할 때마다 그 이상의 마음이 하은을 향해 자라나고 만다. 얼마나 더 좋아질지 가늠할 수조차 없다. 그저 좋아서.

한참 더 제 것을 쓱쓱 문질러 쏟아 낸 우현이 몸을 숙여 하은의 이마에 쪽 입을 맞춘다. 닦아 줄게, 잠시만 있어. 나지막한 목소리에 고개를 끄덕였다. 수건을 찾아 물을 묻혀 온 우현이 조심조심 하은의 몸을 닦아 주었다. 하나도 남김없이 꼼꼼하게. 그리고는 또 입술을 포개었다.

"자, 다리. 옳지."

깨끗이 다 닦아 준 우현이 하은의 속옷을 직접 입혀 준다. 마치 아기 다루듯 두 다리에 끼워 올려 주고서 서비스로 배와 가슴에 쪼오옥 입도 맞추는 우현이었다. 브래지어를 입혀 주면서도 등에 쪽쪽, 셔츠와 바지를 입혀 주며 다시 쪼옥, 우현은 마르고 닳도록 연신 키스를 퍼부었다.

이에 질세라 하은도 우현의 옷을 가져다 입혀 주었다. 속옷을 입혀 주고 나자 저는 왜 뽀뽀 안 해 주느냐 심통을 부려 우현이 했던 대로 배와 가슴에 정성껏 입을 맞췄다. 등에도 쪽, 어깨와 쇄골에도 쪼옥, 목덜미를 지나 입술에는 아주 진하게 쪼오옥. 우현이 만족스럽게 웃으며 하은을 안는다.

우현의 탄탄한 가슴팍은 끝없이 안겨 있고 싶을 만큼 따뜻하고 포근했다. 그래도 더 이상 지체하기에는 이미 써 버린 시간이 너무 많았다.

꿈결 같은 관계를 끝내자마자 현실에 대한 걱정에 사로잡힌 하은이 조심조심 우현을 떼어 냈다. 우현이 자못 서운한 눈으로 하은을 바라본다.

"정말 갈 거야?"

"어."

"진짜? 진짜로 간다고?"

"가야지, 어떡해. 기다릴 텐데."

"……에이."

입술을 내민 우현이 잔뜩 삐쳐 돌아앉는다. 하여튼 안아 줄 땐 상남자가 따로 없다가도 금세 저렇게 아이처럼 돌변하는 우현이었다. 귀여워서 내가 정말. 픽 헛웃음을 지은 하은이 거울 앞에서 옷매무새를 다듬었다. 그리고는 천천히 우현에게로 걸어가 우현과 마주 보고 섰다.

이허리는 촬영을 미뤄도 상관없다고 말했지만 기껏 준비하러 모인 사람들을 돌려보낸다는 건 생각보다 손해도 클 터였다. 게다가 우현이 아주 크게 다치지도 않은 상황에서 고의로 그런 민폐를 끼치는 건 말이 안 된다. 더 있고 싶지만 일은 해야 하니까. 하은이 나지막이 입을 연다.

"나 간다?"

"몰라."

"잘 다녀오라고 안 해 줘?"

"모른다고. 가든지 말든지."

"우현아."

"너 이럴 때마다 진짜 서운해서 돌아 버릴 것 같아, 알아?"

화가 나 어쩔 줄 몰라 하는 우현이 하은을 향해 눈을 흘긴다. 사나워진 눈매로 매섭게 째리는 우현의 얼굴 곳곳에서 섭섭함이 가득 묻어났다.

뭐가. 뭐가 서운한데. 어르고 달래듯 묻자 우현이 한숨을 푹 내쉰다. 말할까 말까 망설이던 우현이 작정한 듯 입술을 축이고서 목소리를 낸다.

"나만 너 원하는 거 같잖아. 나만 너 좋아하고 나만 같이 있고 싶어서 안달 내는 거 같다고."

"뭐?"

"이젠 내가 더 좋아하는 것 같아서 서운해. 너는 아닌데 나만 혼자 좋아하는 건 아닌가 싶고."

"무슨 소리야. 말이 돼?"

"그럼 왜 이렇게 빨리 가고 싶어 하는데? 솔직히 말해 봐. 진짜 나보다는 춤이야? 그래?"

막무가내로 씩씩대는 우현의 말에 하은이 잠시 입을 다문다. 불현듯 결혼 전 어느 날 투덜투덜 성을 내던 우현이 지금의 모습 위로 겹쳐졌다.

그럴 리가 있냐고 답하며 하은이 우현의 손을 찾아 잡았다. 됐어, 가 버려. 단단히 심통 난 우현이 힘차게 뿌리치고는 괜스레 딴 곳을 쳐다본다.

하루 종일 같이 있어도 부족할 만큼 우현에 대한 하은의 마음은 차고 넘칠 정도였다. 예전에도 그랬고 지금까지도 그랬고, 앞으로도 그럴 거라 믿어 의심치 않는 하은이다. 그런데 이젠 좋아하지 않는 것같이 느껴진다니, 서운함을 토로하는 우현이 하은은 되레 섭섭하다. 속도 상하고.

다시금 하은이 우현의 손을 찾아 잡았다. 재차 뿌리치려던 우현이 살살 손등을 어루만지는 기척에 못 이긴 척 얌전해졌다. 하은이 깍지를 꼈다.

손가락 하나하나 부드럽게 포개고서 우현의 옆에 앉았다. 나 좀 봐, 응? 계속 뾰로통해 있던 우현이 마지못해 하은을 느릿하게 돌아본다.

"그렇게 서운해?"

"말이라고."

"섭섭해 죽겠어?"

"그래. 돌겠다, 아주."

"내가 왜 이렇게 열심히 하려는지 정말 몰라……?"

짜증스레 툴툴대는 우현을 바라보며 하은이 입가를 말아 올렸다. 살며시 짓는 고운 미소에 우현이 말을 아낀다.

사람 환장하게 또 저렇게 웃지. 우현이 입술을 작게 씰룩였다. 하은이 가만히 우현과 눈을 맞춘 채로 말을 잇는다.

"너한테 어울리는 사람 되고 싶어서 그래."

"나한테?"

"그래. 민우현 마누라 노릇이 어디 쉬운 줄 알아?"

"지금도 충분히 어울리거든? 어울리고도 남거든? 핑계는."

"바보. 너는 네가 얼마나 대단한지도 모르지?"

하은이 살며시 다가가 우현의 입술에 뽀뽀했다. 가볍게 닿았다 떨어지는 보드라운 감촉에 우현의 얼굴이 멍해진다. 하은이 우현을 향해 살포시 미소 지었다.

"난 아직도 멀었어. 내 맘에 네가 얼마나 대단한데."

"뭐……?"

"서하은한테 민우현은 장난 아니게 대단하단 말이야. 너무너무 대단해서 내가 평생 죽어라 따라가도 다 못 따라갈 정도야. 그 정도로 네가 좋아. 그렇게나 많이 너만 사랑해, 나는. 그래서 조금이라도 더 닮고 싶고 더 어울리는 사람이 되고 싶어."

"……."

"춤추는 내내 너만 생각해. 너를 위해서 추는 거야, 나는. 그러니까."

"……죽겠다."

"응?"

"진짜 어떻게 예쁜 말만, 어떻게 그렇게, 너는 진짜."

돌겠어, 라고 중얼거린 우현이 냅다 하은의 입술을 훔친다. 미간을 잔뜩 구기고 화난 사람처럼 거칠게 쪽, 닿았다 사라지는 입술에 하은이 물끄러미 우현을 본다. 쪽쪽. 두어 번 더 뽀뽀한 우현이 하은을 품에 안는다. 그리고는 어깨를 들썩여 한숨을 푹 내쉰다.

꼼짝을 할 수가 없다. 이 녀석이 하는 말과 행동들에 정신을 차리기가 힘들 지경이다. 이렇게 말하는데 어떻게 화를 내겠는가. 감히 어떻게. 에휴.

안 좋은 면이라고는 찾아볼 수조차 없다. 갈수록 좋아지기만 한다. 끝도 없이. 잠시도 안 보면 죽을 것 같고, 내내 곁에 두고 물고 빨고 하고 싶은 맘이 간절하다. 질리도록 붙어 있었으면 좋겠는 본심. 아니, 질리지 않을 걸 알기에 참을 수밖에 없는 거란다. 지금으로서는.

이내 놓아준 우현이 잘하고 와, 라며 하은의 머리를 쓸어 넘긴다. 어느덧 서운함이 많이 가신 우현의 까만 눈동자가 몹시도 그윽하게 빛났다.

다녀올게. 사랑해. 진심을 담아 하은이 속삭였다. 나도. 죽을 만큼 사랑해, 서하은. 우현의 화답에 하은이 발그레해진 얼굴로 웃었다. 우현도 입가를 말아 올려 싱긋 따라 웃었다.

"여보세요?"

[애! 민 서방 다쳤다며! 어머나 세상에나!]

진호에게 인사를 건네고 엘리베이터를 탄 하은이 마침 걸려 온 미숙의 전화에 움찔 놀란다. 어찌나 큰 소리로 떠드는지 주변 사람들이 일시에 하은을 돌아봤다.

킥킥대는 소리에 황급히 수화음을 낮춘 하은이 머쓱한 얼굴로 헛기침을 한다. 흥분 상태의 미숙이 주절주절 말을 잇는다.

[어디를 다친 거야! 어디를 얼마나! 많이 다쳤어? 아이고 어쩌나!]

"괜찮아. 그냥 조금."

[촬영하다가 그랬다면서! 어떡해! 내가 속상해서 정말! 어쩐다니! 응?]

"괜찮다니까. 근데 옆이 시끄럽네? 어디야?"

[어디긴, 공항이지. 서울 왔다.]

"뭐?"

[사위가 다쳤다는데 어떻게 가만있어, 가 봐야지. 근데 참 어느 병원이야?]

땡, 소리와 함께 1층에 도착한 하은이 사람들에 섞여 내리다가 한 번 더 멈칫한다. 수화기 너머로 얼핏 택시! 하는 종석의 목소리가 들려왔다. 엄마에 이어 아빠까지, 아무래도 우현이 장인장모 사랑만큼은 정말 기가 막히게 제대로 받고 있는 듯하다. 못 말린다는 얼굴로 웃은 하은이 로비를 지나 병원 밖으로 향했다.

택시를 잡으려고 길가에 서는데 마침 빈 택시 한 대가 재빨리 다가와 하은의 앞에 섰다. 올라탄 하은이 행선지를 대고 이동하며 미숙에게 간단히 상황 설명을 했다. 촬영 중에 손을 조금 다쳤는데 심각하진 않다고, 치료도 다 했고 딱히 걱정할 것은 없다고 말이다.

미숙은 그래도 다친 건 다친 거 아니냐며 계속 걱정으로 안절부절못했다. 그와 함께 종석도 옆에서 뭐라 뭐라 말을 보탰다. 기왕 올라온 거 괜찮은지 직접 봐야 안심할 수 있을 것 같다는 내용이었다.

일단 따로 일이 있어 다녀오겠다 한 하은이 통화를 마치고 우현에게 전화를 걸었다.

작은 해프닝으로 장인장모까지 소환한 게 어쩐지 썩 싫지 않은 듯한 우현이었다. 금방 다녀올 테니 부모님과 잘 있으라는 하은의 당부에 우현이 흔쾌히 알았다고 답한다.

마침 뚜뚜, 하고 들어오는 전화. 수진이었다.

"여보세……."

[야, 서하은. 얘 진짜 왜 이러니. 어?]

투덜투덜 불만에 가득 찬 수진의 목소리를 듣는 순간 하은은 직감했다. 보나 마나 승효와 관련된 일이라는 것을. 하은이 웃으며 입을 열었다.

"왜 또."

[뭐하자는 건지 모르겠어. 이랬다가 저랬다가 아주. 와.]

"무슨 일인데."

[아니, 먼저 밥 먹자고 한 건 저면서 어떻게 날 기다리게 할 수가 있어? 미리 와서 대기하고 있지는 못할망정, 이게 말이 되니? 뭐야, 진짜.]

천하의 정수진 역사상 이런 적은 결단코 없었다며 수진이 열을 낸다. 자존심이 상해도 단단히 상한 듯 목소리가 제법 앙칼졌다.

그래도 아주 불쾌한 기색만은 아닌 것도 같아 하은은 계속 미소를 지었다. 아, 저기 내려 주시면 돼요. 하은이 곧 택시에서 내려섰다.

"얼마나 늦었는데."

[벌써 30분도 더 지났어. 짜증나.]

"전화해 봤어?"

[늦잠 잤대. 어제 뭐 안무가 바뀌어서 연습을 새벽까지 했다나 어쨌다나. 확 가 버릴까 보다.]

"수진아."

[어?]

"승효 요즘 정신없는 거 알잖아. 그런 와중에 데이트 신청한 건데 조금만 봐줘, 응?"

하은 못지않게 여기저기 러브콜을 받는 승효도 우현의 공백 기간 중 잠시 다른 댄서팀에 합류해 있는 상황이었다. 특히 승효는 아는 형인 경준네 팀까지 동시에 뛰고 있는 탓에 외울 안무만 해도 상당한 양이었다. 워낙 초견이 달리는 승효라 얼마나 고생하고 있을지 안 봐도 눈에 훤했다. 하은이 말을 이었다.

"걔 엄청 힘들 거야. 거기 팀 안무도 빡세기로 유명하거든."

[그래도. 이럴 거면 차라리 밥을 먹자고 하지를 말든가.]

"안 했으면 더 서운해했을 거면서. 아니야?"

[그건, 그렇지만, 뭐.]

"당장 오늘부터 하나 더 추가해."

[뭘를?]

"곰 인형한테 빌 소원 말이야. 승효 녀석이 제발 약속 좀 잘 지키게 해 주세요, 라고."

[아! 맞다!]

하은의 제안에 수진이 그럼 되겠다며 기분 좋게 깔깔거렸다. 효과는 확실히 있는 것 같으니 간절하게 빌어 봐야겠다는 말에 하은이 씩 웃었다.

혼자서만 가슴앓이를 하는 수진이 하도 딱해 하은은 예전 승효에게 받았던 곰 인형을 기꺼이 수진에게 기증했다. 소원을 들어주는 신통방통한 인형이라며, 이 녀석 덕분에 우현과 이어진 것도 같다는 하은의 말에 수진은 눈을 빛내며 인형을 받아 갔고, 역시 그 영향인지는 모르겠지만 머지않아 승효와의 사이에 급진전이 일어난 것이다.

여전히 티격태격 틈만 나면 다투는 둘이 그럼에도 하은은 좋아 보였다. 수진의 고된 외 사랑이 드디어 결실을 맺는 건가 싶어 하은은 괜스레 제가 다 뿌듯했다.

기분 좋게 웃으며 스튜디오 계단을 내려가는데 음악이 들렸다. 아, 이제 들어가야겠다. 촬영 있거든. 소리 높여 파이팅을 외쳐 주는 수진에게 고맙다고 하고 전화를 끊었다. 하은이 걸음을 서둘렀다.

"늦어서 죄송합니다!"

"어, 하은 씨 왔다."

"하은 씨, 어서 와."

"우현 씨는 괜찮아요?"

"그래 참, 어떻대? 많이 다쳤대?"

스튜디오로 들어서는 하은을 향해 이허리가 스태프들과 함께 다가왔다. 다행히 우현이 크게 다친 건 아니었다는 말에 모두들 제 일처럼 안도의 한숨을 내쉬며 촬영 준비를 서둘렀다. 정말 다행이라고 거듭 웃어 주는 이허리와 마주 웃던 하은은 메이크업실로 들어가 부리나케 의상과 머리를 다시 손봤다. 스타일리스트가 화장을 고쳐 주고는 다 됐다며 미소 지었다.

미리 대기하고 있던 댄서들 사이로 재빨리 들어간 하은이 카메라 앞에 서서 숨을 죽였다. 나머지 사항들을 체크한 감독이 스태프들을 향해 스탠바이를 지시했다. 잠시 조명이 꺼지고 촬영장에 어둠이 깔렸다. 이허리를 필두로 댄서들이 준비 자세를 취했다.

쿵쿵쿵쿵, 다시 처음부터 시작되는 음악에 하은의 심장이 두근두근 반응한다. 조용히 음악에 귀를 기울이며 박자를 세었다. 눈앞에 아른거리는 우현의 근사한 얼굴에 절로 미소가 지어졌다. 최선을 다할 거야. 정말 열심히 할 거야. 너를 위해. 그리고 나를 위해서.

시작. 다시, 시작. 이내 조명이 켜지고 카메라의 빨간 불빛이 들어왔다. 노래에 맞춰 하은이 팔을 뻗었다. 몹시도 리드미컬하게 움직이는 하은이 이윽고 활짝 웃었다.

하은이, 하은의 춤이, 하은이 사랑이 이제야 비로소 활짝 피었다. 그야말로 꽃이 만발하듯. 너무도 활짝.

—*The end*

작가 후기

리밀입니다. 꾸벅! 종이책은 두 번째이지만 후기는 처음 써 보
는 것 같아요. 그래서 더 설레고 긴장되고, 뭔가 참 많이 조심스러
워지는 느낌입니다. 조심조심, 써 보겠습니다.

센티멘털리즘은 '길들여지다' 라는 단어에 꽂혀서 시작하게 된
글입니다. 좋아하는 사람과 좋아함을 당하는(?) 사람 사이에서 결
국 길들여지는 것은 누구일까, 라는 지극히 사소한 의문점에서 출
발했어요.

제목 그대로 감정과 감성에 관해 고민을 거듭했고, 결국 저는
좋아함을 당하는 이가 더 많이 길들여진다는 것으로 끝을 맺었답
니다. 이 마무리가 부디 여러분들 마음에도 드셨으면 좋겠습니다.

제 소설에 나오는 여주들은 하나같이 소심하고 답답합니다. 제

가 그렇거든요. 아무래도 저를 모토로 소설을 쓰다 보니 그리되는 것 같아요. 언젠가 씩씩하고 당찬 여주를 그리려면 저부터 그렇게 되어야 할 것 같다는 생각은 하고 있습니다. 현실은 뭐, 흠흠. 죄송합니다.

그에 반해 남주들은 본의 아니게 나쁜 남자를 주로 쓰고 있더군요. 저는 결코 나쁜 남자를 좋아하지 않습니다. 잘생긴 남자는 좋아하지만, 잘생겼다기보다 섹시한 남자, 섹시하면서도 눈빛이 묘하고 어딘가 시크하고 나른한 분위기를 가진 남자가 이상형에 가까운……(뭐하는 거야). 네, 어쨌든 현실에서는 착하고 자상하고 다정다감한 남자가 최고라는 말씀.

무조건적으로 우현이만 바라보고 좋아하는 일편단심 하은이를 그리면서 아, 이 아이가 꼭 사랑을 받았으면 좋겠다, 하고 바라게 되었습니다. 그리고 하은이를 좋아하면서도 좋아하면 안 된다는 자신만의 트라우마 속에서 고뇌하는 우현이를 보면서 어허, 이 녀석이 얼른 정신을 차려야 할 텐데, 라고 생각했습니다. 그래서 이런 결과가?(웃음)

쓰면서 참 즐거웠고 행복했어요. 우현이를 너무 복잡하게 설정해서 초반에 애도 많이 먹었지만 나중에 달달달달 아주 꿀요미가 되어 버린 아이들을 보며 고생한 것 이상으로 보람을 느꼈답니다.

두 녀석들의 결말에 함께 웃어 주시는 분들이 많기를, 보시면서 조금이라도 재밌는 시간이셨기를, 우현이와 하은이를 오래오래 기억해 주시기를, 감히 바랍니다.

늘 응원을 잊지 않는 가족, 지인분들 감사합니다. 부족한 글을 예쁜 책이 되어 세상에 나올 수 있게 도와주신 뿔미디어 관계자분들과 담당자 정시연 팀장님 고맙습니다. 연재 때 많은 사랑 주신 독자님들께도 애정의 인사를 전합니다. 댓글놀이가 정말 즐거웠는데 말이죠.

절대 빼먹으면 안 되는 우리 아모르 가족들. 늦은 봄 언니, 서정윤 언니, 에이나 언니, 양윤이, 가규, 천송이, 애원이, 샤케, 꽃이. 제게는 너무너무 반갑고 감사한 인연입니다. 오래 갑시다. 더불어 아모르의 모든 독자님들, 아모르하는 거 아시죠? 앞으로도 잘 부탁드려요!

저는 이제 시작이고요, 시작한 이상 앞으로 열심히 달려 볼 생각입니다. 달리다가 힘들면 가끔은 걷기도 하겠지만 쉬지 않고 꾸준히 나아가도록 노력하겠습니다.

아직은 부족한 점이 너무 많아 겁도 납니다. 소심한 데다 유리멘탈이라 지칠지도 모르겠어요. 그래도 열심히, 정성껏 쓰겠습니다. 단 한 분의 독자님이라도 제 글을 좋아해 주신다면 저는, 쓰겠습니다.

달달하고 말랑말랑, 간지러운 글을 쓰고 싶습니다. 그 글에 많은 분들이 함께해 주셨으면 좋겠습니다. 욕심은 덜고 정성은 담아 모쪼록 저만의 이야기를 부지런히 또 만들고 있겠습니다.

곧, 다시 뵐게요. 이상 리밀이었습니다. 꾸벅!

센티멘털리즘

초판 1쇄 찍음 2013년 9월 23일
초판 1쇄 펴냄 2013년 9월 27일

지은이 | 리 밀
펴낸이 | 정 필
펴낸곳 | 도서출판 **뿔미디어**

편집장 | 이재권
기획 · 편집 | 정시연, 주종숙
편집디자인 | 이진선

출판등록 | 2002년 9월 11일 (제1081-1-132호)
주소 | 부천시 원미구 상3동 533-3 아트프라자 503호 (우)420-861
전화 | 032)651-6513 / 팩스 | 032)651-6094
E-mail | dahyangs@naver.com
블로그 | http://blog.naver.com/dahyangs

값 9,000원
ISBN 978-89-6775-506-5 04810
ISBN 978-89-6775-504-1 04810 (세트)